I0694257

KRiSTAN HiGGiNS

Sólo los locos se enamoran

Editado por Harlequin Ibérica.
Una división de HarperCollins Ibérica, S.A.
Núñez de Balboa, 56
28001 Madrid

I.S.B.N.: 978-84-9010-279-4

Sólo los locos se enamoran fue la primera novela publicada de Kristan Higgins, y tuvo una gran acogida entre el público norteamericano. Desde entonces, y ya con varios títulos publicados, ha recibido el premio RITA y sus libros han aparecido regularmente en las listas de bestsellers del *New York Times* y el *USA TODAY*.

Y no es nada extraño, pues el estilo de Higgins es único.

Por eso, no queremos dejar pasar la oportunidad de recomendar a nuestros lectores esta divertida y conmovedora historia de amor.

Está narrada desde la perspectiva de la protagonista, consiguiendo así transmitir de manera impecable las emociones de nuestra heroína: una mujer que, en su búsqueda del amor, se enfrenta a situaciones absurdamente divertidas, y que ella solventa con inteligencia y grandes dosis de humor.

Estamos seguros que este libro os sorprenderá y esperamos que os haga reír y llorar, como nos ha ocurrido a nosotros.

Los editores

Para Ed Higgins, un gran cuenta cuentos y un gran padre, que amaba Cabo Cod por encima de todos los lugares.
Gracias, papá.

Agradecimientos

Sin mis agentes, Maria Carvainis, Donna Bagdasarian y Moira Sullivan, publicar un libro seguiría siendo un sueño imposible, como donarle un riñón a Bruce Springsteen o preparar la cena de Acción de Gracias. Les estoy inmensamente agradecida por su excelente representación.

Mi más profundo agradecimiento y cariño a mi editora, Abby Zidle; una persona divertida, amable y perversa cuyas sugerencias y ayuda hicieron de éste un libro mucho mejor.

La gente de Cabo Cod siempre se ha mostrado agradecida, amable y servicial, pasando por alto mi amor por los Yankees de Nueva York. Gracias por hacer del Cabo nuestro segundo hogar.

Un agradecimiento personal a la escritora Rosa Morris por su alma generosa y por sus útiles aportaciones; a Carolyn Wallach por su sinceridad y sus alabanzas; a Heidi Gulbronson y a Pam Boynton, que fueron lo suficientemente valientes de leer el primer borrador y decir cosas agradables; y a mi maravillosa familia: mamá, Hilary, Mike y Jackie, mis verdaderos amigos.

Prólogo

Soy una acechadora. De las buenas.

Bueno, era una acechadora. Ha pasado ya un tiempo. Aun así, es duro admitir que has seguido, escuchado, espiado, merodeado y sobornado en nombre del amor. Pero yo he hecho todas esas cosas; bastante bien, debo admitir. Tal vez sepáis de lo que estoy hablando. No importa lo mayor que seas, la educación que hayas recibido o dónde vivas; acechar es algo innato a la psique femenina. Todas lo hemos hecho.

En mi caso, acosé a Joe Carpenter desde los catorce años y medio hasta que me fui a la universidad. Sabía dónde vivía el sujeto. Sabía cuál era su segundo nombre, el nombre de su madre, el de su hermana y el de su perro. Sabía qué tipo de furgoneta conducía, su color favorito, los nombres de sus anteriores cuatro novias, su cerveza favorita, a qué bar iba los viernes durante la hora feliz, qué canciones ponía en la gramola. Sabía dónde trabajaba, cómo le gustaba el café y qué nota sacó en su tercer año de Español. Había pocas cosas que no supiera sobre Joe Carpenter.

Aunque no encajaba en la definición legal de una acechadora, sí que pasé por delante de casa de Joe una o dos veces. Tal vez más. (Fueron más). Solía «chocarme» con él, una maniobra calculada y ejecutada con una precisión militar que hacía que pareciese bastante accidental. Me llevó años de entrenamiento alcanzar ese nivel de «coincidencia». Probablemente no debería estar orgullosa de eso. Aun así, un talento es un talento.

Todo comenzó en clase de Biología en el instituto Nauset de Eastham, Massachusetts. El asiento de Joe estaba diagonalmente delante del mío, y para mirar a la pizarra yo tenía que mirar más allá de Joe. Y no podía. Pocas mujeres podían ver más allá de Joe, incluso cuando tenía catorce años. Entonces descubrí que su taquilla estaba a tres taquillas de la mía, y comenzó el acecho.

Si Joe le mencionaba a algún amigo que iba a ir a la playa después de clase, yo aparecía también, agazapada ilegalmente en la zona de anidación de las gaviotas para no ser descubierta mientras observaba a Joe jugar con la gente de moda. Si veía el coche de su madre aparcado frente a la tienda mientras mi padre me llevaba a casa, de pronto sentía la necesidad de comprar tampones, sabiendo que los productos para la higiene femenina harían que mi padre se quedara en el aparcamiento. Recorría los pasillos con la esperanza de poder ver a Joe Carpenter. Montaba en bici por el pueblo buscando a Joe y me detenía al verlo para comprobar el nivel de aire de mis ruedas perfectamente hinchadas, con cuidado de no mirarlo directamente, simplemente acechándolo.

Irónicamente Joe se hizo carpintero, y se dio a conocer profesionalmente como Joe Carpenter, el carpintero. Gracias a mis años de investigación, yo sabía lo que otras, demasiado cegadas por su belleza, podrían haber ignorado; Joe era sincero, humilde, trabajador y dulce. Realizaba actos anónimos de generosidad, se enorgullecía de su trabajo y trataba a la gente con benevolencia y buen humor. Incluso adoptó un perro con sólo tres patas. Y sí, Joe Carpenter era guapísimo.

Tenía el tipo de atractivo que hacía que respirar fuese irrelevante. Una sonrisa de Joe podía provocar que a las camareras se les cayesen las jarras del café, que se hacían añicos contra el suelo del restaurante mientras ellas miraban embobadas a mi sujeto. Los coches colisionaban cuando el pasaba corriendo por un cruce; las habitaciones quedaban en silencio cuando entraba. Y si se quitaba la camisa mientras trabajaba en el exterior, alguna que otra turista se paraba a hacerle fotos. Aquello era mucho más interesante que el faro de Nauset.

Ninguna mujer en la tierra permanecía inmune al atractivo de Joe. Pelo rubio oscuro con reflejos dorados más claros debidos a las horas que pasaba bajo el sol. Una estructura ósea fuerte. Ojos verdes enmarcados por pestañas largas y doradas. Hoyuelos. Una sonrisa juvenil y ligeramente torcida. Dientes perfectos. Por supuesto, Joe sabía que era guapo; una persona no podía tener ese efecto y ser ajena al efecto que provocaba en los demás. Pero jamás presumía. Solía ir un poco desaliñado y no parecía importarle en exceso su apariencia. Con frecuencia llevaba el pelo revuelto, como si acabara de levantarse de la cama. Generalmente iba sin afeitar y con la ropa arrugada. Resultaba atractivo sin el menor esfuerzo.

Tanto Joe como yo éramos nativos de Cabo Cod y estábamos en el mismo año académico. No éramos amigos, aunque nos hubiéramos saludado alguna vez en el instituto. (Fueron tres veces, y aquellos escasos intercambios de palabras frente a nuestros compañeros provocaban una intensa alegría en mi interior y hacían que mis hormonas se volviesen locas).

Y entonces llegó el gran momento; el acontecimiento monumental que afianzó el lugar de Joe en mi corazón para siempre.

En el segundo año de instituto, nuestra clase hizo el clásico viaje al asentamiento Plymouth que se les exigía a todos los estudiantes de Nueva Inglaterra, ya fuera por orgullo cívico o por obligación. Con la mezcla curiosa de hastío y exuberancia típica de los chicos de quince años, pasamos una hora en el autobús antes de poder deambular por las calles del histórico pueblo. A pesar del hecho de que mis compañeros estuvieran aburridos, yo no pude evitar dejarme engatusar por Obadiah, el hombre vestido de época que asaba pescado azul en una fogata. Me ofreció un poco. Yo acepté. Después me ofreció más. Y volví a comérmelo, encantada por el interés que mostraba en mí y ajena al hecho de que aquel hombre se ganaba la vida hablando con los turistas.

En el camino de vuelta, mientras los estudiantes se lanzaban bolas de papel y gritaban como chimpancés enrabietados, aquel pescado azul comenzó a revolverse en mi estómago. Mi mejor amiga, Katie, me preguntó si me encontraba bien; al parecer estaba prácticamente verde. Yo respondí vomitándome en los zapatos. Ah, el pescado azul. No he sido capaz de volver a probarlo desde entonces.

Los chicos a mi alrededor reaccionaron con toda la amabilidad que puede esperarse de los adolescentes; es decir, ninguna. Tuve algunas arcadas más entre los gritos de asco de mis compañeros mientras Katie iba a pedirle pañuelos de papel al conductor del autobús. Después de vomitar me escocían los ojos, me picaba la nariz y me ardía la cara. Y entonces... entonces Joe se sentó a mi lado.

—¿Estás bien, Millie? —me preguntó apartándose el pelo de la frente.

—Sí —susurré yo, horrorizada y encantada al mismo tiempo.

—Callaos, chicos —ordenó Joe de manera afable y, como se trataba de Joe, le hicieron caso.

Me dio una palmadita en el hombro e incluso en mi estado débil fui consciente de cada detalle; del calor de su mano, de la ternura de sus ojos, de la medio sonrisa en sus labios perfectos. Entonces llegó Katie con los pañuelos de papel y serrín para absorber el desastre, y Joe regresó a la parte de atrás del autobús, donde se sentaban los chicos guay.

¡Era la prueba! La prueba de que Joe era algo más que una cara bonita. La universidad y la escuela de medicina no me ayudaron a librarme de mi obsesión; en vez de eso, volvía a casa de permiso y la retomaba donde la había dejado; encontrar a Joe. Chocarme con Joe. Hablar con Joe. Cierto que me sentía un poco ridícula... hasta que lo veía, y entonces toda esa vergüenza se evaporaba en una nube de amor. Siempre me producía el mismo efecto. Decía «Hola, Millie, ¿cómo estás?», y hacía que todo mi cuerpo vibrara de emoción.

En la actualidad, con casi treinta años, seguía imitando

bastante bien aquella obsesión adolescente. Tras haber terminado al fin la residencia, acababa de mudarme de nuevo al Cabo, y allí estaba, peligrosamente cerca de Joe otra vez. Pero me prometí a mí misma que aquel año sería diferente. Aquel año me haría merecedora de Joe.

No me hacía ilusiones con respecto a mí. Era una persona agradable y lista. Divertida. Cariñosa. Una buena amiga. Aunque aún era nueva en la profesión, sabía que era una buena doctora. Pero en términos de físico, era bajita, mofletuda y con el pelo largo y lacio, que solía recogerme con una coleta. Tenía los dientes rectos. Ojos marrones. En conjunto, una chica bastante normal. Estar maldecida con una hermana mayor increíblemente guapa no había ayudado a mi autoestima durante los años. Y mi residencia tampoco había mejorado lo que la naturaleza me había dado, aunque había logrado dominar aquella imagen de piel pálida, ojeras y piernas sin depilar.

Para atraer la atención de un hombre que representaba la perfección física, sabía que tenía que sacar el máximo provecho a lo que tenía. Aunque sabía que no podría convertirme en un cisne, estaba decidida a convertirme al menos en, no sé, un ganso canadiense. Son bonitos, ¿no? Los gansos canadienses no tienen nada de malo.

Mi plan era sencillo, igual que el de todas esas mujeres que se habían propuesto conseguir a sus hombres. Me haría un buen corte de pelo, me maquillaría y me libraría del exceso de peso que me hacía parecer Poppy Fresco. Me compraría ropa nueva con la ayuda de mis amigas mejor vestidas. Me compraría un perro, puesto que a Joe le encantaban los perros, y aprendería a cocinar mejor. Y tras haber hecho todas esas cosas, introduciría mi nueva presencia en la vida de Joe y movería ficha.

Capítulo 1

La primera mañana en mi nuevo hogar me desperté con el olor a pintura húmeda y con el radiador conspirando contra el frío de marzo.

Aquel día albergaba todas las promesas de un nuevo año escolar. Con la residencia terminada. La casa remodelada. A punto de empezar a trabajar. Y Joe… que estaría ahí fuera en aquella fría mañana, a punto de descubrir que yo era el amor de su vida. Me levanté de la cama y miré a mi alrededor, me fijé con orgullo en las paredes azules y en la colcha antigua. Caminé descalza hasta la cocina, admiré las encimeras y el brillante fregadero de porcelana. Encendí la cafetera y suspiré feliz y agradecida.

Mientras se hacía el café, rebusqué en una caja que estaba aún sin desempaquetar. Encontré lo que estaba buscando, regresé a la cocina mientras la cafetera emitía sus últimos borboteos, me serví una taza, me senté y centré mi atención en el objeto que tenía ante mí.

Una fotografía de ocho por diez que mostraba la silueta de Joe Carpenter contra el cielo, sin camisa, mientras clavaba una tabla en un tejado. La foto en blanco y negro exhibía sus brazos perfectamente formados mientras realzaba aquella tarea aparentemente cotidiana que, con su elegancia, parecía pura poesía. Estaba ligeramente girado, pero se le veía el rostro lo suficiente como para saber lo guapo que era. El pie de foto decía: *El acertadamente llamado Joe Carpenter, de Eastham, trabaja en la restauración de la casa Penniman.*

¿Cómo había conseguido esa foto? Había llamado al periódico para que me la enviasen, muchas gracias. Había aparecido en el *Boston Globe* y jamás habían sospechado que yo no era la madre de Joe, como dije ser. A veces tener el nombre de una anciana dama resulta muy útil. Después de todo, no me habrían creído si mi nombre hubiera sido Heather o Tiffany... Por supuesto, no podía tener esta foto expuesta, así que la guardé para momentos especiales. Y aquél era uno de esos momentos, así que contemplé la imagen con la reverencia que merecía.

–Todo empieza hoy, Joe –dije sintiéndome bastante idiota. Aun así recorrí con el dedo la imagen del hombre al que había amado durante tanto tiempo, y el sentimiento de idiotez se disipó como la niebla de primera hora de la mañana–. Estás a punto de enamorarte de mí. De ahora en adelante, todo lo que haga será por ti.

Contuve la necesidad de besar la foto, me levanté y caminé por mi pequeña casa, taza en mano, deleitándome simplemente con estar allí. Poseer una casa en Cabo Cod es todo un logro... un logro por el que yo no había tenido que esforzarme. Mi abuela había muerto poco después de Navidad. Al leer el testamento descubrí con gran sorpresa y alegría que me había dejado su casa a mí... y sólo a mí.

La modesta casa llevaba los tablones de cedro que eran requisito del cabo, ligeramente descoloridos por el sol y el aire salado. No había jardín, sólo un montón de agujas de pino, arena y musgo. Pero la casa tenía un valor incalculable porque se encontraba en el terreno protegido del Parque Nacional de la Costa de Cabo Cod. Eso significaba que nunca edificarían allí, que nunca tendría un nuevo vecino y que estaba bastante cerca del agua (a cuatrocientos cincuenta metros para ser exacta, aunque el mar no se veía por ninguna parte). Sin embargo podía oír el murmullo de las olas del Atlántico, y por la noche el brillo del faro de Nauset surcaba la oscuridad.

Durante meses había estado yendo allí desde Boston para trabajar en la casa; lijar los suelos, pintar las paredes, organizar las cosas de mi abuela. Y el resultado final era una agradable amalgama de antigüedad y modernidad. La banqueta de mi abuela estaba junto a mi mesa de cristal para el café, una colcha nueva cubría su viejo sofá beige y una bonita acuarela colgaba en la pared donde antes aparecía John Kennedy rezando. Contemplé el amarillo cálido que había elegido para una de las paredes del salón y decidí que quedaba fantástico. Después fui al cuarto de baño para admirar los flamencos rosas que mi madre y yo habíamos dibujado con plantillas sobre el verde pálido de las paredes. «Espera a que Joe lo vea», fantaseé. «No querrá marcharse nunca». Metí la cabeza en el armario del baño para ver cuánto espacio tenía. El lugar seguía oliendo a ambientador de limón.

En ese momento sonó el teléfono, yo di un respingo y me golpeé la cabeza con el armario. Corrí a la cocina para contestar la primera llamada en mi nueva casa.

—Hola, Millie, cariño —dijo mi madre—. ¿Qué tal tu primera noche? ¿Todo bien?

—Hola, mamá —respondí felizmente mientras me frotaba la cabeza—. Todo genial. ¿Qué tal tú?

—Oh… bien —respondió de manera poco convincente.

—¿Qué sucede?

—Bueno… se trata de Trish —murmuró mi madre.

—Ah —claro que se trataba de Trish. El tema de conversación habitual en la familia—. ¿Qué sucede? —abrí el frigorífico y examiné el escaso contenido: naranjas, leche y levadura, adquirida en un momento de autoengaño en lo referente a mis ambiciones reposteras. Obviamente tendría que ir al mercado en breve—. ¿Trish está de visita?

—No, no. Sigue en… Nueva Jersey. Pero el divorcio se hará efectivo hoy. Sam acaba de llamarnos.

—Lo siento —dije yo. Y era cierto. Mis padres adoraban a Sam Nickerson, mi cuñado. Y yo también. Al igual que el resto del pueblo. Sam era el hijo que mis padres nunca habían tenido. Mi padre y él solían ver juntos los partidos de fútbol y hacían cosas de hombres como arreglar el camino de entrada. A mi madre le encantaba darles de comer a él y a mi adorado sobrino de diecisiete años.

–Bueno, no es como si no fuésemos a volver a ver a Sam o a Danny –le aseguré a mi madre–. En cualquier caso van a quedarse ahí.

–Oh, ya lo sé –respondió ella–. Pero me gustaría que… Ojalá tu hermana se hubiera tomado más tiempo. Creo que está cometiendo un error.

Un dulce placer culpable me recorrió por dentro al oír la desaprobación de mi madre. Trish siempre había sido su favorita y, durante años, mi madre había ignorado el comportamiento de mi hermana e incluso había premiado su egoísmo. Incluso cuando Trish se quedó embarazada después del instituto, mi madre la defendió y se consoló pensando que Sam se había casado con ella inmediatamente y se la había llevado a Notre Dame, donde estaba estudiando con una beca de atletismo.

Me recordé a mí misma que debería haber superado ese tipo de cosas. Aun así, no pude evitar decir:

–Bueno, claro que está cometiendo un error –cerré entonces el frigorífico–. ¿Cómo están Sam y Danny?

–Están bien. Aunque Sam parecía muy triste.

–Iré a visitarlos más tarde –dije.

–Eso sería todo un detalle, cariño. Ah, papá quiere hablar contigo. Howard, es Millie.

–Ya sé quién es –dijo mi padre–. Voy a la tienda de fontanería, cariño. ¿Necesitas algo?

–No, gracias, papá. Estoy servida por ahora.

–Bueno, yo necesito algunas tuberías. El sistema séptico de los Franklin se desbordó anoche y su jardín está hecho un desastre. Les dije que echaran sólo papel higiénico, pero no escuchan.

–Entonces les está bien empleado. Creo que no necesito nada, pero gracias, papá.

–De acuerdo, cielo. Hasta luego.

–Adiós. ¡Y diviértete con el pozo negro! –respondí yo,

sabiendo que lo haría. Era dueño de Brisa Marina: La empresa más fresca del ramo. Se trataba de una importante empresa de desatascos y fosas sépticas, y él amaba su trabajo con un entusiasmo que generalmente sólo demostraban los misioneros y las animadoras de la Liga Nacional de Fútbol.

Satisfecha con el sentimiento de cercanía familiar, colgué el teléfono. Entonces, con gran fortaleza moral, me preparé para el primer paso de mi plan para enamorar a Joe Carpenter.

Siendo doctora, obviamente sabía que sólo existe una manera de perder peso, y esa manera es quemar más calorías de las que se consumen. Me había auto impuesto raciones de prisión; de ahí la escasez de cualquier cosa apetitosa en mi casa. A mi autocontrol le faltaba entusiasmo. Si me compraba un helado de Ben & Jerry, sin duda el mejor helado del mundo, me comía todo el bote de una sentada. Con aquel nuevo comienzo me había propuesto mejorar mis hábitos alimenticios, y por tanto no había comprado nada que engordase o llevase azúcar; en otras palabras, nada bueno. Para facilitar el proceso de pérdida de peso, para entrar en el reino dorado de la gente en forma, había decidido también empezar a correr.

Correr era fácil. Sólo había que ponerse unas deportivas y salir a la calle, ¿no? No se requería una gran habilidad para eso. Tenía todo lo necesario. Sujetador para correr, listo. Deportivas Nike, listas. Pantalones cortos negros, listos. No de los ajustados, claro. Eran unos pantalones sueltos y cómodos de un tejido transpirable. Camiseta de manga corta, lista. Esa decía: *Tony Blair es un bombón.* Mirada a la foto de Joe, lista. Suspiro anhelante, listo. Y directa a la calle.

Nunca antes había hecho ejercicio. En absoluto. Jugaba al *softball* de pequeña, puesto que era como una religión por aquí, pero nunca hice aeróbic ni Pilates, como hacía mi hermana Trish. Y la diferencia se notaba. Trish, que tenía treinta y cinco años, aparentaba veintitrés, con unos brazos tonificados y bronceados, con una cintura de avispa y un trasero firme. En la edad adulta, yo había estado demasiado inmersa en la universidad, en la escuela de medicina, etcétera, como para perder el tiempo en mi bienestar físico. Los residentes suelen tener mala salud. Comemos bollos y nos parece una comida. Dormimos cuatro horas y nos parece suficiente. ¿Ejercicio? Eso es algo que aconsejamos a nuestros pacientes con afecciones cardíacas. Pero no es para nosotros.

Tras un minuto o dos de estiramientos vagos, caminé hasta llegar a la carretera. Dado que el Cabo estaba bastante desierto en marzo, estaba bastante segura de que nadie me miraría. Hacía frío y el cielo estaba cubierto; un buen día parar correr, pensaba yo. Así que ahí fui. Metro tras metro. De hecho resultaba bastante fácil. Hacía bastante frío y las piernas y los brazos me picaban con el aire. Pasé frente a la casa de mi vecino y seguí por la carretera. Me di cuenta de que tenía que respirar por la boca. El estómago comenzó a revolvérseme. Me pregunté cuánto tiempo llevaría y miré el reloj. Cuatro minutos.

Intenté distraerme contemplando las hermosas vistas. Las ramas de las acacias se chocaban con la brisa. Llegué hasta el faro, que se alzaba glorioso con su torre blanca y roja contra el cielo gris. ¡Ah! De pronto sentí un dolor agudo en el lado izquierdo. «Corre contra el dolor, Millie», me ordené a mí misma. «El dolor es la debilidad que abandona el cuerpo». Seguí corriendo. Llevaba ya nueve minutos. El aire frío me arañaba la garganta, y no me alentó el oír mis pulmones absorbiendo el aire convulsivamente. Respiración agónica, lo llamamos en la planta de enfermos terminales. ¿Habría llegado ya a los dos kilómetros? ¿Estaría haciendo algo mal? ¿Tendría la saturación de oxígeno peligrosamente baja?

Me detuve y me agaché resollando. «Sólo es para respirar un poco», me consolé a mí misma al sentir el corazón palpitando con fuerza en las sienes. Tras un par de minutos recuperé la compostura. Eché a correr de nuevo. Inmediatamente regresaron los resuellos. Intenté concentrarme en la respiración. No podía ser tan difícil. Inspira, espira, inspira, espira, inspira, espira… ¡Dios, estaba hiperventilando! ¡Y además oía un coche acercándose! Fingí estar en plena forma y me obligué a prolongar mis zancadas por si acaso se trataba de alguien conocido. Con una sonrisa pese al increíble dolor, levanté la mano para saludar, lo que me produjo un tremendo espasmo en el hombro. El coche pasó. Fin de la crisis.

No, no del todo. Ante mí se alzaba una colina. «Sigue moviendo los pies, Millie. No pares ahora». Aquella colina no parecía una colina a simple vista; era más bien una cuesta, pero en lo que a mí respectaba, era la colina de la muerte. Me imaginé a mí misma en la maratón de Boston, el pináculo de todos los acontecimientos de atletismo, con frecuencia imitada, pero nunca duplicada... «Y aquí llega Millie Barnes, la doctora Millie Barnes, damas y caballeros, del hermoso Cabo Cod...».

¿Iba a perder el control de mi vejiga? ¿O vomitar? El reloj marcaba trece minutos. Obviamente estaba roto. Al llegar a lo alto de la colina, me di la vuelta y comencé a bajar. Oh, aquello era más fácil, salvo que estaba hiperventilando de nuevo. «¡Cálmate!», me ordené. La colina, tan horriblemente larga en la subida, era demasiado corta en la bajada. Mis piernas eran tan ágiles como vigas de roble y las espinillas me dolían tremendamente. El dolor en el costado izquierdo seguía presente, y el calambre del hombro se había extendido al cuello, lo que me obligaba a girar la cabeza en un ángulo extraño.

El ácido láctico de mi cuerpo estaba llegando a niveles tóxicos. Me imaginé el diagnóstico que me darían en Urgencias.

—Santo cielo, ¿qué le ha ocurrido?

—Estaba corriendo, doctor.

—¿Cuánta distancia?

—Casi dos kilómetros, doctor.

¡Maldita sea! Si paraba, sabía que jamás volvería a intentar correr. «Piensa en Joe», me dije. «Piensa en estar desnuda con Joe y tener un cuerpo fabuloso. Te dirá que estás en muy buena forma mientras contempla tu... tu... ¡El buzón de mi vecino!». Ya casi había llegado. Y sí, allí estaba, mi dulce hogar. Me metí por el camino que conducía a la casa y me detuve. Me temblaban las piernas de forma descontrolada, tenía la camiseta empapada, la garganta seca y dolorida. Entré tambaleándome por la puerta y me dejé caer en una silla de la cocina.

«¡Aquí está, damas y caballeros! ¡La doctora Millie Barnes, ganadora de la maratón de Boston!». Miré el reloj de nuevo. Veintiocho minutos. Casi tres kilómetros. ¡Era increíble! Lo había logrado. Tardé en volver a respirar con normalidad, pero después de todo, menudo entrenamiento. Tras unos veinte minutos me levanté de la silla y me bebí un vaso de agua.

Después cometí el gran error de mirarme en el espejo de cuerpo entero. Tenía la cara con un sorprendente tono rojo. No rosa, ni sonrojada después del esfuerzo. Ni siquiera roja. Era del color de una remolacha. La cara entera, toda del mismo color. Tenía los ojos hinchados por la irritación del sudor, los labios agrietados y blancos. La camiseta sudorosa se me pegaba a la piel de las extremidades superiores y el cuello. Tenía las piernas rojas y quemadas por el viento, aunque suponía que eso era mejor que el tono blanco tiza habitual en mí. Bueno, al fin y al cabo estaba progresando.

Me di una ducha caliente, que acabó demasiado pronto debido a los fallos del calentador. Mientras me preparaba un té verde, decidí llamar a mi hermana. Al fin y al cabo, su matrimonio terminaba oficialmente aquel día y pensé que debería comportarme como una hermana. Aun así, Trish me daba un poco de miedo. Recordaba su furia cuando habían leído el testamento de la abuela. Trish había recibido varios miles de dólares, una nimiedad comparada con lo que valía aquella casa. Ésa había sido la última vez que la había visto.

Tras varios minutos rebuscando entre los papeles de mi escritorio, encontré su número. El código de zona me produjo un vuelco en el corazón. Nuestra Trish estaba muy lejos de casa.

Cuando yo estaba en la universidad, solía llamarla con frecuencia para saber qué tal estaba Danny, puesto que adoraba a mi sobrino, pero cuando cumplió los seis o siete años, Trish ponía al niño directamente al teléfono, pues sabía cuál era el verdadero propósito de mi llamada. O hablaba con Sam, que me ponía al día de los partidos de fútbol de Danny, de las charlas con los profesores, de las clases de clarinete, etcétera.

–¿Sí? –como siempre, sonaba impaciente.

–Hola, Trish, soy Millie –dije, y me sentí incómoda de inmediato.

–Ah, Millie. Hola –respondió–. ¿Qué sucede? –podía imaginármela, moviéndose nerviosamente junto al teléfono, sin duda con mejores cosas que hacer que hablar con su hermana pequeña.

–No sucede nada –respondí yo mientras me servía el té–. Me he enterado de que tu divorcio se hacía efectivo hoy y quería saber qué tal estabas.

Hubo una pausa. Pude notar su irritación creciente.

–Estoy bien –dijo sin más–. Nunca he estado mejor.

Yo apreté los dientes. Deseé no haber llamado, pero seguí hablando de todos modos.

–Bueno, ya sabes, has estado casada durante mucho tiempo y pensé que…

–Millie, estoy más feliz de lo que he estado en años. El hecho de que pertenezcas al club de fans de Sam Nickerson no significa que nos hiciéramos felices, ¿de acuerdo? Esto es lo que deseo. Avery es lo que deseo. No Sam. Sam es aburrido –a los ojos de mi hermana no había crimen mayor que ser aburrido.

–Muy bien –contesté yo–. Es sólo que… pensé que a lo mejor estabas triste. Diecisiete años y esas cosas. Pensé que te sentirías un poco melancólica, pero veo que me equivoco.

–Eso es.

–De acuerdo, Trish. Ha sido un placer hablar contigo. Diviértete en el Estado Jardín.

–¿Cómo estás tú? –preguntó Trish inesperadamente.

–¿Yo? Estoy bien. Genial, de hecho –respondí yo, aliviada por la pregunta imprevista.

–¿Qué tal la casa de la abuela? –preguntó mi hermana con una cantidad moderada de hostilidad.

–Ahí está –dije yo–. ¿Hay algo que quieras? ¿Quizá la manta de ganchillo?

–Dios, no, Millie. Por favor –vuelta a la normalidad.

–Bueno, iré más tarde a ver a Danny y le diré que has preguntado por él –dije con la esperanza de hacer que se sintiera algo culpable. No funcionó.

–Ya le he llamado yo. El próximo fin de semana vendrá a visitarme.

–Ah –era evidente que nuestra conversación había terminado. Nos despedimos y colgamos.

Trish y yo éramos tan diferentes como pudiera imaginarse. Mientras que yo había luchado contra los dientes torcidos y el sobrepeso en la juventud, Trish había pasado flotando por la adolescencia, inmune a los trastornos alimenticios, a las espinillas y a los cortes de pelo desafortunados. Trish había sido la capitana de las animadoras. Yo había sido presidenta del club de ciencia. Trish había sido reina del baile. Yo había sacado matrícula en Biología. Ella había salido con el capitán del equipo de fútbol. Yo no había salido con nadie.

Para poder deshacerme del sentimiento de incompetencia y frustración que mi hermana despertaba en mí, después llamé a Katie Williams. Habíamos sido amigas desde el jardín de infancia, cuando ella había vomitado en mi pupitre, un vínculo que había soportado la prueba del tiempo. Hay algo irremplazable en alguien que te ha conocido desde que se te cayó tu primer diente, desde que te compraste tu primer sujetador, desde que tomaste tu primera copa. Katie sabía de mi amor por Joe, de mis planes, de Trish, de todo. Madre divorciada con dos niños pequeños, disfrutaba oyendo historias que no tuvieran que ver con orinales o con Bob el Constructor. Y por supuesto, ella tenía asistencia sanitaria gratuita, cortesía de la madrina de sus hijos (es decir, yo). En cualquier caso, Katie era mi tabla salvavidas cuando yo maquinaba, despotricaba, me enrabietaba y fantaseaba con Joe Carpenter. Siempre se había mostrado muy tolerante con el tema.

Katia escuchó con falsa compasión y demasiadas risas el relato de mi primer acercamiento al atletismo, se compadeció por lo de mi hermana y accedió a ir a tomar café al día siguiente con mis ahijados. Tras colgar el teléfono, me vestí, encendí el reproductor de CD y bailé al ritmo de U2, fingiendo ser Bono durante dos canciones. Finalmente me detuve y me metí en el coche. Era hora de ir a ver a Sam y a Danny.

Vivían al otro lado del pueblo, en uno de los vecindarios más pintorescos de Eastham. Cuando mi sobrino tenía tres o cuatro años, los padres de Sam murieron en un accidente de tráfico, consecuencia de que un adolescente borracho se estrellara contra ellos en la carretera 6. Trish, Sam y Danny se habían mudado a la casa de los padres de Sam tres semanas después del funeral. Mi hermana había comenzado con la remodelación de inmediato. Un año más tarde la casa estaba irreconocible. La habían derribado casi por completo y en su lugar ahora había una estructura moderna con ventanas enormes que daban a la bahía. Sam había tenido que buscar un segundo trabajo para ayudar a pagar las facturas.

La casa modernizada no era de mi gusto, aunque tenía que reconocer que era impresionante; grande, abierta, con mucho cristal y una terraza. Pero era la vista la que te dejaba sin aliento. La casa daba a una pequeña playa a un lado de la bahía. El agua se extendía hacia el horizonte, y desde allí podían verse los botes de madera, las gaviotas, los cormoranes y algún que otro cisne. Podían oírse sus gritos, una melodía de aves marinas que se mezclaban con el omnipresente viento y el vaivén de las olas. Cuando la marea estaba baja, podías caminar más de un kilómetro, y cuando estaba alta, había profundidad suficiente para nadar. Las posidonias bailaban suavemente bajo el agua, verdes cuando hacía calor, doradas cuando hacía frío. La gente, incluso los lugareños, se acercaba a la playa para ver los atardeceres que adornaban el cielo al acabar cada día. Aquello era lo que mi hermana había abandonado para irse a Short Hills, Nueva Jersey, donde según creo tienen un centro comercial impresionante.

Aparqué el coche en el camino de la entrada y subí corriendo los escalones. Sam era policía y, cuando no estaba haciendo del mundo un lugar más seguro, trabajaba a tiempo parcial para un paisajista. Sus jardines eran espectaculares. Incluso en marzo podían verse brotes verdes que aliviaban el gris y marrón predominante. En pocos meses la gente se detendría en la calle para admirar la antigua residencia de mi hermana.

Abrí la puerta y grité hola. Mi sobrino bajó corriendo las escaleras. Sentí un torrente de amor y gratitud al saber que, incluso a la edad de diecisiete años, Danny aún se alegraba de verme. Mi sobrino era la culminación de lo que una esperaba que fuese su hijo. Divertido, generoso, muy listo, alto y un poco desgarbado. También se le daba bien el béisbol. El típico chico americano.

–Hola, tía –me dijo mientras se agachaba para darme un beso en la mejilla. Hacía cinco años que era más alto que yo.

–Hola, jovencito –dije yo–. ¿Qué estás haciendo?

–Los deberes de Cálculo. ¿Quieres algo de comer? Yo me muero de hambre –dijo mientras entrábamos en la cocina. Electrodomésticos de acero inoxidable, encimeras de granito, paredes blancas y un suelo de azulejos negros conferían a la habitación una atmósfera militar. Me senté en uno de los taburetes junto a la encimera y vi a Danny brincar de un lado a otro. Rechacé su oferta de comer algo, aunque me rugía el estómago, y más gracias al olor de un panecillo tostándose y al vaso de leche que mi sobrino se bebió en cuatro tragos. Miles de calorías.

–¿Tu padre está trabajando? –pregunté.

–No. Se ha pedido el día libre –dijo Danny mientras pelaba un plátano que se metió en la boca mientras esperaba a que el panecillo terminase de tostarse–. El divorcio se hace oficial hoy, ¿sabes?

–Sí, eso he oído. ¿Cómo lo llevas?

–Bueno, bien, supongo –hizo una breve pausa y miró por la ventana hacia la bahía–. Quiero decir que mamá lleva fuera ya un tiempo, así que estoy bastante acostumbrado. Pero papá se lo ha tomado mal.

–¿Has hablado hoy con tu madre?

—Sí. Está bien.

Yo esperé, fascinada por la cantidad de comida que mi sobrino podía meterse en la boca de una sola vez. Un tercio de panecillo. Dios mío.

—Dice que se alegra de haber iniciado un nuevo capítulo en su vida. Una puerta se cierra y se abre una ventana, ese tipo de cosas. Yo creo que le va bien.

—Maravilloso —murmuré yo, tratando de ser neutral.

—Oh, vamos, tía Mil. No puedes culparla demasiado —continuó Danny tras encogerse de hombros—. Se merece ser feliz. El hecho de que mis padres se equivocaran cuando eran jóvenes no significa que mamá no pueda seguir hacia delante. Quiero decir que sí, lo de los cuernos estuvo mal, pero no creo que quisiera hacer daño a nadie.

¡Qué generosidad! ¿Cómo podía aquel chico haber salido de las entrañas de mi hermana?

—Eres el mejor chico del mundo —dije—. Y no se equivocaron al tenerte. Eres lo mejor que les ha pasado. Y a mí también. Ven aquí para que pueda pellizcarte la mejilla.

—Aún no eres tan vieja, tía Mil —dijo Danny—. ¿Oye, te acuerdas de mi amigo Connor? Dijo que eras mona. Quiere jugar a los médicos cuando abras tu clínica.

—Eso es aterrador —comencé a reírme—. ¿Entonces dónde está tu padre?

—Está dando un paseo por la playa —Danny se tornó sombrío—. Está muy triste, tía Mil. Mucho.

Pobre Sam, caminando por la playa el día de su divorcio. Sentí un vuelco en el corazón. Charlé con Danny un poco más, le pregunté por sus notas para recordarle que yo era la adulta, y luego salí de la casa para ir a buscar a Sam.

¿Cómo había logrado Trish cazar a Sam Nickerson? Bueno, quedarse embarazada había funcionado bastante bien. Pero nunca se había merecido un hombre como él, eso seguro. Sam era el hombre más agradable de la zona y siempre lo había sido. Además siempre había sido especialmente bueno conmigo.

Cuando yo tenía once o doce años y Trish y Sam eran

adolescentes con las hormonas revueltas, mis padres habían salido y habían dejado a mi hermana al cargo. Katie iba a quedarse a dormir y Trish asomó la cabeza por la puerta de mi habitación para informarnos de que Sam y ella iban a irse a una fiesta. Nos advirtió que no se lo dijéramos a mamá y a papá o nos mataría, una amenaza que nosotras habíamos aceptado con la gravedad que merecía.

En ese momento Sam entró para saludarnos, hizo un comentario favorable sobre mi Barbie y su furgoneta y charló con nosotras un minuto o dos. Cuando se dio cuenta de que Trish debía quedarse cuidándonos, le dijo que no podían dejarnos solas. Terminaron llevándonos al cine a ver una película para preadolescentes. Sam incluso nos compró palomitas y soda, y no pareció importarle que Trish estuviera echando humo. Tristemente aquella noche seguía siendo la mejor cita de toda mi vida.

Así era Sam para mí. O así era antes de que diecisiete años de matrimonio lo convirtieran en un marido de los de «sí, querida», ligeramente derrotado y siempre un tanto confuso en lo referente a Trish. Pero al menos en alguna ocasión la había amado de verdad, y cuando lo vi, mirando hacia el océano con los hombros encorvados, en efecto me pareció que estaba muy triste.

—Hola, cabeza hueca —dije alegremente mientras caminaba por la arena hacia él. Sam se dio la vuelta ligeramente.

—Hola, niña —respondió sin ánimo.

—Doctora niña, si no te importa —dije yo. Sentía los ojos húmedos; no por el viento, sino por ver a Sam tan triste. Entrelacé el brazo con el suyo—. ¿Qué tal lo llevas?

—Bien —me dirigió una sonrisa cansada y siguió mirando al océano. Yo me debatía entre la compasión y el enfado. Sam estaba mucho mejor sin Trish, aunque sabía que no debía decírselo.

—¿Sabes qué? —dije.

—¿Qué?

—¡Esta noche voy a sacarte por ahí! Venga, regresemos a casa. ¡Este viento es horrible! Tengo las orejas congeladas

—comencé a dirigirlo hacia el camino que serpenteaba hacia su casa.

—Lo siento, niña. No quiero ir a ninguna parte —respondió Sam, y dejó que yo lo guiara, aunque me sacara al menos veinte centímetros de altura.

—Lo sé. Por eso vamos a salir. Es demasiado patético quedarse en casa la noche de tu primer divorcio. Al contrario que con el segundo, cuando sí puedes quedarte en casa. Alternas con cada divorcio. Sales, te quedas en casa. Sales, te quedas en casa —sorprendentemente Sam parecía inmune a mi sentido del humor. Me detuve y lo miré directamente—. En serio, Sam. Ven conmigo a tomar una cerveza. Invito yo. No te quedarás solo en casa esta noche. Me encadenaré a tu horno antes de permitirlo.

—Millie…

—¡Vamos! Por favor.

Sam suspiró.

—Está bien. Una cerveza. Pero no quiero que sea en el pueblo.

—¡Buen chico! —mientras subíamos las escaleras hacia la terraza, me volví hacia él una vez más. Parecía tan triste que los ojos se me llenaron de lágrimas—. Escucha, Sam, quiero decirte algo —tragué saliva—. Sólo quería decirte que creo que eres maravilloso. Y que siento que lo estés pasando mal —comenzaron a temblarme los labios—. Siempre he estado muy orgullosa de tenerte como cuñado —me sequé los ojos con la mano y le dirigí una sonrisa llorosa.

Sam me miró sorprendido, luego me pasó un brazo por los hombros y seguimos andando hacia la casa.

—Eso ha estado muy bien, niña. ¿Has venido ensayando en el coche?

—Sí, así es, listillo. Y por eso tendrás que pagar tú la segunda ronda.

Capítulo 2

Dos horas más tarde estábamos en un bar en Provincetown, bebiendo cerveza y esperando las alitas de pollo estilo búfalo. Aún quedan lugares así en Provincetown, aunque tienes que saber dónde buscar. De lo contrario acabas comiendo cosas como enchiladas de lubina con comino molido y salsa de eneldo.

El bar era bastante normal y probablemente no nos encontrásemos con nadie que conociéramos. Yo comprendía el deseo de Sam de salir del pueblo. No había una sola persona que no supiera lo de la ruptura y que no se lamentara por el hecho de que el agente Sam hubiese sido abandonado y sustituido por un corredor de bolsa de Nueva Jersey.

Estábamos sentados tranquilamente en nuestra pequeña mesa, contemplando a los lugareños. Sam se había mostrado bastante taciturno durante el camino y yo empezaba a cansarme. Trish se había marchado el agosto anterior y, aunque el divorcio se hiciese oficial aquel día, a mí me parecía que Sam estaba regocijándose demasiado en su propia tristeza. Decidida a sacarlo de su amargura, le di una patada por debajo de la mesa.

—¿Sabes qué? –le pregunté.

—¿Qué, niña? –respondió Sam.

—Hoy he empezado a correr –dije–. Me refiero a correr como si alguna vez fuese a participar en la maratón de Boston.

Sam, como antiguo jugador de fútbol en la universidad de Notre Dame, había sido todo un atleta y aún estaba en buena forma. Corría, jugaba al fútbol en la liga del pueblo y probablemente hiciera otras actividades físicas relacionadas con su profesión. Sin embargo mostró un interés bastante moderado. Simplemente asintió con la cabeza y dio un trago a su cerveza.

–¿Quieres saber cuánta distancia? –pregunté yo, pues no me importaba utilizar mi propia humillación para lograr que mi cuñado sonriera.

–Claro.

–Casi tres kilómetros.

Aquello llamó su atención.

–¿De verdad? –preguntó Sam. Parecía algo menos trágico–. ¿Cuánto tiempo has tardado?

–Oh, bueno, veamos –dije yo–. Unos veintiocho minutos.

Su risa rebotó en las paredes y yo sonreí también.

–Dios, Millie, yo puedo gatear más rápido que eso.

–Muy gracioso, estúpido. Pero acabo de empezar, ¿sabes?

Llegaron las alitas y yo, que había trabajado tan duro aquel día, sentí que al menos merecía ocho de ellas. Devoramos la comida en silencio como sólo pueden hacer los viejos amigos, y yo lo observé en busca de signos suicidas o de depresión vegetativa. No parecía haber ninguno.

Sam era bastante atractivo. No representaba la perfección masculina de Joe, que había sido el tema de al menos tres peleas de gatas en las que habían tenido que intervenir las autoridades. Sam estaba bien definido, tenía un atractivo americano, alto y delgado, de pelo castaño claro ligeramente canoso, con los ojos tristes color avellana y arrugas a los lados. Tenía una voz bonita y una sonrisa agradable. Era un hombre amable, dulce y trabajador. Y sí, yo tenía un plan para rehacer su vida, devolverle la felicidad y borrar parte de la tristeza que mi hermana había causado. Pero tenía que hacerlo suavemente, porque, al fin y al cabo, el pobre hombre llevaba divorciado sólo unas horas.

–¿Qué tal está tu padre? –preguntó Sam mientras la camarera se llevaba los platos.

–Está bien. Sigue furioso con… eh… con Trish. Ya sabes lo mucho que te quiere –¡vaya! No era mi intención mencionar el nombre de mi hermana.

Sam gruñó a modo de respuesta.

–¿Y tú qué tal, Sam? –pregunté con mi mejor voz de doctora compasiva. Él sonrió con tristeza, trágicamente. Yo apreté los dientes con fuerza durante varios segundos.

–Estoy bien, supongo –tomó aliento y dio otro trago a la cerveza. Después se frotó las manos en los vaqueros–. Es sólo que… bueno, sigo preguntándome qué hice mal. No lo vi venir.

–¿De verdad?

–Bueno, quiero decir que… sabía que ella no era feliz. Ninguno de los dos lo éramos, pero tampoco éramos desgraciados.

–¿Por qué no era feliz? –pregunté yo.

–¡No lo sé! ¿Vosotras no habláis de esas cosas? Pregúntaselo. Es tu hermana –Sam me dirigió una mirada furiosa y después comenzó a arrancar la etiqueta de su cerveza.

–Bueno, Trish y yo no estamos lo que se dice unidas –murmuré yo–. No pretendía molestarte. Pero no sé… un matrimonio no se acaba así, sin más, ¿no?

Sam suspiró.

–Probablemente no. Ella se quejaba de que yo trabajaba demasiado, pero bueno, teníamos muchas facturas. Y ella estaba encantada de gastarse todo lo que yo ingresaba.

Cierto. A mi hermana le gustaban «las cosas bonitas», un término que ella empleaba para describir sus hábitos de compra. Otros habrían usado el término «estúpida» o «irresponsable».

–Y no sé, Millie. Llegamos al punto de saber que las cosas no funcionaban, pero no sabíamos qué hacer. No era nada concreto, sólo la sensación de que las cosas no iban bien. Yo no sabía cómo arreglarlo, así que básicamente lo ignoré hasta que ella se echó un novio.

Probablemente aquél fuese el párrafo más largo que le hubiera oído decir a Sam, y pareció arrepentirse de haberlo dicho. Dio otro trago a su cerveza.

–Es raro no seguir casado –añadió después–. Siempre he estado casado, ¿sabes?

–Claro –dije yo–. Te llevará un tiempo –«seis meses y subiendo», añadí en silencio–. Y en cuanto a Trish, bueno, ella siempre ha deseado muchas cosas. Se engaña a sí misma si cree que será feliz con el señor Nueva Jersey.

–Cierto –contestó Sam con cara seria y yo me recordé a mí misma que debía evitar mencionar al amante de Trish.

–¿Sabes qué? –dije–. Voy a adoptar un perro.

–¿De verdad?

–Sí. Creo que lo llamaré Sam.

–Me alegra tenerte de vuelta en el Cabo, Millie –dijo con una sonrisa.

Yo le devolví la sonrisa y ambos masticamos nuestras ramas de apio sin decir nada, escuchando la música y viendo una partida de dardos. Luego Sam levantó la mirada.

–Hola, Joe –dijo.

El corazón me dio un vuelco y la mente se me paralizó en ese mismo instante. Levanté la mirada y allí estaba.

Era como una obra de teatro, cuando el foco ilumina sólo al protagonista. Joe Carpenter estaba de pie junto a nuestra mesa, con una sonrisa que acentuaba sus hoyuelos y dejaba ver sus dientes perfectos. El deseo y el pánico inundaron mis venas a partes iguales.

–Hola, Joe –dije con el corazón en la boca.

–Hola, chicos. ¿Os importa que me siente un segundo? –preguntó Joe, acercó una silla y se sentó a horcajadas. Llevaba unos vaqueros desgastados, una camisa de franela y botas de trabajo, y os juro que era el hombre más deseable creado por Dios. Gracias, Padre, gracias, Hijo, gracias, Espíritu Santo.

–Ponte cómodo –respondió Sam–. ¿Qué estás haciendo tan lejos de casa?

–Tengo una cita –respondió Joe, y proyecto entonces su hermosa mirada verde hacia mí–. Hola, Millie.

–Hola, Joe –repetí, e intenté buscar en mi cerebro algún comentario inteligente.

–¿Y vosotros dos? –preguntó Joe–. ¿Qué hacéis aquí? ¿Vas a arrestar a alguien, Sam?

El corazón me latía con tanta fuerza que me dolía el pecho. ¿Por qué no me había maquillado? ¿Por qué no llevaba algo más elegante que una sudadera? ¿Llevaba pendientes? ¿Tenía alita de pollo pegada a los dientes? Intentando librar a Sam de tener que explicar que aquél era el día de su divorcio, y también para decir algo memorable, busqué una respuesta.

–Oímos que este lugar tiene buena comida –dije.

Y entonces al otro lado del bar, con un bamboleo hipnótico de caderas y una melena rubia ondeante como si de un anuncio de champú se tratase, apareció la cita de Joe. Alta. Delgada. Grandes pechos a pesar de su delgadez, cuya redondez en forma de melón anunciaba que no eran suyos. Al contrario que yo, ella parecía saber qué ponerse para ir a un bar en Provincetown; llevaba una camisa de cuello ancho y unos pendientes que hacían juego con el azul de su blusa y, cómo no, de sus ojos.

–Ahí estás –dijo ella, y colocó una mano en el hombro de Joe para dejar claro a quién pertenecía. Sí, efectivamente, sus ojos eran azules; «Azul caribe», creo que lo llamaba la marca de lentillas.

–Hola –le dijo Joe a la rubia–. Voy a presentarte. Éste es Sam, ésta es Millie, y ésta es Autumn.

–De hecho soy Summer –dijo ella con una mirada de odio. Sam contuvo una sonrisa y yo me mordí el labio.

–Claro –dijo Joe sin mucho remordimiento—. Eres tan guapa que se me había olvidado por un segundo.

Ella pareció tragárselo y le dirigió una sonrisa tensa. A nosotros ni nos miró.

–Bueno –dijo Sam–. Os dejamos seguir con vuestra noche. Ha sido un placer conocerte, Summer –añadió mientras se ponía en pie–. Nos vemos, Joe.

Yo me quedé allí sentada, petrificada. ¿Iba a tener que levantarme? Eso significaría que Joe y Summer verían que aún estaba regordeta a pesar de mi carrera. Pero Joe también se levantó. Me sonrió y yo conseguí devolverle la sonrisa.

—Adiós —dije.

—Adiós, Millie —respondió él. Al parecer, Summer no consideró que despedirse fuera necesario y simplemente se alejó moviendo su exiguo trasero.

Yo conseguí apartar la mirada de las nalgas perfectas de Joe y miré a la mesa. «Di algo», me ordené a mí misma, pues no quería que Sam se diera cuenta del amor que sentía por Joe. Fingí normalidad y le pregunté a Sam si quería otra cerveza.

Aunque ver a Joe con otra mujer nunca era agradable, tampoco era inusual. Durante dieciséis años lo había visto con otras mujeres y no esperaba que alguien tan guapo, dulce y trabajador como Joe estuviera solo. Claro, que me molestaba un poco. Siempre iba con alguien como Summer, alguien muy guapa y nada agradable. Aquellas relaciones nunca parecían durar.

Yo creía con toda mi alma que, una vez que llamase la atención de Joe, vería en mí todo lo que se había perdido con las demás mujeres. Yo era lista, agradable, divertida, poco exigente. Y no olvidemos que era doctora, por el amor de Dios. Ayudaba a los enfermos, consolaba a sus familias, e incluso de vez en cuando salvaba alguna vida. Era un trabajo bastante interesante, he de decir. Cuando me volviese todo lo atractiva que pudiera volverme, sin recurrir a la cirugía plástica ni a los diuréticos, Joe por fin me vería como algo más que una antigua compañera de clase y se enamoraría de mí.

Tal vez os preguntéis de dónde saqué la determinación y las agallas para ir detrás de un tipo como Joe. Al fin y al cabo, la relación más larga que yo había tenido había durado menos de seis semanas. El tema era que había pasado casi toda mi vida enamorada de Joe Carpenter. Pronto cumpliría los treinta. Suponía que era ahora o nunca, y si iba a intentar conseguir a Joe, tendría que jugármelo todo.

Traté de almacenar el encuentro con Joe en el fondo de

mi mente, otro truco que había perfeccionado durante los años. Más tarde examinaría cada detalle con espantoso fervor, me regañaría a mí misma y pensaría en lo que podía mejorar para la próxima vez. Pero por el momento dejé a un lado el incidente. Al fin y al cabo estaba acostumbrada a fingir que Joe era sólo un tipo normal y corriente.

Joe y su acompañante estaban ocupados jugando al billar cuando Sam y yo nos marchamos poco después. Caminamos hasta donde habíamos aparcado.

–Sam, no irás a marcharte a casa, a poner el CD de Norah Jones, a emborracharte y a llorar, ¿verdad? –pregunté cuando nos metimos en el coche.

–Bueno, creo que pasaré de eso –contestó él–. Quizá en otra ocasión.

–Eres un buen chico. Un excelente ejemplo para mi perro.

–No te atrevas a ponerle mi nombre a tu perro.

Cuando llegamos a casa, me sentía contenta, como una buena cuñada, aunque técnicamente ya no lo fuese. Sam me dio un beso en la mejilla, me dio las gracias y, mientras entraba en su casa, ya no me pareció que estuviera tan triste como antes.

–Aguanta ahí, amigo –murmuré mientras daba marcha atrás–. La vida está a punto de mejorar.

Capítulo 3

A la mañana siguiente, me levanté de la cama y caí al suelo de rodillas. ¡Dios mío! ¿Qué me había ocurrido? Todos los músculos por debajo de mi cabeza se habían agarrotado como un mal motor. Me revolví con la manta, me levanté y logré llegar al cuarto de baño, encorvando la pelvis como John Wayne para minimizar cualquier extensión de las piernas. Unas punzadas intensas de dolor me subían desde el tendón de Aquiles hasta las pantorrillas. Estaba coja. Entre lamentos me agaché para beber del grifo y me tomé cuatro antiinflamatorios.

Mi dolor se convirtió en alegría cuando me subí a la báscula. ¡Había perdido un kilo! Por supuesto, sabía que se trataba de la pérdida de fluidos provocada por el sudor del día anterior, y que no podía haber perdido un kilo de grasa en un día, que el funcionamiento del cuerpo no lo permitiría, pero antes que doctora era una mujer con sobrepeso, ¿y sabéis qué? ¡Había perdido un kilo entero!

Katie y sus hijos llegaron poco después. Corey tenía seis años y Mikey tres. Al igual que sus hijos, Katie tenía el pelo rubio y los ojos azules, lo que la convertía en mi opuesto. Su belleza atraía a docenas de hombres, pero Katie… bueno, desde el divorcio se había vuelto un poco dura. Quizá incluso antes de eso, pero desde que Elliott la dejara, no tenía mucho tiempo para estupideces, como ella misma decía.

¿Y cuándo había decidido Elliott abandonarla, os estaréis

preguntando? Pues justo después de que diera a luz a Michael, tras treinta y seis horas de parto y tres horas empujando para traer al mundo a su hijo. Menos mal que yo estaba allí durante el parto, porque el idiota de Elliott no estaba. En una de esas escenas increíbles típicas de la televisión, llegó pocas horas más tarde y le dijo a Katie que quería el divorcio, que simplemente ya no era feliz. Y así, mientras Katie sangraba por la episiotomía, mientras sus pechos adquirían la textura del granito y mientras su hijo recién nacido se retorcía en sus brazos, su marido la dejó por otra más joven.

Lógicamente, Katie había empezado a desconfiar de los hombres. Además tenía que trabajar mucho para mantener a sus hijos. Vivía en un apartamento sobre el garaje de sus padres y trabajaba como camarera en el Barnacle, y mientras luchaba por llegar a fin de mes, yo deseaba más para ella. Aunque juraba que lo último que deseaba era una relación, yo conocía a un hombre maravilloso que acababa de divorciarse, un hombre que adoraba a los niños, que tenía un hijo. Un hombre que me caía muy bien y que sería el marido perfecto para mi mejor amiga. Tenía que ir con cuidado, porque a Katie no le gustaría la idea de que la emparejasen. Y el agente Nickerson aún estaba resentido por la traición de mi hermana.

—Anoche vi a Sam —le dije cuando se sentó a la mesa de la cocina. Los chicos estaban en el comedor, absortos en los libros de colorear que les había comprado.

—¿Qué tal le va? —preguntó Katie.

—Está triste, por alguna razón. Está mucho mejor sin ella —dije yo, deliberadamente insensible, aunque en realidad pensaba que era cierto.

—Oh, venga —dijo Katie—. Estuvieron juntos durante mucho tiempo. Debe de sentirse muy mal, el pobre —añadió antes de dar un sorbo al café.

—Tal vez podamos sacarlo por ahí alguna vez —sugerí yo—. Para alegrarlo un poco.

—Claro —¡misión cumplida!—. ¿Cuándo empiezas a trabajar?

—El uno de abril.

Aunque deseaba dedicarme a la medicina privada, los costes eran prohibitivos para alguien que acababa de terminar la residencia. Había contactado con el doctor Whitaker, que había sido mi médico desde que nací, para que me aceptara como socia. Él deseaba que adquiriese un poco más de experiencia primero y me sugirió el ambulatorio de Cabo Cod, que pertenecía al hospital de Cabo Cod. Después el doctor Whitaker reevaluaría la situación en otoño.

—¿Estás nerviosa? —preguntó Katie.

—Claro que sí. Estoy deseando empezar.

—¿Y qué tal va tu caza de Joe? —preguntó después, y miró hacia el comedor, donde sus hijos tenían las cabezas casi pegadas mientras coloreaban. Una sonrisa maternal de felicidad iluminó su rostro.

—Joe, Joe… —canturreé suavemente. Le conté lo guapo que estaba la noche anterior, lo dulce que había sido, lo divertido que había estado al confundir de nombre a Summer. Katie me escuchaba mientras mi voz adquiría el tono de una fanática. Podía oírme a mí misma divagando sobre las virtudes y los encantos de Joe, y como buena fanática, me costaba parar. Pero finalmente me detuve.

Katie se carcajeó y me dio una palmadita en la mano.

—Estás loca, lo sabes, ¿verdad? —dejó a un lado la taza con un suspiro—. Pero preparas el mejor café del mundo. Vamos, chicos. Tenemos que ir al mercado. Os compraré una magdalena si os portáis bien.

Corey y Michael arrancaron alegremente sus obras de arte y me las presentaron para que las pegara en la puerta del frigorífico, donde pasarían meses. Recibí besos y abrazos y ayudé a abrochar el cinturón de los chicos en el asiento trasero del Corolla antes de despedirme de ellos.

Regresé a casa y allí me envolvió un sentimiento de soledad que se mezclaba con el orgullo de estar allí. Sabía que Katie habría dado sus riñones (o al menos uno de ellos) por el placer de pasar un día sola, pero para mí era diferente. Cuando la soledad era implacable, tendía a perder su brillo.

Capítulo 4

El siguiente paso en mi plan para conseguir a Joe era el importantísimo cambio de imagen. Tendría dos propósitos: el primero, obviamente resultarle atractiva a Joe; el segundo, dar una imagen profesional en la clínica. En Boston no me había preocupado mucho por mi aspecto. Compraba ropa ancha y cómoda, y solía recogerme el pelo en una coleta por su facilidad y rapidez. Pero mi actitud había cambiado. Algunas de las personas que trataría se convertirían en mis clientes y quería proyectar una imagen segura y profesional. Y por supuesto quería estar guapa. Quería ser la doctora guapa.

Decidí recurrir a la mejor fuente posible de belleza femenina, un hombre gay, y llamé a mi viejo amigo Curtis.

–Estoy preparada –le dije.

–Gracias a Dios –respondió él.

Curtis y yo habíamos sido amigos desde el primer año de universidad. Él era de Nebraska, y yo lo había llevado a casa para Acción de Gracias para que pudiera ver el océano por primera vez. Se había quedado allí, petrificado y asombrado, y desde entonces no había regresado a su casa para más de cuarenta y ocho horas. Curtis y su novio, Mitch, habían accedido a ser mis asesores de estilo. El pelo rubio y los ojos azules de Curtis resaltaban su perverso sentido del humor, mientras que la belleza oscura de Mitch recordaba a un poema de lord Byron y sugería generaciones enteras de barones ladrones y demasiadas películas de Cary Grant. Parecían perfectos el uno para el otro y, por lo que yo podía ver, lo eran. Su relación era tan feliz y sólida que todo el que los veía juntos se sentía feliz, salvo por aquéllos cabezas huecas que les daban palizas periódicamente si se alejaban demasiado de casa.

Desde la universidad, Curtis y Mitch habían vivido en Provincetown, la meca de la libertad homosexual, de los jardines preciosos, las tiendas encantadoras y la comida fabulosa. Los chicos regentaban El pavo real rosa, una posada que exhibía su talento para el diseño de interiores. Y fieles al estereotipo, Curtis y Mitch adoraban a las mujeres y tenían muy buen gusto en todo lo relacionado con el cuerpo femenino. Así que no tuve dudas a la hora de ponerme en sus manos.

Un miércoles frío y borrascoso conduje hasta Provincetown en mi viejo Honda. El recorrido era glorioso, un paseo por la carretera 6, la autopista que recorre el Cabo. Contemplé a mi paso los pinares y las salinas, mientras cantaba a todo pulmón *Rosalita*, de mi otro novio, Bruce Springsteen.

Salí de la autopista, pasé por delante de las casas junto a la playa y me metí por la calle comercial, donde se agolpaban las galerías y los cafés. Aparcar no me fue difícil en aquella época del año, y encontré enseguida el salón de belleza que me habían recomendado Curtis y Mitch. Ellos mismos frecuentaban el lugar, y tenían un pelo precioso, cutículas robustas y ningún poro visible.

En el interior, las paredes estaban pintadas en color albaricoque, y por los altavoces fluían las suaves notas de un piano. Los chicos estaban esperándome. Su amigo Lucien era el dueño del local y había accedido a encargarse de mí personalmente, una oferta que Curtis y Mitch consideraban milagrosa. En cuanto entré, los tres se acercaron a mí entre carcajadas, como si acabase de levantarme de mi lecho de muerte. No podía culparlos. Una sudadera de la universidad de Boston y unos vaqueros tan gastados que parecían blancos no eran el mejor ejemplo de la moda gay.

Extremadamente alto, Lucien tenía la piel de ébano y los pómulos de Grace Jones. También tenía un fabuloso acento británico, que yo sospechaba que podía ser falso.

–Es maravilloso conocerte –dijo. Puso una cara al quitarme la goma de la coleta y me pasó la mano por el pelo–. Será mejor que te cambies. Estaremos aquí todo el día.

Bien, para eso había ido allí, al fin y al cabo. Cortar y teñir, maquillaje y manicura. Había rechazado la pedicura, avergonzada ante la idea de que alguien me cortara las uñas de los pies. Mientras me ponía el albornoz negro, podía oír a mis amigos hablando con Lucien de mi situación.

–Va detrás de un hombre –dijo Mitchell.

–¿Y quién no? –preguntó Lucien con un suspiro–. Salvo vosotros dos, claro.

–Quiere un cambio de look completo –explicó Curtis–. Profesional, pero interesante y juvenil. Es doctora –en ese momento sonreí al notar el orgullo en la voz de mi amigo. No había amigos como los viejos amigos.

–¡Bien, Cenicienta! –gritó Lucien–. ¿Por qué no empezamos con la cara? Tendré que trabajar desde la base. Vamos a ver si podemos hacer algo con esa piel de invierno.

Tres horas más tarde me habían cepillado, cortado y teñido el pelo. Me habían exfoliado, me habían pasado la piedra pómez, me habían hecho la cera, me habían hidratado y prácticamente azotado. Me palpitaban las cutículas, la cara aún me picaba por el tónico facial. El cuero cabelludo me ardía por culpa del tinte. Las cejas se resentían después de la cera. ¿Podrían estar sangrando? ¿La gente hacía aquello por voluntad propia? Los chicos no me permitían ver cómo había quedado. Habían tapado el espejo con una sábana para que pudiéramos hacer la revelación. Intenté recordarme a mí misma que aquello era por una buena causa, pero ni siquiera imaginarme la cara de Joe hacía que me sintiera mejor.

Mientras los reflejos se fijaban en mi pelo, Lucien me acompañó a la zona de maquillaje.

–¡Es hora de arreglar esa cara! –anunció. Me sentó y comenzó a aplicarme toneladas de base de maquillaje sobre la piel.

–Ese color me parece un poco suave –comenté mientras abría otro bote.

–Tú recuéstate, cielo, y nosotros elegiremos por ti –obviamente mi opinión no importaba en lo más mínimo. Dejé que Lucien me frotara la cara con una esponja y tosí cuando empezó aplicar los polvos en mis mejillas–. No se te ven los pómulos –dijo con un suspiro–. Bueno, tendremos que fingirlos.

–Siempre he intentado… –comencé a decir yo.

–Cariño, no hables. Recuéstate y déjame trabajar. Mitch, cielo, inclina esa luz un poquito. Fantástico. Bien, Millie, vas a quererme mucho por esto.

Mientras Lucien aplicaba todos los productos de maquillaje conocidos por la humanidad, Curtis y Mitch comenzaban a parecer algo… preocupados.

–¿Estoy bien? –pregunté, intentando no mover los labios mientras Lucien aplicaba sobre ellos el cuarto producto.

–Eh… –comenzó a decir Mitch, pero Lucien les dirigió una mirada fulminante.

–Es muy… dramático –dijo Curtis.

–¿Y qué queríais? ¿Algo aburrido? –preguntó Lucien–. Creí que ya nos habíamos cansado de eso.

–Estoy segura de que está genial –dije yo–. Y tienes razón. Ya me he cansado de ser aburrida. Quiero un poco de estilo.

–¿Veis? –dijo Lucien–. Ya casi hemos acabado. Volvemos a la pila –comenzó a quitarme los envoltorios de aluminio del pelo y después me aclaró la cabeza. Yo grité cuando el agua caliente golpeó mi cuero cabelludo atormentado.

–¡Perdón! –gritó Lucien alegremente. Ajustó el grifo y el agua comenzó a salir helada. Sin embargo, de vuelta en la zona de cortes pareció calmarse y comenzó a secarme y a cepillarme el pelo con una destreza que yo sabía que nunca podría alcanzar–. ¿Preparada? –preguntó finalmente.

Curtis y Mitch intercambiaron miradas de preocupación. Con un movimiento suave y rápido, Lucien quitó la sábana del espejo.

Lo primero que vi fueron mis cejas, o más bien lo que

quedaba de ellas. Cierto que antes eran un poco rebeldes, pero ya no parecían cejas humanas. Eran tan finas que parecían compuestas por un solo pelo, o dibujadas con un lápiz muy afilado. La piel a su alrededor estaba hinchada por la cera, y ni siquiera la grotesca cantidad de maquillaje que Lucien había aplicado encima lograba disimular la rojez.

En cuanto al maquillaje, mi piel estaba blanca, salvo por unos toques marrones (pómulos). Parecía que acababa de chuparle la sangre a una virgen caprichosa, gracias al rojo arterial de mis labios. Mis ojos parecían pequeños, pintados de negro. Miré alarmada a Curtis, que tuvo la decencia de apartar la mirada, avergonzado por su participación en aquel fiasco.

–¿Qué te parece? –preguntó Lucien.

–Eh… –no tenía respuesta.

–El pelo te ha quedado precioso –intervino Mitch.

Miré más arriba de aquellas cejas y… oh. ¡Mi pelo estaba fabuloso! Cortado a capas, unos quince centímetros más corto, más claro y de un precioso color caoba. Unas ondas brillantes flotaban alrededor de mi cara, sofisticadas, pero informales. Me encantaba, gracias a Dios.

–Maravilloso –le dije a Lucien.

Curtis sonrió aliviado, sabiendo que le habían concedido un aplazamiento de una ejecución segura. Al fin y al cabo el maquillaje podía quitarse. Las cejas… bueno, los lápices se habían inventado por alguna razón, ¿no? Pero el pelo era primordial para tener un buen aspecto. No podría estar guapa si tenía un mal corte de pelo, pero mi pelo estaba fantástico.

Poco tiempo después, caminaba por la calle tras haber pagado una tremenda suma de dinero por mi degradación, preguntándome cómo dejarme crecer las cejas de nuevo sin tener que pasar por los antiestéticos pelitos. Cuando me metí en el coche, me miré en el espejo retrovisor. Las cejas seguían despobladas, la piel seguía alarmantemente blanca y los labios parecían manchados de sangre. Se me había revuelto el pelo gracias al viento salado de Provincetown. El look sofisticado, pero despreocupado había desaparecido y no podría reproducirlo exactamente.

Durante el camino a casa no canté junto con la radio.

Capítulo 5

Llevada por la necesidad de ocultarme de las miradas que despertarían mis cejas desnudas, me quedé en casa todo lo posible durante el resto de la semana y me dediqué a lijar el suelo de la terraza. Mi dulce, aunque no muy brillante perro me seguía a todas partes meneando su cola. Se había acostumbrado de inmediato a la casa y al jardín, y acudía cuando lo llamaba. Su único defecto parecía ser un estómago nervioso. Defecaba al menos cinco veces al día, a veces en la casa. Por suerte yo estaba bien equipada con múltiples productos de limpieza.

Yo disfrutaba mucho en mi nuevo hogar con el chiflado de Digger. Desde luego que sí. El problema era que no había nadie que admirase mi casa, nadie a quien preguntarle: «¿Te gusta esta silla aquí?» o «¿Qué te apetece cenar?». No había nadie que me preguntara cómo había ido el día, nadie que me priorizara. Deseaba que me adorasen. Deseaba acurrucarme. Deseaba acostarme con alguien.

Había salido con algunos hombres. En la universidad, salir no era realmente salir. Era más bien como ir a una fiesta, flirtear con alguien, volver a su habitación y liarse. No había cenas en un restaurante, ni llamadas de teléfono, ni regalos. Tal vez un correo electrónico. Tal vez regresabais juntos del comedor. Veíais la película del sábado por la noche junto con otros diez o doce amigos. Puede que hubiera tenido un novio en la universidad, pero era difícil saberlo.

La vez que más deseada me había sentido fue el semestre que pasé en Escocia, la segunda mitad de mi primer año. Me fui a una escuela apartada, me apunté a cuatro clases fáciles y desarrollé unas pantorrillas musculosas de subir colinas. Por alguna razón a los escoceses les parecía muy atractivo mi americanismo, y yo no quería defraudar. No les gustaba tanto la belleza esquelética y andrógina más propia de Calvin Klein, y de pronto me encontraba liándome en la parte de atrás de los bares con Ians, Ewans e incluso un Angus, sin entender una sola palabra de lo que salía por sus bocas. ¡Pero a quién le importaba! ¡Era popular! Claro que todos los chicos esperaban que siguiera adelante con la tradición americana del sexo sin compromiso, y tuve que enviar a la mayoría de vuelta a su casa. Cuando se corrió la voz de que yo no era fácil, ya era casi el momento de regresar a Estados Unidos. Mi breve popularidad en Escocia había sido maravillosa. Echaba de menos a aquellos escoceses musculosos.

De vuelta en casa llegó el romance de la escuela de medicina. ¿Qué romance de la escuela de medicina, os estaréis preguntando? Excelente pregunta. Estábamos todos tan ocupados aprendiendo tanto en tan poco tiempo que resultaba imposible tener una cita. Una vez, completamente desesperada debido a la fatiga, al terror y a la cafeína, acabé en la cama con un compañero de clase, y al día siguiente fingimos que nada había ocurrido. Y estábamos tan estresados y cansados que prácticamente no ocurrió.

Después pasé al erotismo de la residencia. Si algún residente que yo conocía hubiera tenido tiempo para flirtear o besarse, habría preferido pasar ese tiempo llorando en un armario o estudiando sin parar la pregunta que había fallado durante las rondas. Pasábamos el rato allí, aprendiendo, observando, ayudando, adivinando, diciéndonos a nosotros mismos que algún día todo aquello habría merecido la pena.

Cuando llegó el tercer año de residencia, tuve un poco más de tiempo para salir. Incluso tuve una relación de seis semanas con un neurólogo muy agradable. Pero entonces acepté un puesto en una clínica de Cleveland y ahí terminó todo. A decir verdad, a mí no me importó realmente. Nos gustábamos, y él era divertido y mono, pero no se parecía en nada a lo que sentía por Joe.

Pero ahora estaba preparada para comenzar mi vida con el hombre que representaba todos mis sueños románticos. Gracias a mis años de investigación, estaba convencida de que Joe también encontraría lo que había deseado toda su vida: el amor de una buena mujer. Yo. El atractivo de Joe podía distraer a cualquiera. Sería como salir con Brad Pitt. Pero gracias a mis años de acecho, yo conocía el corazón de Joe Carpenter.

Yo sabía que en una ocasión, Joe había arreglado de manera anónima y desinteresada la verja de la anciana señora Garrison, después de que ésta se cayese y se rompiese la cadera. Gracias a una conversación que oí en la oficina de correos hace unos años, sabía que daba dinero a su hermana regularmente para ayudarla a llegar a fin de mes. Sabía lo de su perro de tres patas, que lo seguía cojeando a todas partes. ¿Cuántas veces había revivido en mi cabeza aquel gesto bondadoso y tierno que había tenido en el autobús del colegio hacía tantos años? ¡Claro que lo amaba!

Y pronto él también me amaría.

Como parte de mi relación laboral con el doctor Whitaker, visitaría a sus pacientes del asilo una vez por semana. En centro de ancianos del Cabo se encontraba a un kilómetro y medio de mi casa. Cada jueves visitaría a los pacientes del doctor Whitaker y los trataría si fuera necesario. Y lo mejor era que, además del beneficio de obtener experiencia laboral, también podría ver a Joe Carpenter, que había sido contratado para construir una nueva ala.

Pasé una hora entera duchándome, maquillándome y arreglándome el pelo para que se pareciera al peinado por el que había pagado un dineral. Vestida con unos pantalones negros, un jersey ancho de color rosa y unos pendientes del mismo color, me despedí de Digger, ignoré sus lamentos y me subí al coche con la esperanza de que no volviera a abonar el suelo de casa.

El despiadado viento de marzo intentaba sacar mi coche de la carretera mientras yo repasaba mentalmente lo que diría cuando me encontrara con Joe. Algo informal, pero encantador. Algo que se le quedara en la cabeza. Tenía que recordar fingir sorpresa al ver que estaba trabajando allí. «¡Hola, Joe!», diría. «¿Qué estás haciendo aquí? ¿Yo? Voy a pasar consulta para el doctor Whitaker aquí los jueves». Por tanto le impresionaría con mis credenciales y le informaría de que nos veríamos con frecuencia sin necesidad de crear una coincidencia.

Al acercarme al centro de ancianos el corazón me dio un vuelco. La furgoneta de Joe, una Chevy Cheyenne de color marrón con el cartel de *Joe Carpenter, el carpintero* impreso en blanco sobre ambas puertas, estaba aparcada allí. Intenté controlarme y me preparé para mostrarme divertida, amable y generosa para que Joe se fijara en mí. Nada más salir del coche, el viento comenzó a revolverme el pelo, pero tras haber descubierto los efectos del viento salado y mi nuevo corte de pelo, me llevé las manos a la cabeza y corrí hacia la puerta.

El aroma familiar a institución sanitaria me recibió nada más entrar; comida baja en sal, desinfectante y ese indescriptible olor a médico. Me asomé a los pasillos vacíos que salían del vestíbulo. Ni rastro de Joe. Tampoco había nadie en el mostrador de recepción, así que caminé hacia la sala común situada a la izquierda y advertí las puertas de cierre automático en la entrada, que impedirían que alguien se marchara sin ser visto. Arremolinados en torno a una enorme televisión que mostraba a la juez Judy en alarmante detalle había una docena de ancianos embobados con las estridentes opiniones de su señoría.

Una mujer consiguió desengancharse del programa. Llevaba bata, y supuse que sería algún tipo de ayudante, la persona que hacía todo el trabajo sucio en un lugar así. Se acercó a mí y me miró con frialdad.

—¿Sí? —preguntó con las manos en las caderas. Parecía molesta por la interrupción.

—Hola, soy la doctora Barnes. Paso consulta para el doctor Whitaker —respondí yo con una sonrisa.

—¿Millie Barnes? —preguntó la otra mujer.

—Sí.

—No me reconoces, ¿verdad? —preguntó ella. Una melena rubia a la altura de la barbilla con unas raíces de dos centímetros enmarcaba una cara cansada. Tenía una complexión fuerte; tripa cervecera, brazos fuertes y ojos pintados de rosa.

—Eh, no, lo siento. Me resultas familiar, pero no sé tu nombre —dije yo.

—Stephanie Petrucelli —respondió ella, molesta por no haberla identificado—. Fuimos juntas al instituto.

¡Ah, sí! Una de las chicas más duras de mi clase, tatuada y abusona. Recordé un día en clase de Español. Stephanie se reía con gran estruendo mientras yo intentaba valientemente imitar el acento de nuestra profesora. Recuerdos de ella esperándome en el autobús. Burlándose de mí en el baile de décimo curso. Riéndose cuando vomité en el autobús. Aunque nunca había cumplido su amenaza de darme una paliza, había logrado aterrorizarme. Stephanie había sido una de esas estudiantes menos dotadas que odiaban a todos los que eran más listos que ella. Y ésos eran muchos.

—Ahora me acuerdo —dije mientras me fijaba en su apariencia. Los años no la habían tratado bien.

—Oí que eras doctora —dijo ella con desprecio.

—Así es.

—¿Y qué estás haciendo aquí? Whitaker es nuestro doctor.

—Creo que ya te lo he dicho —respondí yo con insolencia, sorprendida por lo fácilmente que afloraban los viejos resentimientos—. Pasaré consulta por él los jueves.

—Ah. ¿Y qué quieres?

—Los historiales de mis pacientes, para empezar.

—Bien. Ve por ese pasillo hasta la sala de enfermeras. Todos los historiales están allí.

—Gracias —dije yo—. Disfruta del programa —ella frunció el ceño y yo disimulé una sonrisa.

Caminé por el pasillo sabiendo que Joe Carpenter estaría en algún lugar del edificio, y me ahuequé discretamente la parte de mi pelo que siempre estaba plana. En la sala de enfermeras me presenté a las demás, sólo una de las cuales era enfermera, y pasé como una hora revisando los historiales. Casi todos los pacientes sufrían los típicos problemas de la edad: enfermedades cardiovasculares, Alzheimer, apoplejías, diabetes...

El doctor Whitaker examinaba a cada paciente al menos dos veces al mes, a algunos una vez a la semana. Era meticuloso en sus notas y su caligrafía era extrañamente clara. Había dejado una lista de pacientes para examinar aquel día, con algo de información sobre cada uno, lo que yo agradecía inmensamente.

La primera paciente fue la señora Delmonico, que sufría obesidad mórbida y diabetes. Hablé con ella durante unos minutos antes de comenzar con el examen, y le di la enhorabuena por el nacimiento de su último biznieto. Tenía una úlcera en la piel como consecuencia de su pésima circulación. Le cambié el vendaje y le recomendé la hidroterapia. Después llegó la señora Walker, una paciente con demencia que no hablaba, pero que por lo demás parecía gozar de buena salud. Supervisé su dosis de Aricept y le recomendé a la enfermera la terapia artística o con animales, algo que parecía funcionar bien con los pacientes de Alzheimer. El señor Hughes, el padre de una de mis amigas de la infancia, estaba de mal humor y quería irse a casa después de recuperarse de una peritonitis. Le dije que hablaría con el doctor Whitaker sobre el alta y le pregunté por Sandy, su hija. Él se disculpó por su mal humor y me dijo que no podía creer que tuviese edad suficiente para ser doctora.

Era maravilloso. Aquello era justo lo que deseaba hacer con mi vida. Y entonces llegó el señor Glover...

Stephanie lo ayudó a llegar hasta la pequeña consulta. Iba ligeramente encorvado, pero parecía bastante saludable. Más bien elegante, con un bigote blanco y una camisa de algodón bajo la chaqueta azul.

—Hola, señor Glover —dije yo con una sonrisa.

—Ésta es la doctora Barnes —dijo Stephanie—. Está ayudando al doctor Whitaker. ¿Le parece bien que le examine?

El señor Glover me miró, asintió y se subió a la camilla sin demasiada dificultad.

—¡Genial! —Stephanie sonrió y se marchó. Supongo que había sido demasiado dura con ella al principio. Obviamente se le daban bien los ancianos, y en cuanto al trabajo que realizaba, nunca estaba lo suficientemente bien pagado.

—Ahora voy a escuchar cómo va su corazón, ¿de acuerdo, señor Glover? —dije. Él no respondió, simplemente sonrió con dulzura. Presioné el estetoscopio contra su pecho y escuché la sangre recorriendo sus ventrículos. Débil, pero regular. La presión sanguínea era excelente. Después ausculté sus pulmones y comprobé la reactividad de sus pupilas.

—Todo parece estar bien —le dije—. ¿Cómo se siente, señor Glover? ¿Alguna queja?

—Me siento algo duro —dijo él con una sonrisa.

—¿Perdón?

—Estoy duro —repitió el anciano.

Miré hacia su regazo, sin estar segura de si ésa era la dureza a la que se refería. Lo era.

—Eh… —dije yo, sin saber si se trataba de una queja de verdad. Al fin y al cabo, la tumefacción involuntaria era una…

—¿Puede echar un vistazo? —me pidió él. Me miró entonces el pecho y estiró sus dedos artríticos para tocarlo.

—¡No! ¡Nada de eso, señor Glover! —me eché hacia atrás abruptamente y me golpeé contra la báscula—. Creo que tiene que hablar con el doctor Whitaker si cree que… —me recordé a mí misma que a veces la demencia provoca impulsos sexuales inapropiados. Habría sido muy considerado por su parte si el doctor Whitaker hubiera especificado eso en sus meticulosas notas.

De pronto el señor Glover me agarró por la cintura y me acercó a él. Me rodeó con sus piernas esqueléticas, me pegó los brazos a los costados y hundió la cabeza en mi pecho.

–¡No, señor Glover! ¡Por favor, suélteme! –intenté parecer autoritaria. No sirvió de nada. Me retorcí un poco para intentar zafarme. Él gimió feliz y se frotó contra mí.

–¡Oiga! ¡Pare! –grité–. ¡Señor Glover, por favor! –aunque no debía de pesar más de sesenta y cinco kilos, era fuerte–. Señor Glover, por favor, suélteme ahora mismo. Esto es de lo más inapropiado –intenté soltarme, pero aquello pareció excitarle más. Yo era la doctora, así que no podía darle una patada en la entrepierna–. ¡Señor Glover! –la cabeza me daba vueltas mientras intentaba pensar en cómo nos habían enseñado a resolver ese tipo de situaciones en la escuela. Llamar a seguridad fue lo único que se me ocurrió.

Mi paciente comenzó entonces a cantar suavemente una canción de los *Rolling Stones*.

–«Hoy la vi en la recepción…».

–¡Señor Glover, pare ahora mismo! ¡Hablo en serio! –conseguí liberar el brazo izquierdo y le di un suave empujón para intentar soltarme sin romperle ningún hueso. No hizo caso. Así que le tiré del pelo. El juramento hipocrático resonó en mi cabeza. «Primero, no hagas daño». El señor Glover no hizo caso y siguió cantando.

–«A sus pies tenía a un hombre despreocupado…».

Había empezado a babear sobre mi jersey nuevo. ¡Ya era suficiente!

–¡Perdone! –grité–. ¡Necesito ayuda!

Oí pisadas por el pasillo y enseguida entró Stephanie, que pareció encantada de verme en aquella situación. Y justo detrás de ella apareció Joe Carpenter. Por supuesto.

–¿Hay algún problema, doctora? –preguntó Stephanie inocentemente.

–«No siempre puedes conseguir lo que quieres» –cantaba el señor Glover.

–Échame una mano –dije yo.

–Oh, señor Glover, sabe que no debe hacer eso –dijo Stephanie con calma. Le quitó las manos de encima y desenredó sus piernas de mi cintura. Yo di un paso atrás e intenté no estremecerme. Me recoloqué el jersey sabiendo que tenía la cara roja. Recogí el estetoscopio del suelo y Joe me miró con una sonrisa.

–Hola, Millie. ¿Estás bien? –preguntó.

–Oh, claro. Ya sabes, estoy empezando a conocer a los pacientes. Íntimamente, de hecho –no quedé del todo mal, para ser una mujer que tenía la saliva de un octogenario en el pecho. Joe sonrió.

–Lo siento mucho, doctora Barnes –dijo Stephanie con una sonrisa de suficiencia mientras ayudaba al señor Glover a bajar de la camilla–. ¿Ha terminado ya?

–Eh, sí. Gracias, Stephanie –me dirigió una sonrisa diabólica y sacó al señor Glover de la habitación.

–Adiós, querida –dijo el anciano–. ¡Gracias!

–Eh, adiós, señor Glover –respondí yo. Después me dirigí a Joe–. Y pensar que tendré que hacer esto todas las semanas.

–¿Ah, sí? ¿Trabajas aquí? –preguntó Joe con su sonrisa irresistible. Por fin la realidad de su presencia llegó hasta mi sistema nervioso y sentí un intenso calor por todo el cuerpo.

–Sustituyo al doctor Whitaker –respondí casi sin aliento–. Hoy era mi primer día. Qué situación más absurda. Viejo chiflado –caminamos por el pasillo y entonces me acordé de fingir sorpresa por su presencia allí–. ¿Pero qué estás haciendo tú aquí, Joe?

–Trabajando, ¿no lo sabías? –me dirigió una sonrisa de soslayo.

–No, no lo sabía.

–¿No has visto mi furgoneta en la entrada? Creí verte aparcar detrás de mí –señaló a través de la ventana hacia el aparcamiento, donde mi coche estaba prácticamente pegado a su furgoneta.

–¡Ah, claro! –exclamé yo–. Qué estúpida –murmuré.

–Bueno, entonces supongo que te veré por aquí, Millie –volvió a sonreír y yo me olvidé de mi estupidez.

–Apuesto a que sí, Joe. Cuídate. ¡Y gracias!

Lo vi marchar. La vista era magnífica. Y el plan estaba funcionando.

Capítulo 6

El uno de abril empecé a trabajar en el ambulatorio de Cabo Cod. Era un pequeño local en Wellfleet, situado justo en la carretera 6, en un pequeño centro comercial con amplio espacio de aparcamiento. Nuestros vecinos eran una tienda de regalos y camisetas, una licorería y videoclub y un local de marisco para llevar. Tendría que tener cuidado con aquél último.

Trabajaría en el ambulatorio a jornada completa, aunque mi horario variaría. Dependía del otro doctor y de mí dividir el tiempo como quisiéramos; cada uno cubriríamos un turno. El ambulatorio estaba abierto desde las ocho de la mañana hasta las diez de la noche, así que ni siquiera el turno de tarde era demasiado malo. Tendríamos una enfermera y un ayudante administrativo durante el turno de mañana; después de las seis, sólo estaría el doctor y un empleado temporal que se encargara del papeleo y de los teléfonos. Habría una enfermera disponible por teléfono si las cosas se complicaban. Con cualquier emergencia o caso grave, enviaríamos a los pacientes a Hyannis. Aparte de los clásicos rayos X y el equipo de ultrasonido, junto con el electrocardiógrafo, no teníamos mucho más.

Aún no había conocido al otro doctor, pero estaba deseándolo. Había hecho muy buenos amigos durante la residencia, pero la más cercana estaba en Dorchester, donde trabajaba en un hospital. Con suerte, mi nuevo compañero en el ambulatorio llegaría a ser amigo también.

El ambulatorio de Cabo Cod estaba amueblado con el mismo diseño genérico y sin alma que otras miles de consultas. La sala de espera tenía sillas azules, seis en total, recubiertas de un tejido incómodo. La moqueta era de color arena. Había dibujos florales en las paredes para calmar los nervios de nuestros pacientes. Y horribles luces fluorescentes para agitar esos mismos nervios. Una mesa para el café con una planta de plástico encima. Un rincón para los niños, con una caja de cartón llena de juguetes olvidados. Un mostrador donde el paciente debía esperar y ser ignorado por la recepcionista durante al menos tres minutos antes de ser atendido. (Aquello no es exactamente protocolo, es simplemente algo de lo que me he dado cuenta). Y más allá del mostrador, dos consultas, la zona de rayos X y un despacho. Podría haber sido el Cabo, podría haber sido Arizona.

Aquel día no estábamos abiertos; era más bien una sesión de orientación. Como el ambulatorio pertenecía al hospital de Cabo Cod, había allí una representante del mismo para informarnos sobre el papeleo, sobre el procedimiento y sobre el protocolo. Las tres «Pes», como ella había dicho alegremente por teléfono. Los demás empleados ya estaban sentados.

—Usted debe de ser la doctora Barnes —dijo una mujer atractiva de unos cuarenta y tantos años mientras me ofrecía la mano—. Yo soy Juanita Ortiz, del hospital. Hablamos por teléfono.

—Es un placer conocerla —respondí yo. Llevaba un traje gris y la falda corta, que dejaba ver unas piernas largas y en forma. Llevaba también un pañuelo rosa y gris anudado al cuello, y pensé que tendría que probar aquello. Yo llevaba unos pantalones tostados bastante genéricos y una camisa color crema, que había sacado un poco de la cintura del pantalón para camuflar mi ausencia de cintura.

—Éste es el doctor Balamassarhinarhajhi —dijo sin aparente esfuerzo mientras señalaba a un hombre calvo, bajito e hindú de edad indeterminada. Bala… Bala… Balasin…

—Doctor —dije yo extendiendo la mano automáticamente. Él me dio la mano y la agitó con determinación.

–He oído que la señora Doyle y usted se conocen –continuó Juanita, y señaló a una mujer rechoncha y sonriente situada junto al doctor B. Yo sonreí y me agaché para darle un beso en la mejilla. Jill Doyle era una de las amigas más antiguas de mi madre, y me había sentido entusiasmada al saber que Jill trabajaría allí. Era habladora y simpática, organizada y enérgica… la enfermera perfecta, diría yo.

–Y ésta es Sienna –concluyó Juanita, señalando a una joven que no parecía tener más de quince años. Sienna llevaba mechas rosas en el pelo castaño, la línea del ojo pintada de negro y los labios de un rojo sangre que yo no había visto desde mi transformación en el salón de belleza. Llevaba las orejas llenas de aros y trozos de metal, aunque ninguno podría ser descrito como un pendiente. Sonrió y golpeó suavemente sus Doc Martens contra la silla–. ¡Pues bien! –agregó Juanita–. Vamos a empezar.

Durante las dos horas siguientes, Juanita nos explicó cómo gestionar las tres Ps. Aquélla era la parte más aburrida de cualquier trabajo, y la medicina no era una excepción. Formularios de seguros, recetas, volantes, documentación, regulación de confidencialidad, negligencias… por desgracia aquellas cosas nos llevaron mucho más tiempo de lo que había esperado. En realidad el doctor B y yo confiaríamos en nuestro personal para que se encargara de esas cosas mientras nosotros nos encargábamos del tratamiento real. Al parecer, Sienna tenía un título en procesamiento de información sanitaria.

Tras unas pocas horas, Juanita y Sienna se fueron a por la comida y yo me quedé a solas con Jill y con el doctor B.

–Creo que echaré un vistazo por aquí –dijo Jill mientras se dirigía hacia las consultas. Yo la seguí, fantaseando.

Yo estoy trabajando en la clínica, llevo ropa mucho mejor y más sofisticada que la que he llevado últimamente. Tengo cintura. Mi corte de pelo es simétrico. De pronto una furgoneta marrón destartalada entra en el aparcamiento. De dentro sale Joe, con la mano ensangrentada a causa del objeto extraño que le sale de la palma.

–¿Millie, estás ahí? –grita. Es adorable, porque se marea sólo con ver su propia sangre. (Esto es verdad. Lo sé gracias a la vez en la que se cortó en clase).

Yo salgo de la consulta y le paso un brazo firme por la cintura para que se apoye en mí.

–He tenido un accidente con la pistola de clavos –murmura. Yo lo acompaño dentro mientras lo tranquilizo. Después le anestesio y le esterilizo la mano. Él me mira con esos ojos verdes y de pronto me ve de otra manera…

–¿Dónde hizo su residencia, doctora Barnes?

Era la primera vez que oía hablar al doctor B. Me giré hacia él con una sonrisa.

–En el Brigham de Boston –respondí–. Y usted, doctor… Lo siento, pero creo que aún no sé decir su apellido.

–Balamassarhinarhajhi –contestó él con su acento cantarín–. Hice la residencia en el hospital St. Vincent de Nueva York. Aunque me parece que de eso ha pasado mucho tiempo.

–Entonces esto debe de ser un gran cambio. Es mucho más tranquilo –obviamente iba a tener que escribir su apellido y estudiármelo antes del día siguiente.

–Desde luego. Un cambio agradable.

–¿Lleva mucho tiempo viviendo en Cabo Cod? –pregunté.

–No, no mucho –respondió él.

–¿Le gusta esto?

–Por supuesto –se quedó mirándome expectante, así que seguí hablando.

–¿Está casado? ¿Tiene hijos?

–Sí –respondió, mirándome fijamente, sin duda preguntándose por qué estaría acribillándolo a preguntas. De acuerdo. No era un tipo hablador. Lo del nuevo amigo me llevaría un tiempo.

Las semanas siguientes fueron bien. Aunque el trabajo era lento, resultaba divertido estar con Jill, que le daba a la lengua mientras esperábamos a que entrase la gente. Los amigos de mis padres eran gente maravillosa, y Jill era una de mis favoritas. Tenía varios nietos a los que adoraba, y yo escuchaba alegremente mientras me relataba todos sus talentos. Sienna era muy graciosa y nos informaba siempre de sus hazañas de juventud. De hecho sólo era cinco años menor que yo, pero yo no hacía cosas como ir a Boston a las once de la noche para escuchar a una banda, ni me quedaba a dormir en casa de desconocidos ni salía con múltiples hombres. Sienna hacía todas esas cosas y parecía feliz de contárnoslas.

El doctor Balamassarhinarhajhi (sólo me costó unos veinte intentos aprendérmelo) accedió a que lo llamásemos doctor Bala cuando Sienna le dijo directamente que decir su apellido completo llevaba demasiado tiempo. Nos veíamos brevemente durante la media hora en la que se solapaban nuestros turnos y nos poníamos al corriente de los sucesos del día. Por lo demás, permanecía distante y educado. Sienna había logrado descubrir que el suyo era un matrimonio concertado. Era un misterio cómo lo había averiguado, pero eso no nos impidió a las tres mujeres hablar mucho de ello.

Y sí, había algún paciente ocasional. Un chef de Provincetown que se había cortado el dedo y necesitó tres puntos. Un niño que se pilló el dedo con la puerta del coche y necesitó rayos X y un entablillado. Las urgencias del día a día... No teníamos amenazas de bomba, ni gas venenoso que se colaba por el sistema de ventilación, ni miembros de bandas armadas, ni perros feroces, ni helicópteros que se estrellasen contra nuestro tejado. Así que no se parecía en nada a la televisión.

El turno de tarde era aún más tranquilo. Normalmente el doctor Bala se encargaba de ese turno por razones misteriosas que yo no cuestionaba. Nuestro empleado temporal era un estudiante universitario, un joven muy agradable llamado Jeff que abría sus libros y estudiaba diligentemente en el absoluto silencio que caracterizaba el periodo de tiempo entre las cinco y las diez. Cuando yo cubría el turno de tarde, me llevaba el *Diario médico de Nueva Inglaterra* o el portátil, y pasaba las horas leyendo las últimas noticias en medicina.

En el ambulatorio resultaba fácil ayudar a los pacientes que acudían. Podía pasar mucho tiempo con los pocos a los que atendía, hablando con ellos y prestándoles atención, y aquello era lo que más me gustaba. Mi sueño de ser médico de familia parecía más cerca cuando hablaba con la señora Kowalski, que sufría un sarpullido tras haber comido comida china, o cuando le daba pegatinas de Barbie a Kylie McIntyre, cuyo hermano mayor le había metido el dedo en el ojo. Y disfrutaba siendo la doctora al mando, porque como residente siempre había estado supervisada. Llamaba al doctor Whitaker cada semana para ponerle al día, tanto sobre el ambulatorio como sobre el asilo, y él parecía satisfecho con lo que estaba haciendo.

Cuando no estaba trabajando, me dedicaba por completo a la otra misión de mi vida: acechar a Joe. Cada jueves durante mis horas en el asilo, orquestaba un inocente cruce de caminos entre ambos. En una ocasión, Trípode, que acompañaba a Joe en todos sus trabajos, se acercó cojeando hasta mí y yo pude acariciarle la cabeza y decirle a Joe el perro tan dulce que tenía.

Seguí corriendo y, tras varias semanas, la carrera no me provocaba tanto dolor, aunque seguía jadeando como un pez fuera del agua. Perdí algunos kilos más e intenté cocinar al menos una comida decente a la semana, lo que me llevó a descubrir que en casi todas las recetas había que descongelar la carne antes de cocinarla.

Por otra parte, la casa era cada vez más mía. Pinté el suelo del sótano y limpié enérgicamente. A veces encontraba un marco o un jarrón o cualquier otro objeto y me debatía sobre dónde colocarlo. Digger y yo estábamos muy satisfechos.

Un sábado por la tarde a finales de abril, cuando el perro y yo regresábamos a casa, vi la furgoneta de Sam aparcada frente a la puerta. Danny y él estaban sacando algo del maletero.

-¡Hola, Mil! -gritó Sam.

-¡Hola, tía Mil! -repitió Danny.

-Hola, chicos -dije yo, y solté a Digger. El perro se olvidó de que debía protegerme de los desconocidos y corrió dando saltos de alegría hacia ellos para que lo acariciaran. Yo aproveché la oportunidad para recuperar el aliento y lograr que dejasen de temblarme las rodillas.

-¿Qué tal van las carreras? -preguntó Sam con la sonrisita molesta de un atleta natural.

-¡Genial! -respondí con entusiasmo fingido.

-¿Has llegado ya a los tres kilómetros?

-Que te den -susurré para que mi sobrino no pudiera oírme.

Sam se rió.

-Tienes buen aspecto, tía Mil -dijo Danny tras librarse de los lametones maníacos de Digger. Miró mi camiseta-. «La gente mala da asco». Es verdad.

Yo le dirigí una sonrisa a mi sobrino.

-¿Qué estáis haciendo aquí?

-Pensé que te vendrían bien algunas plantas -dijo Sam-. Tengo algunas lilas y hortensias para ti -como empleado a tiempo parcial de la empresa de paisajismo, Sam obtenía material con grandes descuentos.

-¡Oh, gracias, Sam! -exclamé yo. Qué conmovedor que pensara en mí y en mi jardín desnudo. Era el hombre más dulce que conocía. Digger pareció compartir mi estima y se pegó a su pierna.

-Aparta, chico. Aparta -dijo Sam intentando quitarse al perro de encima.

-Lo mismo me ocurrió a mí en el asilo -dije yo-. Salvo que no se trataba de un perro -Sam sonrió y le lanzó un palo a Digger, lo que puso fin a su romance. Tendría que probar eso con el señor Glover.

-¿Podemos ver la casa? -preguntó Danny.

-¡Por supuesto! -respondí yo. Me había olvidado de que no habían ido desde la reforma, y me sentí mal de inmediato. Al fin y al cabo había sido la casa de la bisabuela de Danny.

–¿Por qué no plantamos primero esto, Dan, y le damos a Millie la oportunidad de ducharse? –sugirió Sam.

–Genial –dije yo, y agarré a Digger–. ¿Queréis quedaros a comer?

–¡Claro! –respondió Danny, que siempre estaba hambriento.

Contenta con su presencia, entre en la casa, preguntándome si tendría algo de comida que ofrecerles.

Me duché deprisa, me puse una cinta en el pelo, unos vaqueros y una sudadera. Una vez en la cocina, observé a través de la ventana como plantaban las lilas y las hortensias en mi pequeño jardín. Sus voces llegaban amortiguadas mientras hablaban y se reían. Sam dejó que Danny cavara y se apoyó en su pala mientras su hijo se encargaba del trabajo duro. Se parecían mucho; el mismo color de pelo (salvo por las canas de Sam), la misma constitución larguirucha y esbelta, la misma sonrisa, los mismos ojos. Danny era casi tan alto como Sam, y al darme cuenta se me llenaron los ojos de lágrimas. Danny estaba creciendo. En pocos meses habría terminado el instituto y se iría a la universidad en alguna parte. Me preguntaba qué haría Sam sin él.

Salí de mi ensimismamiento y rebusqué en los armarios. Una lata de atún fue lo mejor que pude encontrar. Tenía una pequeña barra de pan bajo en carbohidratos y me dispuse a preparar bocadillos. ¿Mayonesa? ¡No en mi casa! Impregné las rebanadas de pan con un poco de aceite y vinagre para darle sabor y puse la mesa con los platos de la abuela y las copas con grabados dorados. Lo único que tenía para beber era agua, así que llené una jarra y llamé a los chicos. Se quitaron las botas antes de entrar en casa.

–¡Vaya, tía Mil! –exclamó Danny al entrar al salón–. ¡Esto es genial!

–Sí, es fantástico –convino Sam.

Yo estaba encantada.

–Bueno, gracias, chicos. Me alegro de que os guste. Katie me ayudó mucho. Se le da muy bien la decoración –era el momento de meter a mi amiga en el subconsciente de Sam.

–Está muy bien, Mil –dijo Danny mientras se dirigía por el pasillo hacia el cuarto de baño para lavarse–. ¡Genial! –imaginé que había visto los flamencos.

–¿Te gusta vivir aquí? –preguntó Sam mientras se lavaba las manos en el fregadero de la cocina.

–Oh, es muy divertido, Sam –respondí yo–. Ya sabes que nunca había tenido una casa propia. Es maravilloso –agregué con una sonrisa.

–Me alegro por ti, niña –dijo él, y me pasó un brazo por los hombros como si fuera un hermano mayor.

Nos sentamos a la mesa de la cocina, donde Danny agarró un bocadillo y se metió unas tres cuartas partes del mismo en la boca.

–Me gustan esos tiradores –dijo señalando con la cabeza hacia mis armarios.

–Fueron idea de Katie –dije yo, y volví a mirar a Sam–. Es genial con la decoración.

–Ya lo has dicho –respondió Sam.

Danny había terminado. ¡Yo ni siquiera había dado el primer mordisco!

–¿Tienes algo más? –preguntó–. Me muero de hambre.

–Danny –le dijo su padre–, no seas un salvaje.

–Pero si es la tía Millie –se excusó Danny.

Cierto. Sólo la tía Millie. La generosa tía Millie, que le ofreció su bocadillo a su sobrino.

–No pasa nada, Sam –dije mientras Danny devoraba mi comida–. Yo no tengo hambre. Ya sabes como es después de correr.

Sam sonrió. Yo apreté los dientes y decidí hablar directamente de Katie. Era hora de que Sam siguiese adelante y hora de que Katie encontrase a un hombre decente.

–¿Quieres salir con Katie y conmigo alguna vez? –pregunté con sutileza.

–¡Claro! ¡Está buena! –respondió Danny.

–Tú no, jovencito –dije yo, y le pellizqué la mejilla–. Me refería al viejo de tu padre.

–Claro –respondió Sam antes de terminarse el bocadillo.

¡Misión cumplida!

–Genial. Te llamaré para decirte cuándo.

Se marcharon poco después, llenos de mi agradecimiento y mi afecto, pero aparentemente con hambre.

–No te preocupes –oí que decía Sam mientras se subían a la furgoneta–. Pararemos en un Box Lunch para comprar un bocadillo de verdad.

Yo me rasqué la nariz con el dedo corazón al oír eso, y Sam sonrió mientras daba marcha atrás con la furgoneta. Su sonrisa me hizo sentir bien. Hacía mucho tiempo que Sam no era feliz, y se lo merecía después del sufrimiento que le había hecho pasar Trish.

Pasar tiempo con Sam y con Danny era muy distinto sin mi hermana. Aunque conocía a Sam desde siempre, siempre había sido propiedad de Trish, y a ella nunca le había gustado compartir. Recordé una ocasión en la que yo había vuelto a casa por Acción de Gracias y estábamos todos en casa de mis padres, esperando la cena y con el fútbol en la televisión; la clásica escena americana. Danny estaba jugando a las damas con mi padre mientras veían la tele, mamá y Trish estaban ocupadas en la cocina, charlando y riéndose. Todo el mundo parecía feliz. Sam comenzó a hablar conmigo sobre la universidad, y estábamos charlando sobre las clases y la vida universitaria cuando levanté la mirada y vi que Trish me estaba mirando con odio desde la puerta de la cocina.

–Sam –dijo tras cambiar de cara como sólo mi hermana sabía hacer–, ¿puedo verte arriba un momento?

Unos veinte minutos después bajaron y, a juzgar por la expresión de bobalicón de Sam, era evidente que mi hermana acababa de hacer el amor con él. Sólo para reforzar el hecho de que ella era la importante, la interesante y la guapa, por si acaso la atención de Sam se alejaba de ella aunque fuera un instante.

Pero las cosas habían cambiado. Y gracias a Trish y a su nuevo novio, Sam estaba soltero. Katie estaba soltera. El amor flotaba en el aire, aunque ninguno de ellos pudiese olerlo todavía.

Capítulo 7

Para la siguiente parte de mi plan, de nuevo recurrí a Curtis y a Mitch.

Mi sufrimiento durante los dos meses anteriores se había visto recompensado. A finales de abril ya había bajado de talla y estaba bastante satisfecha. La última vez que había estado tan delgada era cuando tenía unos doce años. Era hora de ver lo que podían hacer los chicos para encontrarme ropa mejor.

En un momento de autoengaño había sopesado la idea de pedirles a Trish y a mi madre que me llevaran de compras. El fin de semana anterior, Trish había ido a visitar a Danny y, al ver su coche aparcado en casa de mis padres, no había podido evitar imaginarme la escena; mamá, Trish y yo riéndonos, de compras, comiendo juntas. Claro, aquello era tan probable como que un tiburón blanco se hiciera amigo de una foca herida, pero aun así…

Trish y mis padres estaban sentados a la mesa de la cocina, riéndose por algo. Trish se puso en pie en cuanto entré. Por un momento pensé que iba a saludarme, pero era sólo para demostrarme lo ocupada que estaba o lo poco importante que yo era.

–Hola, Millie. Ya me vuelvo a casa –dijo, y enfatizó la última palabra–. Tengo una cena en la ciudad esta noche. En el Nobu.

–Hola, Trish –dije yo. Odiaba que estuviera siempre dando nombres. Nos miramos durante un minuto; estaba más alta que de costumbre, gracias a los zapatos negros de tacón. Yo llevaba deportivas y un jersey de cuello vuelto manchado de pintura; ella llevaba un vestido rojo de punto que parecía carísimo y que se pegaba a sus perfectas curvas.

—Bueno, tengo que irme —dijo sin más—. Adiós, mamá. Adiós, papá. Hablaremos pronto. Adiós, Millie.

Siempre era así. Trish nunca me dejaba olvidar, aunque hubieran pasado casi treinta años, que yo había interrumpido su papel protagonista como hija única. «Millie está aquí. Se acabó la fiesta». Mensaje recibido.

Así que recurrí a Curtis y a Mitch. Fueron a verme a mi casa y nos fuimos de compras en su precioso Mercedes amarillo.

Hyannis estaba en mitad del Cabo, el pueblo que tenía el aeropuerto, el ferry, el hospital y, lo más importante, el centro comercial. Dado mi escaso presupuesto, no podía permitirme las boutiques de Provincetown, donde Curtis y Mitch hacían sus compras, así que nos dirigimos al centro comercial. Dado que iba armada con dos hombres cuyos armarios eran fabulosos incluso para los estándares de Provincetown, estaba segura de que acabaría bien vestida.

Empezamos con la ropa interior. Curtis y Mitch no tenían interés en mí salvo como amiga, y sí, eligieron mi ropa interior. Atrás quedaron los días en los que compraba ropa de Hanes en el supermercado, pensé mientras los chicos elegían mis bragas en tonos lavanda, rosas y negros. ¡Sujetadores a juego! Por suerte me permitieron probármelos en privado y, cuando encontré un modelo con el que estaba cómoda y me veía sexy, los chicos tiraron la casa por la ventana.

Lo siguiente fueron los pantalones. Yo odiaba los pantalones. No sólo era bajita, sino que además apenas tenía cintura, y los pantalones siempre eran un desafío.

—Nada de pinzas —decretó Curtis mirándome con aire científico.

—Claro que no —convino Mitch. Obviamente mi opinión no importaba.

–Nada acampanado.

–¡Dios, no! Y ni mencionar esos horribles pantalones de cintura baja.

–Queremos cortes sencillos y clásicos.

–Tienes toda la razón.

Mientras los chicos registraban la tienda, yo deambulé por ahí, señalando las camisas sin mangas y preguntándome si podría enseñar mis brazos rechonchos. Me sentía agradecida por tener amigos que me adoraban y que adoraban el desafío de vestirme. Saqué una camiseta verde de cuello caja de un estante.

–¿Qué os parece esto? –les pregunté.

–¡Deja eso ahora mismo! –ordenó Curtis.

–¿Cómo has podido? ¡Verde! –murmuró Mitch sorprendido.

–Cielo, ve a sentarte y espéranos, ¿quieres? –dijo Curtis mientras intentaba recuperarse del horror que acababa de mostrarles–. Te llamaremos si te necesitamos.

Encontré una silla y esperé mientras Mitch y Curtis exclamaban de vez en cuando algo relativo a alguna prenda o un complemento. Dado que aquél era un mundo extraño para mí, pasé el tiempo de la mejor manera posible: fantaseando con Joe Carpenter.

La última vez que lo había visto había sido hacía una semana. Otro simple saludo desde el tejado, como si fuera un dios llamándome desde los cielos. Mis pensamientos comenzaron a vagar sin rumbo…

Yo voy a entrar al asilo llevando unos pantalones clásicos, sin campana, y una camisa sin mangas, no verde, que realza mis brazos. Unos zapatos magníficos, un bolso magnífico (aunque no pudiera imaginármelos). Joe salta de la escalera mientras yo atravieso el aparcamiento.

–¡Vaya, Millie! –dice mirándome de arriba abajo.

–¡Hola, Joe! –respondo yo.

–¿Haces algo este fin de semana? –pregunta con una sonrisa que muestra sus hoyuelos.

–¿Este fin de semana? –digo yo–. Bueno, tengo planes

para el viernes, pero… ¿qué tenías en mente? –se que no debo mostrarme disponible de inmediato… aparece en todos los manuales.

–Tal vez podamos salir o algo –dice. Y sonríe de nuevo.

Mis ensoñaciones sobre Joe no eran tan imaginativas. Me gustaba pensar que era realista. No me hacía ilusiones con respecto a Joe; lo amaba por lo que era, un tipo trabajador con un corazón de oro. Y no soñaba con que me rescataba de unos atracadores o algo así. El simple hecho de que se fijara en mí ya era más que suficiente.

–Vamos, niña –Curtis interrumpió mis pensamientos–. Es hora de probarse esto –tenía una pila de ropa doblada sobre el brazo. Mitchell tenía una carga similar. Todas las prendas eran beige, negras, marfil, rojas o azules.

Les quité las pilas de ropa. Los tejidos eran agradables, sedosos y frescos.

–¿Éstos son mis colores? –pregunté.

–Sí, cielo. Eres típica de invierno –explicó Mitchell mientras entraba en el probador de mujeres sin dudar. Suerte que nunca había dependientes en unos grandes almacenes.

Los chicos esperaron fuera del probador mientras yo me probaba la ropa.

–Todo se puede combinar –me informó Curtis desde el otro lado de la puerta–. Así no tienes que preocuparte sobre qué va con qué.

–Ya sé lo que significa, Curtis –dije yo–. No soy estúpida.

–¡Sólo en lo referente a la moda! –agregó Mitchell.

Asomé la cabeza por la puerta.

–¡Sed amables! –ordené–. O no os invitaré a comer –pero era imposible enfadarse con esos dos, y lo cierto era que me encantaba ser la Eliza de aquellos Henry Higgins. Y además sabían lo que hacían. «Dios mío», pensé al mirarme en el espejo. ¡Estaba estupenda!

Habían elegido prendas discretas y bonitas que podían combinarse entre sí, como ellos habían dicho. Tres camisas, dos jerseys de manga corta, cuatro pares de pantalones y una falda larga. De aspecto profesional, clásico. No podía creerme el aspecto que tenía. Por supuesto habría que hacer algo con mi pelo, y además no llevaba maquillaje, pero aun así... parecía una doctora segura de sí misma, lista y bien vestida.

–Chicos –dije al salir del probador ataviada con la falda negra y el jersey rojo–. Chicos... –no sabía qué decir de lo agradecida que estaba.

–¡Oh, cielo! ¡Estás preciosa! –exclamó Curtis.

–Siempre supe que ahí debajo se escondía una mujer hermosa –añadió Mitch antes de darme un beso en la mejilla.

Pero no habían acabado.

–Las prendas son sólo la base –declaró Mitchell mientras me llevaba hacia la sección de zapatería. Para ahorrar tiempo, Curtis se dirigió hacia el mostrador de la joyería. Una hora y setecientos setenta y cinco dólares después, habíamos acabado. Me había convertido en una mujer bien vestida. Pesaba sesenta kilos. Tenía una talla treinta y ocho. Tenía un corte de pelo decente. Tenía maquillaje.

Era el momento.

Capítulo 8

Estaba muy bien maquinar, acechar y planear cómo conseguir a Joe, pero empezar a hacerlo era algo bien distinto. ¿Qué debía hacer exactamente? ¿Cuál era el primer paso? Necesitaba ayuda, así que llamé a Katie. Oí gritos y golpes de fondo cuando contestó al teléfono.

–Hola, soy yo –dije alegremente–. ¿Te pillo en un mal momento?

–No, ningún problema –respondió ella–. Espera, voy a meterme en el armario.

Esperé mientras ella se escondía de sus hijos. Se oyó un grito agudo seguido de otro golpe.

–¿Tienes que colgar? –pregunté yo, que acababa de imaginarme a uno de mis ahijados con sangre en la cara.

–No, no, sólo están jugando –respondió Katie–. ¿Qué sucede?

–Bueno, un par de cosas –dije mientras me estiraba cómodamente en mi sofá. Estar soltera y sin hijos tenía ciertos beneficios, y hablar ininterrumpidamente por teléfono era uno de ellos–. Sam estuvo aquí el otro día, y pensé que deberíamos sacarlo alguna noche. Aún sigue un poco triste –en realidad a mí me había parecido que estaba bien, pero tenía la sensación de que sólo era feliz cuando estaba haciendo cosas con Danny.

–Claro –dijo Katie–. Sólo avísame con un par de días de antelación.

–Fantástico. La otra cosa es… bueno, se trata de Joe.

–¿Y qué pasa?

–Bueno, creo que estoy lista para dar el paso.

–¡Bien por ti! –exclamó Katie.

–¿Puedo contarte mi plan? –pregunté. Me sentía como una niña pequeña.

Katie se rió.

–Claro. Adelante.

–Estaba pensando que quizá podría hacer que me viera corriendo, para que se diera cuenta de que estoy en forma, o algo así. Y vería a Digger y entonces se daría cuenta de que a los dos nos gustan los perros. Y entonces podríamos hablar de eso la próxima vez que nos viéramos.

–Eso suena genial. Muy bien pensado –la voz de Katie sonó amortiguada–. Michael, si haces eso una vez más, te quitaré ese camión durante diecinueve días.

–Creí que estabas en el armario –dije yo.

–Lo estoy. Eso no significa que no sepa todo lo que pasa aquí.

–¿Diecinueve días?

–Es una manera de hablar. Se cree que eso son siglos –respondió, y pude notar la sonrisa en su voz.

–¿Entonces lo de que me vea corriendo te parece bien? –pregunté en busca de aprobación.

–Suena genial –respondió Katie. Oí entonces el lloriqueo de Mikey–. Me han encontrado, Mil –dijo mi amiga–. Tengo que colgar.

–De acuerdo. Y gracias, Katie. Te diré algo sobre lo de Sam.

Con la aprobación de Katie, me puse a orquestar un encuentro casual con Joe. Esto es lo que me imaginé.

Yo voy corriendo por Nauset Road, con Digger trotando a mi lado. Llevo los pantalones de nylon y una camiseta con alguna frase graciosa. ¿Y qué es eso? ¡De pronto aparece Joe Carpenter en su furgoneta! Aminora para deleitarse con mis curvas de mujer, y entonces se da cuenta de que es su antigua compañera de clase. ¡Millie Barnes!

–¡Millie! –me dice, visiblemente sorprendido–. No sabía que salieses a correr.

Yo me detengo, pero no sin aliento, ya que mi coche está convenientemente escondido junto a la caseta del guardabosques a menos de un kilómetro.

–¡Hola, Joe! –respondí yo mientras me agacho para acariciar a mi adorable perro–. ¿Cómo estás? –prosigue la conversación. Algunas risas. Algunas miradas de admiración hacia la atlética figura (sus miradas, mi figura). Hablamos hasta que un coche hace sonar el claxon de pronto y Joe debe marcharse. Me mira por el espejo retrovisor mientras yo corro felizmente y sin esfuerzo hasta que su furgoneta dobla la curva y ya no puede verme. (Es ahí cuando empiezo a caminar de vuelta hacia mi coche).

Joe salía para trabajar a las seis y media cada mañana. Eso lo había descubierto yo en una expedición de acecho varios años antes. Pero el momento era crucial para mi pequeña empresa, así que tenía que estar segura.

Todos hemos hecho cosas de las que no estamos orgullosos, ¿verdad? Cosas que no queremos confesarles a nuestros amigos, padres o hijos. Mi obsesión con Joe era una de esas cosas. Ya era suficientemente malo estar secretamente enamorada de un hombre durante más de la mitad de mi vida, pero recurrir al acecho a los veintinueve años y medio era realmente embarazoso. Aun así, una hace lo que tiene que hacer.

Joe vivía en un camino de tierra en el lado del pueblo que daba a la bahía. No estaba lo suficientemente cerca del agua como para ser ultra deseable, y estaba lo suficientemente cerca de la carretera como para oír el tráfico en verano. Joe había vivido allí toda su vida. Cuando su madre se mudó fuera del Cabo tres años atrás, Joe se hizo cargo del lugar. Era una casa ruinosa, con dos añadidos que habían sido construidos desde que se construyera la estructura original. La casa en realidad no tenía ningún estilo en particular. Pero tenía una pequeña terraza y resultaba íntima, rodeada de pinos por todos sus lados. Por supuesto, yo nunca había entrado, pero dado que Joe Carpenter era de hecho carpintero, estaba segura de que el interior sería muy acogedor.

Así que a las seis menos cuarto de la mañana, una hora normalmente reservada para los cuervos, los pescadores y los bebés, me enfrenté a aquellos sentimientos tan familiares de estupidez y júbilo, atravesé el pueblo en mi coche, aparqué en la Iglesia de la Visitación y caminé hasta el camino donde vivía Joe para empezar a acechar.

Los trinos primaverales de los pájaros resonaban a mi alrededor y los cuervos chillaban. Aunque estuviéramos a principios de mayo, la temperatura aún descendía mucho por la noche y el aire era frío y húmedo. Estaba temblando. Digger estaba en casa, para su desgracia, pero una no puede acechar como es debido con un perro diarreico a su lado.

Hasta hacía poco, el camino de tierra de Joe no tenía nombre oficial; era sólo un camino de tierra que salía de Herringbrook Road. Ya sabes, donde viven los Carpenter. Y los Lynch. Y los Snow. John Snow no. Nick Snow. Así era como los habitantes de Cabo Cod solíamos identificar aquel terreno arenoso y lleno de baches. Pero los forasteros que habían invadido el Cabo en los últimos años deseaban un nombre para sus direcciones de verano, y el camino de Joe había pasado a llamarse Thistleberry Way.

Caminé por el camino, que apenas era lo suficientemente ancho para un coche. La casa de Joe era la última de Thistleberry Way. Según me acercaba, el corazón se me aceleraba. Lo emocionante en el acecho era, obviamente, que pudieran pillarme. ¡Y lo vergonzoso que sería! No había ninguna excusa convincente para estar cerca de la casa de Joe… bueno, ninguna excusa salvo la que ya me había preparado. «¡Oh, Joe, genial! Regresaba de una urgencia en el hospital y se me ha averiado el coche. Iba a ver si podía usar el teléfono del señor Snow».

Una buena coartada y sin admitir la culpa. Aun así, sería horrible que me pillaran, porque sabía de buena tinta que no sería la primera mujer a la que veían merodeando en la calle de Joe.

De acuerdo. Ahí estaba el camino de entrada a su casa. Ocupé mi lugar al otro lado del camino, a unos diez metros, entre los árboles, bien camuflada entre la maleza. La hiedra venenosa crecía por todas partes, pero encontré un claro que no parecía contener aquella hierba maldita y que además me ofrecía una fantástica vista de la casa de Joe. Me puse en cuclillas, porque no quería mojarme el trasero, y esperé.

Aquel episodio de acecho me parecía un poco más humillante que el último, menos divertido. Claro que, la última vez que había estado allí, era una estudiante de primer año de medicina, sin orgullo y sin nada que perder. Y Katie había estado conmigo, así que era más bien una aventura. Nos habíamos desternillado de la risa y habíamos intentado no hacernos pis encima de tanto reírnos. Y aunque mi plan dependía de que Joe saliese de casa cuando yo creía que salía, seguía siendo plenamente consciente de lo ridículo que resultaba todo aquello. *Doctora local pillada mientras merodeaba frente a la casa de un atractivo hombre. Se presentarán cargos.*

Las seis y cinco. Los pájaros se habían calmado un poco para ponerse a trabajar y a buscar gusanos y bichos por el estilo. El viento también se había calmado y soplaba suavemente entre los nuevos brotes. Sentía un cosquilleo en los pies por la falta de circulación. El cosquilleo pronto se convirtió en dolor. Estiré una pierna, perdí el equilibrio y acabé en el barro, que caló por mis pantalones de chándal y me heló la piel. Mi sentimiento de idiotez creció aún más.

Seis y cuarto. Empecé a oír los ruidos de la gente que se levantaba y se preparaba para ir a trabajar. Un perro ladró. «Por favor, que no me encuentre», recé. Las puertas se abrían y se cerraban, los coches se ponían en marcha. El señor Snow (Nick, no John) partió en su Oldsmobile azul para ir a trabajar en Orleans.

Seis y veinte. ¿Podría haber tocado la hiedra venenosa o serían simplemente picores matutinos por no haberme duchado? No podría decirlo. Sentía las piernas entumecidas. Me levanté lentamente y le di un descanso a mi sistema circulatorio. Aunque no fue un gran descanso. Prefería sufrir un intenso dolor a dejar que Joe me viera allí.

Seis y veintiocho. ¡Gracias a Dios! Una puerta se cerró, un perro ladró, un motor se puso en marcha y la furgoneta de Joe salió del camino de entrada. No me vio. Esperé unos minutos para asegurarme de que no regresaba, y entonces me puse en pie. Con los pies doloridos, regresé al camino y me sacudí la tierra y las hojas de la ropa. La suerte decidió ponerse de mi parte, y no vi a nadie que conociera mientras recorría el camino. Llegué a mi coche justo cuando el padre Bruce, mi pastor, abrió las puertas a las siete para la misa. Pareció algo sorprendido de verme, pero simplemente saludó con la mano mientras yo entraba en el coche. Lo ignoré y me alejé conduciendo.

De vuelta en casa, me duché, preparé café y me preparé para ir al trabajo. Una vez hecho, mi sentimiento de estupidez se evaporó. Había asegurado la información. Iba armada con el conocimiento. Al día siguiente sería el día de la carrera. El primer día de mi plan para conseguir a Joe.

Al día siguiente me desperté a las cinco y media de la mañana. Me había ido a la cama a las nueve la noche anterior, pero no había podido dormirme de inmediato. El espejo no era mi amigo cuando me devolvió la imagen de aquellos ojos hinchados, con ojeras… ¿Y qué era aquello? Un grano en la barbilla que arruinaría mi atractivo el resto del día.

No importaba. Tenía que hacerlo. Si no empezaba, nunca conseguiría a mi hombre. Aquél era un pequeño sacrificio comparado con la felicidad que encontraría siendo la novia/prometida/esposa de Joe.

Me duché y me depilé las piernas, a pesar de que llevaría pantalones largos. Me lavé el pelo y me lo acondicioné, después pasé veinte minutos aplicándome gel, secándomelo y echándole laca para fijarlo y que pareciese adorablemente despeinado. Dado que estaba desesperada, me bebí una taza de café mientras daba de comer a Digger. Después me vestí con una camiseta de manga corta. Finalmente me había decantado por una que decía: *Departamento de corrección de Massachusetts*.

A las seis y diez salí de casa con el perro y conduje hasta la zona de aparcamiento de Little Creek, en Doane Road. Aquel lugar se usaba para el autobús de la playa en verano, para no tener demasiados coches atascando la zona. Los turistas y autóctonos podían aparcar allí y subirse a un autobús eléctrico que los llevaría hasta la playa. Era fácil, respetuoso con el medio ambiente y muy divertido. Allí escondería mi coche, a tan sólo dos kilómetros de mi casa. En teoría podría correr desde casa hasta el punto donde me encontraría con Joe, pero aquella mañana mi objetivo no era el ejercicio.

Little Creek no estaba abierto todavía, pero me colé por la entrada reservada para los bomberos y aparqué ilegalmente. Aunque me pillaran, casi todos los guardabosques conocían mi Honda (gracias a mi identificación como doctora) y no les importaría. Al fin y al cabo no estábamos en temporada alta. Mi reloj marcaba las seis y diecinueve. En unos treinta minutos estaría hablando con Joe Carpenter. Hora de moverse.

Digger y yo corrimos tranquilamente por Doane Road, que llevaba a dos de las playas más bonitas del mundo: Coast Guard y Nauset Light. Mi objetivo era poder algún día dar la vuelta a mi «manzana», lo cual era una circunferencia de unos seis kilómetros que pasaba por delante de aquellos dos regalos de la naturaleza, frente al centro para mayores y llegaba de nuevo a mi casa. Pero seguía anclada en los tres kilómetros, tres kilómetros y medio si tenía suerte.

Con el corazón latiéndome con fuerza, me metí por Nauset. Seguí corriendo e intentando abrir mi zancada para parecer más natural y menos atormentada. Digger disfrutaba de la velocidad, pues normalmente tenía que ajustar sus pasos y caminar más despacio cuando no estábamos intentando impresionar a un hombre. Pero aquel día, mientras yo corría, él iba prácticamente galopando, lo que sin duda daría una mejor impresión a cualquiera que nos viera. Miré el reloj. Las seis y media. Perfecto. Joe estaría saliendo de su casa y se dirigiría hacia allí. Mientras corría, saludando ocasionalmente a algún viandante y ciclista, me imaginaba como Joe avanzaba por el pueblo. Ya debía de estar en la intersección con la carretera 6. Si el semáforo estaba en verde, llegaría allí en menos de un minuto. Si estaba en rojo, quizá dos minutos. Tres a lo sumo.

El señor Demers estaba fuera haciendo labores de jardinería. Había sido amigo de la abuela, y me alegraba verlo de vez en cuando. Era un caballero alto de pelo blanco, miembro de una de las familias más antiguas del Cabo. Sabía todo lo que hubiera que saber sobre historia local, desde las tribus de los nativos hasta naufragios, pasando por el huracán Gloria. A veces daba charlas en la biblioteca.

—¡Hola, señor Demers! —grité.

—¡Buenos días, Millie Barnes! —dijo él mientras se incorporaba en su jardín—. ¡Va a ser un día precioso!

—¡Sí, señor! —respondí yo. Feliz con el mundo, miré el reloj. Faltaban segundos.

Fue en ese momento cuando Digger decidió que sus intestinos no podían esperar. Justo a la entrada del camino del señor Demers, adoptó una postura delatora.

—¡No, Digger! —grité yo—. ¡De pie!

Pero Digger no se puso de pie. No iba a permitir que defecase en el camino de entrada del señor Demers, sobre todo con el dueño mirando. Arrastré a mi perro, aún en cuclillas, hasta salir de la propiedad del señor Demers. Entonces me rendí y, tras comprobar que no venía ninguna furgoneta marrón por la carretera, permití que Digger se saliese con la suya. Cuando hubo terminado, seguimos nuestro camino.

Eran ya las seis y treinta y seis y cada vez me costaba más trabajo respirar. No importaba. Al fin y al cabo iba corriendo. Habían pasado diecisiete minutos y sólo la gente que está en plena forma puede mantener ese nivel de ejercicio. Pero no aminoré la velocidad. Estaba un poco sudorosa y no quería pasarme con el brillo.

Ni rastro de Joe. ¿Dónde estaba? Seguí corriendo. El asilo estaba a un kilómetro y medio por la carretera, lo cual me daba algo de tiempo. Podía hacer que un kilómetro y medio durase diez minutos. Incluso doce.

Oí entonces una furgoneta. «No mires atrás, Millie». Volví a abrir mi zancada. Se acercaba. Tenía que ser él. Zancada, zancada, zancada. La furgoneta pasó. No era Joe.

¡Maldita sea! ¿Dónde estaba? Ya eran las seis y cuarenta y dos. Llegaba muy tarde. Tal vez hubiera parado a tomar café, pensé. Era posible, aunque no era lo que yo había investigado. Aun así, podría ocurrir.

El asunto era cada vez más patético. Estaba sin aliento, pero tenía que seguir corriendo porque aquella sección de la carretera era recta y podría ver un coche o furgoneta antes de oírlo. Por tanto, no podría echar a correr antes de que el conductor me viera, así que quedaría como una estúpida. Aminoré la velocidad de nuevo. Y otra vez mi perro se detuvo, en esa ocasión a hacer pis.

–Date prisa, Digger –le ordené. Él me miró, agitó el rabo y siguió haciendo pis. Y mientras lo hacía, me di cuenta de que yo también tenía que hacer pis. ¡Maldito café!

A las seis y cincuenta empezamos a correr de nuevo. ¡Y a lo lejos apareció el centro de mayores! ¡Maldición! No podía pasar por delante, de lo contrario no vería a Joe. Tendría que darme la vuelta y fingir que venía en dirección contraria. Y tenía que hacerlo rápido o me pillarían. Entonces se me ocurrió que Stephanie, la empleada malvada del centro, estaría yendo a trabajar en aquel momento. ¿El turno no empezaba a las siete? Otra cosa por la que preocuparse.

Pasé por delante del centro de ancianos y, tras mirar a izquierda y derecha, corrí al otro lado de la carretera. Hecho. Nadie me había visto. Volvía a tener oportunidad de ver a Joe. ¡Dios, me sentía estúpida! Se estaba haciendo tarde. Me obligué a adoptar una expresión de felicidad y levanté el brazo para secarme el sudor de la frente. No quería recurrir a caminar con dificultad, así que seguía dando saltos. Los tendones de Aquiles comenzaban a dolerme. Quería parar y hacer estiramientos para evitar una tendinitis, pero eso no serviría. ¿Dónde estaba Joe? ¿Dónde estaba Joe? Esa frase se convirtió en el ritmo de mis pasos mientras corría. Dónde. Estaba. Joe. Dónde. Estaba. Joe. Ahí. Estaba. El. Señor. Demers.

Oh, genial. Ahí seguía, agachado en su jardín. Me miró con curiosidad.

—¿Todo bien, Millie? —preguntó.

—Oh, claro —respondí yo—. Simplemente he salido a correr. ¡Adiós!

Mi vejiga me recordó que estaba llena. Eran las siete en punto. ¡Llevaba corriendo cuarenta minutos! ¡Debía de ser un récord mundial! Los tendones me dolían. Sentí un dolor agudo en la rótula izquierda y me imaginé el menisco hecho pedazos. «Sigue corriendo», me dije a mí misma. Tenía que estar a punto de aparecer. El pulso me palpitaba en los oídos, así que aminoré un poco. Digger, chucho sin fe, caminaba a mi lado. Así de lento era mi paso. Pero yo seguía corriendo. Podría retomar el ritmo cuando viese la furgoneta de Joe.

Pero ya había llegado otra vez a Doane Road. Lo que significaba que debía darme la vuelta otra vez. No me quedaba otro remedio, así que giré rápidamente para cambiar de dirección una vez más.

«¿Realmente es necesario?», me pregunté. «¿Realmente tenemos que seguir haciendo esto?». Por desgracia la respuesta era sí. Al aproximarme a la casa del señor Demers, vi la consternación en su rostro. Yo sentí la cara más caliente al sonrojarme. Tenía la camiseta empapada en sudor bajo los brazos y en el pecho. Ignoré al señor Demers y fingí estar muy interesada en un sinsonte.

Digger se detuvo de nuevo y se acuclilló de aquella manera perruna tan característica, así que yo también me detuve. Miré el reloj. Las siete y diez. No podía seguir más. Me temblaban las piernas, me dolía la vejiga, tenía un calambre en el pie.

Mientras utilizaba el dobladillo de mi camiseta para secarme el sudor de la cara, dejando al descubierto mi vientre sorprendentemente blanco, y mientras Digger defecaba en la hiedra venenosa, Joe pasó por delante. No aminoró la velocidad. Tal vez no me reconociera (ojalá). Pero no, Joe sacó el brazo por la ventanilla y saludó antes de entrar al aparcamiento del centro de ancianos.

Yo cojeé de vuelta hacia mi coche, con los tendones de Aquiles doloridos y la cara, sin duda, roja como un tomate. Cuando pasamos por delante de casa del señor Demers, Digger olisqueó el lugar donde había intentado defecar antes.

–¡Que tenga un buen día! –le grité al anciano, que estaba de pie mirándome con los brazos cruzados.

–Tú también, Millie.

Probablemente no.

Capítulo 9

Como ocurre con frecuencia en la vida, el amor llamó a mi puerta cuando menos lo esperaba.

Más tarde aquel día, estaba en el trabajo contemplando el póster de anatomía en el despacho, estremeciéndome aún por mi debacle de la mañana. Mi mente, siempre optimista, intentaba darle la vuelta a las cosas, pero mi alma negra se negaba a renunciar al trono.

—¡Oye, has corrido más que nunca! —exclamó mi mente.

—Digger estaba defecando cuando Joe pasó por delante —respondió mi alma.

—Aun así, probablemente hayas perdido medio kilo —continuó la mente.

—Digger estaba defecando cuando Joe pasó por delante —repitió el alma—. Y te vio el vientre.

—¿Doctora Barnes? —dijo la enfermera Jill desde el pasillo, lo que interrumpió la discusión entre mi mente y mi alma. Regresé al presente. Cuando Jill me llamaba doctora Barnes, significaba que había entrado un paciente. De lo contrario yo era conocida como «cielo» o «cariño».

—¿Sí, señora Doyle? —respondí yo, agradecida por la distracción.

—Hay un paciente en la sala uno —dijo mientras asomaba la cabeza por la puerta con un informe y una gran sonrisa.

Entre en la sala número uno y allí, sobre la camilla, se encontraba sentado un hombre increíblemente guapo. Pelo oscuro. Ojos oscuros. Piel morena. Cejas pobladas, que le daban un aire exótico y mediterráneo. Llevaba un vendaje en la mano derecha y tenía sangre en su camisa vaquera.

–Hola, soy Millie Barnes –dije extendiendo la mano, y entonces me di cuenta de que no podía estrechármela en aquel momento–. Lo siento –murmuré.

–Lorenzo Bellefiore –dijo él con una sonrisa.

Yo logré no sonreír.

–Es un placer conocerle –dije–. ¿Qué le ha ocurrido?

Lorenzo se miró la mano.

–Me corté con un cangrejo herradura –respondió con el ceño fruncido–. Creo que necesitaré puntos.

–De acuerdo, echemos un vistazo –murmuré yo, agradecida porque Curtis y Mitch me hubieran llevado de compras la semana anterior.

Me puse en modo doctora, intentando concentrarme en la herida y no en el deseo que sentía en mis entrañas, me lavé las manos y me puse los guantes de látex. Le quité el vendaje ensangrentado al paciente y miré la herida. «Concéntrate, Millie, concéntrate». Llevaba una colonia especiada que se me metió por la nariz. De nuevo intenté controlarme y no suspirar, y le dirigí lo que esperaba que fuese una sonrisa tranquilizadora. Sus pestañas eran increíblemente largas.

–Sí, necesitará puntos –dije. Las suturas eran muy divertidas para mí. Me encantaban, sobre todo cuando tenía que hacérselas a hombres atractivos con nombres exóticos.

–Prométame que no me hará daño –dijo arqueando una ceja.

–Lo prometo –dije yo.

¡Flirteo! ¡Estábamos flirteando!

Llamé a la encantadora enfermera Doyle y ella, con la más mínima expresividad facial destinada a ocultar su alegría, me trajo los elementos necesarios para una sutura básica.

Cuando me puse a curarle la herida a Lorenzo, comencé a hacerle varias preguntas, destinadas sólo, lo juro, a tranquilizarlo y no a inmiscuirme en su vida privada. Bueno, quizá un poco.

–Dígame, señor Bellefiore...

–Llámeme Lorenzo –dijo él mientras yo le limpiaba la piel con Betadine.

–Muy bien, Lorenzo. ¿Vives aquí en el Cabo?

–No –eso ya lo sabía yo. Si alguien así de guapo viviera en un radio de ochenta kilómetros, sabría de su existencia–. Nací en Brooklyn, de hecho, pero he estado estudiando fuera tanto tiempo que ya no me parece mi hogar.

–¿Dónde estudiaste? –pregunté mientras lo miraba de reojo.

–El año pasado terminé el doctorado en Biología Marina –respondió con una sonrisa–. En Miami. Pero me dieron una beca para investigar aquí, así que me mudé hace un mes.

–Biología Marina. Qué interesante –dije yo–. Si no te gustan las agujas, ahora deberías mirar para otro lado –estaba a punto de inyectarle la anestesia local, y en efecto miró hacia otro lado.

–¡Ah! –gritó–. ¡Eso pica!

–Lo sé, lo siento. Pero en pocos segundos ya no te dolerá. ¿Y qué estás haciendo en el Cabo?

–Estudio los hábitos de apareamiento de los cangrejos herradura –respondió.

–¿De verdad?

–Sí, es fascinante –continuó, y me explicó los patrones sexuales de aquellos cangrejos extraños y prehistóricos. Yo expresé mi interés con comentarios y murmullos mientras él hablaba. Antes de que se diera cuenta, ya había terminado de coserle.

–¡Ya está! –anuncié–. ¿Qué te parece?

Lorenzo examinó los puntos con cuidado antes de mirarme con aquellos ojos mediterráneos.

–Ha hecho un gran trabajo, doctora –dijo, y el corazón me dio un vuelco.

–Muchas gracias, doctor –respondí yo. Le puse un vendaje esterilizado sobre la herida y le dije que mantuviera el corte limpio y que regresara para quitarle los puntos–. ¿Estás al día con la vacuna contra el tétanos? –pregunté mientras me quitaba los guantes de látex y los tiraba a la papelera.

–Me la puse el año pasado –respondió. Se bajó de la camilla. Por desgracia no era muy alto, tal vez un metro setenta, pero no estaba mal. Esas pestañas compensaban la falta de altura–. ¿Doctora Barnes, puedo preguntarle una cosa?

«Cualquier cosa. Y sí, sí, sí», pensé yo.

–Claro, y llámame Millie –dije.

–Sé que acabamos de conocernos, ¿pero te gustaría cenar conmigo alguna noche? Apenas conozco a nadie aquí, y me gustaría conocerte mejor.

¡Oh, Dios mío!

–Creo que es posible –respondí yo con calma–. Toda esta semana trabajo de mañana, así que tengo las noches libres –¡vaya, demasiado disponible!–. Si me llamas aquí, tal vez podamos organizar algo.

–Suena fantástico –sonrió de nuevo y el estómago me dio un vuelco. Lorenzo pasó frente a mí y se fue a hablar con Sienna. Jill se acercó por el pasillo para preguntarme los detalles, pero yo me adelanté.

–Señora Doyle, esa fractura de húmero necesita una radiografía de seguimiento, así que si no le importa, ¿podría programarla? –no teníamos ninguna fractura de húmero, pero Jill me entendió al instante.

–Claro, doctora Barnes. ¿Algo más?

–Sí. La señora Donahue necesita más Coumadin, así que si pudiera pedirlo a la farmacia, sería genial. Y por favor, asegúrese de que repongan los kits de sutura en la sala uno. Y no se olvide de que deberíamos... deberíamos... Bien, ya se ha marchado.

Sienna se acercó a nosotras en cuanto Lorenzo Bellefiore salió por la puerta. Nos arremolinamos las tres en torno a la pequeña ventana del despacho, que era excelente para espiar. Nuestro nuevo paciente favorito se alejó conduciendo y entonces, como las tres mujeres que éramos, comenzamos con los gritos.

–¡Oh, Dios mío! ¿Habéis visto qué trasero? –preguntó Sienna.

–¡Dios mío, claro que sí! –respondió Jill con el mismo fervor.

–Señoritas, señoritas… tengo algo que decir –dije yo con una gran sonrisa–. Ese hombre acaba de pedirme una cita.

Seguíamos las tres gritando cuando el doctor Bala llegó una hora más tarde.

Por supuesto, no me había olvidado de mi humillación y mi degradación de primera hora de la mañana, pero la interrupción de Lorenzo había minimizado aquel evento. Aquello no me había pasado nunca. Y no me venía mal distraerme para no pensar en Joe, tras haber reducido mi ego al tamaño de una garrapata. Además sería fantástico que Joe me viera con un hombre cuya belleza casi igualaba la suya.

Esa noche llamé a Katie. Estaba encantada de que fuese a tener una cita y, como la buena amiga que era, me pidió todos los detalles del encuentro. Yo se los di de buena gana, sin parar de suspirar por el nombre, los ojos, las pestañas, las manos y el olor de Lorenzo. Y cuando Lorenzo llamó al día siguiente para concretar la cita, mi felicidad continuó.

Tenía algunos días antes de la gran cita, así que hice una lista. Me encantaban las listas. Me tranquilizaban y me protegían. Minimizaban el margen de error y me mantenían centrada, porque iba a necesitar mantenerme centrada. Hice la siguiente lista:

Llamar a Curtis y a Mitch para que me sugieran ropa.
Que me arreglara el pelo alguien que no fuera el psicópata de Provincetown.
Limpiar la casa.

No pensaba dejar que Lorenzo me recogiera o me dejara

en casa. Al fin y al cabo mi cuñado era policía y me había advertido muchas veces sobre los desconocidos, pero limpiar la casa me hacía sentir más tranquila.

Conseguir que Joe estuviera en el restaurante al que yo pensaba ir con Lorenzo.

Aquel último punto requeriría algo de astucia. Lorenzo me había pedido que eligiera el restaurante, y había elegido el Barnacle por varias razones. Katie trabajaba allí, así que podría darle el visto bueno. La comida era excelente y cabía la posibilidad de que Joe estuviera allí. Así mataba dos pájaros de un tiro.

El día antes de la cita decidí visitar a mis padres. Los tenía un poco olvidados, así que llamé a mi madre y le pregunté si podía ir a cenar. Como casi todas las madres del mundo, se mostró encantada ante la posibilidad de poder dar de comer a su hija.

—¡Claro que puedes venir, cariño! —exclamó—. ¿Qué quieres que prepare?

—Cualquier cosa, mamá. Todo lo que preparas está buenísimo —respondí yo.

—Oh, eres tan dulce. ¿Qué te parece un asado de pollo?

De pronto me sentí culpable. Era evidente que mi madre se sentía sola. Trish y ella solían hacer muchas cosas juntas. Ambas eran pequeñas y delgadas y les encantaba ir juntas de compras a Talbots, o a las rebajas, o comer juntas, ir al teatro o al cine. Yo no había hecho nada por llenar el vacío que Trish había dejado.

—¿Por qué no miras si Sam y Danny pueden venir también? —pregunté, sabiendo que, cuanta más gente hubiera, más feliz estaría mi madre.

—¡Me parece una idea fantástica! Muy bien, cariño, te veré mañana por la noche —por alguna razón, su felicidad me hacía sentir más culpable.

La noche siguiente me presenté con un ramo de tulipanes amarillos y le di un fuerte abrazo. Danny y Sam ya estaban allí;

mi padre tenía a Sam en el sótano, hablando de cosas de hombres como el cemento y los alambres. Danny estaba abriendo una cuenta de correo electrónico en el ordenador de mi madre. Yo me sentía bastante contenta, sobre todo sin la presencia insatisfecha de mi hermana. Mi madre estaba pletórica, escuchando a medias mientras Danny le explicaba los matices de Google y yo me servía una copa de vino. El olor a pollo asado y romero inundaba la cocina, y de pronto me moría de hambre. No había hecho una comida de verdad en los últimos meses.

—Me encanta tu traje, Millie, cariño —dijo mi madre.

—Gracias —contesté yo con una sonrisa. Llevaba pantalones negros y una camisa azul con un pañuelo azul y blanco alrededor del cuello, como me habían ordenado. Pendientes dorados. Pulsera dorada y azul. Zapatos de ante negros—. Curtis, Mitch y yo fuimos de compras. Son mejores que Garanimals.

—¿Qué son Garanimals? —preguntó Danny.

Mi madre sonrió con el recuerdo.

—Eran una marca de ropa. Todo venía con una etiqueta para que supieras con qué combinaba.

—Si tu camisa tenía una etiqueta de gacela y tus pantalones también, entonces ibas combinada —expliqué yo solemnemente—. Si tenían la etiqueta de un león, no podían ir con la etiqueta de gacela, porque los leones se comen a las gacelas. ¿Me sigues, Daniel?

Mamá y yo nos reímos y Danny puso los ojos en blanco.

—Sólo nos queda esperar que vuelvan a sacarlas —dijo mi madre.

—¡Hola, papá! —le dije a mi padre cuando subió con Sam del sótano. Me puse de puntillas para darle un beso en la mejilla a papá—. ¿Cómo estás?

—Muy bien, cariño. ¿Cómo está mi pequeña? —me miró más cerca y frunció el ceño—. Nancy, Millie parece delgada. ¿No la estamos alimentando bien?

—Ya no vive con nosotros, Howard —respondió mi madre—. Y es cierto que pareces un poco delgada, Millie. ¿Estás comiendo bien?

Mis padres pensaban que estaba delgada. ¡Cómo los quería! Sonreí y Sam me devolvió la sonrisa.

–He estado corriendo últimamente, nada más –dije orgullosa. Obviamente no iba a decirle a mi madre lo que había estado comiendo.

–¿Corriendo? Eso es peligroso, cariño. Howard, dile que es peligroso –dijo mi madre.

–Millie, es peligroso –obedeció papá–. Vamos a cenar.

Nos deleitamos con la maravillosa comida de mamá. Junto con el pollo al romero, disfrutamos del puré de patatas (que yo tendría que evitar, pues mamá utilizaba leche entera para prepararlo), zanahorias glaseadas y nabos, mis preferidos. De postre, pastel de manzana. «Señor, dame fuerza».

Mientras cenábamos, Danny nos contó sus planes para el verano. Iba a marcharse con algunos compañeros de clase una semana a Appalachia para ayudar a construir casas colaborando con Hábitat para la Humanidad. A su regreso comenzaría a trabajar en un campamento local para niños marginados. Sam sonrió modestamente hacia su plato, pero en realidad estaba lleno de orgullo. Con la característica mezcla de seguridad y de terror única en los fans de los Red Sox, hablamos de la alineación del equipo (superlativa), de sus bateadores (formidables) y de sus probabilidades de ganar (excelentes). Y finalmente mamá hizo la pregunta que yo había estado esperando.

–¿Millie, qué tal el trabajo?

De acuerdo, ésa no era la pregunta que había estado esperando, pero dado que nadie iba a hacer esa pregunta: (¿Sales con alguien, Millie?»), utilizaría el trabajo como vehículo para llegar a mi inminente cita.

–Muy bien, mamá.

–¿Algo interesante? –preguntó Sam.

–De hecho conocí a un hombre muy simpático hace unos días. Es biólogo marino y estudia los cangrejos herradura. Se cortó y necesitó puntos.

–¿Biólogo marino? –preguntó mi padre con desconfianza. Papá habría elegido un albañil o un fontanero para sus niñas; o un policía, por supuesto. Desconfiaba de la gente con demasiada educación. Salvo de su hija pequeña, claro.

—Así es —dije yo—. Vamos a salir mañana por la noche.

Aquella frase fue recibida con un silencio aplastante. Mamá dejó el tenedor en el plato, claramente asombrada. Sam me miró desde el otro lado de la mesa, asombrado. Papá frunció el ceño, asombrado. Sólo se oía el sonido del tenedor de Danny, que seguía comiendo puré de patatas.

—¿Dónde vais a ir? —preguntó después de tragar. Parecía ser el único al que no le asombraba que tuviese una cita.

—Vamos al Barnacle —respondí yo mientras le servía más puré. En realidad mi familia tenía razones para estar sorprendida. Nunca había tenido una cita en Cabo Cod, así que aquél era un hecho sin precedentes.

—¡Oh! ¡Qué bien! —respondió al fin mi madre, consciente de que se necesitaba una respuesta—. ¿Y cómo se llama el chico?

—Lorenzo Bellefiore —respondí.

—¿Qué tipo de nombre es ése? —preguntó mi padre apretando los cubiertos con fuerza.

—Suena italiano. La verdad es que no lo sé —dije.

—¿Y qué es lo que sí sabes de ese tipo? —preguntó. Al parecer los únicos hombres a los que se me permitía querer estaban sentados a aquella mesa.

—Sé que se cortó en la mano y necesitaba puntos —respondí dulcemente, y le dirigí una sonrisa a Sam, que me la devolvió.

—Millie, no puedes salir con un tipo al que ni siquiera conoces —gruñó mi padre.

Temerosa de que mi padre pudiera arruinar mis probabilidades de matrimonio (y por tanto de tener más nietos), mamá intervino.

—Howard, Millie es una adulta —explicó con voz serena—. Es doctora.

—¡Ya sé que es doctora! —exclamó mi padre—. ¡Es mi hija! ¡Sé a lo que se dedica!

Sam se limpió la boca con la servilleta para ocultar su

sonrisa y yo le di una patada por debajo de la mesa. Aquel tipo de discusiones eran habituales en mi familia, y ahora que ya no vivía con papá y mamá, me parecía divertido.

–Sam –dijo mi padre, apelando al sentido común masculino–. ¿Sam, podrías darle el visto bueno a ese tipo?

–Me encantaría, Howard, pero la verdad es que no puedo –dijo Sam–. Va contra las normas emplear las fuentes policiales para investigar a los novios de tu cuñada.

–¡No son novios! –exclamó mi padre–. ¡Es una persona! Lorenzo no sé qué.

–Lo siento –insistió Sam, y me guiñó un ojo.

–Bueno, haremos una cosa –dijo papá, obviamente enfadado conmigo por complicarle la vida–. ¿Por qué no vamos a cenar al Barnacle todos mañana por la noche?

–¡Papá! ¡Dios mío, déjalo ya! –grité yo–. ¡Nunca hiciste esto con Trish!

–¡Bueno, Trish tuvo la sensatez de elegir a Sam! –respondió él. Luego se dio cuenta de lo que había dicho y miró a Sam–. Lo siento, hijo.

–No pasa nada –dijo Sam–. Sé lo que querías decir.

Nos quedamos callados durante un minuto, con el fantasma de la locura de mi hermana sobrevolando nuestras cabezas. Sam parecía trágico y valiente, muy al estilo de *Salvar al soldado Ryan*. Yo puse los ojos en blanco.

–¿Quién quiere pastel? –preguntó mi madre.

Tras meter los platos en el lavavajillas, Sam me preguntó si quería dar un paseo mientras mi padre, mi madre y Danny veían el partido de los Red Sox.

El viento soplaba con fuerza mientras caminábamos por la calle en un agradable silencio. Apenas quedaba luz del atardecer, y el cielo había adquirido un tono azul oscuro, así que apenas podíamos ver.

En el vecindario de mis padres, casi todos los residentes vivían en Cabo Cod todo el año, así que las ventanas estaban iluminadas y en los porches ondeaban banderas aquí y allí.

La carretera estaba desierta, así que pudimos caminar por el medio, ya que no había acera.

–Siento lo de Trish durante la cena –dije.

–Oh, no pasa nada –respondió Sam–. Siento lo del interrogatorio.

–Ha sido divertido ver a papá enfadado.

Sam se rió.

–Es un poco sobreprotector, eso desde luego. ¿Y cómo es ése tal Lorenzo, por cierto?

–Bueno –respondí yo–. Está muy bueno.

–Bueno, eso es perfecto, dado que tú eres tan guapa –¡el bueno de Sam! El corazón me dio un vuelco cuando me sonrió–. ¿Y algo más aparte de estar bueno?

–Bueno, es listo y huele muy bien.

–Apuesto a que es un buen comienzo –dijo Sam.

Entrelacé el brazo con el suyo cuando nos metimos por otra calle.

Siempre me había molestado que Sam se hubiera ido con alguien como Trish. Cierto que era una adolescente cuando se habían juntado, pero siempre parecía que los mejores hombres se iban con mujeres demasiado guapas y demasiado desagradecidas que creían que eran dueñas de todo y no daban las gracias por nada. Y Sam era todo lo que una mujer podría desear en un hombre; tranquilo y divertido, sensato y de confianza. Trish nunca parecía apreciar esas cualidades. Sam se merecía a alguien que lo amase de verdad. Así que…

–¿Sigue en pie lo de salir con Katie y conmigo el sábado? –pregunté.

–Claro. Será divertido.

–Genial –lo dejé ahí–. Por cierto, tu hijo no para de comer –observé mientras le daba una patada a una piedra.

Sam se rió de nuevo.

–Es por el crecimiento –respondió–. ¿Te ha dicho que el fin de semana que viene se va a Nueva Jersey?

–No, no me lo ha mencionado. ¿Cómo te sientes al respecto?

–Aún es bastante raro. Pero aun así, ella es su madre, y la

echa de menos, aunque no lo diga. Trish lo llama todas las noches.

—Me alegro —un coche pasó a nuestro lado y el conductor nos saludó con la mano. Nosotros le devolvimos el saludo.

—Dime, Sam, ¿qué tal llevas lo de estar solo?

Se encogió de hombros, pero pude sentir como los músculos de su brazo se tensaban.

—Supongo que no lo llevo mal —se quedó callado durante unos segundos—. Salvo cuando hago cosas con Danny y voy a sus partidos, las cosas están bastante tranquilas. Antes Trish solía planear todo lo que hacíamos.

—¿La echas de menos? —pregunté.

—Echo de menos estar casado —respondió con sinceridad—. No sé si la echo de menos… Quiero decir que me engañó, y aún me cuesta asumir eso. Pero sí, estoy seguro de que la echaré de menos cuando deje de…

—¿De odiarla?

Sam se rió.

—No. No la odio. Odio lo que hizo, pero la quería.

—¿Por qué? —pregunté yo, incapaz de disimular la amargura de mi voz. Trish había sido como un sargento con Sam, siempre dando órdenes.

—Siempre fuiste demasiado dura con Trish —dijo Sam. Agarró una rama que había tirada en la carretera y la lanzó hacia los árboles. Yo resoplé—. Lo fuiste —insistió él—. Nunca entendí cómo las dos podíais ser tan malas la una con la otra. A mí me hubiera encantado tener un hermano o una hermana.

—¡Yo no era mala con ella! ¡Ella era mala conmigo! —soné como una niña de ocho años, pero no pude evitarlo.

—Bueno, ella tenía celos de ti.

—¿Qué? Creo que era al revés, Sam.

—No es así —respondió él—. Tú fuiste a la universidad, te fuiste a Escocia, vivías en la gran ciudad. Vamos, Millie, te convertiste en doctora. Trish nunca tuvo nada parecido.

—Bueno, podría haberlo tenido. En vez de eso, ella… —me detuvo.

–¿Se quedó embarazada de mí?

Dejamos de caminar. Sam y yo nunca habíamos hablado así antes, y la conversación comenzaba a deambular por terrenos peligrosos.

Sí, Trish se había quedado embarazada, pero no podía dejar que Sam se llevase la culpa de eso.

–Sam, tengo que decirte una cosa –tomé aliento, aliviada de que estuviera oscuro y no pudiera ver la expresión de su cara–. Tal vez no debería, pero creo que es hora de que lo sepas.

–¿Saber qué? ¿Que se quedó embarazada a propósito?

–¿Lo sabías?

–Claro, Millie. No hace falta ser muy listo para adivinarlo. No soy tan tonto, niña.

Yo recordaba aquel fatídico fin de semana como si hubiera sido ayer. Sam estaba en su segundo año de universidad. Era sábado por la tarde, finales de otoño, y estábamos todos sentados delante de la televisión, esperando poder ver a Sam entre los montones de jugadores de fútbol de segunda. Y entonces, como por arte de magia, pidieron un tiempo muerto, uno de los jugadores irlandeses salió cojeando del campo y nosotros oímos las palabras que habíamos estado esperando: «¡Ahora, jugando para Notre Dame, el número doce, Sam Nickerson!». Y la imagen de Sam llenó la pantalla. Hubo gritos, abrazos y lágrimas en nuestro salón. Sam salió al campo. Dos jugadas más tarde, logró un pase de veintiocho yardas, esquivó a tres contrarios y corrió hasta realizar un *touchdown*. Irlandeses 21, troyanos 17. Fue algo glorioso.

Tres horas después de que el partido terminara, con un vaso pegado a la pared que separaba nuestros dormitorios, oí como Trish se lo contaba a su mejor amiga, Beth.

–Ahora mismo pienso tirar a la basura las píldoras anticonceptivas.

¿Por qué lo había hecho? Porque Sam parecía destinado a la grandeza, a la riqueza, a un contrato con la Liga Nacional de Fútbol, tal vez incluso a anuncios en televisión, y Trish quería un pedazo del pastel.

Qué tonta era. Pensaba que era un secreto del que había que proteger a Sam, y por supuesto a Danny.

–¿Vienes? –la voz de Sam me sacó de mi ensimismamiento, y tuve que correr para alcanzarlo.

–¿Sam, cómo lo sabías? ¿Cuándo lo descubriste?

Él suspiró.

–No lo recuerdo, Millie. Pero no importa. Quiero decir que ahora tengo a Danny.

Ahí se resumía todo. Danny lo era todo para Sam, sin más.

Pero para mí no era tan sencillo.

–¿Pero no te volviste loco? Quiero decir que Trish había dejado su vida en tus manos porque pensaba que ibas a hacerte famoso. Y después te culpó por ello cuando no lo conseguiste.

En el tercer partido de la segunda temporada de Sam, en otra escena inolvidable que habíamos visto todos por televisión, un defensa del estado de Michigan se empotró contra Sam después de que sonara el silbato. El hombro derecho de Sam se hizo añicos como si fuera una taza de té y los médicos hicieron todo lo posible por recomponérselo y que volviera a moverlo casi con normalidad. Los cazatalentos de la liga de fútbol que habían estado tentándolo desaparecieron sin más. Los sueños de Sam, y los de Trish, habían terminado. Regresaron al Cabo. Sam se fue a trabajar limpiando fosas sépticas para mi padre hasta que se hizo policía.

–Bueno, ¿y qué iba a hacer? –preguntó Sam–. Ya estábamos casados cuando me rompí el hombro. Ya teníamos a Danny.

–¿Y aún la querías? –pregunté yo con incredulidad.

–Claro.

–¿Danny lo sabe?

–Claro que no. ¿Por qué iba a decírselo?

–Eres demasiado bueno, Sam.

–No tanto –me pasó un brazo por los hombros–. ¿Tienes frío? ¿Quieres mi abrigo?

–No, gracias –seguí caminando y digiriendo la información. Trish se lo había contado, o él lo había adivinado. Y no le importaba. Otra prueba más de que era un gran tipo.

—Le he dicho a tu padre que me pasaría por el Barnacle mañana por la noche —me dijo, lo que me llevó de vuelta al presente.

—Sé sutil, ¿quieres?

—Te lo prometo, niña.

Capítulo 10

El jueves por la noche yo estaba preparada. Como de costumbre había salido de la clínica en torno a las cuatro y me había ido directa a casa. Saqué a Digger a dar un paseo rápido (había mejorado en lo de defecar en la casa, y si lo hacía, lo hacía en el linóleo). Me comí algunas zanahorias para evitar ruidos de estómago desagradables más tarde y di de comer al perro. Entonces comenzaron los preparativos para mi cita con Lorenzo. Ducha. Pelo. Ropa. Maquillaje. Joyas. Me miré en el espejo de cuerpo entero situado detrás de la puerta del dormitorio y me complació lo que vi.

Curtis, Mitch y yo habíamos elegido una falda larga de color negro y botas negras. Como parte de arriba nos habíamos decantado por un jersey rojo de cuello ancho. El jersey camuflaba satisfactoriamente la grasa que se aferraba testaruda a mis abdominales. Tras media hora con el secador de pelo y unos cuantos centilitros de crema y gel, mi pelo brillaba y estaba perfecto. Mis pendientes rojos y negros hacían juego discretamente con las prendas elegidas para la velada, así como un brazalete de cuentas negras con aspecto antiguo. «Millie Barnes», me aseguré a mí misma. «Nunca has estado mejor».

El problema era que me quedaba una hora y media. Digger, que notó que iba a salir en breve, decidió que quería amor.

—No, Digger. Lo siento, cariño. Túmbate —gimoteó, pero

obedeció, y miró lleno de reproche por encima del hombro mientras regresaba a su rincón. Para compensar mi abandono, le di un hueso de cuero duro.

Llamé a Katie, pues olvidé que ya estaría trabajando y que la vería nada más entrar al restaurante. Hablé con su madre durante un minuto, pero en seguida me di cuenta de que estaban cenando y colgué. Después llamé a Mitch y a Curtis, pero tenían invitados. Me debatí sobre si llamar a mi madre, pero decidí no hacerlo, por si acaso mi padre cambiaba de opinión y se presentaba en el restaurante después de todo. Miré mi correo electrónico, contesté a Janette, mi mejor amiga de la residencia, y me desconecté. Mientras ojeaba el *Diario médico de Nueva Inglaterra*, me di cuenta de que no podía concentrarme. Encendí la tele, pero como me había abstenido de poner cable, sólo había noticias locales. La apagué, me recosté en el asiento y suspiré.

Claro, tras haberme tomado tanta molestia, y tras haber anunciado ante mi familia el hecho de que tenía una cita, me invadía el miedo a que me plantara. Pero Lorenzo me había llamado el día después de conocernos, y había vuelto a llamar para pedir la dirección del Barnacle, lo cual era buena señal. Por teléfono me había parecido animado y sincero. Sólo esperaba que lo fuera.

Me preguntaba si esa noche vería a Joe. ¡Sería fantástico! Aun así estaba emocionada con ver a Lorenzo, no os confundáis. No todos los días una puede contemplar a un hombre tan deliciosamente guapo.

Por fin llegó la hora. Había planeado salir de casa a las siete menos cinco, con lo cual llegaría al restaurante a las siete y ocho minutos. Me parecía que aquello estaba bien; un poco tarde para no parecer excesivamente ansiosa, pero no demasiado como para parecer maleducada.

Llegué al Barnacle sin ningún incidente. No me caí en un charco ni nada por el estilo. A pesar de ser un jueves de principios de mayo, el restaurante estaba lleno de clientes habituales. Inmediatamente advertí que Lorenzo no estaba allí.

Katie se acercó a mí al instante.

–No está aquí –confirmó–. ¡Estás increíble, Mil! Y no te preocupes. Vendrá. Y mientras tanto… ¡Ta chán!

Se echó a un lado, ¿y quién podía estar sentado a la barra, sino Joe Carpenter?

Como yo era clienta habitual en el Barnacle, muchas veces había tomado una cerveza yo sola. Pero esa noche era diferente. Esa noche, cuando saludé a Chris, el camarero, me sonrió, arqueó una ceja y le dijo algo a Joe, que se giró hacia mí y también sonrió. Y yo, la mujer bien vestida y bien peinada en la que me había convertido, no dudé en ocupar el taburete situado junto al hombre al que había amado durante tanto tiempo.

–Hola, Millie –me dijo Joe.

–Hola, Joe –dije yo con una sonrisa.

–¿Qué te pongo, Millie? –preguntó Chris.

–Oh, no lo sé –¿qué debería beber? ¿Qué iba con mi imagen esa noche?–. ¿Qué te parece un vodka con tónica? –me pareció lo suficientemente sofisticado.

–¿Qué tipo de vodka? –preguntó Chris.

–Eh… ¿Absolut? –sugerí yo, aunque no se me habría ocurrido otra marca ni aunque me hubieran apuntado con una pistola. Yo era más de cerveza, a veces una copa de vino. Me volví hacia Joe. ¡Dios, estaba sentada junto a Joe! Me sonrió y yo intenté no agarrarme a la barra para no caerme.

–Buena elección –dijo Chris–. ¿Normal? ¿De limón? ¿De vainilla? ¿De arándanos? ¿De pimienta?

Me volví hacia Chris.

–La primera –respondí con firmeza.

–¿Rodaja de limón, lima?

–Lima, Chris –«ponme la maldita copa de una vez», pensé mirando a Joe. Parecía un ángel con la suave luz de la barra–. ¿Qué hay de nuevo, Joe?

–No mucho, Millie. No mucho. Oye, ¿fue a ti a quien vi corriendo el otro día?

–Puede ser –respondí yo, y sentí que la cara se me ponía roja. Por suerte Chris me puso la copa en ese momento y di un largo trago con la esperanza de que Joe dejara el tema.

–¿En Nauset? –no parecía estar intentando meterse conmigo, con aquellos grandes ojos verdes que me miraban de forma tan inocente.

–Yo vivo en Cable –dije para esquivar la pregunta–. Corro por Nauset de vez en cuando.

–¿Ah, sí? Creí que vivías en la calle Oak.

–Mis padres viven en Oak –di otro trago a la copa. No estaba mala. Tampoco buena, pero no mala–. Yo vivo cerca del faro –¡genial! Ya sabía dónde vivía.

Alguien me dio en el hombro y yo me volví. Era Lorenzo.

–¡Ah! ¡Hola, Lorenzo! –dije.

–Siento llegar un poco tarde –dijo él, y frunció el ceño al ver a Joe.

–No pasa nada. Lorenzo, éste es Joe Carpenter –respondí–. Joe, Lorenzo Bellefiore.

–Encantado de conocerte –dijo Joe, y le ofreció la mano a Lorenzo. Se la estrecharon. Mis novios se estrecharon la mano. Intenté contener la risa.

–Lorenzo es nuevo en el Cabo –le dije a Joe–. Es biólogo marino.

–¿Ah, sí? –preguntó Joe–. Magnífico.

–¿Y a qué te dedicas, Joe? –preguntó Lorenzo. ¿Era mi imaginación, o parecía un poco impaciente? ¿Impaciente por estar conmigo?

–Soy carpintero –respondió Joe.

–Oh. Como tu apellido –dijo Lorenzo.

–Así es. Soy Joe Carpenter, el carpintero. Es mi eslogan –Joe me sonrió de nuevo y el corazón me dio un vuelco.

–Lo pillo.

Podría haberlos mirado toda la noche, mi cabeza giraba de un lado a otro como un limpiaparabrisas, pero por suerte Katie nos interrumpió.

–Vuestra mesa está lista –dijo en tono profesional.

–Ha sido un placer hablar contigo, Joe –dije mientras me bajaba del taburete para seguir a Katie.

–No te olvides la copa –respondió él, y me entregó el vaso con una media sonrisa.

–Gracias –¡era tan dulce!

Lorenzo y yo nos sentamos a una mesa situada en un rincón íntimo (gracias, amiga). Katie nos entregó la carta y le dio la carta de vinos a Lorenzo. Cuando estuvo fuera de su campo de visión, levantó los pulgares en mi dirección.

–¿Y cómo está tu mano? –le pregunté a Lorenzo.

Él frunció el ceño.

–Va bien. Aún me duele. ¿Crees que se ha infectado?

Le tomé la mano y estudié el corte. Los puntos seguían firmes y el corte estaba curándose perfectamente. No había inflamación ni irritación.

–No está infectado.

Lorenzo arqueó las cejas como si dudara.

–Bueno. ¿Y qué te parece el Barnacle, Lorenzo?

Miró a su alrededor y se fijó en la mezcla de decoración náutica y manteles electrizantes.

–Muy mono. ¿Has comido aquí antes?

–Oh, desde luego. Muchas veces. La sopa de langosta es exquisita.

Lorenzo observó la carta durante lo que pareció una eternidad. Al fin y al cabo era científico y obviamente necesitaba todos los hechos antes de tomar una decisión. Yo di otro sorbo a mi copa y miré a mi alrededor, preguntándome quién, aparte de Joe, Chris y Katia, me vería esa noche con aquella criatura maravillosa.

–Supongo que probaré la sopa –dijo finalmente, y me dirigió una sonrisa casi tan hermosa como la de Joe–. Y el pez espada a la parrilla.

Katie regresó con otra copa para mí y nos tomó nota. Yo ya empezaba a sentirme un poco acalorada, así que le hice a Lorenzo unas cuantas preguntas destinadas a que hablase hasta que mi torrente sanguíneo se acostumbrara al vodka que le estaba administrando.

–¿Te gusta este lugar por el momento, Lorenzo? La primavera en el Cabo es maravillosa.

Lorenzo se recostó en su silla y me miró con aquellos ojos marrones sin fondo.

–Está bien –respondió–. Hay partes muy bonitas. Pero lo que me está volviendo un poco loco es la falta de conversación interesante. Es genial hablar contigo.

Mmm. ¿Eso era un cumplido? Era difícil de saber.

–La gente… no sé –continuó.

En mi cabeza se dispararon las alarmas. Me incorporé ligeramente.

–¿Qué le pasa a la gente?

–Bueno, nadie se muestra especialmente cordial. Quiero decir que llevo aquí un mes y tú eres la primera persona con la que puedo hablar.

–Creo que es lo normal en una zona que confía en la economía turística –respondí yo–. Los autóctonos suelen mostrarse algo reservados. Necesitan los dólares del turismo, pero sienten una falta de respeto por los forasteros –me expresé bastante bien, a pesar del zumbido en mi cabeza, o tal vez gracias a eso.

–Supongo que es cierto –convino Lorenzo. Yo le sonreí para demostrarle que no me lo había tomado a mal.

Katie llegó con la sopa.

–Disfrutad –murmuró, y me pisó deliberadamente en el pie cuando dejó el cuenco de sopa frente a mí. Lorenzo dio un sorbo.

–Oh, está muy buena –dijo. La sopa estaba, como siempre, sabrosa y muy caliente, con grandes pedazos de langosta flotando en el líquido cremoso. Conseguí no derramar nada sobre mi pecho y me obligué a no levantar el cuenco y beber directamente de él.

–¿Y qué me dices del acento de aquí? –preguntó Lorenzo mientras yo me llevaba otra cucharada a la boca. Una cucharada con un gran trozo de langosta, lo que requeriría bastantes mordiscos–. ¿Has oído al tipo de la barra? –continuó, ajeno a mis mordiscos acelerados–. Joe Carpenter, el carpintero. Si ese idioma apenas parecía inglés.

Yo dejé la cuchara en el cuenco y tragué.

–De hecho, dado que tú eres el que está de visita aquí –dije como si estuviera dirigiéndome a un niño–, eres tú el que tiene acento, y no los habitantes de Cabo Cod –¿y cómo podía un nativo de Brooklyn reírse del acento de nadie?

–Lo sé, lo sé –dijo Lorenzo con una sonrisa–. Pero vamos.

–Y resulta que Joe Carpenter es un tipo muy simpático.

Eso llamó su atención.

–¿Lo conoces? –preguntó.

–Estaba hablando con él, ¿no? Fuimos juntos al instituto.

–¡Oh, mierda! ¿Tú eres de aquí? –su consternación, ya fuera por haber metido la pata o porque yo fuera de allí, fue casi divertida de ver. Casi.

–Sí, nací y me crié aquí –respondí.

–Pero no suenas como esa… esa gente… los nativos.

–Bueno, en realidad no he vivido aquí desde que cumplí los dieciocho años. Y mi madre es de Connecticut, así que supongo que sueno más como ella.

Lorenzo se abstuvo de hacer más comentarios y volvimos a nuestra sopa.

La mente me iba a mil por hora. Lorenzo, con su atractivo mediterráneo, aún no había dicho nada que hiciera que me gustara. Sin embargo, era guapo y, lo que es más, Joe Carpenter estaba sentado a pocos metros de distancia, consciente de que tenía una cita con un hombre atractivo.

–¿Por qué no hablamos de otra cosa? –pregunté.

–Buena idea –respondió Lorenzo.

–Háblame de tu tesis –dije.

Y cómo me arrepentí de aquellas palabras veinte minutos más tarde. Lorenzo empezó a hablar del tema con todo lujo de detalles, obviamente encantado consigo mismo. Cuando Katie nos trajo el plato principal, yo me toqué el pendiente, que era nuestro código para pedir ayuda desde que éramos adolescentes.

–¿Os traigo algo más? –preguntó con una sonrisa. Aparentemente no se acordaba, así que tiré del pendiente.

–No –respondió Lorenzo, no muy educadamente. Katie me miró con una ceja arqueada y se marchó.

–Pues como iba diciendo, el profesor no entendía mi teoría sobre los hábitos de apareamiento de las especies, aunque yo sabía, como todo el mundo, que tenía algo importante entre manos. Quiero decir, con patrones tan consistentes asociados a las mareas, uno esperaría que el director del departamento de crustáceos migratorios le daría un poco más de importancia al hecho de que...

Siguió hablando y hablando. La próxima vez que tuviera insomnio, recordaría aquella conversación palabra por palabra y me quedaría dormida en cuestión de segundos. Mientras daba unos tragos a mi copa, entendí claramente por qué los habitantes de Cabo Cod habían ignorado a aquel tipo. Miré hacia la barra, donde Joe estaba comiendo una hamburguesa. Me saludó con la mano y yo sonreí. He ahí un hombre. Un hombre bueno, sencillo, trabajador y sincero al que había que hacerle creer que estaba teniendo una cita maravillosa con aquel idiota.

Fingí que Lorenzo había dicho algo divertido y me eché a reír, sacudiendo la cabeza como si no pudiera creerme lo que acababa de decir. Lorenzo dejó de hablar, confuso.

—¡Es demasiado! —exclamé.

—¿El qué?

—¿Que no... que no entendieran tu teoría? —sugerí.

—Cierto. De hecho estaba hablándote de mi tercer año en el programa de doctorado.

—Ah, claro —dije yo—. Me refiero a que antes, ya sabes. No lo entendían.

—Claro, claro.

De nuevo, Katie acudió al rescate.

—¿Qué tal todo? —preguntó. Una pregunta con muchos matices. Di otro trago a mi copa de vodka, que se volvía más y más deliciosa a medida que mi lengua se anestesiaba.

—Todo está magnífico —respondí, y abrí los ojos un poco más de lo necesario. Ella sonrió. Con suerte habría estado escuchando mientras servía las mesas cercanas. Me habría sentido decepcionada de no haber sido así.

—De hecho mi pez espada estaba un poco seco —dijo Lorenzo—. ¿Estás segura de que era pez espada? Porque he comido en sitios que te dan tiburón e intentan hacerlo pasar por pez espada.

La expresión de Katie se tornó de piedra. Aquello era un tabú. Los visitantes en el Cabo nunca debían menospreciar nuestro pescado. La pesca es el alma del Cabo, y los forasteros no estaban autorizados a cuestionar la autenticidad de nuestro pescado. Yo di otro trago a mi copa.

—Estoy bastante segura de que es pez espada —dijo Katie con la voz tan fría como el Atlántico en febrero—. ¿Quiere hablar con nuestro chef?

Aquello era una declaración de guerra. Si el chef salía de la cocina, entonces todo el mundo en el restaurante sabría lo que yo ya sabía: Lorenzo Bellefiore, doctor en biología, era un idiota.

—Oh, no, no, no, no —intervine apresuradamente—. No. Lorenzo, la tarta de queso aquí está deliciosa. ¿Quieres probarla?

—Bien —murmuró Lorenzo sin dejar de mirar a Katie—. Y café. Pero si no tenéis crema de leche, olvídalo. Odio cuando en un restaurante te cobran dos dólares por una taza de café y te dan leche desnatada.

—Es crema —respondió Katie con los dientes apretados, y colocó bruscamente nuestros platos vacíos sobre la bandeja—. ¿Quiere inspeccionar a la vaca? —preguntó antes de alejarse. Yo sentía mucho tener que hacerla pasar por aquello. Con suerte podríamos reírnos más tarde. Tal vez incluso me perdonara. Quizá si me quedara con Mike y con Corey durante una noche… o durante un mes.

Lorenzo y yo estábamos solos de nuevo. Aunque ya sabía que no quería volver a verlo nunca más, también sentía que estábamos siendo observados. Por Joe. Con un suspiro, me incliné hacia delante y fingí una sonrisa.

—¿Lorenzo, tienes hermanos o hermanas? —pregunté.

—Sí —respondió él, aún algo molesto—. Dos hermanos y dos hermanas.

—Oh, qué bien —dije yo, aunque a juzgar por su expresión, no estaba nada bien. Jugueteé con el tenedor y volví a reírme con la esperanza de aparentar que me lo estaba pasando bien–. Yo tengo una hermana.

–¿De verdad?

Y hablando de mi hermana, en aquel momento entró su ex marido en el restaurante. ¡Y vestido de uniforme, nada menos! Estaba muy guapo. Ah, sí, ya me acordaba. Sam tenía que ir a vigilarme. Di otro trago a mi copa y vi como Katia saludaba a Sam y señalaba hacia mi mesa. Mi cuñado se acercó inmediatamente.

–Hola, agente –dije, y al levantar la cabeza para mirarlo sentí que la habitación daba vueltas y se me nublaba la visión.

–Hola –respondió Sam. Miró a Lorenzo con su actitud policíaca, asertiva e intimidatoria–. ¿El coche con la matrícula de Florida es suyo? –preguntó en su papel de poli malo. Por desgracia su pregunta fue el epítome del acento de Cabo Cod que a Lorenzo le parecía tan divertido–. Se ha dejado las luces puestas, amigo. La batería está muriendo –y sin más abandonó nuestra mesa.

–Vaya –dije yo, tremendamente aliviada–. Yo te ayudaré a recargarla.

Katie regresó con la tarta de queso y el café. Dejó el cuenco con la crema y se marchó rápidamente. Lorenzo agarró su tenedor y la vio marchar.

–Dios –dijo–, esa camarera es una auténtica pe…

–Muy bien, se acabó –lo interrumpí, puse las manos sobre la mesa y me levanté–. Vete.

–¿Perdón? ¿Estás loca? No voy a ninguna parte.

–La perra de la camarera resulta que es mi mejor amiga –dije yo–. Llevas aquí sentado toda la noche, insultando a todo el mundo a tu alrededor, quejándote y lloriqueando porque no le caes bien a nadie, y te diré por qué. Porque eres un idiota. Ahora vete. Yo pagaré la cena. Merecerá la pena si así me libro de ti.

El restaurante se había quedado en completo silencio.

–Bueno, es una pena –dijo Lorenzo. Miró a su alrededor y se recostó con arrogancia en la silla–. No voy a ninguna parte.

¿Qué podía hacer yo salvo jugar mi mejor baza?

–¡Agente! –grité–. Este hombre me está molestando.

Aquello fue suficiente para mi cuñado, que se acercó al instante.

–Vamos, amigo –dijo Sam agarrando a Lorenzo del brazo.

–Pero ella… yo no he… esto tiene que ir contra la ley –dijo Lorenzo. Yo disfruté viendo como Sam, mi héroe, levantaba al hombre cangrejo de su silla y lo guiaba hacia la puerta, que una sonriente Katie mantenía abierta. Cuando se marcharon, los clientes comenzaron a aplaudir.

Yo miré a mi alrededor y sentí que la adrenalina me fluía por todo el cuerpo. Comencé a sonrojarme. ¿Acababa de…? ¿Estaban de verdad…? Y allí estaba Joe, aplaudiendo con el resto, riéndose y asintiendo con la cabeza.

–Gracias –murmuré yo, medio borracha–. Estaré aquí toda la semana.

Entonces me dejé caer sobre la silla y me tapé la boca con las manos, riéndome mientras cesaban los aplausos. Katia se acercó, agarró un tenedor limpio de una mesa vacía y se sentó.

–Gracias por defender mi honor –dijo–. Dios, menudo imbécil.

Yo sonreí, llena de amor por ella, que dio un mordisco a mi tarta de queso.

–¡A la cena invita la casa, Millie! –gritó Chris. Más aplausos. Yo di las gracias con la mano. Cuando Sam regresó, hubo otra ronda de aplausos. Se acercó, se sentó en una silla y atacó la tarta de queso de Lorenzo.

–Creo que me lo merezco –dijo con una sonrisa.

–Está buenísima –dije yo–. Y gracias por salvarme, agente Sam.

–Estabas en apuros, Millie –respondió él–. Y de nada.

Y entonces, sí, lo que os imagináis. Joe Carpenter se acercó a la mesa.

–Vaya, Millie –dijo mientras acercaba una silla a la mesa–. ¿Qué te ha hecho?

–Joe –dije yo intentando sonar despreocupada aunque el corazón fuese a salírseme por la boca–, algunos tipos necesitan una patada en el trasero de vez en cuando. ¿Eres tú uno de ellos?

–Yo no, Millie –respondió riéndose–. Aunque es la manera de proceder. ¿Verdad, Sam?

Sam simplemente asintió.

–Joe, vi tu furgoneta en casa de la señora Bianco el otro día –dije yo–. ¿Estás haciéndole algún trabajo? –la señora Bianco, una anciana que utilizaba dos bastones para moverse, vivía cerca de mis padres.

–Bueno –respondió Joe–, la verdad es que no. Simplemente estaba reparándole las escaleras de atrás. Parecían un poco endebles.

¡Qué dulce era! ¡Reparando las escaleras de una anciana impedida! El calor que sentía en el pecho rozaba lo doloroso. ¡Cómo amaba a Joe Carpenter!

–Bueno, ya nos veremos –dijo Joe, se levantó de la mesa y miró hacia la barra.

–Buenas noches –dijimos los demás.

Sam me llevó a casa, puesto que yo no estaba en condiciones de manejar un vehículo más complicado que un triciclo. Mi madre o mi padre, que se levantaban temprano, sin duda me llevarían a recoger el coche por la mañana.

Mientras yo me desabrochaba el cinturón de seguridad, Sam se inclinó hacia mí y me dio un beso en la mejilla.

–Has estado muy bien esta noche, niña –dijo.

–Gracias, Sam –le apreté el brazo con fuerza–. Gracias por tu actuación de poli malo. Te sale sola.

Sam se carcajeó.

–Siento que fuera un imbécil.

–¿Qué se le va a hacer? –salí del coche patrulla y entré en casa.

Capítulo 11

Una semana más tarde, mi entusiasmo por haber puesto en su lugar a Lorenzo de los Cangrejos había disminuido significativamente. Cierto, había sido un gran momento y Joe me había visto en ese gran momento. Además de eso, había defendido a Katie y a los demás habitantes de Cabo Cod. Pero seguía estando sola. No tenía novio. No tenía a Joe. No estaba más cerca de conseguir a Joe.

Había perdido la cuenta del tiempo que había pasado desde la última vez que me besaran. Mucho tiempo. Más de… odiaba hasta pensar en ello… más de un año. Había sido en Boston. Una primera cita con un técnico de Radiología. Nos lo habíamos pasado muy bien, habíamos ido a cenar y después habíamos dado un paseo por la calle Newbury. Me dio un beso de buenas noches al llegar a la puerta de mi apartamento. Me besó muy bien, de hecho. A la semana siguiente lo vi haciéndole arrumacos a una enfermera en la sala de ecografías, y eso fue todo.

En el Día de los Caídos, comenzó oficialmente la temporada turística y yo veía familias felices por todas partes. Miles de parejas. Muchas personas que caminaban de la mano. Muchas risas. Claro, estaban de vacaciones, ¿por qué no iban a sonreír? Y cada vez que veía una pareja, ya tuvieran sesenta y cinco o veinticinco años, con hijos o sin hijos, yo sentía un vacío en mi interior. Mi corazón tenía mucho espacio. Tenía mucho que ofrecer. Amistad. Amor. Lealtad. Humor. Atención médica gratuita. Lo que fuese. Por las noches me preguntaba cuándo iba a poder entregar todo aquello. Cuándo tendría a un hombre que se riera de mis chistes. Cuándo me llevaría alguien una taza de café, preparado como a mí me gustaba. Cuándo tendría una mano pegajosa en mi mano mientras un niño me miraba lleno de confianza.

A veces Joe y yo nos encontrábamos. En la oficina de correos (solía ir allí sobre las cuatro y media de la tarde); en la tienda de donuts de Fleming (a las diez y media. Joe siempre pedía un dónut de café y un café descafeinado con tres azucarillos); en la tienda de ultramarinos (aquello sí que fue una coincidencia de verdad, pues yo no había podido averiguarlo). Cuando atendía a mis pacientes en el centro de ancianos, me quedaba más tiempo en el aparcamiento, buscando a Joe, con la esperanza de que nuestros caminos se cruzaran.

Cada vez que veía a mi chico dorado, se mostraba amable, dulce… y breve. Siempre me decía «hola, Millie, ¿cómo estás?». Y yo ansiaba que se fijara en mi figura más atractiva, segura de que, si prestase atención, se enamoraría locamente de mí. Pero Joe seguía siendo el mismo, agradable y sonriente, siempre de camino a algún lado. Y si me veía de manera especial, lo disimulaba bien. Yo estaba perdida. Aparte de abordarlo en el aparcamiento, no sabía cuál debía ser mi próximo paso.

En cuanto a mi otro proyecto, Katie y Sam, eso tampoco iba a ninguna parte. En dos ocasiones habíamos planeado una noche de fiesta, y en las dos ocasiones los planes se habían ido al traste; una vez porque Corey estaba constipado y la otra porque Sam tuvo que cubrir un turno inesperadamente. Aún no habíamos podido fijar un día. Cierto, Katie estaba ocupada. De hecho «ocupada» no era la palabra adecuada. «Ocupada» suena a que tuviera muchos recados que hacer, cuando en realidad estaba criando a dos hijos, lo cual es un poco más que eso. «Ocupada» es cuando tienes que hacer la compra, limpiar el baño e ir a trabajar en el mismo día. Criar a dos hijos, y encima sin un marido, era una misión casi imposible.

Razón de más para querer que mi amiga estuviera con Sam. Ya podía imaginármelos juntos. Sam tendría otra oportunidad de ser padre, Katie estaría al fin con alguien que cuidara de ella. No era que sus padres no la ayudasen... que lo hacían. Pero Sam... Sam era un padre maravilloso. Yo lo había visto con muchos niños durante los años; dando una charla en el grupo de Boy Scouts de Danny, o impartiendo una conferencia sobre seguridad vial en el centro de visitantes. ¿Qué mujer no querría estar casada con un tipo así?

Pero allí estaba, perdiendo el tiempo mientras Katia palidecía ante la idea de tener una relación con alguien. Y aun así eran perfectos el uno para el otro. Ambos eran responsables. Ambos eran padres, ambos atractivos. Los dos eran generosos y los dos me caían bien, así que tenían todo eso en común.

Tuve la oportunidad de sacar el tema más descaradamente, pues era evidente que la situación pedía algo de descaro. Mientras corría casi sin aliento colina arriba entre las dos playas un día soleado, advertí a otro corredor detrás de mí que subía la colina sin aparente esfuerzo. Digger comenzó a saltar de alegría. Yo miré de nuevo. Era Sam.

—¡Tienes buen aspecto, Millie! —gritó con una sonrisa. Yo no entendía cómo podía la gente sonreír o hablar mientras corría.

—Hola, Sam —dije yo. Me detuve; al fin y al cabo aquél era mi cuarto kilómetro. Pero Sam se acercó a mí.

—No te pares, Mil —me dijo, y me dio un golpe en el hombro (tal vez el dolor fuera para distraerme de mis problemas respiratorios)—. ¡Lo estás haciendo genial! ¿Cuánto llevas? —se dio la vuelta y comenzó a correr hacia atrás junto a mí.

—Sigue corriendo —dije yo sin apenas aliento—. Aquí no hay nada que ver. Sigue tu camino.

—¿Por qué, niña? Correré contigo. Será divertido.

Lo miré con odio, y con el sudor metiéndoseme en los ojos.

—Sam, si pudiera atraparte... te estrangularía. Te odio.

—De verdad, Mil, lo estás haciendo muy bien. No te preocupes por la velocidad. Relájate y suelta los músculos.

Yo quería que se marchara, porque era incapaz de hablar. Relajarme. Claro. En cuanto se me destensaran los músculos podría relajarme.

—Mira —dijo Sam mientras corría hacia atrás—. Haz lo que yo hago —sacudió los brazos y rotó el cuello. Yo lo imité, aunque sólo fuera para olvidarme por un momento del dolor que sentía en las pantorrillas—. Has de asegurarte de beber lo suficiente antes de empezar —me aconsejó—. De lo contrario te dolerán los músculos.

—Muy bien, señor atleta —respondí yo.

—¿Estiras después de correr? —preguntó cuando al fin se dio la vuelta para correr hacia delante. Aquello me hizo parecer menos patética, o eso esperaba. Comenzamos a bajar la colina y empezó a costarme menos respirar.

—No —confesé—. Realmente no sé lo que estoy haciendo. Simplemente me pongo las deportivas y salgo a correr.

—Correré contigo hasta casa —se ofreció Sam—. Puedo enseñarte algunas cosas. Sirve de mucho.

—¿Cuánto sueles correr tú? —pregunté entre jadeos.

—Oh, no sé. Diez o doce kilómetros. A veces quince. Depende de mi horario.

—¡Vaya! ¡Quince kilómetros! Yo nunca… llegaré tan lejos —de hecho aquel día era el que más lejos había llegado; llevaba casi cinco kilómetros. Normalmente recorría el último kilómetro andando, pero con Sam a mi lado, no quería parar. Quince kilómetros. Dios mío. Lo miré de reojo. Parecía tranquilo y relajado… como si no le costara esfuerzo alguno. Incluso sonreía. ¡Qué irritante! Doblamos la curva y entramos en mi carretera. ¡Menos de un kilómetro para llegar! Era como si tuviera sacos de arena atados a las piernas, pero no quería que Sam pensara que era una llorica.

—Sam, deberías… pedirle una cita a Katie —dije, incapaz de dejar que la naturaleza siguiera su curso. A veces había que darle un empujón a la naturaleza.

—¿A Katie? —me miró evidentemente sorprendido.

—Sí, a Katie —respondí yo, intentando controlar mi respiración para no hiperventilar. Él no dijo nada—. ¿No crees que ya es hora? Katie es agradable. Eso ya lo sabes. Sería una buena manera de… ya sabes… de romper la maldición de Trish.

Sam se rió.

–¿La maldición de Trish? ¿Qué es eso exactamente?

Yo sonreí, y sonreí más al ver el buzón de mi vecino; la señal de que la tortura estaba a punto de acabar.

–Ya sabes, te hace sentir que eres… que eres…

–¿Un perdedor?

–¡Sam! ¡Intentaba ser diplomática! –le dirigí una mirada rápida y parecía estar bien–. Yo también sufro por la maldición de Trish. ¡Ya estamos en casa! ¡Gracias a Dios!

Me detuve en seco en el camino que llevaba a mi casa y me apoyé en un pino pegajoso sin dejar de jadear. Mi perro lloriqueaba para que le soltase la correa, y eso hice, sorprendida como siempre de ver que pudiera dar una vuelta como loco al jardín o perseguir ardillas por el bosque después de la carrera.

–No, no. Nada de eso –me dijo Sam el sabelotodo. Me agarró del brazo y me arrastró hacia la casa–. Camina hasta que te hayas enfriado. Después estira. Vamos.

–Te odio de verdad, Sam –dije.

Él sonrió, pero por lo demás me ignoró y me arrastró por el camino, que debía de tener unos quince metros. Después me obligó a realizar una miríada de estiramientos diseñados para aliviar la tensión que mi cuerpo había soportado. Pero era bueno, porque ¿dónde si no iba a aprender yo esas cosas? Aunque me sentía un poco como una idiota, presté atención mientras me mostraba lo que había que hacer. Y para cuando hubimos terminado, diez minutos después de llegar a casa, ya no sudaba y las piernas no me temblaban; no tenía ganas de vomitar y podía respirar con normalidad. Así que supongo que funcionó.

–Gracias, Sam –le dije mientras dejaba entrar a Digger–. Entra, te daré un vaso de agua por el trabajo duro.

Cuando nos apoyamos en la encimera, volví a sacar el tema de Katie.

–¿Qué pasa entonces con Katie, Sam? –pregunté–. ¿Qué piensas?

Sam le acarició la cabeza a Digger.

–No lo sé, Mil –dijo evitando mirarme a los ojos y concentrándose en el perro.

–Yo creo que diría que sí.

–¿Habéis hablado de esto? –preguntó él.

–¡No! Vamos, Sam. Que no estamos en el colegio, aunque probablemente hubiera sido más fácil entonces.

–Creo que todavía no quiero salir con nadie –dijo él mientras le estiraba las orejas a Digger, aún sin mirarme. Digger comenzó a gemir de alegría, señal de que estaba excitándose. Pronto comenzaría a montar la pierna de Sam, pero Sam no tenía por qué saberlo.

–Sam, han pasado siete meses desde que Trish te dejó. ¿No quieres compañía femenina? ¡Se trata de Katie! Ella no esperará un anillo ni una proposición de matrimonio, por el amor de Dios.

Sam se agachó para poder acariciarle la tripa a mi perro.

–Ya os tengo a ti y a tu madre. Y a Ethel –Ethel era la compañera de Sam en el departamento de policía de Eastham. Tenía unos sesenta años, con la cara arrugada, los dientes manchados de nicotina y la capacidad de maldecir tan obscenamente que podía avergonzar hasta a un marinero portugués.

–Ethel no es una mujer –dije yo. Me senté en el suelo con él y Digger se arrastró hacia mí, golpeando el frigorífico con el rabo mientras disfrutaba de las caricias en la tripa.

–Bueno, Mil, no sé si Katie es mi tipo –murmuró Sam.

–¿Que no es tu tipo? ¡Pero si es guapísima! Y es agradable, la mayor parte del tiempo. Además, ya la conoces.

–Claro, y me cae bien. Es genial. Pero no sé. No creo que sea una buena idea.

–¿Por qué no? Sólo di: «Hola, Katie. ¿Te apetece ir a comer algo algún día?». ¿Qué tiene de malo? ¿Tan difícil es, Sam? ¿Tan difícil?

Él se rió.

–De acuerdo, de acuerdo, déjalo ya. Le pediré una cita. Pero nada romántico. Sólo dos viejos amigos.

–¡Perfecto! –exclamé yo–. Dios, qué cabezón eres.

–¿Yo? No, Millie, no soy yo el cabezón que está sentado en este suelo –respondió con una sonrisa.

–Entonces debes de estar refiriéndote a Digger –dije yo con otra sonrisa.

–Digger es un buen chico –dijo Sam, y en aquel momento el perro le montó la pierna. Yo me carcajeé mientras Sam, horrorizado, se lo quitaba de encima. Yo estaba segura de que el amor estaba a la vuelta de la esquina.

Pocas noches más tarde, Katie, Sam y yo estábamos sentados en torno a una mesa en el Barnacle. Katie había dicho que no le importaba ir allí, aunque yo sospechaba que era para darme la oportunidad de ver a Joe. Fueran cuales fueran sus razones, se lo agradecía.

Si Katie sospechaba que estaba intentando emparejarla con Sam, no había dicho nada, y yo interpreté eso como una señal positiva. Muchas veces durante los últimos tres años me había dicho que sólo quería centrarse en sus hijos, que un novio era lo último que deseaba y que la idea de volver a casarse le provocaba sudores fríos.

Pero claro, pensaba en estar con alguien tan horrible como su ex marido. No en alguien como Sam. Sam nunca antes había estado libre de especulaciones, y creedme, había especulaciones. Todas las mujeres solteras de Eastham por debajo de los setenta anhelaban un encuentro con él. Yo no quería que Katie perdiese el barco.

Teníamos que alzar la voz para oírnos por encima del murmullo del restaurante abarrotado. Desde la barra, la multitud gritaba cada vez que marcaban los Sox. Los camareros iban de un lado a otro con platos y bandejas para mantener satisfechos a los clientes. Aquélla era la noche. Sonreí a mis amigos a través del mantel, imaginando la buena pareja que harían. Sam, ataviado con un pantalón caqui y un polo blanco, se giró sobre su silla, me miró y comenzó a arrancar la etiqueta de su cerveza. Katie miró hacia la multitud, sin duda para evaluar la rapidez del servicio y la satisfacción de los clientes. Yo suspiré. Necesitaban ayuda.

—¿Sam, cómo está Danny? –pregunté.

—Está genial –respondió Sam. Katie se volvió para mirarlo y sonrió.

—¿Va a jugar al béisbol este verano? –preguntó.

—Sí. Será parador en corto para la tienda de pesca de Bluebeard –Sam devolvió su atención a la etiqueta.

—Dos de mis hermanos jugarán también –dijo Katie–. Creo que Trev jugará para Bluebeard. Y tú juegas para la ferretería de Sleet, ¿verdad, Sam?

—Sí. De primera base.

El *softball* de verano era considerado casi como un ritual sagrado allí. Había una liga para mujeres, en la que incluso yo había jugado hacía años, y otra para hombres. Los hermanos de Katie jugaban, Joe jugaba, Sam jugaba, incluso mi padre había jugado, aunque había dejado el deporte en una ceremonia que no tenía nada que envidiar a las que se celebraban en Fenway. Cuando Danny había cumplido los dieciséis el invierno anterior, se había clasificado, y jugaba en el equipo de la escuela. De modo que, con mi sobrino y el objeto de mi deseo jugando, yo iba a ir a bastantes partidos esa temporada.

Apreté los dientes a medida que el silencio continuaba. «Habla con ella, idiota», le ordené a Sam en silencio. No me obedeció.

—No he visto un partido desde hace mucho tiempo –anuncié–. Katie, tendremos que ir. ¿Cuándo juegas tú, Sam?

—Bueno, empezamos en unas semanas –murmuró él.

—¡Genial! –exclamé yo con la esperanza de sacarlo de su espesor mental. Sentía la necesidad de darle una patada en la espinilla. Lo miré fijamente y en esa ocasión pareció hacerme caso.

—¿Bueno, Katie, cómo están los niños? –preguntó.

—Están bien, gracias.

Yo apreté los dientes de nuevo y miré a mi amiga fijamente.

—¿Qué? —preguntó Katie.

—¿Qué hacen los chicos? Dale a Sam algún detalle. Él no habla contigo todos los días, como hago yo.

—Eh, de acuerdo, vamos a ver. Bueno, Millie se los quedó una noche hace unos días, y les encantó. Les encanta su perro, y claro, ahora quieren uno también. Y también están en el programa de lectura de la biblioteca. Bueno, sólo Corey.

—¿De verdad? ¿Y qué está leyendo ahora? —preguntó Sam inclinándose hacia Katie. «¿Ves?», quise decir yo. «¿Ves lo interesado que está? ¿Lo buen padre que sería?».

—Le gusta la serie de *La casa del árbol*. Y le estoy leyendo *Harry Potter*, y le encanta. Y a Mike le gusta casi todo, sobre todo las historias sobre animales.

—Eso es fantástico. *La casa del árbol* es genial para un niño de seis años —dijo Sam—. Echo de menos esos días… Trish solía volver de la biblioteca con una bolsa enorme llena de libros, y se los leíamos a Danny cada noche… —Sam adoptó de nuevo la mirada de mártir, y en esa ocasión no pude resistir la necesidad de darle una patada en la espinilla. Dio un respingo y me miró con expresión de desconcierto, que al menos era mucho mejor que la expresión trágica de antes.

—¡Bueno, es fantástico cuando a los niños les gusta leer! —exclamé yo como una idiota.

—¿Sam, recuerdas cuando te vimos en el mercado la semana pasada? —preguntó Katie al fin—. Bueno, Mikey quería saber si podrían dar una vuelta en el coche patrulla. Yo les dije que probablemente fuese contra las normas, pero que te lo preguntaría.

Sam sonrió.

—Bueno, siendo para tus hijos, creo que podremos dar una vuelta a la manzana.

Yo sonreí, aliviada al ver que la conversación empezaba a fluir. Pronto estaría eligiendo el vestido de dama de honor para su boda.

Pedimos la cena y, mientras esperábamos, yo entretuve a Katie y a Sam con historias sobre el ambulatorio.

–He visto once casos de hiedra venenosa en dos días –dije–. ¡Once! A cinco de ellos tuve que mandarles corticoides, porque la urticaria era muy severa. Creo que deberíamos colgar carteles gigantes de los puentes. Una foto enorme de la hiedra venenosa con las palabras: «No tocar» escritas en letras de dos metros. ¿Tan difícil es de reconocer? ¿Y por qué la gente siente la necesidad de revolcarse en ellas?

Sam y Katie se rieron. Sue nos trajo la cena y empezamos a comer. Sam había pedido lo que Katie llamaba «comida de hombre», que la mayoría de mujeres ni tocarían: un plato enorme de mejillones, almejas y vieiras sobre una montaña de linguine bañados en aceite de oliva y ajo. Katie y yo pedimos las famosas pizzas gourmet del Barnacle. La mía tenía gambas, mostaza y nueces; la de Katie tenía almejas, beicon y albahaca.

–¿Y qué hay de nuevo en el departamento de policía de Eastham, Sam? –pregunté mientras comíamos.

–Oh, no mucho –respondió él–. Vecinos que se quejan, perros que ladran, niños que corren. Lo normal.

En ese momento Joe Carpenter entró en el restaurante con unos vaqueros negros y una camiseta de manga corta. Miró a su alrededor, nos vio y se acercó.

–Hola, chicos –dijo–. Volvemos a vernos.

–Hola, Joe –dije yo, intentando no suspirar.

–Una buena temporada para Notre Dame, ¿verdad, Sam? –dijo Joe.

–Desde luego –respondió Sam.

–Fuera, irlandeses –añadió Joe con una sonrisa.

–Desde luego. ¿Quieres sentarte? –preguntó Sam.

De pronto se me ocurrió una magnífica idea.

–¿Joe, sabes una cosa? Mi padre quería preguntarte algo… eh, escucha, apenas puedo oírme pensar. ¿Vas a comer en la barra? Vamos allí –me puse en pie, agarré a Joe del brazo y lo alejé de la mesa. Mientras me alejaba, miré a

Sam fijamente y fruncí el ceño, que era mi manera corporal de decirle «¡Pídele salir, estúpido!».

–¿Qué sucede, Millie? –preguntó Joe. Se apoyó en la barra y me miró.

–Bueno, en realidad nada –dije yo–. Sólo quería darle a Sam un minuto con Katie. A solas –sonreí, satisfecha conmigo misma por mi rapidez mental.

–¿Están saliendo o algo así? –preguntó Joe.

–No, Joe. Todavía no. Pero espero que eso cambie en cualquier momento –me reí, y Joe me sonrió, lo que hizo que me temblaran las piernas.

–Millie, la casamentera –bromeó.

–Ésa soy yo. Ahora, vamos a observar.

Sam estaba inquieto como un niño en la iglesia. Jugueteaba con la cubertería. Miró a Katie y dijo algo sin apartar la mirada, aunque con aparente esfuerzo.

–Allá vamos –comentó Joe. Después de todo, él era un experto en los rituales de cortejo en el Barnacle.

Oh, no. Katie había puesto su cara de «no me toques las narices». Sam parecía estar hablándole al mantel.

–No tiene buena pinta, Mil –dijo Joe con una risotada–. Sam se está viniendo abajo.

–¡No seas malo, Joe! –exclamé yo–. ¿Cómo podría Katie rechazarlo? Es un gran tipo –¿de verdad Katie no quería que Sam entrase por la puerta todas las noches, que abrazase a los niños y que le diese a ella un beso? ¿No quería la estabilidad y la ternura que él le ofrecía? Y era alto y fuerte, y tenía aquellas arrugas en torno a los ojos que resultaban tan… Por no hablar de los beneficios del gremio. ¿Qué diablos le pasaba a mi amiga? Estaba inclinándose hacia él, pero no de buena manera.

–Me alegro de no ser Sam ahora mismo –dijo Joe–. ¿Oye, Chris, me pones una cerveza?

Chris obedeció.

–¿Qué estáis mirando? –preguntó.

–¡Nada! –dije yo, y le apreté el bíceps a Joe–. Nada, ¿verdad, Joe?

De nuevo volvió a sonreírme.

–Verdad, Millie.

Devolví la atención a Sam y a Katie. ¡Gracias a Dios! ¡Estaban riéndose! Ella le dio una palmadita en el brazo. ¡Viva! Y Sam pareció estar más relajado.

–De acuerdo, creo que puedo regresar –dije–. Que pases buena noche, Joe. Adiós, Chris.

–Me alegro de haberte visto, Millie –dijo Joe antes de girarse hacia la barra.

¡Sí! Había hablado con Joe, habíamos compartido un momento relativamente íntimo, ¡y le había apretado el brazo! ¡Y menudo brazo! ¡Además Sam y Katie estaban charlando! Mientras regresaba a la mesa, el corazón me latía con fuerza.

–¿Qué sucede? –pregunté inocentemente mientras ocupaba mi asiento.

–Vamos a casarnos –respondió Katie, y Sam y ella se echaron a reír.

–Sois idiotas –murmuré.

–Me temo que te quedas sin vestido de dama de honor –dijo Sam. Yo le saqué el dedo y eso hizo que se riera más aún.

La diversión concluyó mientras Katie y yo volvíamos a casa.

–Millie, no puedo creer que obligaras a Sam a pedirme una cita –dijo.

–¡Yo no le he obligado a nada! Vamos, Katie. ¿No sabes lo guapa que eres? ¿Lo maravillosa? Quiero decir que todo eso de querer centrarte en los niños me parece muy bien, ¿pero no quieres a alguien en tu vida? Sinceramente.

–¡No, Millie, no quiero!

–Pues no lo comprendo –dije yo mirando por la ventanilla.

–Ya sé que no –respondió ella–. No te ofendas, Millie, pero tú no sabes lo que es mejor para mis hijos. Yo sí. Y lo mejor no es un padrastro.

–¿Ni siquiera Sam? ¡Sam es maravilloso! ¿Cómo puedes no desearlo?

–Sam es genial, sí. Y no, ni siquiera a Sam.

–¿Pero por qué? ¿Qué pasa contigo? ¿Qué pasa con tu…?

–¡Millie, déjalo ya! –gruñó Katie. De pronto se metió en el aparcamiento del centro de visitantes, frenó en seco y se giró para mirarme–. Escucha, eres mi mejor amiga, ¿de acuerdo? Has hecho muchas cosas buenas por mí… Yo… Te quiero, y eres fantástica. ¡Pero, por el amor de Dios, deja de intentar arreglarme la vida! ¡No está rota, Millie!

–No estoy diciendo que lo esté –dije yo.

–¡Sí lo haces! –agarró el volante con fuerza–. Millie, sé que tu intención es buena. Pero lo cierto es que eres muy condescendiente cuando se trata de mí.

–¿Qué?

–Crees que si me lío con Sam, todo en mi triste vida estará bien. Pues tengo una noticia para ti, Millie. Estoy bien. Mis hijos están bien. No estoy triste estando sola. Nuestra vida no es triste, es maravillosa. Ojalá se te metiera eso en la cabeza y simplemente fueras… mi amiga. Deja de tratarme como si fuera tu buena acción del año, ¿de acuerdo?

Sentí lágrimas en los ojos.

–Katie, yo no te veo como mi buena acción del año –dije.

Katie se quedó mirando al frente, hacia las acacias iluminadas por las luces del aparcamiento.

–Mira. Cuando Elliott me dejó, tú fuiste fuerte. Te agradezco mucho todo lo que hiciste, de verdad. Todos esos viajes desde Boston, todas esas cenas de comida china que me traías… –su voz se suavizó–. Fuiste la mejor. Pero ahora las cosas me van mejor. Gano dinero. La verdad es que probablemente gane más que tú, Millie. Chris me ha hecho encargada. Gano doscientos a la semana sólo en propinas, y ahora obtengo beneficios. Incluso estoy ahorrando para una casa. Corey y Mike están bien. No necesito tu ayuda, Millie. Y desde luego no necesito ni quiero un marido. ¿De acuerdo?

Yo revolví mi bolso en busca de un pañuelo de papel.

–De acuerdo –susurré–. No quería que te sintieras así, Katie.

—Lo sé. Y sé que no puedes entender que desee estar soltera. Pero tendrás que aceptar que lo deseo.

—De acuerdo —dije yo.

Siguió mirándome con sus preciosos ojos azules.

—Te quiero, Millie —dijo solemnemente—. Me gusta pasar tiempo contigo, me gustan las locuras que piensas. No me rió nunca tanto con nadie como contigo. Quiero que seamos amigas para siempre, pero tendrás que empezar a pensar en mí como una igual. ¿De acuerdo?

—Tú no eres mi igual. Eres mi heroína —me incliné hacia ella y la abracé—. Lo siento mucho.

Ella vaciló, después se carcajeó y me dio una palmadita en el hombro.

—Salgamos por ahí alguna vez, solas las dos, ¿de acuerdo? Tal vez podamos quedarnos a dormir juntos o algo. Nada de casamenteras, nada de Joe Carpenter. Solas las dos.

—Eso suena fantástico —dije yo. Y hablaba en serio.

Es muy humillante darte cuenta de que has sido una idiota, especialmente con alguien que te importa. Con eso en mente, me dirigí a casa de Sam al día siguiente. Danny y él estaban trabajando en el jardín, levantando bolsas de mantillo, sudorosos y muy masculinos. Ambos iban sin camiseta y me di cuenta por primera vez de que mi sobrino tenía unos abdominales de tabla de lavar. Igual que su padre. ¿Sam siempre había tenido ese cuerpo? Bastante agradable.

—¡Oh, cuánta pulcritud masculina! —grité, con la esperanza de que Sam no estuviera tan enfadado como Katie—. ¡Vestíos, chicos! Hay una mujer en vuestra propiedad.

—Ve a por mi pistola, Dan —respondió Sam. Dejaron a un lado su actividad y se acercaron a saludarme. Danny me dio un abrazo sudoroso.

—Hola, tía Mil —dijo—. Papá me ha contado que intentaste emparejarlo con Katie.

—¿Y no fue una idea fantástica? —pregunté.

—Yo creí que sí —respondió él.

—Gracias, jovencito —dije yo—. Pero siento decir que estamos en minoría.

Sam se puso una vieja camiseta de manga corta. Sin mirarme dijo:

—¿Dan, puedes ir a traernos algo de beber?

—Sólo quiere que me vaya mientras te echa la bronca, tía Mil —susurró mi sobrino. Sonrió alegremente y se dirigió hacia la casa.

—Tiene razón —confirmó Sam mientras se cruzaba de brazos. Me dirigió su clásica mirada de «me has decepcionado». Ésa que siempre funciona.

—Antes de que me des un sermón —dije yo—, quiero disculparme. Lo siento de verdad. Pensé que… no sé, que haríais buena pareja… Lo siento —di una patada al suelo para intentar parecer auténtica. Luego lo miré de reojo. No se dejó engañar.

—Ya —dijo con una sonrisa, aunque intentaba parecer severo.

—Katie ya me ladró la otra noche —dije—. Y he jurado que no volveré a hacer de casamentera. Así que, aunque estéis hechos el uno para el otro, dejaré el tema y te dejaré ignorar el que podría ser el gran amor de tu vida.

—¿Sabes? Por un lado fue muy considerado por tu parte que pensaras en nosotros. Pero por otro lado eres una auténtica pesada —dijo, demasiado serio para mi gusto.

—¡Sam! —grité—. ¡Vamos! Sólo quería ayudar. Eres demasiado patético, aquí sentado, llorando por Trish. Ya es hora de que…

—Creo que deberías callarte, Millie —dijo Sam. Estaba muy serio, y yo oí las alarmas de advertencia en mi cabeza.

—Sam, es que es muy duro verte…

—Millie, deja de hablar. Eres una persona fantástica y te agradezco que te preocupes por mí, pero el caso es que no sabes nada sobre el matrimonio, o sobre el divorcio. Y tampoco sabes cómo me siento últimamente. Por no hablar de lo que Katie piensa de las citas. Así que lo mejor que puedes hacer es volver al «lo siento» de tu pequeño discurso y dejarlo ahí antes de que me enfade de verdad. ¿De acuerdo?

Tragué saliva al pensar en no caerle bien a Sam. Me agaché para arrancar una mala hierba y dije:

–De acuerdo, Sam. Lo siento mucho. Creo que eres el mejor hombre del mundo, ya lo sabes. Sólo quiero que seas feliz.

Su expresión se suavizó y sus ojos brillaron con una sonrisa.

–Lo sé, niña. Te perdono, siempre y cuando hayas aprendido la lección. Ahora deja de matar mis flores y ven a tomar limonada –me quitó la planta de las manos y volvió a dejarla en el suelo.

En el interior de la casa, Sam fue a ducharse. Aliviada porque me hubiera perdonado, le preparé la comida a Danny, porque el pobre chico estaba muerto de hambre, pues según sus cálculos se había comido ocho tortitas para desayunar hacía una hora y media. Mientras untaba mayonesa en cuatro rebanadas de pan, se apoyó en la encima, casi babeando.

–Mamá quiere que vaya a visitarla un par de semanas este verano –dijo.

Yo no había visto a mi hermana desde nuestro breve encuentro en casa de nuestros padres. Salvo por un par de llamadas superficiales y dos correos electrónicos en los que me hablaba de las fiestas tan maravillosas a las que había asistido con su novio, no habíamos hablado de verdad. A veces sentía que mi papel de hermana pequeña era simplemente admirarla y estar de acuerdo con ella.

–¿Vas a ir? –pregunté.

–Bueno, de hecho no creo que pueda, entre lo de Appalachia, mi trabajo y el equipo de béisbol. Pero puede que vaya a pasar un fin de semana largo antes de que termine la escuela.

–¿Cómo lo pasas cuando estás allí? –pregunté mientras ponía lonchas de queso, pavo y tomate en el pan.

–Bueno, no está mal. Un poco incómodo, un poco raro, pero en general bien. Vino a verme hace un par de días. ¿Te lo dijo papá? Cenamos juntos, solos los dos. Fue agradable.

–No, tu padre no me lo ha dicho. ¿Cómo está?

Danny agarró uno de los sándwiches y se lo metió en la boca.

–Está bien, supongo. Parece feliz –hizo una pausa para tragar–. Tiene buen aspecto.

–Siempre lo tiene –dijo Sam, y me puso una mano en el hombro al inclinarse para agarrar su sándwich. El olor del jabón y del champú se me metió por la nariz. Comencé a preparar dos sándwiches más, sabiendo cómo comían aquellos dos.

–¿Y cómo te sentiste tú al verla? –le pregunté a Sam.

–Estuvo bien –contestó pasándose una mano por el pelo–. Extraño, pero bien. Sólo estuvo aquí un rato para recoger a Danny y después dejarlo en casa. Fue… agradable –fueran cuales fueran sus sentimientos, parecía sincero. Me recordé a mí misma que no debía dar por hecho todo sobre la gente a la que quería y abrí una bolsa de patatas.

Danny se comió el segundo sándwich junto con un poco de leche y después se limpió la boca.

–¡Tengo que irme! –anunció alegremente–. Voy a ayudar al padre de Sarah a limpiar el sótano –corrió escaleras arriba y volvió a bajar un minuto después–. Adiós, tía Mil –dijo antes de darme un beso en la mejilla. Abrazó a su padre con un brazo y salió por la puerta. Un segundo más tarde oímos el coche ponerse en marcha.

–Qué ruidoso es el chico –dije con una sonrisa. Sam me devolvió la sonrisa y ambos compartimos un momento de silencio adorando a Danny.

–¿Quieres un sándwich? –me preguntó señalando el último.

–No, gracias –respondí yo. Tenía demasiado queso y mayonesa para mí. Pero me serví un vaso de limonada y me senté en un taburete junto a él. Había varios catálogos y abrí uno sobre flores. Pasé las páginas mientras me preguntaba en voz alta cuáles quedarían bien en unas jardineras en mi casa. Sam me hizo algunas sugerencias y yo garabateé los nombres en los márgenes.

–¿Qué estás haciendo en la casa últimamente? –preguntó

Sam mientras abría una caja de Oreos. Yo resistí la tentación y me imaginé a mí misma en bañador. ¿Podría hacerlo? ¿Aparecer en público en traje de baño? Sería la primera vez en mi vida adulta. Haría falta mucho valor…

–¿Millie? La casa.

–Ah, perdón –dejé de pensar en celulitis y piel pálida y regresé a la realidad.

–La casa está fantástica. Muy acogedora. Casi he terminado de pintar el otro dormitorio. Deberías venir a verlo.

–Me encantaría –respondió Sam. Se metió una Oreo en la boca, entera, como una hostia sagrada de color negro, y me sonrió mientras masticaba–. ¿Qué tal el trabajo?

–Oh, genial –dije–. Me encanta. Sólo espero que…

–¿Qué?

Escribí mis iniciales en la condensación de mi vaso.

–Bueno, espero que el doctor Whitaker me acepte en otoño. El ambulatorio sólo está abierto hasta octubre, y si no quiere contratarme, entonces no sé qué voy a hacer. Quiero decir que creo que me aceptará, porque no ha dicho nada negativo. Pero si no lo hace, tendré que pensar en otra cosa. Acabo de recibir una oferta de un doctor en Wellesley, pero no quiero vivir fuera del Cabo.

La oferta me había llegado por sorpresa. Alan Bernstein era uno de los doctores supervisores más agradables que había conocido cuando era residente, y tenía una consulta en auge con otros dos doctores. Querían expandirse y Alan me había llamado la semana anterior. Wellesley estaba a las afueras de Boston y era un lugar muy agradable, y si yo no hubiera estado tan decidida a quedarme en el Cabo, habría sido perfecto.

–Podrías mudarte, ¿no? Y venir aquí los fines de semana –sugirió Sam.

–Podría. Pero es que acabo de volver –respondí yo–. Y no quiero vivir en otra parte. ¿Cómo podría? Tú no querías quedarte en Indiana, ¿verdad?

–¿Rodeado de tierra? ¿Bromeas? Estaba deseando volver –dijo con una sonrisa–. La maldición del Cabo.

Era cierto. Cuando habías vivido en el Cabo, siempre deseabas volver. La belleza natural del lugar, los vecindarios, el olor del aire, el sonido del océano… era inigualable. Incluso cuando vivía en Boston, a dos horas de camino, anhelaba volver a Eastham. Mi sueño desde la infancia había sido ser doctora en mi pueblo natal, y estaba decidida a lograrlo.

Y por supuesto, también estaba Joe. Aunque mis planes por el momento no fueran a ninguna parte, no podía dejarlo ahora. Había estado planeándolo durante años. Haría falta tiempo, claro, pero finalmente se fijaría en mí, se enamoraría y se casaría conmigo. Con suerte antes de mi cincuenta cumpleaños.

Capítulo 12

A mediados de junio los coches abarrotaban la carretera 6, la gente tenía que esperar al menos media hora en cualquier restaurante y las tiendas de regalos y de camisetas estaban llenas. Nuestro ambulatorio estaba bastante lleno también y, aunque los casos que veía no suponían un gran desafío, era genial tener actividad; extender recetas para las víctimas incesantes de la hiedra venenosa, coser pequeñas heridas, derivar pacientes al hospital de Cabo Cod. Jill, Sienna y yo nos llevábamos bien. El misterioso doctor Bala se mostraba cordial y había superado su formalidad inicial. Ahora que teníamos pacientes, nos compenetrábamos bien y yo me desenvolvía con soltura.

También me encantaba trabajar en el centro de ancianos. El señor Glover y yo habíamos tenido una pequeña charla y se había comportado bien desde nuestra visita inicial. Allí los casos eran con frecuencia más complicados, y con ellos sentía la satisfacción de llegar a conocer realmente a los pacientes y a sus familias. Aunque sólo estuviera sustituyendo al doctor Whitaker, era un honor que confiaran en mí para hacer que se sintieran mejor, para formar parte de sus vidas.

Incluso estaba aprendiendo a cocinar. Invité a mis padres a cenar y preparé una lasaña de verduras que no nos produjo náuseas a ninguno. Una noche les llevé un guiso de pollo a Sam y a Danny y me quedé a cenar con ellos. Pero no era divertido cocinar para una sola persona. Casi todas las recetas eran al menos para cuatro personas, y con frecuencia acababa tirando los restos a la basura. Acababa preparando ensaladas, tortillas o platos rápidos de verduras para una persona y me los comía mientras leía.

Seguía corriendo; el consejo de Sam me había sido muy útil, y ya no sufría tanto. Corría regularmente seis kilómetros junto a mi perro. Y trabajaba en la casa; llené las jardineras de las ventanas con tierra y planté flores. Las lilas que Sam había plantado florecieron, y en general me iba bastante bien. Salvo por Joe. Aparte de nuestro momento en el Barnacle, apenas lo había visto.

Un viernes por la noche planeé pasar el rato en el Barnacle mientras Katie trabajaba, algo que hacía de vez en cuando. El restaurante estaba lleno y, cuando entré, de pronto sentí que se me iba la energía. En pocas semanas cumpliría treinta años y estaba cansada de ir a bares. De pronto todas las mujeres solteras del restaurante parecían más jóvenes que yo. Las mujeres de mi edad parecían tener todas niños con ellas, o estaban radiantes con el embarazo, o iban de la mano con sus maridos. Casi treinta años y yo seguía acechando a Joe, igual que a los veintidós años... y a los diecinueve... y a los quince...

Hablando de Joe, allí estaba. Aquella noche ver su belleza me hizo sentir... cansada. Exhausta. ¿Sería recíproco alguna vez el amor que sentía por él? ¿Alguna vez descubriría que podía ser feliz conmigo y no con la pelirroja forastera de turno con la que estaba flirteando en aquel momento?

Katie se acercó a mí.

—Hola —dijo, y miró hacia Joe con expresión compasiva—. Lo siento. Es la chica de la semana.

—Sí, salvo que también estaba con ella la semana pasada —dije yo con gran pesar. Miré a mi alrededor—. Katie, creo que voy a marcharme. No estoy preparada para esto.

—De acuerdo —dijo ella, y me apretó con cariño en el hombro mientras un cliente la llamaba con impaciencia—. Te llamaré mañana.

Me detuve en el supermercado de camino a casa y compré una bolsa enorme de Cheetos, la comida autocompasiva por excelencia. Me puse el pijama, encendí la televisión y abrí la bolsa. Mientras me chupaba el polvo naranja de los dedos, me preguntaba qué sentido tenía. No tenía a nadie a quien impresionar. No había nada en los tres canales que mi antena captaba. Tal vez debiera invertir en el satélite, dado que era evidente que no iba a tener un novio.

Le lancé un Cheeto a Digger, éste lo atrapó en el aire y se lo tragó sin masticar. Digger y yo podíamos pasárnoslo muy bien juntos, comiendo helado, rizos de queso y barritas de chocolate. Podría volverme gorda de nuevo. Comería y comería todo tipo de cosas deliciosas, como una tarta de coco entera y seis huevos revueltos con queso, así como una docena de donuts. ¿Y qué? ¿A quién le importaría? Todo aquel trabajo no había servido para nada. Joe me prestaba la misma atención ahora que cuando estaba gorda y llevaba aparato.

Digger se incorporó y colocó la cabeza en mi regazo. Le acaricié las orejas y le di otro Cheeto. ¿Quién necesitaba al estúpido Joe Carpenter? Tenía un perro. No necesitaba a nadie. Incluso mientras lo pensaba, sentía la humillación definitiva: lágrimas en los ojos. Oh, fantástico. Allí estaba yo, un viernes a las ocho y media de la tarde, hinchándome a Cheetos cuando el amor de mi vida, el hombre al que conocía mejor que nadie, probablemente estaría besando a su novia en mi restaurante favorito. Era horrible. Comencé a llorar con ganas, y estuve a punto de ahogarme con la masa naranja que tenía en la garganta. Una buena llorera me ayudaría a sentirme mejor. Pero me sentía estúpida llorando allí sola, y además Digger seguía intentando subirse a mi regazo y lamer la deliciosa combinación de lágrimas y polvo de Cheetos de mi cara. Lo empujé hacia el suelo y me soné la nariz.

Quería llamar a alguien. Katie estaba trabajando. Mi madre se asustaría al saber que estaba llorando y sin duda se apresuraría hacia mi casa, cosa que yo no quería. Sólo quería que alguien sintiera pena por mí, que compartiera mi tristeza. ¿Trish? Nunca habíamos tenido ese tipo de relación.

¿Sam? Él no sabía lo de mi amor por Joe, y me avergonzaba la idea de contárselo. ¿Mitch o Curtis? No, estarían ocupados siendo viernes por la noche; agarrados de la mano e intercambiando comentarios ingeniosos con sus amigos de Provincetown. No había nadie. Nadie lo comprendería.

Me tapé con la manta, agarré el mando a distancia y puse la televisión, ajena a que al día siguiente todo cambiaría.

Me desperté tarde, agarrotada y entumecida por haber pasado toda la noche en el sofá. Digger estaba acurrucado sobre mis piernas, y me había cortado la circulación durante quién sabía cuánto tiempo. Caminé cojeando hacia el baño y me estremecí al ver mis ojos con el rímel corrido. Tenía una mancha naranja en la mejilla.

Suspiré profundamente, me lavé la cara y me preparé un café. Decidí pensar en algo que no fuera Joe, así que me puse a leer el periódico. Tenía libre el fin de semana. No tenía planes. Tal vez Mitch y Curtis tuvieran una habitación libre y pudiera ir a visitarlos. Su casa era muy acogedora, y Provincetown era tan alegre y festiva que probablemente me sentiría mejor si pasaba una noche fuera del pueblo. No había visto a los chicos desde hacía varias semanas, y sería divertido dejarme agasajar y mostrarles los frutos de su trabajo.

Pero primero saldría a correr. Tras consumir unas ocho mil calorías de grasas saturadas de una sentada la noche anterior, me sentía muy mal. Tenía que exorcizar toda esa grasa naranja de mi cuerpo y poner mi mente en funcionamiento. Además, Digger miraba fijamente su correa y meneaba el rabo.

Ordené el salón y me estremecí al arrugar la bolsa vacía de Cheetos antes de tirarla a la basura. Me puse los pantalones de correr y una camiseta con la leyenda: *Matadero de Al, Des Moines, Iowa*, y decidí conducir hasta la playa de Coast Guard y correr junto al agua con mi perro. Sería más duro que correr por la carretera, y necesitaba el ejercicio extra. Además, era imposible estar triste si una corría junto al océano en pleno junio.

Digger estaba doblemente feliz por ir en el coche, y asomó la cabeza por la ventanilla mientras nos dirigíamos hacia la playa. El aire estaba limpio y fresco, y las gaviotas planeaban en lo alto. Dado que el colegio aún no había acabado, había mucho espacio para aparcar en la playa. Aparqué y salí del coche con Digger saltando como loco a mi lado. Tal vez aquél fuese un buen día, pensé. No podía ser peor que el anterior.

Al salir del coche me dio un vuelco el corazón. La furgoneta de Joe estaba en el aparcamiento. Maldita sea. Me quedé mirando el vehículo, preguntándome si quería ir a la playa. Decidí que no. Correría por la carretera. Un encuentro con Joe sería demasiado duro y mi corazón no estaba preparado.

Y tan absorta en mis pensamientos estaba que no advertí el coche patrulla de Sam, que se detuvo junto a mí.

–Hola, Millie –dijo. Yo di un respingo.

–Hola, Sam. Hola, Ethel –la compañera de Sam me miró ceñuda y asintió con su melena gris.

–¿Vas a correr? –preguntó Sam.

–Supongo –respondí yo.

De pronto la radio del coche patrulla comenzó a hablar y todos escuchamos atentamente.

–Atención bomberos de Eastham y servicios de emergencia. Código cuarenta y dos. Una mujer de parto. Playa de Coast Guard. Al sur del paseo marítimo, junto al puesto de socorristas número cuatro. El padre estará agitando una toalla amarilla.

–¡Maldita sea! –gruñó Ethel, y agarró la radio para contestar. Sam salió del coche.

–¡Ayúdanos, Mil! –gritó por encima del hombro mientras corría hacia el paseo marítimo.

–¡Toma! –le entregué la correa de Digger a Ethel. Corrí hacia mi coche, saqué el maletín del maletero y corrí por el paseo marítimo hacia la playa. A unos noventa metros se encontraba el padre con la toalla amarilla. Yo apenas registré la arena en mis deportivas, ni los colores de la playa o el sonido de las olas. Una multitud se arremolinó en torno a la mujer. Sam estaba unos metros por delante de mí y yo corrí hacia él. Ethel nos siguió con el perro, pues sus décadas como fumadora no le permitían correr.

La mujer estaba tumbada sobre su esterilla. Había una mancha oscura de fluido debajo de ella, pero no era sangre.

–Muy bien, chicos, démosle algo de espacio –dijo Sam para que la gente se apartara.

–Hola, soy Millie –dije yo mientras me arrodillaba junto a la mujer y le apretaba el hombro suavemente–. Soy doctora. ¿Cómo estás?

–Creo que voy a tener al bebé –contestó ella apretando la arena con fuerza.

–¿Es el primero? –pregunté yo mientras abría la bolsa y me ponía los guantes de látex.

–Es el segundo –respondió la mujer. Miré hacia arriba. Había un niño pequeño de unos dos años agarrado a la pierna del hombre que agitaba la toalla.

Sam se arrodilló a mi lado.

–¿Qué puedo hacer?

–Mantén alejada a la gente –murmuré yo–. Te necesitaré en un segundo.

Como en tantas otras situaciones de emergencia, había como doce cosas sucediendo al mismo tiempo. Sam apartó a la multitud creciente. Yo le oí hablar por radio con la ambulancia. Se oía música cercana. La mujer dio un grito y su marido se acercó para darle la mano. Yo le palpé el abdomen. Estaba rígido con la fuerza de la contracción.

–¿Cómo te llamas? –pregunté.

–Heidi –dijo ella entre jadeos.

–La ambulancia está de camino, Heidi –dije–. Voy a examinarte para saber dónde nos encontramos, ¿de acuerdo? ¿Tiene una toalla limpia? –le pregunté al padre. Él agarró una de la bolsa de playa, me la lanzó y yo la deslicé bajo el trasero de la mujer.

–¿Estará bien? ¿El bebé está de camino? –preguntó él.

Con las tijeras que llevaba en mi maletín corté el traje de baño de la mujer.

La coronilla del bebé era claramente visible.

–Tu bebé quiere ver el océano –le dije a Heidi con una sonrisa. Sus ojos marrones se hicieron aún más grandes y miró a su marido.

–¿Tu hijo está bien? –pregunté. El niño parecía aterrorizado, con los ojos desencajados y la barbilla temblorosa.

–Mark, ocúpate de él –jadeó la madre–. ¿Puedo empujar? Quiero empujar. Creo que necesito empujar.

–Eso está bien, Heidi. Espera a la siguiente contracción. ¡Sam! –grité–. ¡Échame una mano! –la multitud murmuró colectivamente y Sam estaba a mi lado en un abrir y cerrar de ojos. Le dio la mano a Heidi y le pasó el brazo por debajo de los hombros para incorporarla un poco.

–Soy Sam –le dijo–. Parece que eres toda una profesional en esto.

–¡El bebé no tenía que nacer hasta dentro de tres semanas! –gritó la madre.

–No te preocupes, Heidi –dije yo con una sonrisa rápida–. Tu cuerpo sabe lo que tiene que hacer.

–¡Señores y señoras, esto no es un espectáculo! –ladró Ethel con su voz rasgada–. ¡Apartaos!

–De acuerdo –dije yo al sentir que su abdomen comenzaba a tensarse de nuevo–. Aquí viene la siguiente contracción, así que empuja con fuerza. Una, dos, tres…

Empujó y la cabeza del bebé asomó unos centímetros más. Heidi dio un fuerte grito y la multitud se quedó con la boca abierta.

–Lo estás haciendo muy bien –dije yo mientras colocaba un dedo junto a la cabeza oscura del bebé. Oí entonces la sirena de la ambulancia–. Ya casi lo hemos conseguido –su abdomen volvió a tensarse–. La cabeza es la parte más difícil, ¿recuerdas? Aquí viene otra contracción. Empuja, Heidi. Empuja con fuerza.

Volvió a empujar y la cabeza del bebé salió por completo, cubierta de sangre y de pelo negro.

–Es moreno, igual que tú –dije–. Ahora no empujes, ¿de acuerdo? Aguanta un segundo y simplemente respira.

Introduje el dedo enguantado en la boca del bebé y extraje un tapón de moco. Al girarle la cabeza suavemente hacia el cielo, vi que la cara del bebé estaba azul.

—Oh, Dios —dijo el padre, se arrodilló y agarró a su hijo contra su pecho—. Oh, Jesús, por favor.

—¿Qué sucede? —preguntó Heidi.

—Tenemos una circular de cordón —murmuré. Sam asintió. El cordón umbilical se había enredado una vez alrededor del cuello del bebé.

—Aguanta, Heidi —dijo Sam—. Estás haciéndolo muy bien. Dale un minuto a Millie, ¿de acuerdo?

Yo metí el dedo por debajo del cordón y con mucho cuidado se lo saqué al bebé por encima de la cabeza.

—Por favor, Dios —dijo el marido.

—¿Va todo bien? —preguntó Heidi casi sin aliento.

—Todo va bien. Un segundo más... muy bien. Ahora empuja de nuevo, Heidi. Con fuerza.

Empujó más y el bebé se deslizó hasta mis manos. Volví a meterle el dedo en la boca y por el orificio salió otro tapón de moco y líquido; y después, el más maravilloso de todos los sonidos, los primeros llantos de una nueva vida.

—¡Es una niña! —anuncié, y la multitud comenzó a aplaudir. Mientras limpiaba al bebé con una toalla de playa de Scooby-Doo, su cara comenzó a volverse rosa. Dejé el cordón umbilical para los paramédicos y coloqué al bebé sobre el pecho de su madre. La multitud volvió a aplaudir cuando Heidi empezó a llorar de alegría.

—¡Trevor! ¡Ven a ver a tu hermana! —gritó. El padre y el niño pequeño se arrodillaron a su lado y Sam se apartó.

—¿Necesitas que haga algo, Millie? —preguntó mientras yo colocaba otra toalla sobre el vientre de la madre.

—Creo que puedo apañármelas —dije yo con una sonrisa. En ese momento llegaron los paramédicos con una camilla. Uno de ellos se acercó a Sam.

—¿Me estás quitando el trabajo? —preguntó en broma mientras sus compañeros subían a Heidi y al bebé en la camilla.

–Hola, Dave. Mejor habla con la doctora Barnes –respondió Sam.

–Treinta y siete semanas, segundo parto, una circular de cordón, llanto espontáneo. Sin placenta. Eso os lo dejo a vosotros –le dije al paramédico con una sonrisa.

–Buen trabajo –respondió él–. Suerte que estabas aquí.

Mientras se llevaban a Heidi, seguida de su hijo y de su marido, la multitud comenzó a aplaudir de nuevo. Yo sonreí. De pronto me sentía eufórica, tenía el corazón repleto de alegría. Me volví hacia Sam para darle un abrazo.

–Bien hecho, agente –le dije con un nudo en la garganta.

–Eres tú quien lo ha hecho todo, Mil –respondió él–. Buen trabajo –nos miramos durante unos segundos, sin dejar de sonreír. Los ojos de Sam eran cálidos… y parecían algo húmedos. Sentí un vuelco en el corazón. ¿Existía un hombre mejor que Sam Nickerson para tener al lado en una emergencia? Creía que no.

Ethel se acercó y me entregó la correa de Digger.

–Gracias a Dios que yo no he tenido que hacer eso –dijo–. Es asqueroso, si queréis mi opinión.

–A mí me ha parecido maravilloso –dijo una voz familiar. Me di la vuelta.

Joe Carpenter, con su pelo rubio brillante bajo el sol y unos pantalones vaqueros cortados, me dirigió una sonrisa.

–Vaya, Millie. Has estado increíble.

–Gracias, Joe –dije yo–. Aunque no todo es cosa mía. La madre ha hecho todo el trabajo duro.

¡Un bebé! ¡Había traído al mundo a un bebé en la playa de Coast Guard! Ni siquiera la belleza de Joe Carpenter era comparable a eso.

La multitud empezaba a dispersarse. Algunas personas se acercaron a Sam y a mí para darnos la enhorabuena o hacer chistes.

Cuando me agaché para recoger mi maletín, me di cuenta de que estaba hecha un desastre, con la camiseta manchada de sangre. ¿Pero a quién le importaba? Insignia de honor. Acaricié a Digger y dejé que me lamiera la cara antes de levantarme. Sentía el corazón tan lleno que de hecho me provocaba un ligero dolor agradable.

Me puse en pie. Joe seguía allí.

–¿Millie, haces algo esta noche? ¿Quieres ir a beber una cerveza o algo?

Durante un minuto simplemente me quedé parada, escuchando los gritos de las gaviotas y el murmullo de las olas. El sol calentaba y la brisa era suave. Y aquél era sin duda el mejor día de mi vida. Volví a sonreír.

–Claro, Joe.

Me devolvió la sonrisa y me dejó ver sus hoyuelos.

–¿Qué te parece si nos vemos en el Barnacle a eso de las ocho? –sugirió.

–Me parece fantástico –dije yo, extrañamente calmada.

–Entonces nos vemos luego –añadió antes de alejarse caminando.

Yo me di la vuelta para marcharme y Sam se acercó a mí.

–Increíble, ¿verdad, Millie? –preguntó pasándose la mano por el pelo.

–No todos los días puedes traer al mundo un bebé –dije yo riéndome.

–¿Quieres ir a cenar esta noche?

Entonces recordé que Danny estaba con Trish ese fin de semana.

–No puedo, Sam, tengo planes. Lo siento –lo sentía de verdad. Habría sido agradable revivir aquella mañana tan gloriosa con él.

–Ningún problema. Tal vez nos veamos luego –sonrió y se alejó para hacer su informe.

Mientras yo me alejaba de la playa, me felicitaron y halagaron once veces. Cuando finalmente llegué al coche, me marché a casa agradecida porque la vida pudiera ser tan dulce.

El resto del día pasó como en un sueño. Llamé a Katie, a mis padres, a Mitch y a Curtis, a Janette a Boston, al doctor Bala e incluso a Trish. Tras relatar la historia seis veces, empezaba a parecer real. Estaba sentada en mi pequeña terraza, repasando cada detalle una y otra vez. ¡Qué afortunada había sido de formar parte del nacimiento de aquel bebé! ¡Qué orgullosa estaba de esa madre, que había logrado dar a luz un bebé sano en una playa delante de una multitud! ¡Que orgullosa estaba de haberlo hecho todo bien! ¡Qué orgullosa estaba de Sam, tan tierno y considerado! ¡Y de Digger, que se había portado muy bien durante todo ese tiempo! ¡Y además, tras desesperar la noche anterior, tras comerme todos esos Cheetos, tras llorar patéticamente y ser una fracasada, Joe Carpenter me había pedido una cita! Cuando estaba sin duchar, con el pelo revuelto y cubierta de sangre y de líquido amniótico, Joe Carpenter me había pedido una cita.

Recibí algunas llamadas de gente que me decía que había hecho un gran trabajo y que me preguntaba cómo estaba el bebé. Llamé a Heidi al hospital para saber cómo estaba y ella me dio las gracias a mí y a «ese agente tan maravilloso». Después simplemente deambulé felizmente por mi casa sin parar de sonreír.

El bebé me había hecho sentir como una ganadora. Que Joe me hubiera pedido una cita simplemente confirmaba ese sentimiento. El día anterior habría estado profundamente agradecida si Joe Carpenter se hubiera fijado en mí; aquel día, sin embargo, aquello no era más que lo que les ocurría a las doctoras competentes y simpáticas que asistían partos en la playa.

Joe Carpenter era lo que me merecía.

Capítulo 13

«Si me muriera ahora mismo, no me importaría», pensé para mis adentros.

Joe me había recibido en el Barnacle con un beso en la mejilla y después me había conducido a una mesa para dos situada en un rincón. Katie estaba trabajando y Sam también se había pasado por ahí. Gracias al departamento de policía de Eastham nos enteramos de que la madre y el bebé estaban bien, compartiendo su historia con los periodistas en el hospital de Cabo Cod. Y aunque estoy segura de que Joe y yo debimos de hablar de algo, no podría recordar exactamente de qué, pues estaba inmensamente feliz en aquel día casi perfecto.

Después Joe me sacó del restaurante. En la calle, bajo la luz de las estrellas y con el viento susurrándome al oído, sentí que el mundo era mi propio plató de cine. Todo era perfecto. Nuestros pies hacían ruido sobre el camino de gravilla, y de pronto un agradable nerviosismo invadió mis miembros y el torrente de adrenalina hizo que me temblaran las rodillas. Fue el primer sentimiento que me pareció real en todo el día.

—Éste es tu coche, ¿verdad? —me preguntó Joe señalando mi Honda.

—Sí, es mío —dije. Me quedé en blanco mientras buscaba algo más que decir. Joe me acompañó hasta la puerta del conductor y se apoyó contra mi puerta.

—Bueno, Millie… —dijo con una sonrisa.

–Bueno, Joe... –respondí yo con la boca seca. La luz de la farola proyectaba un brillo romántico. Joe me agarró las manos. Las suyas eran ásperas y callosas, y sólo tocarlas hizo que mis partes bajas se derritieran.

–¿Puedo volver a verte? –preguntó.

¡Sí! ¡Dios mío! ¡Estaba sucediendo! Sentía una risa histérica dentro de mí.

–Claro –dije intentando reaccionar con normalidad y no como si acabase de ganar la lotería.

–Genial –dijo Joe con una sonrisa. Me acercó a él y deslizó las manos por mis brazos desnudos. «¡Tómame ya!», gritaba mi mente, y tuve que morderme el labio para contener la risa–. ¿Qué?

–Oh, no es na...

El beso de Joe silenció aquello que había estado a punto de balbucear. Sus labios eran suaves, firmes y cálidos, y yo estaba a punto de disolverme con un solo beso. Me llevó un minuto darme cuenta de que había dejado de besarme. Abrí los ojos y lo miré.

–¿Quieres ir a ver una película mañana? –susurró. Volvió a deslizar las manos por mis brazos hasta estrechármelas de nuevo.

–Eh... tengo que trabajar mañana por la noche –tartamudeé yo.

–¿Y qué te parece el lunes? –sugirió.

–Oh, el lunes. Bueno, sí. Eso estaría bien.

–Genial –dijo él con otra de sus sonrisas arrebatadoras–. Nos vemos, Millie –se apartó del coche y me dio un beso en la mano–. Te llamaré el lunes, ¿de acuerdo?

–De acuerdo –respondí yo–. Buenas noches.

Me metí en el coche y me obligué a mí misma a no reírme como una histérica ni a sonreír como una loca. «Mete la llave en el contacto», me dije. «Ponte el cinturón. Gira la llave. El coche se ha puesto en marcha. Ponlo en movimiento. Intenta no atropellar a Joe al dar marcha atrás. Mete primera. Sal lentamente del aparcamiento del restaurante. Gira a la... ¿derecha? ¡No, a la izquierda! Vete a casa».

Cuando estuve a salvo en la carretera 6, explotaron las carcajadas. Me reía como una auténtica hiena demente mientras daba golpes al volante. «¡Lo he conseguido!», pensaba. «¡Joe Carpenter me ha besado!».

Al aparcar frente a mi puerta, contemplé la posibilidad de correr una vuelta victoriosa alrededor de la casa, como hacía Digger después de nuestras carreras. En vez de eso, entré y me revolqué por el suelo con mi perro.

–¡He tenido una cita con Joe, Digger! ¡Me ha pedido salir! ¡Y me ha dado un beso! –Digger, al oír «beso», una de las pocas palabras que reconocía, comenzó a lamerme la cara–. ¡Sí, ya lo sé! ¡Lo sé!

Finalmente me levanté del suelo y me fui al cuarto de baño para contemplar a la mujer a la que Joe Carpenter había descubierto al fin. La mujer a la que había besado. Cuya mano había besado. Mi reflejo me devolvió una sonrisa. Allí estaba. Millie Barnes, doctora; también conocida como la novia de Joseph Stephen Carpenter.

Durante los dos días siguientes, sonreía sin parar, suspiraba a todas horas, flotaba por el ambulatorio, trataba a los pacientes correctos de las enfermedades correctas. Jill y Sienna habían oído lo del bebé y pensaban que ésa era la razón de mi euforia. No les conté lo de Joe. Era demasiado maravilloso como para compartirlo aún. Quería guardar el recuerdo del sábado por la noche como una joya secreta en una caja de terciopelo. Cada vez que me acordaba de algo, ya fuera de nuestras rodillas chocándose por debajo de la mesa o de los instantes previos al beso, un torrente de felicidad me inundaba. ¡Amaba a Joe! Y pronto él me amaría a mí.

El lunes por la tarde llegué a casa y escuché inmediatamente los mensajes del contestador. Ahí estaba la luz parpadeante.

–Hola, cariño, soy mamá.

Maldita sea. Sentí un gran pesar en el corazón. No por oír la voz de mi madre, claro… ya me entendéis. ¿Por qué Joe no me había llamado? ¡Había dicho que llamaría! ¡Eran las cuatro! ¡Se suponía que íbamos a ir al cine! Oí por encima a mi madre invitarme a cenar alguna noche de esa semana, pero en realidad no estaba prestándole atención. «Cálmate, Millie», me dije a mí misma. «Probablemente Joe no haya llegado a casa aún. Cálmate. Te besó el sábado, quería verte el domingo y concertó una cita para el lunes. Te llamará. Lo hará».

Tras asegurarme de que el teléfono estuviera correctamente cargado, me lo llevé a la terraza y vi a Digger defecar en tres ocasiones. Tendría que preguntarle al veterinario por esos intestinos. En nuestra primera visita, el veterinario me había dicho que Digger simplemente estaba excitado y que, cuando se calmara, dejaría de hacerlo con tanta frecuencia, pero tal vez fuese otra cosa. El perro parecía tan saludable que no estaba muy preocupada, pero habría que hacérselo mirar.

De acuerdo, aquello era bueno. Había pensado en algo que no fuese Joe. «Bien hecho, doctora», me dije. «Así se hace. Al fin y al cabo, eres tú la que asistió en el parto a la mujer de la playa. Sam y tú».

Y al recordar aquello, pensé en Sam. Me pregunté cómo habría ido la visita de Danny a Nueva Jersey... y cómo se las habría apañado Sam sin él. ¿Habría pasado todo el fin de semana solo? Instintivamente alcancé el teléfono, pero al instante me detuve. ¿Y si Joe estaba intentando llamar? No quería que le saliese comunicando.

Regresé dentro y me serví un vaso de agua con gas. Después regresé a la terraza y estuve quitando las malas hierbas de las verjas. Tal vez el presupuesto me permitiera comprar algunos muebles de jardín. En aquel momento lo único que tenía eran dos sillas de plástico y una mesa a juego. El mimbre se enmohecía con el aire húmedo del Cabo, así que quedaba descartado. Pero tal vez el hierro forjado.

La brisa agitaba los pinos y los robles de mi propiedad, y las olas rugían rítmicamente en la distancia. Imaginaba que debía de haber casi marea alta. Empezaba a ser toda una experta en ese tipo de cosas. Me senté y observé a un pájaro azul desaparecer en el interior de la caseta que Danny me había ayudado a instalar a comienzos de la primavera.

En ese momento sonó el teléfono, yo di un respingo y derramé parte del agua sobre mi pecho. Gracias a Dios que estaba sola, pensé mientras descolgaba el teléfono.

—Hola, Millie, soy Joe —dijo la voz a la que amaba.

—Hola, Joe.

—¿Qué haces? —preguntó.

—Oh, estaba sentada en el porche contemplando los pájaros —respondí yo, incapaz de pensar en algo que no fuera la verdad.

—Millie, qué graciosa eres —dijo—. ¿Sigue en pie lo de esta noche? ¿Te apetece ver una película?

—Claro —dije yo, y volví a sentir ese torrente de risa y de euforia. Sugirió una película y me pareció bien. Después dijo que se pasaría a recogerme a eso de las siete para ir a la sesión de las siete y cuarto—. Suena genial. Luego nos vemos —colgué el teléfono y comencé a dar saltos de un lado a otro—. ¡Voy a salir con Joe! ¡Voy a salir con Joe! —grité alegremente. Por suerte mis vecinos no vivían demasiado cerca. Al ver mi danza maníaca, Digger comenzó a saltar junto a mí para celebrarlo también.

A las siete en punto, Joe aparcó su furgoneta frente a mi casa y Digger comenzó a ladrar como un loco.

—¡Quieto! —le ordené mientras lo agarraba del collar—. ¡No, Digger! —comenzó a arañar la puerta de la entrada, ladrando tan fuerte que me vibraban hasta los dientes. Sonó el timbre—. ¡Un minuto!

Arrastré a Digger al sótano, le di un hueso de plástico y le lancé un beso. Me alisé la falda y me miré al espejo con la esperanza de que mi pelo se comportase y de que Joe no me hubiera visto al golpearme el dedo del pie con el taburete. También esperaba que Digger no echase abajo la puerta del sótano y atacase a mi pretendiente. O peor aun, que le montase la pierna.

—Hola —dije con una sonrisa al abrir la puerta. Allí estaba, Joe Carpenter, apoyado en el marco, sonriendo, con el pelo rubio húmedo y revuelto y las manos en los bolsillos de sus vaqueros gastados, con una camiseta verde de manga corta con una mancha de pintura blanca sobre el corazón.

–¿Estás lista? –preguntó. Caminamos hasta su furgoneta. Entró y comenzó a quitar cosas de en medio para dejarme espacio. Abrí la puerta del copiloto y me monté, poco menos que una proeza cuando mides un metro sesenta–. Bien, allá vamos –salimos del aparcamiento y nos fuimos.

«Di algo, Millie». Mi mente se vació al instante. Qué decir, qué decir… miré a mi alrededor para inspirarme. La cabina de la furgoneta estaba bastante desordenada, un gran contraste en comparación con la última furgoneta en la que había estado; la de Sam, que estaba lo suficientemente limpia como para realizar una operación en ella. Dos viejos vasos de plástico rodaron por el suelo hasta darme en los pies. Había fajos de papeles, un caramelo para la tos sin abrir cubierto de pelo y pelusa. Un martillo. Una llave inglesa. Entre nosotros había también un viejo abrigo. Se respiraba ese agradable aroma masculino… aceite, café y madera. Bajo la visera había varias hojas de papel, y pude ver el borde de una licencia de pesca.

–¿Has ido mucho a pescar este verano, Joe?

–La verdad es que no –respondió mientras se detenía en un semáforo de la carretera 6–. He estado muy ocupado.

–Ah –genial. Fin de la conversación.

Pero allí estaba el cine, así que no hubo problema.

–Ésta no la has visto, ¿verdad? –preguntó Joe mientras esperábamos la cola.

–No, aún no. Aunque se supone que es buena.

Él sonrió. Yo me derretí.

–¿Qué desea? –preguntó el adolescente de la taquilla.

–Una para James Bond –respondió Joe. El adolescente tomó el dinero y le dio a Joe una entrada. Era mi turno.

–Eh… sí, una para James Bond.

¡No iba a comprarme la entrada! Por suerte yo llevaba dinero. Rebusqué en el monedero y le di un billete de diez.

–Gracias –le dije al chico. Joe se había ido al puesto de palomitas.

¡No me había comprado la entrada! ¿Aquello no era una cita? Pero entonces me pregunté por qué debería hacerlo. No había razón por la que yo no pudiera comprarme mi propia entrada, ¿verdad?

—¿Quieres algo? —me preguntó mientras en el puesto llenaban un cubo de palomitas.

—Oh, no, creo que no —respondí yo, aliviada. Se había ofrecido a pagarme algo. Seguía siendo una cita.

Encontramos los asientos en la sala. De nuevo, busqué en mi cerebro la manera de iniciar una conversación. Joe saludó a alguien y comenzó a meterse palomitas en la boca. Dios, cómo comían los hombres.

—Si te atragantas, te haré la maniobra Heimlich —dije yo, satisfecha con mi ingenio.

—Es bueno tenerte cerca, Millie —respondió él. Pasó el brazo por el respaldo de mi asiento e hizo equilibrios con las palomitas sobre su regazo—. Muy bueno.

Incluso con un puñado de palomitas en la boca, Joe Carpenter seguía siendo guapísimo. «Oh, Joe», pensé. «No te arrepentirás de haberme elegido».

Comenzaron los trailers y, durante las dos horas siguientes, estuve en el cielo. Nos dimos la mano. En el cine. Qué romántico era eso. Entrelazó sus dedos ásperos con los míos y de vez en cuando me acariciaba la piel con el pulgar. Jamás me había sentido tan bien en toda mi vida. Olía maravillosamente bien. A jabón, madera, palomitas, mantequilla. Yo estaba en un estado constante de excitación. Nada de James Bond. Joe era todo lo que yo necesitaba.

Volvimos a casa hablando sobre la película. Yo me preguntaba si debía invitarle a entrar. Mmm. Probablemente no. ¡Definitivamente no! Quería ser distinta del resto de chicas fáciles. Mostrarle a Joe cierta fortaleza moral. Hacer que se lo trabajara un poco. Hacerle esperar.

Aparcamos delante de mi casa. Yo empecé a oír los ladridos desquiciados de Digger.

—Menudo perro guardián que tienes ahí —dijo Joe volviéndose hacia mí. Me miró a los ojos y luego a la boca. De nuevo a los ojos.

—De hecho es genial —respondí—. Y Trípode también.

¿Qué raza de perro es? –(cruce de pastor alemán y Golden Retriever de ocho años de edad y tres patas).

–Es una especie de chucho. Aunque es un buen perro –dijo Joe con una sonrisa–. ¿Millie, vas a pedirme que entre? –sus dientes blancos brillaban en la penumbra de la furgoneta. Estiró el brazo y me colocó un mechón de pelo detrás de la oreja.

Me lancé sobre él más deprisa que una gaviota sobre una patata frita y lo besé con todo el deseo contenido durante la mitad de mi vida. Nos besamos como si no existiera el mañana, como si hubiéramos estado separados por la guerra, como si fuéramos las dos únicas personas sobre la tierra y tuviéramos que repoblar el mundo. Sentí sus manos calientes en la espalda y agarré su camisa con fuerza. Apenas podía oír esos sonidos ahogados que hacen las personas al besarse, mientras nos tocábamos y explorábamos nuestros cuerpos con las manos.

El sonido del claxon de la furgoneta nos apartó como dos adolescentes culpables. Yo estaba medio sentada en el regazo de Joe y aparentemente había golpeado el volante al retorcerme para acercarme más. Era justo lo que necesitaba.

–¡Lo siento! –dije riéndome mientras me bajaba de su regazo. Él me devolvió la sonrisa.

–¿Puedo entrar? –preguntó.

«Sí, entra», pensé yo. «Entra, quédate, bésame, tócame y déjame sin aliento». Eso era justo lo que yo quería.

Pero no podía. Aún no. Mis años acechando a Joe habían demostrado que aquello era lo que ocurría con las demás. Al fin y al cabo, ¿quién podía resistirse a ese hombre? ¿Por qué hacer esperar a la creación más hermosa de Dios? Era agradable sólo estar cerca de él, y mucho más sentir sus manos encima.

Pero yo estaba decidida a ser mejor que el resto. Tenía que aferrarme a lo que sabía que funcionaría y hacer algo mejor que un par de noches de sexo con el chico de oro.

–¿Millie? –dijo Joe. Se inclinó hacia delante y volvió a besarme, suavemente–. ¿Puedo entrar?

–Eh, no, Joe –conseguí decir yo–. Lo siento. No puedo permitir que entres.

Pareció sorprendido.

–¿Por qué no?

–Bueno, ya sabes. No soy ese tipo de chica.

Me miró durante unos segundos y luego ladeó la cabeza ligeramente.

–No eres ese tipo de chica, ¿eh? –sonrió–. Bueno, Millie… –me pasó la mano por la pierna–. ¿Y cuándo crees que serás ese tipo de chica?

Yo sonreí y me mordí el labio.

–No lo sé, Joe. Pero desde luego no en la primera cita –respondí, y detuve el recorrido de su mano.

–Ésta es nuestra segunda cita –respondió él.

–¿Lo es? –pregunté yo, como si no lo supiera–. Bueno, pues tampoco en la segunda cita.

Joe se rió.

–De acuerdo, Millie. Capto el mensaje –se enderezó y abrió su puerta–. Entonces te acompañaré hasta la puerta.

Yo me deslicé sobre el asiento de la furgoneta y bajé al suelo. Caminamos hasta la puerta, donde los ladridos de Digger se volvieron más estridentes.

–Soy yo, Digger –dije, y los ladridos cesaron. Me giré y miré a Joe–. Supongo que ya nos veremos –de pronto me sentía nerviosa. Al fin y al cabo estaba corriendo un riesgo al hacerme la difícil.

–De acuerdo –respondió él. Se inclinó y volvió a besarme. ¡Sabía cómo besar! Intenté no derrumbarme contra la puerta cuando se apartó, pero fue difícil–. ¿Estás ocupada mañana?

¡Estaba funcionando!

–Eh, mañana tengo que trabajar por la noche –dije, y de nuevo fingí estar pensando en cuándo podría estar libre para volver a verlo–. Tal vez pueda llamarte el miércoles.

–Millie, si no quieres volver a verme, dilo, ¿de acuerdo?

–¡Oh, no! Quiero decir que no quiero no volver a verte. Me encantaría volver a verte, Joe. Pero mi agenda está un poco apretada. Te llamaré el miércoles para ver cuándo podemos quedar. ¿Te parece bien?

–Eso sería fantástico, Millie –contestó con una sonrisa. Después me besó una última vez y se dirigió hacia su furgoneta–. ¿Tienes mi número?

508 555 9914.

–No –mentí–. ¿Estás en la guía?

–Sí. El Carpenter de Thistleberry Way –dijo mientras abría la puerta de la furgoneta–. Buenas noches, Millie.

–Buenas noches, Joe.

Cerré la puerta, me apoyé en ella y me deslicé hasta el suelo, satisfecha conmigo misma y llena de alegría. Tras unos minutos me alertaron los lloriqueos de Digger. Lo dejé salir del sótano, le aseguré que aún lo quería y le di un pedazo de salami para demostrárselo. Después me dirigí flotando hacia el teléfono. Katie no trabajaba esa noche y me había dicho que la llamara cuando llegase a casa.

–¿Sí? –dijo Katie al responder.

–¡Funciona! –grité yo.

Capítulo 14

Incluso el clima parecía alegrarse de que estuviera con Joe. Durante los siguientes días, los turistas sacaron partido a su dinero. El sol brillaba con fuerza y el cielo estaba despejado y de un azul puro y limpio. El viento cantaba suavemente entre los pinos y los pájaros respondían alegremente, mirlos de alas rojas que reían y tórtolas rabudas que arrullaban. El martes tuve que trabajar en el turno de tarde, así que tuve la mañana entera para mí. Me gustaban esos días, ya que tenía tiempo para hacer la compra, limpiar, pasarme por el centro de ancianos y visitar a mis pacientes. A veces iba a ver a mi madre o les llevaba café y donuts a Katie y a mis ahijados, pero aquel martes decidí quedarme en casa.

Digger y yo habíamos salido a correr y mi perro se encontraba en aquel momento jadeando satisfecho en la terraza. Yo estaba refrescándome un poco antes de ducharme, regando las plantas que había plantado por recomendación de Sam, mi jardinero particular. Me había aconsejado bien y las plantas habían florecido; petunias moradas que asomaban entre la hiedra. El bueno de Sam. Siempre sabía lo que estaba haciendo.

Digger se levantó del suelo y gruñó cuando un descapotable elegante aparcó frente a la casa. Yo me quedé con la boca abierta y con el agua de la regadera cayéndome en los pies al ver a mi hermana salir del coche.

¡Trish! No la había visto desde abril. Como era habitual

en ella, parecía… rica. Llevaba una falda de seda blanca por debajo de la rodilla y una camiseta sin mangas a juego que dejaba ver sus brazos tonificados y una discreta marca en el vientre. Miró a su alrededor como si acabase de llegar a un planeta desconocido.

–¿Millie? –dijo mientras se ponía las gafas de sol en lo alto de la cabeza.

–¡Hola, Trish! –grité yo, y agarré a Digger del collar–. No pasa nada, chico –intenté calmarlo. Volví a mirar el atuendo de Trish, que debía de costar una fortuna, y me lo imaginé cubierto de pelo de perro y babas–. Pasa –añadí–. Meteré a Digger en el dormitorio.

Encerré a Digger, aunque pensé que tal vez debiera dejarlo fuera para que me diese apoyo moral. Eché un vistazo a la cocina y comprobé que estaba impoluta gracias a mi limpieza matutina. Sólo había una taza de café en el fregadero. Nada grave.

–Entra, Trish.

Mi hermana se dignó a entrar, sin hablar, con una postura perfecta y el pelo cayéndole en ondas sobre los hombros.

–¿Cómo estás? –pregunté pasándome una mano por el pelo sudoroso.

–Muy bien –respondió ella. Me miró de arriba abajo, juzgando mi apariencia, y después pasó a otro tema más agradable–. Esto ha cambiado mucho.

–¿Te gusta? –pregunté, y acto seguido deseé no haberlo hecho. Sabía que no debía buscar cumplidos por parte de mi hermana.

–Bueno… –respondió ella estoicamente–. Es muy… acogedor.

–Echa un vistazo –dije resignada. Ya estaba en el salón, contemplando las fotos familiares que había colgado en la pared.

–¿Quiénes son estos niños? –preguntó señalando una de las fotos.

–¡Son los hijos de Katie! Mis ahijados.

–Ah, claro.

No pronunció ningún cumplido mientras caminaba por mi pequeño domicilio. Aunque tampoco se mostraba hostil, así que eso era algo. Una parte de mí quería alardear delante de ella, porque aunque no lo dijera, yo creía que se quedaría impresionada. La vi caminar de habitación en habitación. Oía a Digger golpear con el rabo la puerta del dormitorio, y le prometí en silencio rascarle la tripa cuando Trish se hubiera marchado.

–¿Quieres un té? –pregunté, más por decir algo que otra cosa.

–Claro –respondió ella. Estuve a punto de agarrarme a la encimera para no caerme al suelo de la sorpresa. Era un comienzo. Yo haciendo de anfitriona para Trish. Muy extraño–. Bueno –dijo al regresar a la cocina–. Supongo que es mejor que lo que tenía la abuela.

–Vaya, gracias –respondí yo mientras ponía el agua a hervir.

–De nada –dijo Trish, y pasó la mano por el asiento para quitarle el polvo antes de sentarse.

Intenté no apretar los dientes y saqué las dos últimas tazas de porcelana de la boda de la abuela. Las coloqué sobre sus platitos y puse una bolsita de té en cada una. No para impresionar a Trish, claro, porque eso era imposible. No, simplemente para demostrarle que los habitantes del Cabo teníamos algo de clase. Saqué el azucarero. Por supuesto, Trish no tomaba azúcar: (¡calorías vacías!), pero yo sí, y me eché una cucharadita colmada en mi taza.

–Podrías hacer muchas cosas con este lugar –comentó golpeando la mesa con una uña perfectamente arreglada.

–Ya las he hecho –contesté yo mientras me sentaba frente a ella. Trish pareció sobresaltada.

–Ah, claro –dijo–. ¿Lo has hecho todo tú sola?

–Bueno, Katie me ayudó un poco. Y Curtis y Mitch me hicieron alguna sugerencia. Pero la mayor parte la he hecho yo. Lijé los suelos y pinté y todas esas cosas.

–Mmm –dijo ella–. Bueno, espero que sepas lo mucho que vale.

–Sí, Trish, lo sé –contesté yo con un suspiro.

–No tendríamos que preocuparnos por la matrícula de la universidad de Danny si la abuela hubiera dividido su casa entre nosotras –dijo Trish mientras se ajustaba una pulsera dorada en la muñeca.

Su carta ganadora. Danny. Yo no podía decir nada. Sí, me sentía un poco culpable por haber heredado la casa y que Trish sólo se hubiera llevado varios miles de dólares, pero no era yo la que había tomado esa decisión. La abuela me había dado su casa, y yo la cuidaba como ella sabía que lo haría. Cuando nuestra abuela había hecho el testamento, Trish tenía su propio hogar. Estoy segura de que la abuela había dado por hecho que Sam y mi hermana estaban bien. Claro, a Trish jamás se le pasaría por la cabeza conseguir un trabajo para ayudar a pagar la universidad de Danny… Tomé aliento e intenté controlar mi enfado.

Estuvimos allí sentadas durante un minuto, sin decir nada, mientras Digger lloraba en el dormitorio.

–¿Qué tal en Nueva Jersey? –pregunté.

–Muy bien –respondió ella inmediatamente–. Avery es fantástico y hay muchas cosas que hacer en la ciudad. Y su casa… bueno, no hay nada parecido en el Cabo.

Fue mi turno para murmurar:

–Mmm.

Avery. Qué nombre tan estúpido.

–¿Y tú Avery se lleva bien con Danny?

–¡Por supuesto! –pareció ofendida por la pregunta–. Lo quiere como a un hijo.

«Bueno, entonces tal vez debería pagar él la universidad», pensé yo. Avery era increíblemente rico, ¿no?

–Qué bien –logré decir. Por suerte el agua ya estaba hirviendo, así que me levanté y le hice una mueca a sus espaldas. Serví el agua en las tazas y las coloqué sobre la mesa.

–Y bien, Trish, dime. ¿Qué haces exactamente durante el día? –pregunté–. Quiero decir que Avery pasa muchas horas en Wall Street. ¿Qué haces cuando no está?

Trish agitó su bolsita de té dentro de la bolsa una y otra

vez. Cuando quedó satisfecha con la fuerza de su infusión, levantó la bolsita en el aire y me miró con las cejas arqueadas. Maldición. Me había olvidado de las cucharas. Irritada, agarré la bolsita caliente con la mano y la tiré al fregadero sin levantarme de la silla.

–Bueno –dijo mi hermana con frialdad–, tenemos muchas visitas. Siempre hay miles de cosas que hacer. Hacer reservas, buscar los últimos restaurantes, asegurarse de que tenemos entradas para cualquier cosa que pongan en Broadway por si acaso Avery tiene que impresionar a algún cliente. Además trabajo todos los días en nuestro club. Y tengo que supervisar cosas como el servicio doméstico.

–Vaya. Debes de estar muy ocupada.

–Lo estoy, Millie –respondió–. No tienes ni idea de lo que exige ese tipo de estilo de vida. Y me gusta. Me gusta no ser la esposa de un policía ni tener que aspirar la arena de mi coche cada semana. Me gusta ir a la ciudad, visitar museos y ver obras de teatro. Hay más cosas en el mundo además de Cabo Cod, ¿sabes?

–Claro que lo sé. Pero no hay nada mejor que Cabo Cod. ¡Y nadie mejor que Sam! ¿Cómo puedes no echarlo de menos? ¿Nunca añoras tu antigua vida, Trish?

–La verdad es que no. Quiero decir, claro que echo de menos a Danny, y a mamá y a papá. Pero espera a haber vivido aquí diez años más –dijo con amargura en la voz–. Veremos lo que piensas entonces.

–Bueno, si el Cabo es tan asqueroso, ¿entonces por qué tiene Avery una casa en Wellfleet?

Avery poseía una de esas monstruosidades que daban al puerto de Wellfleet. Una casa moderna de cristal y cromo. De hecho así era como mi hermana lo había conocido; Trish estaba organizando una visita guiada a algunos hogares y al parecer el dormitorio de Avery le había parecido de lo más interesante.

–Ah, eso –dijo antes de dar un trago al té–. Lo vendimos.

Digger comenzó a lloriquear de nuevo.

–No puedo creer que tengas un perro.

—¿Trish, para qué has venido? —pregunté sin más rodeos.

—¿Qué?

—¿Por qué has venido aquí? ¿Sólo para una conversación entre hermanas?

—Ah —respondió—. La verdad es que no. He venido a recoger a Danny, pero Sam y él no están. Mamá no estaba en casa, así que he venido aquí para matar el tiempo.

Los llantos de Digger se volvieron más profundos hasta convertirse casi en gemidos. A mí me apetecía hacer lo mismo.

—Trish… —comencé. Pero en ese momento me interrumpió el teléfono. Agradecida por la distracción, me levanté para contestar. Digger comenzó a arañar la puerta al oír mis pisadas—. Tranquilo, chico —dije antes de descolgar—. ¿Sí?

—Hola, Millie.

¡Joe! ¡Era Joe!

—Hola, Joe —dije, y me dirigí al salón para que Trish no viera la sonrisa de tonta que se me ponía en la cara.

—¿Cómo estás? —preguntó él.

—Genial —mentí—. ¿Qué sucede?

—Oh, tenía unos minutos libres y pensé en llamarte.

¡Lo amaba!

—¿Cómo estás? —pregunté, sonrojada por el recién descubierto placer de hablar sin más.

—Bien, ahora estoy bien —dijo.

—Oh —no pude evitar decir. En la cocina, Trish golpeó la taza contra su plato, por si acaso pasaban más de treinta segundos sin que fuese el centro de atención—. Escucha, Joe, lo siento, pero no me pillas en un buen momento… Mi hermana está aquí, así que no debería ponerme a hablar por teléfono. Te llamaré mañana, ¿de acuerdo?

—Muy bien —dijo Joe—. Que tengas un buen día. Hablamos.

—Adiós —sonreí y colgué el teléfono. Me quedé allí de pie durante un minuto, saboreando el sonido de su voz y el calor que me producía.

—¿Quién era? —preguntó Trish cuando regresé a la cocina.

Tomé aliento.

–Oh, sólo un amigo. Joe Carpenter.

Trish se quedó con la boca abierta. Ni siquiera la guapa de mi hermana era inmune a la belleza de Joe.

–¿Por qué iba llamarte a ti Joe Carpenter?

No pude contenerme más y di una patada al suelo.

–¡Por el amor de Dios, Trish! Llevas aquí media hora y ni siquiera te has dado cuenta de que he adelgazado como diez kilos desde Navidad. Llevo el pelo veinte centímetros más corto y tres tonos más claro. ¡Ya no soy el patito feo de tu hermana! ¡Puede que Joe me llame porque es mi novio!

–¿Joe Carpenter es tu novio? –preguntó ella tras ignorar todo lo demás.

–Más o menos –murmuré mientras recogía las tazas para ponerlas en el fregadero.

–Bueno. Eso es… eso es genial –dijo–. Y sí que tienes mucho mejor aspecto –me ofreció una pequeña sonrisa y sentí que mi ira disminuía, pues era una hermana pequeña muy bien entrenada.

–Gracias –dije.

–¿Qué te quedan? ¿Cinco kilos por adelgazar?

Me dirigí hacia la puerta del dormitorio y liberé a la bestia, que salió disparada en dirección a la entrepierna de mi hermana.

Buen perro.

Capítulo 15

El miércoles a las cinco y treinta y siete de la tarde, tras pasar el día contando los minutos, llamé a Joe. Sabía que normalmente llegaba a casa entre las cuatro y media y las cinco, y después, si iba a salir, normalmente lo hacía entre las siete y las siete y media, dependiendo de donde fuera a cenar; el Barnacle, el Crow's Nest o el Humpback. Mientras el teléfono daba tono, pensé que tal vez estaría cambiándose de ropa tras haberse duchado. Quizá estuviese pasándose las manos por el pelo mojado, recordándose a sí mismo que debía cortárselo uno de esos días. Tal vez tuviera las pestañas con gotas de agua, y su camiseta de manga corta pegada al torso aún húmedo…

—¿Sí?

Di un respingo.

—¡Joe! Hola. ¿Cómo estás?

—Bien. ¿Cómo estás tú? —dijo él.

—Muy bien. ¿Has estado ocupado? —pregunté.

—Oh, claro —oí un sonido familiar mientras hablaba; el sonido del pienso para perros cayendo sobre el cuenco.

—¿Cómo está Trípode? —pregunté, y sonreí al imaginarme al perro cojeando por la cocina mientras su amo le preparaba la cena.

—Está muy bien —respondí Joe. Le oí dejar el cuenco en el suelo—. ¿Puedo hacerte una pregunta?

—Claro —respondí yo.

—¿Quién eres?

¿Me había olvidado de decirlo?

—Oh, lo siento. Soy Millie —me ardían las mejillas de la vergüenza. ¡No sabía quién era, incluso habiendo hablado el día anterior! Bueno, acabábamos de empezar la relación.

—¡Millie! Creí que estabas evitándome. Ayer por teléfono te despediste muy deprisa —sonaba como si estuviese sonriendo.

—Te equivocas, jovencito —dije yo—. Te dije que te llamaría hoy, y aquí estoy.

—Ya veo. ¿Qué sucede?

Miré a mi alrededor en busca de inspiración, pero no encontré ninguna.

—Oh, poca cosa. ¿Qué haces?

—Tampoco gran cosa. ¿Entonces quieres volver a verme? —estaba bromeando, era evidente.

—Bueno, supongo que sí. Claro. ¿Qué tenías en mente? —«bien hecho, Millie. La pelota está otra vez en su tejado».

—¿Qué tenías tú en mente? —preguntó él riéndose con aquella risa profunda y sexy que me producía escalofríos. Yo agarré el teléfono con fuerza.

«Actúa con tranquilidad, Millie», me aconsejé a mí misma.

—Mmm. ¿Qué te parece venir a cenar a mi casa?

—¿Esta noche?

—¡No! —¡Dios, no! Yo no era de las que podían preparar en poco tiempo una cena para impresionar—. Lo siento, esta noche tengo planes. ¿Qué te parece el viernes? —eso me daría tiempo de sobra.

—¿El viernes? Claro —oh, Joe. Tan amable y dulce.

—¿Te parece bien a las siete? —pregunté.

—Eso sería genial.

—Bien —dije yo. Nos quedamos callados durante varios segundos.

—Millie.

—¿Sí?

—Estoy deseándolo.

—Eres muy dulce, Joe —respondí suavemente y con el pecho repleto de alegría.

–Tú eres la dulce –dijo él.
–Bueno. Que tengas buena noche.
–Te veo el viernes –dijo Joe antes de colgar.
Volví a dejar el teléfono en el cargador y me quedé mirándolo. Digger se acercó a mí moviendo el rabo. Desde la cocina pude oler sus heces, el único aspecto real de aquella tarde tan surrealista.

Dulce. Joe Carpenter pensaba que yo era dulce y estaba deseando estar conmigo el viernes.

–Sabía que funcionaría, Digger –le dije a mi perro–. Sabía que se enamoraría de mí, lo sabía, lo sabía, lo sabía –Joe Carpenter iba a ir a mi casa a compartir una cena deliciosa con mi yo más dulce y atractivo. Iba a conocer a mi maravilloso perro, iba a… quizá… ¿sería demasiado pronto para…? Durante quince felices minutos suspiré hasta salir de mi ensimismamiento. Tenía trabajo que hacer.

Para superar la escuela de medicina, tenías que ser una persona muy organizada. Tenían que gustarte las listas. Y a mí me encantaban.

Miércoles/noche (aquella misma noche).
Limpiar frigorífico. Tirar levadura.
Limpiar horno.
Fregar baño con lejía para que el olor se disipe antes del viernes.
Limpiar polvo.
Hacer lista de la compra para la cena.

Jueves.
Comprar comida, cerveza y vino.
Fregar suelo el jueves por la noche. Viernes al mediodía si llueve.
Poner sábanas limpias, por si acaso.
Alquilar una película por si la número 3 no sucede.
Llamar a Curtis/Mitch para que me sugieran vestuario.

Viernes.

Lavar a Digger y asegurarme de que después no se revuelque sobre cosas muertas.
Cocinar.
Fregar suelo de la cocina si es necesario.
Poner la mesa.
Ducha/pelo/maquillaje/ropa.

¿Qué cocinar? ¿Qué no cocinar? La primera comida que cocinaría para mi novio. Porque, después del viernes por la noche, creía que podría considerarme definitivamente la novia de Joe.

Tras haber aprendido dolorosas lecciones sobre la sustitución de ingredientes, sabía que tendría que seguir la receta paso a paso. Quería encontrar algo delicioso, no demasiado difícil, pero lo suficiente para impresionar con sutileza. Algo que no tuviera demasiado ajo, pensé, y deseché todas las cosas italianas. Tal vez algo que pudiera quedarse en el horno calentándose, como un guiso. Pero no un guiso. Demasiado maternal. Algo que no fuera demasiado típico, ni demasiado femenino, ni demasiado especiado, ni demasiado suave, ni demasiado engorroso.

Tras revisar mis tres libros de cocina durante dos horas, finalmente me decanté por el siguiente menú para llegar al corazón de Joe a través del estómago: ensalada mixta con vinagreta de frambuesa, salteado de gambas sobre arroz, calabaza amarilla y calabacín a la parrilla con parmesano y, de postre, pastel de arándanos.

A Joe le encantaban las gambas, como yo misma había presenciado muchas veces en los restaurantes durante los años. Lo de la calabaza y el calabacín resultaría agradable, pues era época y además daba color. En cuanto al pastel... bueno, ¿a qué hombre no le gusta el pastel de arándanos? En general no creía que esos platos fueran demasiado difíciles de elaborar. Tras leer y releer las recetas, decidí que lo único con lo que podría tener problemas era la masa del pastel.

Pero no tenía miedo. Mi madre era una excelente repostera e imaginaba que le encantaría ayudarme a preparar un pastel. La llamé por teléfono y, en efecto, se mostró encantada de ser útil.

Aunque eran las ocho de la tarde, metí el CD de Tom Petty en el estéreo y comencé a trabajar. Limpié, fregué y raspé del fondo del horno los misteriosos restos chamuscados de alguna cena antigua. Eché las cortinas a lavar y contemplé qué opciones tenía con respecto a las servilletas y a los manteles. Obviamente tendría que comprar más… ¿Tendría tiempo de una visita rápida a la ferretería de Sleet, donde vendían todas las cosas de cocina?

Era más de medianoche cuando finalmente me fui a la cama, pero me sentía satisfecha de que todo estuviese yendo según el plan. Cuando empezaba a quedarme dormida, un pensamiento desagradable me despertó. ¡El trabajo! ¡Maldición! Tendría que tomarme el día libre, porque obviamente no iba a poder hacerlo todo. Me sentía culpable. Al fin y al cabo era doctora, y pedirme el día para poder prepararme para una cita era horrible. Estúpido.

Sin embargo… sólo sería una vez. Era el medio para llegar a un fin. Me merecía tener una vida, ¿no? Tenía días de vacaciones. Y no era como si los pacientes estuvieran pidiendo verme a mí en particular. Cierto que no iba a avisar con mucha antelación, pero el hospital de Cabo Cod enviaría a otra persona para sustituirme. Juanita lo había dicho en el curso de orientación.

Le dije a mi conciencia que se tomara la noche libre y me centré en Joe. Cuando fuéramos una pareja oficial, no tendría que tomarme esas molestias. Sólo sería una vez. Metí la culpa en el cajón de la ropa sucia de mi alma y seguí hacia delante.

Tendría que llamar a Juanita. Me levanté, rebusqué en mi escritorio y localicé su tarjeta. La pegué a mi teléfono para acordarme de llamarla a primera hora. Por suerte, el doctor Bala se encargaría del segundo turno al día siguiente. Yo intentaría marcharme temprano y sin duda tendría que pedirme libres el viernes y el sábado… El sábado porque tal vez estuviese vestida sólo con una sábana y con el objeto de mi amor en la cama junto a mí, y obviamente no querría tener que salir corriendo a trabajar. Cuando regresé a la cama, ensayé mi conversación con Juanita.

–Hola, Juanita, soy la doctora Barnes, del ambulatorio… Voy a prepararle la cena a mi novio y necesito unos días libres.

Mmm. aunque era la verdad, le faltaba algo. ¿Madurez, quizá?

–Hola, Juanita, soy la doctora Barnes. Tengo una pequeña emergencia y no podré ir a trabajar en dos días.

No. Me habían educado en el catolicismo y me habían enseñado a no decir esas cosas, porque Dios se enfadaría con mi mentira y haría que se convirtiera en realidad. Ahora, siendo una adulta de casi treinta años, podía desechar intelectualmente semejante argumento, ya que Dios no estaba por ahí esperando a que yo mintiera para poder castigarme, pero por si acaso Dios tenía un día tonto, suponía que debía inventarme otra cosa.

–Hola, Juanita, soy Millie Barnes. Me ha surgido un imprevisto y necesito libres el viernes y el sábado.

Eso estaba mejor. No era mentira y tampoco una revelación absoluta. De pronto me vino la inspiración. La llamaría en ese mismo momento y le dejaría un mensaje en el contestador. De ese modo (A) parecería urgente, pues era ya la una de la madrugada, y (B) no tendría que hablar con ella. Brillante. Me levanté de nuevo, hice la llamada y finalmente regresé a la cama.

Al día siguiente me dispuse a realizar los puntos de mi lista. Después del trabajo compré la comida. Al regresar a casa, guardé los ingredientes y decidí que tenía tiempo de ir a correr. Me puse una vieja camiseta y comencé a estirar como Sam me había enseñado. Al pensar en mi cuñado, suspiré.

Era difícil aceptar que Katie y él no pudieran estar juntos, y aun así sentía cierto placer egoísta al saber que permanecía solo. Sam tenía la capacidad de hacer que la gente se sintiera bien; yo incluida. Durante aquellos amargos años de adolescencia, siempre me había sentido bien estando con Sam, nunca incómoda, siempre atractiva, divertida y lista.

¿Podría sentirme alguna vez así con Joe? Por apasionante que fuese estar cerca del chico de oro, era un poco difícil estar a la altura de las expectativas que yo misma me había creado. Aun así mi estrategia estaba funcionando; iba a ser la tercera cita con él en una semana. «El poder de la investigación», me dije a mí misma. La naturalidad llegaría con el tiempo.

Más tarde aquella noche, mi madre vino a casa con comida china. Cenamos en la cocina y charlamos sobre las técnicas para la masa del pastel.

—Sé que es malo para ti, pero yo uso manteca de cerdo en vez de mantequilla. La manteca es mejor para la masa. Y todo tiene que estar lo más frío posible, cariño —me dijo con brillo en la mirada—. Tienes que trabajar deprisa si quieres que quede hojaldrada. De lo contrario, el gluten… bueno, no queda bonito.

—Frío y rápido. Entendido —de hecho esperaba que mi madre se encargara de todo y yo pudiera mirar sin más y llevarme el mérito por el trabajo duro.

—¿Y a qué viene este interés tan repentino en los pasteles? —preguntó mi madre.

—Oh. Voy a preparar la cena para un amigo y, dado que es verano, pensé que un pastel iría bien. Es de temporada —de hecho los arándanos aún no estaban de temporada, y había tenido que pagar casi diez dólares por ellos, pero era un precio pequeño en comparación con el placer de Joe.

—¿Un amigo? Qué bien —dijo mi madre con una sonrisa. Yo me sonrojé. No hizo más preguntas y entonces sonreí. La buena de mamá. Siempre lo sabía todo.

Como yo esperaba, ella se encargó de todo y me dijo que simplemente mirase la primera vez. Ella preparó la masa, mezcló los arándanos y el azúcar e iba dando instrucciones mientras yo bebía mi cerveza sentada a su lado.

—Te quiero, mamá —le dije mientras hablaba del glaseado de huevo. Levantó la mirada abruptamente y los ojos se le llenaron de lágrimas.

–Oh, Millie, cariño, yo también te quiero –dijo antes de darme un abrazo–. Y me alegra tenerte aquí –hizo una pausa para meter el pastel en el horno–. Sin Trish…

Sin Trish mi madre se sentía sola y yo había estado demasiado ocupada acechando a Joe como para darme cuenta. Sólo la había llamado porque necesitaba algo de ella, y de pronto me sentí avergonzada. A pesar de todos sus defectos, Trish había sido una hija fantástica, al menos para nuestra madre.

–Hagamos algo la próxima semana –dije–. Sólo nosotras. Vamos de compras a Providence.

–Oh, cariño, eso sería muy divertido. También podríamos comer.

–Incluso te dejaré elegirme un vestido, ahora que ya no estoy tan regordeta –dije yo. A mi madre le había costado mucho digerir que ella, la reina de Talbots Petite, hubiera engendrado a una hija con sobrepeso que había llevado pijamas de médico durante ocho años.

–Estoy deseándolo –dijo–. Bueno, tengo que irme a casa a ver a los Red Sox. Papá y yo los vimos ayer, y ganaron. Ahora teme que pierdan si yo no estoy allí para animarlos –puso los ojos en blanco y las dos nos reímos, porque sabíamos que mi padre hablaba en serio–. Mantén la temperatura a doscientos grados durante quince minutos más, luego bájala a ciento sesenta durante otros cuarenta minutos. Llámame si tienes alguna pregunta –se lavó las manos y me dio otro abrazo–. Y Millie… espero que él aprecie lo que estás haciendo.

–Gracias, mamá –dije con un nudo en la garganta.

Cuando mi madre se marchó, llamé a Mitch y a Curtis para que me recomendaran el vestuario. No los había visto desde hacía tiempo, dado que estaban bastante ocupados, así que dijimos que saldríamos una noche.

–Trae al chico –ordenó Curtis–. Queremos conocerlo.

–Ya veremos cómo va –respondí yo con una sonrisa. Sería divertido presentar a Joe a mis amigos. Con el tiempo incluso acabaría llevándolo a casa para la presentación oficial de mis padres. Mi padre estaría encantado de verme con un obrero, y todo el mundo se dejaría encandilar por Joe. Pronto formaría parte real de mi vida, y dejaría de ser la fantasía que había ocupado mi cabeza durante los últimos quince años.

Capítulo 16

El viernes amaneció nublado y un poco frío para finales de junio. La previsión anunciaba lluvias para la noche. Aquello me pareció genial. Acogedor, romántico, bueno para cocinar, bueno para acurrucarse. Para que oliese bien a lavanda y romero, lavé a mi perro e ignoré sus miradas de súplica mientras lo aclaraba y repetía el proceso. A las diez en punto comencé a trocear, picar y saltear. Pelé y vacié las gambas. Pensaríais que una persona que ha diseccionado un cadáver no se marearía con una simple gamba, pero ése no era el caso. Aun así logré no vomitar mi cuenco de Special K mientras deslizaba el pulgar hacia arriba con cada gamba.

Cocí, reduje y colé. Agité, mezclé y sequé. Cuando el olor del salteado inundó mi cocina, empecé a entender por qué a la gente le gustaba cocinar. Lavé la lechuga para la ensalada, troceé pimientos rojos y amarillos, añadí unos tomates y después corté la calabaza y el calabacín.

El pastel de mi madre tenía un aspecto fabuloso, con el hojaldre tostado con azúcar por encima. Me prometí a mí misma que aprendería a hacer pasteles de verdad cuando Joe y yo estuviéramos juntos. Tenía mucho café de Cabo Cod, mi marca favorita, y leche desnatada. Volví a poner las cortinas, limpias y recién planchadas. Tras colocar en un jarrón las flores que había comprado el día anterior, puse la mesa. El vino y la cerveza estaban en el frigorífico.

Cuando Joe ya hubiera llegado, planeaba terminar de cocinar el salteado para crear esa atmósfera doméstica tan acogedora. Pondría el arroz a cocer antes de que llegase y después lo pondría en un cuenco y lo calentaría en el horno para poder limpiar la cacerola antes de que Joe llegase. Planificación, planificación, todo residía en la planificación. Parecía que tenía todos los ángulos cubiertos.

Finalmente di un paso atrás para contemplar mi trabajo. Mi casa estaba resplandeciente. Mi perro también lo estaba. Había llegado mi turno. Me duché con los carísimos productos de baño que Curtis y Mitch me habían regalado por Navidad. Me depilé las piernas con mucho cuidado, me sequé el pelo; la humedad hizo que resultara un poco complicado, pero conseguí un acabado más o menos decente. Lo siguiente era el maquillaje. Demasiado y parecería una ramera; demasiado poco y parecería una adolescente. Después la ropa. Unos bonitos pantalones piratas de algodón en color negro y crema, una camiseta de tirantes en color crema y un jersey negro de manga corta. Unas chinelas de cuero negras en los pies.

Me miré al espejo durante largo rato. Nunca sería Trish, pero aun así… estaba todo lo bien que podría estar. Con estilo. Atractiva. No hermosa, pero bastante mona.

Eran ya las seis y media. Me acerqué al equipo de música y elegí algunos CDs. Elvis Costello. Sting. Norah Jones. Dave Matthews. Todo diseñado para crear una atmósfera romántica y acogedora.

Volví a sacar a Digger con la correa y le advertí que no hiciera sus necesidades en casa esa noche. Él accedió (o eso esperaba yo) moviendo el rabo y se tumbó frente a mi sillón para dormitar.

Puse el arroz a cocer y di vueltas por la cocina. No había mucho por hacer, dado que lo había planeado todo a la perfección. Cenaríamos en el comedor, que sólo había empleado una vez que mis padres habían ido a casa. Era una habitación pequeña que había pintado el mes anterior en un tono rosa oscuro. La mesa era de arce, y acababa de ponerla con manteles individuales en vez de uno grande. No quería que pareciese que me estaba esforzando mucho, aunque, sinceramente, planear aquella velada había sido más duro que mi rotación quirúrgica.

Me serví una copa de vino y di un trago. No pasaba nada por estar un poco relajada cuando Joe llegase. Faltaban diez minutos para las siete, hora en la que sin duda comenzaría a mirar por la ventana para ver si llegaba su furgoneta. ¿Pero por qué esperar? Miré en aquel momento. Ni rastro de Joe, sólo la lluvia que ya habían anticipado. Encendí la luz del porche.

Decidí que tenía tiempo de llamar a Curtis y a Mitch. Katie estaba trabajando, y además habíamos hablado antes. Me senté en el sillón con cuidado para no arrugarme la ropa y llamé a Provincetown.

—Buenas noches, El pavo real rosa —dijo Mitchell al descolgar.

—¡Hola, Mitch! Soy Millie.

—¡Hola, cariño! ¿Está todo preparado?

—Sí, todo preparado, incluida yo.

—¿Qué pendientes hemos elegido? —preguntó.

—Los dorados que cuelgan —respondí. Oí que Curtis preguntaba si era yo. Mitch no respondió.

—He preguntado que si es Millie —insistió Curtis al fondo.

—¡Sí, es Millie! —gritó Mitch—. ¿Se me permite hablar con ella sin ti?

Oh, oh. La pareja de oro rara vez discutía.

—¿Es un mal momento, Mitch?

Hizo una pausa y después se rió.

—Hemos tenido una pelea. He cometido la osadía de cambiar el pedido de las flores; él quería tulipanes, pero costaban el doble que las rosas, y ahora quiere arrancarme la cabeza.

Yo me reí.

—¿Se puede salvar este matrimonio?

—Eso esperamos. Muy bien, querida. Que tengas una noche fantástica. Aquí está Curtis. Espera, ¿quieres? —oí a Mitch hablar de fondo y luego el sonido inconfundible de un beso.

–Hola, Millie –dijo Curtis, y noté la sonrisa en su voz.

–¿Va todo bien, Curtis? –pregunté.

–Sí, ahora que ha quedado humillado. ¿Cómo estás, princesa?

–Oh, estoy bien. Esperando a Joe.

–¡Es cierto! Ésta es la noche. ¿Estás nerviosa?

–Sí, por supuesto. Por eso os llamo.

–Bueno, no te preocupes, cariño. Será maravilloso. Mañana quiero todos los detalles, ¿de acuerdo?

–De acuerdo –contesté yo–. Gracias, Curtis. Eres el mejor.

–Lo sé. Te quiero.

Oí una furgoneta en la calle. Colgué el teléfono y me levanté. ¡Ya había llegado! Digger siguió tirado encima de la alfombra delante del sillón. Fui a la cocina a mirar por la ventana de la puerta de atrás. Ni rastro de la furgoneta. Ni rastro de Joe.

Mmm. Bueno, eran sólo las siete y siete. No era muy tarde.

Sin embargo, veintitrés minutos después, sí era muy tarde. Eran las siete y media. Media hora de retraso era mucha tardanza, ¿no? Pero aun así aceptable, si aparecía en aquel preciso instante. Cubrí el arroz para que no se secara y apagué el fuego del salteado, que aún esperaba las gambas. Al mirarme en el espejo del cuarto de baño, vi que parecía preocupada.

Joe no me daría plantón, ¿verdad? Me terminé la copa de vino y el alcohol me aclaró la cabeza ligeramente. No, Joe no me haría eso. Había dicho que estaba deseándolo. Y que yo era la dulce. ¡Y cómo besaba! No, no creía que fuese a darme plantón. Tal vez se le hubiese estropeado la furgoneta. Era una furgoneta vieja, pero parecía ir bien.

Sonó el teléfono y yo di un respigo.

–No suenes preocupada –me aconsejé a mí misma.

–¿Sí?

–Hola, cariño, soy Curtis. Lo siento, no he podido resistirme. ¿Cómo va?

–Curtis, no está aquí.

–Oh –hubo una pausa–. ¿Qué retraso lleva?

–Treinta y cuatro minutos.

–Oh. Eso no es bueno. Bueno, es un poco despistado, ¿verdad?

–¿Debería llamarlo?

–¡No! –gritó Curtis–. No –continuó en un tono más calmado–. Eso es para las mujeres desesperadas, y tú no estás desesperada.

–Cierto –dije, aunque sí me sentía algo desesperada–. ¿Entonces qué debería hacer?

–Tómate una copa de vino –me aconsejó.

–Ya lo he hecho.

–Entonces tómate otra, cielo. No te quedes ahí sentada esperándolo. Cuando llegue, porque llegará, queremos que estés contenta y divertida. ¿De acuerdo?

–De acuerdo –dije–. Contenta, divertida, pero no borracha.

–Exacto. Te llamaré en un rato para ver qué tal.

–Gracias –dije, agradecida por tener un amigo como Curtis. Alguien con quien poder discutir aquellas situaciones estúpidas. Qué ponerme, cómo poner la mesa, cosas así. La mayoría de la gente había hecho eso en el instituto o en la universidad, pero yo estaba floreciendo tarde.

Di una vuelta por la casa mordiéndome una cutícula. Digger dio un salto y comenzó a agitar el rabo contra mi otomana recién aspirada.

–¡Digger, no! –ordené. Entonces, avergonzada por pagar mis frustraciones con el perro, me senté y lo llamé–. Es sólo que estoy un poco preocupada –le dije mientras le acariciaba la cabeza.

El reloj dio las ocho menos cuarto.

Una emoción muy familiar me recorrió por dentro; aquella mezcla de miedo, certeza y rabia. Todo aquel trabajo. Dos días libres en el trabajo, noventa y siete dólares en comida y bebida, muchas horas, un atuendo nuevo, manteles nuevos… ¿para qué? Para eso. Para que me dejasen plantada. Estúpida, estúpida, estúpida. Obviamente terminar la escuela de medicina entre los diez mejores de mi clase no se traducía en tener una inteligencia romántica. Sentía las lágrimas en la garganta, así que tragué con fuerza. «No llores», me ordené a mí misma. ¡Maldita sea! ¡Maldito Joe Carpenter! ¿Cómo podía ser tan desconsiderado?

Digger, que ya había saciado su apetito de afecto, se tumbó de nuevo a mis pies. Yo me recosté en el sillón, sin importarme ya si se me arrugaba la ropa. Empezaba a dolerme la cabeza, así que me froté la frente con fuerza.

Debería haber llamado a Joe el día anterior con alguna pregunta, como si era alérgico al marisco o algo así, aunque sabía bien que no lo era. Pero así se habría acordado de nuestra cita. Como había dicho Curtis, Joe podía ser algo olvidadizo. ¿O lo habría hecho a propósito? ¿Se había olvidado o es que no estaba interesado en mí? ¿Qué había de la pelirroja con la que lo había visto la semana anterior? ¿Estaría con ella?

El teléfono volvió a sonar y yo me levanté del sillón con el corazón acelerado. Tenía que ser él. Tomé aliento y agarré el teléfono. Me di cuenta de que me temblaban las manos.

—¿Sí? —dije.

—Soy Curtis —dijo mi amigo. Yo no supe qué decir—. Oh, lo siento, cariño —continuó al imaginar el motivo de mi silencio. Y la amabilidad en su voz hizo que me sintiera peor.

—Me siento como una idiota —susurré.

—Oh, no, cariño. Joe es el idiota. De verdad. Si no ve lo maravillosa que eres, entonces es que es un imbécil muy guapo.

—Pero cuando nos vimos el otro día… ¡Curtis, fue increíble! Y parecía tan… Es que no lo comprendo.

—Los hombres son imbéciles.

Yo me reí amargamente.

—Salvo tú. Y Mitch.

En ese momento mi perro se puso en pie y comenzó a ladrar salvajemente.

—Oh, Dios mío —dije mientras un torrente de adrenalina recorría mi cuerpo—. ¡Está aquí!

–¡Mantente al teléfono! –ordenó Curtis–. ¡Sigue hablando! Abre la puerta con el teléfono en la mano.

Apenas podía oírlo con los ladridos de Digger.

–¡Tranquilo, Digger! –le dije al perro. Sorprendentemente obedeció y se quedó de pie junto a la puerta de la cocina, moviendo el rabo con tanta fuerza que parecía que se le iba a partir.

–Sonríe –me ordenó Curtis tras mirarme en el reflejo de un grabado enmarcado que colgaba sobre el sofá. Llamaron a la puerta y Digger lloriqueó nervioso–. Agarra la copa de vino –continuó el sargento–. Ríete. Finge que he dicho algo gracioso. Vagina. Eso es gracioso.

Me reí de manera un tanto histérica mientras me dirigía hacia la puerta de atrás, copa en mano. Me detuve en seco. No era Joe. Era Sam.

–Es Sam –le dije a Curtis.

–¿Sam? ¿Tu cuñado? ¿Qué está haciendo ahí? –preguntó Curtis.

Abrí la puerta. Digger se lanzó a la pierna de Sam y comenzó a gemir. La lluvia caía a borbotones desde el tejado hasta la terraza y el viento soplaba en ráfagas.

–Hola, Millie –dijo Sam. Se zafó de Digger y se pasó una mano por el pelo–. ¿Tienes un minuto?

–Eh… pasa, Sam –dije abriendo la puerta del todo–. ¿Puedes esperar un segundo?

–¿Qué sucede? –preguntó Curtis–. ¿Estás hablando conmigo?

–Quítate el abrigo –le dije a Sam, que estaba de pie chorreando en mi cocina. Miró a su alrededor y vio la mesa del comedor y la comida humeando en el fuego.

–No quería interrumpir tus planes –me dijo–. Puedo marcharme.

–No, no. Ponte cómodo. Pero dame un segundo –dije dándole una palmadita en el hombro. Me fui a mi habitación y cerré la puerta.

–¿Qué hago? –le pregunté a Curtis–. Parece disgustado.

–Mmm. Muy bien. Esto es lo que vamos a hacer. Son las

ocho y cinco. Joe llega inaceptablemente tarde. Da de cenar al policía. Si Joe aparece, verá que no estás ahí sentada esperándolo. Si no aparece, al menos la cena no se echará a perder.

–¿Y qué le digo a Sam? ¿Que mi no novio me ha dejado tirada?

Curtis suspiró dramáticamente.

–No, Millie. No le digas eso. Dile que habías preparado la cena para alguien que ha tenido que cancelar los planes en el último minuto y que te alegras de que haya venido.

–De acuerdo. Suena bien. ¿Puedes repetírmelo para que me quede claro?

–Millie, a veces eres un poco tonta. Tengo que colgar. ¡Te quiero! ¡Besos!

Yo suspiré. Curtis tenía razón. Era una tonta.

–Millie –dijo Sam cuando regresé a la cocina–. Lo siento mucho. Veo que tienes planes y...

–De hecho, Sam, mi amigo acaba de cancelar los planes, así que es genial que estés aquí. De lo contrario, tendría que tirar toda esta comida. Siéntate –le dirigí una sonrisa y saqué una silla.

Él vaciló, después se quitó la chaqueta y la colgó en uno de los ganchos junto a la puerta de atrás.

–Gracias –dijo sentándose a la mesa de la cocina.

–¿Tienes hambre? –pregunté.

–Claro.

Le serví una copa de vino blanco (dieciocho dólares la botella, muchas gracias, Joe Carpenter) y se la entregué.

–Gracias –dijo. De nuevo se pasó la mano por el pelo, señal de que estaba inquieto. Las arrugas en torno a sus ojos estaban más pronunciadas, y no paraba de mirar distraídamente hacia el suelo.

–¿Qué sucede? –pregunté mientras me sentaba con él.

Sam levantó la mirada y suspiró.

–Se trata de Trish.

–Oh –claro que se trataba de Trish. Sentí de nuevo aquella rabia tan familiar hacia mi hermana, siempre el centro de atención. Incluso desde Nueva Jersey seguía dando problemas. Rellené mi copa y di un trago–. ¿Qué sucede? –pregunté.

Sam miró hacia la ventana.

–Quiere que Danny haga el último curso en Nueva Jersey –respondió.

–¿Qué? ¿Por qué diablos iba a querer que hiciera eso?

Sam suspiró de nuevo y dio un trago al vino.

–Dice que Avery puede meter a Danny en una ostentosa escuela preparatoria a la que fue él, y que sería mejor para Danny graduarse desde allí en vez de en Nauset –me miró a los ojos y vi su preocupación.

–Bueno, yo creo que es una idea horrible –dije antes de estrecharle la mano–. Tengo que preparar las gambas… ¿quieres ayudarme?

–Claro –respondió poniéndose en pie. Me acerqué al fuego, puse a calentar la mezcla del salteado y saqué las gambas. Sam se apoyó contra la encimera y me observó–. La verdad es que nunca antes te había visto cocinar, Millie –dijo con algo parecido a una sonrisa fugaz–. ¿Quién es el amigo que ha cancelado los planes?

–Bueno, Sam, creo que prefiero no decirlo, si no te importa –eché las gambas a la cacerola. No quería pensar en Joe en ese momento, y el vino y Sam estaban ayudándome a distraerme–. ¿Y qué piensa Danny de todo esto?

Sam me quitó la espátula y comenzó a remover las gambas.

–Aún no hemos hablado con él. Pero Trish dice que, si se lo explico en términos positivos, lo verá como la gran oportunidad que es. O algo así.

–Creo que es mucho suponer que Danny vaya a querer cambiarse de instituto –dije yo–. Aquí le va bien y tiene muchos amigos. Su vida está aquí.

–Es lo que yo le he dicho. Hay muchas buenas razones para que se quede. Aquí va a jugar en el equipo de béisbol, conoce a los profesores, saca sobresalientes. No creo que necesite ir a una preparatoria de ricos para entrar en una buena universidad. Pero Trish dice que es una oportunidad de oro.

—Estoy contigo —dije—. ¡Que le den a la preparatoria de ricos! Ahora quita de en medio para que pueda servir esto.

Con la ayuda de Sam llevé la cena al comedor. Encendí las velas, nos sentamos y llené los platos con la maravillosa cena que llevaba días planeando.

—Sea quien sea el que ha cancelado la cena, Mil, él se lo pierde —dijo Sam con una sonrisa—. Pero es una suerte para mí.

Yo le devolví la sonrisa y me alegré de poder ayudarle cuando más lo necesitaba. Sam se merecía al menos eso.

—Salud —dije antes de brindar y empezar a cenar.

¿Y sabéis qué? ¡La cena estaba fantástica! Lo mejor que había preparado jamás. Cenamos casi en silencio, pero era cómodo. Agradable incluso, con la lluvia golpeando el tejado y la música sonando suavemente en el equipo.

—Una cena excelente, Millie —dijo Sam mientras se servía más salteado—. ¿Lo has hecho todo tú sola?

—Salvo el postre —confesé—. No podría engañarte con eso.

Me recosté en la silla y admiré mi trabajo durante un minuto. Me había superado. Cierto, el que estaba sentado a mi mesa era el hombre equivocado, pero había logrado preparar una cena bastante buena. Las flores de la mesa tenían buen aspecto, los nuevos manteles y las servilletas hacían juego con los platos, la comida estaba excelente, el vino iba desapareciendo con rapidez... Me sentía bien. Era agradable tener a Sam allí, el bueno de Sam, tan amable, tan fácil, tan sólido. La rabia hacia mi hermana convirtió mi sonrisa en un ceño fruncido.

—¿Sam, crees que a Trish le pasa algo más? ¿Crees que hay otra razón por la que quiera que Danny se vaya a Nueva Jersey?

Sam se limpió la boca con la servilleta.

—¿Aparte de echarlo de menos, quieres decir?

—Aparte de eso. Quiero decir que claro que lo echa de menos, porque es el mejor chico del mundo. Pero me pregunto si realmente piensa que sacar a Danny de Nauset en el último año es lo mejor para él. Creo que trama algo.

Sam suspiró y me dirigió una sonrisa triste.

—Vosotras dos… No comprendo cómo dos hermanas pueden ser tan diferentes —lo pensó durante unos segundos—. No sé, Millie. A decir verdad, nunca supe lo que deseaba Trish de verdad, y desde luego ahora tampoco lo sé.

—¿Querrías que volviese, Sam? —la pregunta surgió inesperadamente de las profundidades del vino que había consumido. Nunca antes había pensado en eso, absorta como estaba en mi plan de conseguir a Joe. Pero ahora que lo preguntaba, de pronto era muy importante que dijese que no. Sam y yo nos quedamos mirándonos unos segundos. Él se encogió de hombros.

—¿Que si querría que regresara? No, supongo que no —intentó rellenarse la copa, pero la botella estaba vacía—. ¿Tienes más de esto?

—En el frigorífico —me recosté y escuché mientras Sam abría otra botella. Regresó y me sirvió una copa antes de servirse él. Después se sentó y se puso cómodo en su silla.

—No. No quiero volver a estar casado con Trish —murmuró antes de beber—. No estaba pensando en el divorcio, pero la verdad es que llevábamos mucho tiempo sin ser felices. Yo no quería admitirlo, pero es así. Lo único que teníamos en común era Danny, y nada más. Creo que nunca superó el no haber tenido la vida que creía que íbamos a tener.

—¿Y qué pasa contigo, Sam? ¿Te sentiste decepcionado al no ser jugador de fútbol?

Se rió.

—La verdad es que no, para ser sincero. Lo habría hecho si me hubieran admitido, pero no es lo que quería hacer con mi vida.

—¿Y qué querías hacer?

—Bueno, más o menos lo que estoy haciendo ahora. Me encanta ser padre, me encanta mi trabajo. Me habría gustado tener más hijos, quizá… no lo sé. Trish quería algo diferente. Creo que siempre se sintió un poco atrapada. Pero yo no. Yo nunca sentí que nos hubiésemos perdido nada importante.

–¿Entonces has superado su partida? –pregunté.

–Bueno, eso no lo sé. Quiero decir que siempre la querré en cierto modo, porque es la madre de mi hijo. Fue la primera chica a la que besé. Pero ya no estoy enamorado de ella. Hace tiempo que no, supongo. Y sí, ya no me siento tan mal.

Al mirarlo a los ojos, sentí un extraño dolor en el pecho.

–Sé que he dicho esto un millón de veces, Sam –dije–, pero siempre pensé que eras demasiado bueno para ella.

Durante unos segundos no contestó, simplemente se quedó mirándome.

–Bueno –dijo con una sonrisa–. Gracias, Millie –tomó aire y cambió de posición en su silla–. Ha sido una cena magnífica.

–He alquilado una película –dije–. Una de ésas de espías… Algo de Robert Ludlum o de Tom Clancy, o alguien así. ¿Quieres quedarte a verla?

–Claro. Eso sería fantástico. ¿Y es un pastel lo que he visto antes? ¿Uno de los pasteles de Nancy Barnes?

–Qué ojo tienes, agente. Ayúdame a recoger y luego prepararemos café.

Limpiamos la cocina, charlando sobre el trabajo y la temporada veraniega, después pusimos la película y bebimos café. Yo me permití tomar un pequeño pedazo del delicioso pastel de mi madre. Sam se comió, sin exagerar, un tercio. «Hombres», pensé mirando a Sam mientras Matt Damon derrotaba a los malos en la pantalla. Al final de la película, Sam se levantó para marcharse.

–Ha estado genial, Millie –dijo mientras se ponía el abrigo antes de agacharse para acariciar a Digger.

–Me alegra que hayas venido –respondí yo. Se incorporó, me dio un abrazo y apoyó la barbilla en lo alto de mi cabeza.

–Gracias de nuevo –dijo. Abrió la puerta y se dio la vuelta antes de marcharse–. Millie…

–¿Sí?

–Estás muy guapa, por cierto –sonrió y se alejó. Digger y yo lo vimos marchar mientras el aire frío y húmedo se colaba en la cocina.

Puse los platos del postre en el fregadero, apagué las luces y le di las buenas noches a mi perro. Al meterme en la cama, mis pensamientos estaban divididos entre Sam y Joe. Como siempre, estaba asombrada de que mi hermana pudiera haber abandonado a Sam Nickerson. Era tan... todo. Lo era, y algún día ella se arrepentiría.

Mientras tanto, yo tenía mis propios problemas. ¿Qué habría sido de Joe? ¿Qué pasaba con mi plan? ¿Qué razón habría para no haberse presentado? Me abracé a mi almohada, tragué saliva y me obligué a dormir. Ya lo pensaría mañana, como diría Escarlata O'Hara.

Capítulo 17

Llamé al doctor Bala a primera hora del día siguiente y me ofrecí a hacer el turno de mañana. Él aceptó, me advirtió que la máquina de electrocardiograma funcionaba mal y colgó.

El ambulatorio estaba a rebosar. Quemaduras solares con ampollas en la calva de un hombre de mediana edad; picadura de medusa en un niño de diez años; la clásica urticaria por hiedra venenosa consecuencia de una despedida de soltero; una madre que se había pillado el dedo con la puerta del coche. Era bueno estar ocupada. Le hice una radiografía al dedo de la mujer, lo entablillé y admiré el buen comportamiento de su hija de siete años. La picadura de medusa no supuso ningún problema, sólo picaba un poco, así que le di a la madre del niño una crema con cortisona. Prednisona para el soltero resacoso y un poco de crema con lidocaína para el hombre quemado, así como la recomendación de ponerse un sombrero.

Las cosas se calmaron por la tarde, así que llamé a algunos pacientes para ver cómo estaban y rellené algunos papeles antes de cerrar. Los sábados el ambulatorio cerraba a las cinco. Hacía un día precioso, limpio y despejado tras la lluvia del día anterior, y la carretera 6 estaba atestada de turistas. Llegué a casa y me puse la ropa de correr. Digger miraba fijamente mis playeras y movía el rabo como un loco. Sabía lo que significaban las playeras. Me puse una camiseta de manga corta con la leyenda: *Libera tu yo interior*, y salí a correr para despejarme.

Ya era una corredora experimentada y no tenía que pararme cada treinta metros para vomitar, resollar o derrumbarme. Cierto, nunca sería una atleta, y mis pasos eran cortos y lentos, pero había llegado a disfrutar corriendo, con el aire fresco y mi perro corriendo a mi lado. Aquel día la brisa corría sobre mi cabeza y el sol brillaba con fuerza. A lo lejos oía el murmullo de la playa mientras corría, los gritos de las gaviotas y de los niños, que se mezclaban con el rumor de las olas.

Ahora que no tenía distracciones, di rienda suelta a mis pensamientos sobre Joe, que había mantenido guardados bajo llave durante las últimas doce horas. ¿Qué iba a hacer la próxima vez que nos viéramos? ¿Fingir que no había ocurrido nada? Eso sería duro. Yo lo amaba, por el amor de Dios. Había invertido mucho tiempo, dinero y esfuerzo en conseguir que se fijara en mí. ¡Y lo había hecho! ¿Qué diablos había salido mal?

Terminé de correr y entré en casa sudorosa y molesta. Me senté en el salón, ni siquiera me sentía motivada para ducharme. Katie estaría trabajando. Curtis ya me había soportado bastante la noche anterior. Tal vez debiera ir a casa de mis padres... pero entonces mi madre querría saber cómo había ido la cena, y tendría que contarle que me habían dado plantón. Quizá pudiera ir a Boston a ver a Janette. No. Había demasiado tráfico y me faltaba energía. Obviamente necesitaba más amigos. Tal vez Sam quisiera ver una película.

Digger se puso en pie de un brinco y comenzó a ladrar como un loco mientras corría hacia la puerta trasera. Yo me levanté del sillón y me pasé una mano por el pelo sudoroso. Probablemente fuese mi padre, que se había pasado a ver si necesitaba que hiciera algo en la casa.

Pero era Joe Carpenter quien estaba de pie en mi porche.

De pronto todo pensamiento coherente abandonó mi cabeza. Abrí la puerta mecánicamente y Digger se lanzó hacia él sin dejar de ladrar. Joe se agachó y le acarició la cabeza mientras me sonreía.

–Hola, Millie –dijo.

–Joe –dije yo.

–Te has olvidado, ¿verdad? Vaya, no puedo creerlo –se incorporó y negó con la cabeza–. Millie, Millie, Millie. Me invitaste a cenar, ¿recuerdas? –me señaló con el dedo–. Mala chica.

–Pero… pero… –tartamudeé. Mi cerebro se negaba a aceptar aquel horror: Joe estaba allí. Yo, sudorosa y sonrojada. Joe estaba allí. El día equivocado. Claro, se había equivocado de día, pero estaba allí. Dios, y yo estaba…

–¿Puedo pasar? –preguntó con una sonrisa.

–Oh, claro que puedes –me aparté y le dejé entrar. Digger lo siguió con el hocico pegado a sus botas de trabajo, olisqueando con fervor religioso.

–Joe, era… en realidad… –intenté decir. Pero de pronto una luz se encendió en mi cabeza–. Vaya, sí que me había olvidado. Lo siento mucho.

–No pasa nada –respondió él–. ¿Puedo quedarme?

–¡Sí! ¡Claro! Pero déjame, ya sabes, es que acabo de volver de correr…

–Claro. Tómate tu tiempo –miró a su alrededor–. Así que no has cocinado nada, ¿eh?

–Eh, no. Pero puedo preparar algo rápido después de ducharme –dije, aunque sabía que lo único que podía preparar rápidamente era una tostada. Gracias a Sam la noche anterior, tampoco quedaban sobras.

–Claro, lo que sea. ¿Tienes cerveza? –asentí y Joe sacó una botella del frigorífico.

–Ponte cómodo. No tardaré –dije, e intenté salir de la cocina de la manera más digna posible. Me golpeé contra el marco de la puerta, después me di la vuelta y hui hacia el cuarto de baño.

Me quité la camiseta, el sujetador, los pantalones, las playeras y los calcetines a toda velocidad. Evité mirarme en el espejo. ¡Maldita sea! ¡Pero gracias a Dios! No me había dado plantón; simplemente se había equivocado de noche.

Todo el dinero y el tiempo por el desagüe… o mejor dicho, por el esófago de Sam. «No te preocupes por eso, Millie», me dije. «Está aquí».

Me metí en la ducha sin esperar a que se calentase el agua y metí la cabeza bajo el chorro. Me apliqué el champú con fuerza y repasé mentalmente lo que me pondría, cómo me arreglaría el pelo, cuánto maquillaje me pondría sin tardar una eternidad. Joe había encendido el equipo de música y había sintonizado una de las emisoras de rock del Cabo; Black Sabbath sonaban por los altavoces, un gran contraste en comparación con los CDs que yo había elegido la noche anterior. Me sequé el pelo con una toalla. No quería usar el secador para no darle a Joe la impresión de que era una mujer que tardaba mucho en arreglarse.

Me eché crema hidratante, me puse rímel y me pinté los labios. Después me puse el albornoz y caminé por el pasillo hasta mi dormitorio. Me puse unos vaqueros y una camiseta de botones sin mangas, me cepillé el pelo y me puse una cinta. Benditas las cintas del pelo. ¿Estaba lista? No. Me faltaban los zapatos. Saqué unas sandalias y me las puse. Me miré en el espejo de detrás de la puerta y tomé aliento.

«Tu hombre está aquí, Millie», me dije a mí misma. «Nada ha cambiado. Cálmate. Ésta es la gran noche. No lo que había planeado, pero aun así es la noche. Joe Carpenter está ahí fuera esperándote».

Al menos la casa estaba limpia. Y seguía habiendo flores en la mesa, lo cual hacía parecer que siempre tenía flores en la mesa. Joe sonrió cuando regresé a la cocina. Estaba de pie junto al fuego, removiendo. Sus vaqueros parecían gastados del uso. Llevaba una camiseta azul de manga corta. No había visto a un hombre tan guapo en toda mi vida.

—¿Mejor? —preguntó.

—Sí —dije yo mientras sacaba una cerveza del frigorífico.

—He encontrado esto en el armario. Me encantan —dijo Joe. Estaba removiendo una cacerola de macarrones con queso, los naranjas que vienen en una caja y que yo tenía guardados para los hijos de Katie.

–Oh –dije yo, y se me pasó por la cabeza el ticket de la compra del día anterior–. Genial –grasas saturadas y sal… más o menos como los Cheetos, pero en una forma menos crujiente. Joe dejó de remover. Me agarró por los hombros y me dio un beso rápido. El estómago me dio un vuelco.

–Te he echado de menos –dijo con una sonrisa.

–Siento… siento mucho haberme olvidado –dije yo.

Él me miró de reojo.

–Es un comienzo –dijo–. Normalmente soy yo el olvidadizo.

¡Otro tanto más para la doctora Barnes, damas y caballeros!

Una cena con una fecha de caducidad de tres años no era exactamente la velada romántica que yo había planeado, pero daba igual, porque Joe Carpenter y yo estábamos juntos.

–¿Qué tal el trabajo? –le pregunté mientras él comía.

–Muy bien –respondió–. Ya casi he terminado el ala del centro de mayores.

–Eso es fantástico –dije antes de dar un trago a mi cerveza.

–¿Y qué tal tu trabajo?

–Bien también. Bastante ajetreado estos días.

–¿Qué era lo que hacías?

Yo parpadeé. ¿Cómo podía no saber eso? No era por dármelas de nada, pero una chica de pueblo que se convierte en doctora y vuelve a su lugar de origen… Todo el mundo me conocía.

–Soy doctora, Joe.

–Ah, es verdad. ¿Oye, quieres macarrones con queso? –me sonrió con tanta dulzura que lo perdoné por su olvido, aunque yo seguía desconcertada.

Sacamos las cervezas a la terraza. Empezaba a oscurecer. Dios nos había enviado una preciosa puesta de sol; el fucsia y el lavanda coloreaban la mitad occidental del cielo y las estrellas comenzaban a asomar en el oeste. Yo encendí las velas de citronela que adornaban la barandilla y puse una en la mesa entre ambos.

–Tienes una casa muy bonita –dijo Joe mirando hacia arriba.

–Mira esto –un minuto más tarde, el faro de Nauset iluminó las copas de los árboles.

–Es espectacular –dijo Joe. Estiró el brazo y me dio la mano tras apartar la vela para no quemarnos.

¿Podía haber un momento más perfecto? Joe y Millie. Millie y Joe. *El señor y la señora Barnes quieren disfrutar del placer de vuestra compañía en la boda de su hija, Millicent Evelyn Barnes, con Joseph Stephen Carpenter...*

–¿Cómo es tu casa, Joe? –preguntó para salir de mi fantasía.

–Oh, digamos que está en construcción –respondió, y se volvió para mirarme–. Ya te la enseñaré algún día.

–Estaría bien.

–¿Has visto ya esa película? La que alquilaste –preguntó Joe–. Me gustaría verla.

–No, no la he visto aún –mentí–. ¿Quieres que la pongamos?

–Claro. ¿Y puedo comer un poco de pastel? Lo he visto en el armario.

Diez minutos más tarde estaba viendo *El caso Bourne* por segunda vez en veinticuatro horas. Pero en esa ocasión Joe Carpenter estaba sentado a mi lado, con sus botas de trabajo sobre mi mesa del café y su brazo fuerte y bronceado a mi alrededor. El corazón me latía con fuerza y bombeaba la sangre directamente a mis partes bajas. Él me acariciaba la nuca con la mano y jugueteaba con mi pelo. Aparté la mirada de la televisión y miré a Joe. Él me devolvió la mirada. Nos miramos y nos miramos, y no pude evitar soltar una risita nerviosa.

–Millie Barnes –murmuró con una sonrisa–. ¿Por qué no me había fijado en ti antes?

Y entonces me besó lenta y suavemente. Puse la mano en su cuello y sentí su pulso contra la palma. Me recostó lentamente sobre el sofá y se tumbó encima de mí. Matt Damon huía de París. Joe deslizó la mano bajo mi camiseta, por encima de mis costillas, y yo suspiré contra su boca. Su pelo era tan suave, como el de un bebé, y yo deslicé los dedos por él. Entonces sentí su mano en mi pecho, y el pulgar acariciándome por encima del encaje del sujetador. Apreté los puños.

–¿Estás bien? –susurró Joe.

Era difícil pensar con él encima, con su mano allí, y con su olor por todas partes.

–Millie, tengo muchas ganas de irme a la cama contigo –añadió sin dejar de besarme el cuello.

–De acuerdo –respondí yo.

Setenta y cuatro minutos más tarde, Joe Carpenter estaba durmiendo a mi lado en la cama. ¿Y sabéis qué? ¡Estábamos desnudos! Yacíamos acurrucados el uno contra el otro, yo sentía su aliento en el cuello y su brazo alrededor de mis costillas. Estaba profundamente dormido.

Yo, por otra parte, sólo quería saltar y crear una página Web que le dijera al mundo que acababa de acostarme con Joe Carpenter. Joe Carpenter y yo habíamos mantenido relaciones sexuales. Nos habíamos conocido bíblicamente. Lo habíamos hecho. Yo tenía a mi hombre, como había soñado.

Por otra parte… no había sido perfecto.

Claro, la primera vez puede ser rara. Me había sentido bastante insegura; estar desnuda con alguien tan increíble como Joe me hacía sentir bastante imperfecta. Al menos las luces habían permanecido apagadas y apenas podíamos ver. No era que yo no quisiera verlo, claro.

Pero eso no era lo único. Quiero decir que los besos en el sofá habían sido magníficos, pero en cuanto que yo le había dado luz verde, mi cuerpo se había tensado. Habíamos ido al dormitorio y todo había ido bien, pero yo no lograba relajarme y disfrutar de lo que Joe me hacía y de lo que yo le hacía a él. Había estado demasiado nerviosa como para estar verdaderamente presente. Mi cerebro había ido narrándolo todo: «Joe se está quitando la camisa. El cuello de Joe es muy suave. Joe usa boxers».

Bueno, sólo era la primera vez. Si yo me había comportado de manera mecánica, tal vez fuese lo normal. Y Joe no parecía haberse dado cuenta.

Me di la vuelta para poder verle la cara. Despierto era el hombre más hermoso sobre el planeta. Dormido era un ángel. La luna había salido y proyectaba su luz blanca sobre su piel. Sus pestañas eran largas, sus labios carnosos y generosos, sus pómulos… Todo en él era hermoso. El pelo le caía sobre la frente y yo se lo aparté con la mano.

Sí, las cosas serían perfectas entre nosotros, me aseguré a mí misma. La incomodidad de la primera vez acabaría por pasar.

Tenía que trabajar por la mañana, así que salí de la cama, agarré algo de ropa y me dirigí de puntillas hacia el baño. Me duché, saqué a Digger, hice café y observé a Joe. Estaba tumbado boca arriba, medio cubierto por la sábana blanca; parecía un anuncio de colonia Calvin Klein.

Me senté al borde de la cama y le puse una mano en el pecho. No se movió.

—Joe —susurré. Abrió los ojos.

—Hola —dijo con voz áspera, y me acercó a él para darme un beso.

—Tengo que ir a trabajar —dije mientras le pasaba la mano por el hombro.

—Muy bien —murmuró, y volvió a cerrar los ojos.

¿Muy bien? ¿Sin más? Como si me hubiera leído el pensamiento, abrió los ojos de nuevo.

—¿Nos vemos luego?

—Claro —respondí—. Hay café, si quieres —le di un beso en la mejilla y me marché.

Las cosas iban genial, pensaba mientras conducía hacia el trabajo. No me había mostrado demasiado ansiosa, no había intentado fijar una próxima cita. La confusión de noches de hecho había resultado bien, porque hacía parecer que yo no estaba obsesionada con Joe, cuando en realidad todos sabemos la verdad. Pero había logrado engañarlo.

Creo que ya podía decir sin temor a equivocarme que Joe Carpenter era mi novio.

Los sábados había poca actividad en el ambulatorio, y sólo teníamos unos pocos pacientes aquel día. Jeff, nuestro empleado temporal, me saludó dulcemente y después siguió inmerso en sus libros, lo que me dejaba libre para hablar por teléfono, empezando por Curtis, que sin duda se merecía la primera llamada. Tras ponerle al corriente del error y del consiguiente éxito, nos reímos alegremente como dos adolescentes.

—¿Y cuándo podremos conocer oficialmente a tu nuevo chico, princesa?

—Te lo haré saber —dije yo—. Pronto, espero. Tal vez podamos tomar algo aquí.

—Ohhh. ¿Aventura en la tierra de los hetero? Bien, podría ser divertido. Y así podríamos ver tu casa. ¿Qué has hecho en ella últimamente?

Charlamos durante un rato más de la manera tranquila en que hablan los viejos amigos, conversando sobre cosas triviales como el nuevo farol que Curtis había encontrado en la tienda de excedentes de la marina o sobre el organizador para escritorio que yo había encargado en Target. De nuevo le di las gracias por su incondicional apoyo moral, por su amistad y por sus consejos de vestuario, le recordé que tenía un recordatorio de la vacuna del tétanos y me despedí de él con un beso.

Tras colgar, me fui a la zona de recepción y charlé con Jeff durante unos minutos. Me entregó unos impresos de seguros y regresé a mi consulta para rellenarlos. Eso me llevó diez minutos enteros. Descolgué el teléfono y llamé a Katie.

—¿Sí?

—Hola, Katie, soy…

—¡Michael, bájate de ese armario ahora mismo! ¡Y no me vengas con lloriqueos! ¡Estoy al teléfono! ¿Sí? —preguntó con ese tono esquizofrénico que tienen las madres de niños pequeños.

–¿Un mal día? –pregunté.

–Ah, hola, Millie.

–¿Quieres que te llame más tarde?

–¿Sabes? Últimamente no soportan que hable por teléfono –respondió. Yo oí una sirena de juguete en el fondo, seguida de un golpe y luego un grito–. ¡No quiero oír esto! –informó Katie–. Muy bien. Ya los he encerrado. ¿Qué tal va?

–Oh, bien –dije con una sonrisa.

–¿Detecto el ronroneo de una mujer satisfecha? –preguntó mi amiga riéndose. Su voz cambió al instante–. ¡Dejad de dar golpes! Oye, como ves, éste no es el mejor momento. ¿Quieres que pasemos juntas esa noche de la que hablamos? Tengo un par de días libres esta semana.

–¡Claro! –dije yo–. Te pondré al corriente de ciertos acontecimientos recientes –consultamos nuestras agendas y fijamos una fecha.

–Mil, tengo que colgar –dijo Katie–. Pero estoy deseando verte. ¡Corey, no golpees la puerta con eso! ¡Estás haciéndole marcas! Te llamaré mañana, Millie. ¡Baja eso! ¡Adiós!

Joe no estaba cuando yo llegué a casa, y su taza de café estaba en el fregadero junto a la mía. Le rasqué la barriga a Digger durante un buen rato, limpié el desastre que había hecho en la cocina (con la esperanza de que no lo hubiese hecho mientras Joe aún estuviese en la casa) y deambulé por la casa. Me asomé al dormitorio y vi las pruebas de que había cumplido mi misión: sábanas revueltas y la funda de un preservativo en la papelera. ¡Viva! ¡Había una nota en la almohada!

Millie, nos vemos pronto. Joe J

Era un hombre de pocas palabras, su emoticono resultaba adorable. Un poco tonto, pero adorable. Le di un beso a la nota, me tumbé en la cama y sonreí como una idiota. Me sentía completamente satisfecha. Joe se había quedado a pasar la noche. Agarré la almohada sobre la que había reposado su cabeza y aspiré con fuerza. Tras varios minutos de ensoñaciones y felicitaciones a mí misma, me levanté, me serví un vaso de agua y salí a la terraza. Nada más sentarme en el asiento sonó el teléfono.

—¡Hola, tía Mil! ¡Soy Danny! —ladró mi sobrino como el setter irlandés que yo sospechaba que era.

—Hola, Danny —dije yo.

—¿Quieres ir al cine con papá y conmigo? —preguntó. Genial, casi todos los chicos de diecisiete años preferirían morir antes que ir al cine con sus padres, y menos aún con sus tías. Pero Danny era excepcional. Probablemente pondría de moda entre los adolescentes eso de airear a sus parientes.

—Claro —respondí, y de pronto sentí un amargo torrente de emociones. En un año, Danny estaría preparándose para la universidad y una velada así sería cosa del pasado. Oí la voz de Sam al fondo.

—Papá quiere saber si prefieres ver *Hermanas para siempre...* la nueva de Jackie Chan... *Luchadores del espacio* o... ¿cuál era la última, papá? *La política de la guerrilla,* «un importante documental de uno de los mejores cineastas de América».

—La de Jackie Chan —respondí yo al instante.

—¡Sí! ¡Papá, la de Jackie Chan! Te recogeremos en media hora, ¿de acuerdo?

Llegaron poco después y yo me senté entre ellos en el asiento delantero de la furgoneta, como si fuera un bebé gigante. Cuando llegamos al cine, Danny corrió al puesto de palomitas mientras Sam pagaba las tres entradas.

—Ya no tienes que comprarme la entrada, Sam —protesté yo.

—Es la costumbre, Millie —me sonrió cuando Danny regresó con un cubo de palomitas del tamaño de un silo y un tanque de soda que contenía suficiente líquido para hidratar a un humano durante una semana. Encontramos nuestros asientos. De nuevo yo en el medio.

—¿Y qué os ha hecho pensar en la vieja y decrépita tía Millicent esta noche? —pregunté mientras Danny saludaba a tres chicas sentadas varias filas por delante. Ellas se rieron en respuesta y comenzaron a susurrar y a lanzarle miradas a

Danny mientras éste devoraba palomitas a una velocidad alarmante.

–Oh, bueno –dijo Sam un tanto avergonzado–. Pensé que te sentirías un poco… deprimida después del viernes por la noche –me quedé mirándolo fijamente–. Ya sabes, porque tu amigo canceló la cita.

–¡Ah! –exclamé–. De hecho nos vimos anoche –al decir las palabras sentí que me sonrojaba recordando como me había liado con Joe Carpenter en el sofá de mi casa.

–Millie tiene novio, Millie tiene novio –empezó a canturrear mi sobrino, y les lanzó unas palomitas a las chicas de delante, que gritaron como locas.

–A los niños se los ve, pero no se los oye, Daniel –dije con una sonrisa.

–¿De verdad? –preguntó Sam–. ¿Te ves con alguien?

–Intenta disimular tu sorpresa, agente –dije yo.

–No, es sólo que… como no habías dicho nada… ¿Y quién es?

–No te importa, Sam –respondí yo, disfrutando de mi momento de misterio.

–Voy a saludar a esas chicas –anunció Danny mientras se levantaba del asiento. En cuanto se alejó, me volví hacia Sam.

–¿Has hablado con él sobre la escuela preparatoria de los ricos?

–Sí. No quiere ir –respondió Sam con evidente alivio–. No le ve sentido. He intentado explicárselo como si fuera una gran oportunidad.

–Pero no se lo ha tragado –deduje yo.

–Así es. A Trish no le hizo gracia, pero yo me alegré. No entiendo por qué pensó que querría marcharse en su último año, pero Danny habló con ella.

–Me alegro –dije yo, y le di una palmadita en el brazo–. No podemos permitir que estés solo en esa casa.

–Bueno, no había pasado nada, si Danny hubiera tenido una verdadera razón para ir y no hubiera sido otra de las ideas de Trish –dijo Sam–. Pero sí, me alegro.

–Qué bien que Danny sea tan sensato.

–Sí. Siempre ha sido listo –convino Sam.

–Y guapo –añadí yo.

–Como su viejo –dijo Sam. Yo me reí. Danny regresó a su asiento y comenzaron los trailers.

A mitad de la película, que debo confesar que me estaba gustando mucho, Sam se levantó y pasó por delante de Danny y de mí, presumiblemente para ir al baño. Danny se inclinó hacia mí.

–¿Puedes guardar un secreto? –susurró.

–Eso espero.

–Es importante.

–De acuerdo. ¿De qué se trata?

–Necesito ayuda con una solicitud para la universidad.

–Claro –dije yo–. ¿Y por qué es un secreto?

–Es para Notre Dame. Lo he decidido hace poco –explicó él–. No quiero que mi padre lo sepa por si acaso no me admiten.

Se me humedecieron los ojos al pensar en la alegría de Sam si Danny asistiese a su universidad.

–Si no consigues entrar, es que no hay justicia en el mundo –dije yo–. Claro que te ayudaré.

–Genial. Eres la mejor, tía Mil.

¿Cómo era posible que el cumplido de un niño, aunque fuese un niño grande y alto, me hiciese sentir tan humilde? Le apreté el brazo a mi sobrino cuando Sam regresó a su asiento y me ofreció una caja.

–Caramelos de chocolate –susurró mientras abría su caja–. No es una película sin caramelos de chocolate.

Capítulo 18

Pocos días más tarde, tras docenas de besos para sus hijos y una miríada de instrucciones para sus padres, Katie por fin se subió a mi coche para pasar la noche conmigo.

Era finales de junio, la tarde perfecta, la temperatura suave y la brisa agitando las ramas. Katie y yo no habíamos salido juntas desde hacía mucho tiempo y yo sentí un gran amor hacia ella mientras conducíamos hacia mi casa. Cada vez que pensaba en la idea de que necesitara un marido, me sentía ligeramente avergonzada. Parecía feliz, los chicos estaban bien y su apartamento estaba limpio y ordenado. ¿Quién era yo para decir que necesitaba más?

Cuando llegamos a casa, le mostré los cambios más recientes y señalé una foto reciente de Corey y Michael que había enmarcado. Ella se sonrojó con placer al ver la foto colgada de forma tan prominente en mi salón y aceptó la cerveza que le ofrecí.

–¿No es un poco pronto para beber alcohol? –preguntó.

–Oh, no –respondí–. Pasan trece minutos de las cuatro. Es aceptable.

–Ni lo pienses, perro –le dijo a Digger, que estaba preparándose para montarle la pierna. El animal se alejó, rechazado, y yo le lancé un hueso como premio de consolación.

–Mira lo que he traído, Millie. Como en los viejos tiempos –de su bolsa sacó una serie de botes: mascarillas, cremas hidratantes, esmalte de uñas.

Pasamos una hora aplicándonos diversos productos en la cara y leyendo las revistas *InStyle* y *People* que yo había comprado para la ocasión.

—¿Entonces las cosas van bien, Katie? —preguntó con cierto recelo.

Ella sonrió.

—Sí, las cosas van muy bien. Los chicos ya no son tan exigentes, aunque últimamente tienden a discutir mucho. Y hablé con el banco por lo de la casa. Mis padres me ayudarán, pero quiero hacerlo casi todo sola. Ya me han ayudado mucho —inclinó la cabeza contra el brazo del sofá y se miró las uñas, pintadas de rojo oscuro. Su pelo rubio caía como una cortina casi hasta tocar el suelo.

Yo me sentí cautivada, como siempre, por su belleza casual, y más aún por el hecho de que no le afectara. Conociendo a los cuatro hermanos mayores despiadados de Katie, imaginaba que cualquier vanidad que Katie pudiera haber tenido habría desaparecido hacía tiempo.

Me dirigió una sonrisa.

—Dime, Millie. Me muero por saberlo. ¿Cómo va la operación Joe?

Yo me incorporé sobre el sillón en el que estaba tumbada.

—Bueno, Katherine, es curioso que lo preguntes —le conté lo de la gran cena del fin de semana anterior, lo de la confusión de noches, lo de los macarrones con queso, todo.

—Y dime, Millie —dijo mi amiga—… ¿Lo hicisteis?

Hice una pausa para crear suspense.

—Sí. Lo hicimos.

—¡Oh, Dios mío! —gritó ella—. ¡Oh, Millie! —se echó a reír como una adolescente—. ¡Has tardado quince años en conseguirlo! ¡No puedo creerlo!

—Han sido dieciséis años, muchas gracias, y tienes que creerlo, porque es cierto. Lo he grabado en vídeo.

—Oh, Dios mío. ¿En serio? —Katie se incorporó abruptamente.

—No, no, por el amor de Dios… bueno, al menos todavía —las dos nos reíamos aún más fuerte.

—¿Y cómo fue? —me preguntó mi amiga.

Yo me sonrojé.

—Bueno... eh, bueno... De hecho fue... no fue genial.

—¿No fue genial? ¡Oh, Dios mío! ¿Cómo pudo no ser genial? ¡Llevabas soñando con esto desde que éramos adolescentes! ¿Qué ocurrió?

—Nada, nada —tenía que mirar hacia otro lado, así que junté las botellas de cerveza y organicé las revistas—. Estuvo bien. Él estuvo bien. Es sólo que... no sé, yo estaba nerviosa, o insegura, o algo. Todas las partes encajaron donde debían encajar, pero no fue... maravilloso, Katie.

Mi vieja amiga estaba partiéndose de risa, con lágrimas por las mejillas. Yo la miré con odio durante unos segundos, pero finalmente me reí con ella.

Varias horas más tarde estábamos en La prisión de Orleans, un bonito restaurante que antes era una prisión, obviamente. Tenía muros de piedra y ventanas con barrotes, y el restaurante se extendía por detrás con una nueva ala. Estábamos discutiendo sobre los *reality shows* de citas.

—Me gustaría ver uno que fuese real —dijo Katie—. Uno en el que pudiera contarle a un tío cómo es realmente mi vida, y después ver si querría compartir conmigo su fondo de pensiones.

—¿Y qué le preguntarías? —pregunté antes de dar un trago al vino.

—Oh, bueno, por ejemplo: «Soltero número uno, mi hijo tiene diarrea y no llega al baño. ¿Le limpias primero el trasero o limpias el suelo?».

Yo me carcajeé.

—«Soltero número dos, no he tenido tiempo de depilarme las piernas ni las axilas en seis semanas. ¿Eso me hace menos atractiva?».

—¿Qué te parece esto? «En invierno se me seca la piel y me pica, Evan. ¿Querrías rascarme las espinillas?».

La gente se volvió para mirarnos al oír nuestras risas, pero no nos importaba. Pedimos Frangelico para después de cenar. Nos sentíamos muy sofisticadas, a pesar de que las pruebas indicaran lo contrario.

–¿Sabes lo que les dijo Mikey a mis padres el otro día? –preguntó Katie.

–¿Qué? –yo sentía debilidad por mi ahijado pequeño.

–Que quiere una vagina.

Yo estuve a punto de atragantarme con la bebida y me carcajeé.

–¡Oh, no! ¿Y qué le dijeron?

–Le dijeron que se lo pidiera a Santa Claus –contestó mi amiga entre risas.

–Lo siento. Nunca debí regalarles ese libro de anatomía –dije secándome los ojos.

–Sí. «Partes bajas» y «colita» suena mucho mejor –respondió ella–. Y hablando de vaginas y colitas, háblame más de Joe.

–Mmm. Bueno, es muy dulce –dije.

–¿Qué hace que sea dulce? –dio otro trago al Frangelico y descubrió que su vaso estaba vacío.

–Oh, se pasó ayer de camino a casa –dije. Habían pasado sólo cuatro días desde nuestra primera vez, y yo me había sentido encantada de ver que Joe me buscaba.

–¿Se pasó para un poco de sexo no genial? –preguntó Katie con una sonrisa perversa.

Yo me sonrojé.

–No es él, estoy segura. Y sí.

Oímos un murmullo en la barra y allí estaba, mi propio Joe Carpenter. Saludó al camarero y miró a su alrededor. Nos saludó con la mano al vernos.

–Está muy bueno –murmuró Katie.

Yo suspiré.

–Lo sé –llevaba sólo unos vaqueros azules y una camiseta gastada, pero seguía siendo arrebatador. Todas las mujeres solteras del bar, sin importar la edad, se giraron para mirarlo, y también algunos hombres. Joe se apartó de la multitud y se acercó hacia nosotras–. Le dije que vendríamos aquí –le expliqué a Katie.

—Mmm.

—Hola —dijo Joe con una sonrisa—. ¿Qué tal la cena?

—Ha estado… ya sabes… no genial —respondió Katie con una sonrisa, y yo estuve a punto de atragantarme.

Joe se sentó a horcajadas en una silla y se inclinó para darme un beso en la mejilla, sin duda sonrojada.

—No te pongas demasiado cómodo, Joe —le dije dándole una palmadita en la pierna. Su pierna era cálida y firme bajo los vaqueros. Capté cierto aroma a jabón y a madera, y estuve a punto de desmayarme—. Como creo que ya te dije, ésta es noche de chicas. No se permiten chicos.

—Oh, no tienes que… —comenzó a decir Katie.

—No, no —insistí—. No pasamos muchas noches juntas, al fin y al cabo.

Joe sonrió.

—No quería interrumpir, chicas. Sólo quería saludar. Pero te veré mañana, ¿verdad, Millie?

—Mm, sí. Claro que sí —era difícil hablar con normalidad. Que Joe hablase de nosotros resultaba bastante abrumador, y el alcohol que recorría mi sangre no ayudaba. Aun así, conseguí sonreír.

—Genial. Que lo paséis bien —dijo antes de regresar a la barra. Katie y yo observamos atentamente cuando dos mujeres se le acercaron inmediatamente.

—Gracias por deshacerte de él —dijo Katie.

—Oh, de nada —dije yo sin dejar de mirar a Joe.

—Estás ronroneando —comentó ella.

—Es que es tan… y yo simplemente…

Por suerte la camarera interrumpió mi idiotez al colocar dos copas de vino frente a nosotras.

—Cortesía de ese Brad Pitt de ahí —dijo con un movimiento de cabeza hacia Joe, que saludó alegremente.

Hablamos de cosas normales como el trabajo y la familia, y no queríamos marcharnos. Yo sentía el cerebro espeso por el vino, a pesar del hecho de haber dejado de beber hacía tiempo.

—¿Sabes qué, Katie? —dije—. Creo que debemos llamar a

alguien para que nos lleve. Normalmente no tomo más de una cerveza o dos, y no creo que deba conducir.

–Muy bien –respondió ella–. Joe nos llevaría, estoy segura.

–No –dije yo–. Joe no. Joe disfrutó del placer de mi compañía anoche y deberá esperar antes de volver a disfrutarlo. El *shecreto* de me *écshito* –en aquel momento Joe era casi invisible, rodeado de un grupo de mujeres. Me miró y sonrió. Era un encanto y yo me sonrojé de placer.

–Entonces bebamos otra copa mientras decidimos quién será el afortunado que nos recoja –sugirió Katie, y llamó a nuestra camarera una vez más–. ¿Nos podrías traer dos pezones resbaladizos? –preguntó con su voz más dulce. Yo no pude contener la risa–. No te reirás tanto cuando lo pruebes, Mil. Son bastante asquerosos, pero es divertido pedirlos. ¿Llamo a mis padres? Mi padre vendría a recogernos.

–No, porque pensarán que soy una mala influencia –razoné yo–. Y no querrán quedarse cuidando a tus hijos la próxima vez que hagamos esto. Llamaré yo a mi padre.

–Sí, claro. Puedo imaginarme lo contento que se pondría el gran señor Barnes al ver a su princesita borracha.

–Tienes razón. Mi padre sigue siendo un poco protector.

–¿Qué te parece Trevor? –sugirió Katie. Trevor era su hermano mellizo, ocho minutos mayor que ella.

–No. A Trevor no le caigo bien.

–¡Oh, venga! ¡Claro que le caes bien!

–No. Trevor no. ¿Qué te parece Steve? –era otro de los hermanos de Katie.

–Acaba de casarse, ¿recuerdas? No creo que a Sheila le hiciese gracia que tuviera que salir a las once de la noche a buscar a su hermana –la camarera nos trajo los pezones y, como había prometido Katie, estaban asquerosos.

–Sam vendrá a recogernos –dije al ver a Katie tomarse su bebida–. ¿Qué te parece?

Katie entornó los ojos con desconfianza.

–Millie… –me advirtió.

–No, no, no es por eso. Ya he aprendido la lección. Pero

Sam es dulce y no se mostrará paternalista. Además, nunca va a ninguna parte. Le encantará venir a recogernos.

–¿Me juras que no estás intentando emparejarnos otra vez?

–No, a no ser que quieras que lo haga –dije inocentemente.

–No quiero.

–De acuerdo, de acuerdo, pero vamos a llamar a Sam. Sam es maravilloso –saqué el móvil del bolso y marqué el número de Sam. Respondió mi sobrino.

–Hola, Danny, ¿cómo estás?

–Hola, tía Mil. ¿Qué pasa?

No quería que Danny supiese que había estado bebiendo, así que hablé con cuidado.

–Estoy buscando a tu padre, Dan. ¿Está disponible?

–Claro. Espera. ¡Papá! –gritó–. ¡Es la tía Millie! ¡Parece que está borracha!

–¡Danny! –grité yo, irritada y sorprendida a la vez–. El chico sabe que he estado bebiendo –le dije a Katie.

–Me lo puedo imaginar –respondió ella antes de beber un trago de agua.

–¿Te rindes con el pezón? –pregunté, y las dos nos echamos a reír de nuevo cuando Sam se puso al teléfono. Accedió a recogernos en el restaurante, y aunque a mí me habría costado mucho estimar el tiempo transcurrido, apareció en nuestra mesa poco después.

–Hola, Millie, Katie –dijo con una sonrisa antes de sentarse. Nuestra fiel camarera, que nos había aguantado durante horas, le tomó nota de su cerveza–. Según creo, necesitáis que os lleve a casa, chicas.

Yo suspiré.

–¿Quién te lo ha dicho? ¿Danny? Es sólo un crío.

Sam se rió suavemente.

–Espero estar aquí para ser tu chófer, Millie, porque de ninguna manera pienso dejar que te pongas al volante.

–¿Y qué pasa con Katie? –me quejé yo–. ¡Ella también ha estado bebiendo!

–Sí, pero no está tan borracha –dijo Sam, y le dirigió una sonrisa a Katie.

–Sí, bueno, ella puede ganar bebiendo a un bombero irlandés. Y yo que pensaba que te alegrarías por no tener que pasar otra noche solo en casa –dije.

–Oh, me alegro, claro que me alegro –respondió él–. No todas las noches puedo estar con las dos mujeres más guapas de Cabo Cod.

Katie puso los ojos en blanco, pero a mí me entraron ganas de llorar.

–Sam, eres el mejor –dije balbuceando–. Te queremos.

–Hola, chicas –Joe Carpenter estaba de pie junto a la mesa–. ¿Qué tal, Sam?

–Muy bien, Joe. ¿Y tú?

–Nunca he estado mejor. ¿Juegas la semana que viene? –sin duda se refería a la sagrada liga de *softball*.

–Sí. ¿Y vosotros?

–Así es. El jueves, creo.

–Danny pinta bien. Es bueno interceptando la pelota –comentó Joe amablemente. Yo bostecé cuando se volvió hacia mí–. Ey, chicas, ¿por qué Sam puede estar con vosotras? Creí que era una noche de chicas. Sin chicos.

Katie dio un golpe de melena.

–Sam no es un chico, Peter Pan. Es un hombre.

Joe pareció asustado un segundo, pero entonces intervino Sam.

–Sólo he venido como funcionario público, Joe –me sonrió y yo le devolví una sonrisa ebria. Cuánto quería a Sam.

–Entiendo –dijo Joe–. Bueno, entonces os dejaré solos. Pasadlo bien. Nos vemos mañana, Millie –se inclinó y me dio un beso rápido en la boca antes de regresar a su taburete.

Sam nos llevó a su coche poco tiempo después y después a casa. Nos dio un beso en la mejilla, me aconsejó que me tomara una aspirina con un vaso de agua y se marchó.

–¡Eres un príncipe, Sam! –grité yo al despedirme.

–Sí que lo es –murmuró Katie–. No me mires así. Simplemente estoy recalcando un hecho.

Capítulo 19

El día después de que Katie se quedase a dormir, Joe se pasó por el ambulatorio. Sólo el hecho de que entrara en la recepción hizo que se hiciera el silencio entre Jill, Sienna y tres pacientes femeninas de edades comprendidas entre los once y los setenta y tres años.

–Hola, Millie –dijo mientras yo salía de una de las consultas.

–¡Joe! ¡Hola!

–¿Tienes un minuto? –preguntó.

Nos metimos en mi despacho.

–¿Qué sucede? –murmuré yo con un nudo de incertidumbre en el estómago.

–Pasaba por aquí y he visto tu coche –dijo mientras se acercaba.

–Ah –«piensa en algo que decir, rápido».

–Y te he echado de menos.

Entonces me besó. «Oh, Joe», pensé. «No puedo creer que estemos juntos».

Diez minutos más tarde abandonó el ambulatorio, se despidió de Sienna y de Jill y me dejó llena de deseo después de seiscientos gloriosos segundos de besos.

–Dios mío, ¿quién era ése? ¿Millie, te acuestas con ese tío? –preguntó Sienna.

–¡Dios! Ese Joe está mejor cada vez que lo veo –comentó Jill–. ¿Y te estás acostando con él, Millie?

–¡Señora Doyle! –exclamé–. Sienna, ése es Joe Carpenter, el hombre más dulce y atractivo del mundo.

–Es tan… vaya –dijo Sienna, asombrada–. Podría ser estrella de cine o algo.

–Lo sé –agarré un bolígrafo y extendí una receta. Puede que estuviera tarareando.

–No puedo creer que esté contigo –murmuró Sienna sin dejar de mirar hacia el aparcamiento–. Quiero decir que eres genial, Millie… Es sólo que los hombres así…

–¿Qué, Sienna? –pregunté con menos delicadeza de lo que pretendía.

Ella se sonrojó.

–Olvídalo. Lo siento.

Le dirigí una última mirada y me fui a la otra consulta para ver a mi próximo paciente.

Sienna no fue la única que se sorprendió de saber que salía con Joe.

El jueves estaba en el despacho dictando casos, preparándome para ir a casa a cambiarme, arreglarme el pelo y maquillarme para mi cita con Joe, cuando Sienna asomó la cabeza por la puerta.

–¿Qué sucede, Sienna? –pregunté, apagando la grabadora.

–La policía ha venido a verte –susurró.

Miré por la ventana y vi un coche de policía en el aparcamiento.

–Es Sam –le dije–. Mi cuñado.

–Es mono también –respondió Sienna–. Para ser mayor, claro –por supuesto, para Sienna cualquiera que tuviese más de veinticinco años era viejo, así que Sam debía de parecerle que estaba al borde de la muerte. Terminé el dictado y sonreí cuando Sam entró en la habitación. Por suerte, Ethel, con su voz chillona y su cara arrugada no iba con él. Me daba miedo.

–Hola, Sam –dije–. Gracias de nuevo por llevarnos a casa anoche.

—No hay problema —dijo él, de pie junto a la puerta—. Fue divertido.

—¿Todo bien? —pregunté, pues esperaba noticias del frente Trish—. Puedes sentarte.

Parecía extraño en mi oficina, muy serio. Y admitámoslo, un hombre guapo de uniforme... Se sentó y su pistola resonó contra la silla.

—¿Estás saliendo con Joe Carpenter? —preguntó abiertamente.

—Sí —respondí yo con cautela—. ¿Por qué?

Sam miró hacia el suelo.

—Me quedé un poco sorprendido la otra noche, cuando fui a recogeros a Katie y a ti, nada más. Ya sabes, cuando Joe te besó. No sabía que estuvierais saliendo.

—¿Y?

—Supongo que me sorprende. No habías dicho nada.

—Es más o menos una novedad —respondí yo en tono neutral.

—Sí, claro. Es sólo que... No os veo juntos —cambió de posición en la silla, como si tuviera arena en el bañador—. No pareces...

Ahí estaba. Dejé caer el bolígrafo sobre el escritorio.

—No parezco, ¿qué, Sam?

—Bueno, es que Joe no parece tu tipo.

—¿Y cuál es mi tipo exactamente, Sam? —respondí yo—. ¿Tienes alguna idea? Dime, ya que obviamente eres un experto en eso.

—Perdona, Millie, no pretendía...

—Lo que verdaderamente quieres decir es que yo no soy el tipo de Joe, ¿verdad?

—Millie...

—¿Porque qué? ¿No soy lo suficiente guapa? —cerré el cajón del escritorio con fuerza.

—¡No! Yo no he dicho que...

—¡Dios, estoy harta de oír a la gente preguntar por qué Joe está conmigo! ¡Primero Trish, luego Sienna y ahora tú!

–Millie, no pongas en mi boca palabras que no he dicho. No quería decir que…

–¿Se te ha ocurrido pensar que a lo mejor le gusto a Joe porque soy una persona buena y divertida? ¿Y que a lo mejor me encuentra atractiva de verdad? Puede que para ti sea la tonta de la hermana de Trish, Sam, pero a lo mejor Joe no piensa eso.

–Millie, para, por Dios. No eres la tonta de la hermana de Trish –dijo Sam levantando las manos a la defensiva–. Sólo resultó sorprendente. Siento haber dicho nada.

–¡Deberías sentirlo! –exclamé yo acaloradamente–. No es asunto tuyo, Sam. Francamente, no me importa que pienses que Joe no es mi tipo o yo el suyo. No te metas, ¿quieres? No eres mi hermano mayor. Ni siquiera eres ya mi cuñado.

Sam se puso en pie con expresión de piedra.

–Muy bien. Una vez más, lo siento. Ya nos veremos –se marchó y cerró la puerta suavemente tras él.

El corazón me latía con fuerza bajo las costillas. ¡Maldito Sam Nickerson! De todos los que se preguntaban por qué Joe estaba conmigo, de él era de quien más me dolía. A Sam siempre había parecido caerle bien, siempre encontraba tiempo para hablar conmigo, incluso cuando era una adolescente gorda y rara con aparato. Insinuar que pudiera haber un desequilibrio en mi relación con Joe… Sentí lágrimas de rabia en los ojos y un nudo en la garganta. «Maldito seas, Sam», pensé mientras tragaba saliva.

Aún estaba enfadada cuando Joe me recogió pocas horas más tarde. Estuve enfadada toda la noche. Era difícil prestarle atención a Joe cuando yo no hacía más que revivir mi pelea con Sam cada dos minutos. Pero a Joe no parecía importarle, ni siquiera pareció darse cuenta. Se mostraba contento como de costumbre y, si yo estaba preocupada, a él no parecía molestarle. Cuando regresamos a mi casa, lo ataqué con cierta vehemencia. Yo me merecía a Joe Carpenter, y al diablo con aquéllos que no lo vieran.

Capítulo 20

Por supuesto, al día siguiente, yo me sentía tremendamente culpable. ¿Habría sido quizá un poco dura con Sam? Una de las hermanas Barnes ya tenía el papel de lenguaraz. Yo al menos era la hermana agradable. Cierto, me había enfadado, pero aquello último sobre que ya no era mi cuñado, eso había sido demasiado duro. Cruel incluso.

Recordé la vez que había ido a casa desde la universidad para la graduación de Sam en la academia de policía. Yo había intentado parecer despreocupada y muy francesa, con el uniforme negro y el lápiz de ojos grueso que los universitarios pensábamos que era el colmo de la intelectualidad y del cinismo. Cuando Sam, vestido de uniforme por primera vez, se había acercado a mí, yo le había dicho algo estúpido como:

—Bueno, supongo que el mundo es un lugar más seguro ahora.

Y él simplemente había sonreído, había ignorado mi impertinencia y había respondido:

—Siempre estaré pendiente de ti, Millie.

Al recordarlo agarré el teléfono. Saltó su contestador.

—Sam, hola… eh, supongo que ayer reaccioné exageradamente y fui un poco brusca contigo. Lo siento mucho. Por favor, perdóname —me dispuse a colgar, pero lo pensé mejor—. Soy Millie, por cierto. Llámame. Estoy en el ambulatorio. Adiós.

No me devolvió la llamada y, para cuando llegué a casa, me puse como una loca a limpiar y a cepillar a mi perro. El aire era cálido y seco, y no me apetecía salir a correr. Era viernes y, en ese momento, no tenía planes para el fin de semana… Joe y yo aún no estábamos en ese punto en el que automáticamente hacíamos todo juntos. Joe. Sólo pensar en él me hacía sonreír. Las cosas iban genial, totalmente de acuerdo con el plan. Como Katie había advertido la noche anterior, sí que parecía ansioso por verme, algo diametralmente opuesto a lo que yo había observado durante los años.

Y aun así faltaba algo, aunque no sabía qué. Mientras doblaba la colada, me preguntaba si alguna vez le confesaría a Joe que había estado acechándolo durante años. No, probablemente no. Había quedado como una idiota demasiadas veces delante de él, y el hecho de que permaneciese ajeno a eso era una ventaja.

Joe y yo nos divertíamos juntos; él era dulce y cariñoso, ¿pero qué faltaba exactamente? Tal vez fuera que no lo conocía ahora mejor que hacía cinco años. Tal vez fuese que nuestra relación parecía basarse sólo en quedar y acostarnos… nada más profundo. Al menos por el momento. ¿Dónde estaba esa parte oculta de Joe, esa parte humilde y heroica que yo había visto tantas veces? Ése era el Joe al que de verdad amaba.

Me decía a mí misma que sólo habían pasado un par de semanas. Al notar mi estado de ánimo pesaroso, Digger se acercó y me miró con adoración meneando el rabo. Me olisqueó el muslo con el hocico hasta que yo cedí y lo acaricié.

—Eres un buen perro —dije—. ¿Qué piensas de Joe? ¿Eh, Digger? Es un buen hombre, ¿verdad?

Digger pareció estar de acuerdo.

Una vez más miré hacia el teléfono. ¿Por qué Sam no me habría devuelto la llamada? Debía de estar furioso. Enfurecer a Sam, o herir sus sentimientos, me producía ardor de estómago.

—Creo que Sam debería llamarme, ¿no te parece? —le pregunté a Digger. Juro que asintió.

Me tiré en el sofá. Colada doblada, casa limpia. Parecía que iba a estar sola esa noche. Mientras le acariciaba la tripa a Digger con el pie, sopesé mis opciones. ¿Cocinar? No. ¿Cenar fuera? No. No un viernes por la noche en el fin de semana del Cuatro de Julio en el Cabo. ¿Qué estaría haciendo Sam? ¿Habría recibido ya mi mensaje?

En ese mismo momento sonó el teléfono.

—¡Que sea Sam! —grité antes de descolgar—. ¿Sí?

—Tía Millie, soy Danny —dijo mi sobrino.

—Hola, cariño —dije.

—¿Puedes venir? Ahora mismo.

—¿Qué sucede? —pregunté asustada.

—Todo va bien, pero necesito ayuda y mi padre no está.

—¿Estás herido? —creí oír una tos ahogada.

—No, no, tía Mil, estoy bien —algo sonó al fondo—. Pero necesito que vengas aquí muy deprisa. No es algo que pueda hablar por teléfono. ¿Puedes venir?

—Claro, Danny. Voy para allá.

Mientras conducía me preguntaba cuál podía ser el problema. Definitivamente, Danny sonaba raro. ¿Habría ocurrido algo con Trish? Entré en la calle de Danny y miré hacia la casa. No parecía que hubiese nadie. Eché el freno de emergencia, corrí por los escalones y abrí la puerta delantera.

—¿Danny? —grité.

—¡Sorpresa!

Di un respingo, asustada. Estuve a punto de hacerme pis encima, el corazón amenazaba con salírseme por la boca y me temblaban las manos.

—Cumpleaños feliz… —comenzó alguien, y los demás lo siguieron. Sentía que tenía la cara roja y me apoyé contra la puerta.

Dios mío. Una fiesta sorpresa. ¡Para mí!

Delante de la multitud estaban mis padres, cantando con el resto. Danny, el sobrino mentiroso. Katie. Sus hijos. Sus padres. ¡Y estaba Joe! Y Jill y el señor Doyle y Sienna. Incluso el doctor Bala con una mujer despampanante cuya belleza exótica indicaba que se trataba de su esposa. El doctor Whitaker sonrió y asintió con la cabeza. Los Robinson, los vecinos de mis padres y amigos de toda la vida. Una mujer a la que no conocía, con pelo rubio y rizado y ojos muy vivos. Ethel, la compañera de Sam. Estaba también Sarah, la novia de Danny. Incluso Janette, mi mejor amiga de la residencia, junto con su novio, Zach. Chris, el del Barnacle. Curtis y Mitch. ¡Todos!

Hasta Sam.

Sam estaba celebrando la fiesta de mi trigésimo cumpleaños en su casa el día después de haberle gritado.

La canción terminó y todos aplaudieron y me abrazaron.

—¡Te hemos engañado, tía Mil! —exclamó Danny triunfante.

Joe se acercó y me plantó un gran beso en la boca.

—¡Feliz cumpleaños, Millie! ¡Sorpresa!

Yo le apreté la mano.

—Joe… yo… ¡Dios, qué malos sois! —dije. Tuve que secarme los ojos, porque al parecer estaba llorando un poco.

—¿De verdad no sospechabas nada? —preguntó mi madre mientras me abrazaba.

—¿Sospechar? ¡No! Mi cumpleaños no es hasta finales de la semana que viene y…

Mi padre se acercó con una cerveza en la mano.

—Feliz cumpleaños, cariño —dijo antes de darme un abrazo que me levantó del suelo y me dejó sin aire—. ¡Nancy, nuestra pequeña ya tiene treinta! —le dijo a mi madre.

—Oh, papá —dije yo.

Me dejó en el suelo y me dio un beso en la mejilla.

—¡Tengo un pequeño regalo para ti! —me dijo.

—Ahora no, Howard —ordenó mi madre. Se apartaron cuando Sam se acercó para darme un beso en la mejilla.

—Feliz cumpleaños, Millie —me dijo con un tono algo extraño.

—Oh, Sam, ¿puedes venir conmigo un momento? —le pregunté. Abandoné a mis padres y a Joe (sospechaba que mis padres ya sabían que salíamos, o estaban a punto de descubrirlo), agarré a Sam del brazo y lo arrastré hacia el baño. Encendí la luz y cerré la puerta.

–¡Sam, lo siento mucho! –dije.

–No, yo lo siento –dijo él–. No debería haber dicho nada.

–Me porté muy mal. Me siento una imbécil.

–No, niña. Tenías razón. Crucé la línea.

–No, no. Supongo que simplemente hurgaste en la herida.

–Lo comprendo.

–¿Entonces estamos bien? –pregunté.

–Claro –respondió Sam con una sonrisa.

–¡No puedo creerme lo de la fiesta! ¡Dios mío, Sam! ¡Gracias! –le sonreí, él estiró el brazo y me pellizcó la barbilla con cariño.

–Bueno, fue idea de Katie y de tu madre. Yo sólo ofrecí la casa y esas cosas.

–Nunca me habían hecho una fiesta sorpresa –dije.

–Bueno, será mejor que salgas ahí fuera y empieces a disfrutarla –hizo una pausa y se puso serio–. Millie…

–¿Sí?

–Todas esas cosas que pensabas que quería decir sobre ti y sobre Joe… no las pensaba. En todo caso creo que Joe es muy afortunado. Y será mejor que te merezca. ¿De acuerdo?

Los ojos se me llenaron de lágrimas.

–De acuerdo. Y lo siento de nuevo. Sabes que te quiero, Sam.

–Yo también te quiero, niña.

De pronto todo pareció quedarse muy quieto mientras nos mirábamos el uno al otro, a pocos centímetros de distancia en el pequeño cuarto de baño. Los ojos de Sam eran de un azul ahumado aquel día, y sus labios se separaron para decir algo. Yo contuve la respiración por un segundo, pero entonces él pareció cambiar de opinión. Estiró el brazo y abrió la puerta.

–Después de ti, cumpleañera –dijo.

La extraña tensión del momento quedó olvidada cuando los invitados se me acercaron, charlando alegremente y riéndose por el secreto. Sam me puso una cerveza en la mano y yo sonreí agradecida.

—¿Cómo lo llevas, Millie? —me preguntó el doctor Whitaker.

—Muy bien, doctor Whitaker —respondí—. Muchas gracias por venir.

—De nada. Y creo que deberías llamarme George, ¿no te parece? —me dirigió la sonrisa que inspiraba tanta confianza en sus pacientes y yo se la devolví—. Estoy deseando hablar de nuestra colaboración para este otoño —continuó.

—Yo también lo estoy deseando —dije tranquilamente, aunque lo que me apetecía fuese saltar y gritar de alegría.

—Muy bien. Disfruta de la fiesta, querida.

Las encimeras de la cocina de Sam estaban abarrotadas de fuentes: lasaña, ensalada verde, pasta, sopa de langosta tan cremosa y rosa que parecía salida del Barnacle, quesadillas, alitas con salsa búfalo (mis favoritas) y una preciosa tarta blanca con fresas en lo alto que debía de haber preparado mi madre.

Regresé al salón. Casi todos estaban allí o en la enorme terraza de Sam, y por un minuto simplemente disfruté de aquello, de todas aquellas personas maravillosas, dándome una fiesta sorpresa de cumpleaños. No podía dejar de sonreír.

En ese momento se abrió la puerta de entrada.

—¿Dónde está mi hermana pequeña? —dijo una voz inconfundible—. ¡Oh, maldita sea, Avery, llegamos tarde!

Oh, Trish. La reina de las entradas estelares. Allí estaba, con un vestido de punto negro sin mangas que realzaba sus curvas. Pendientes de diamantes. Pelo brillante como el ala de un cuervo. Mis invitados se quedaron callados para mirarla, como Trish sabía que harían.

—¡Hola, Trish! —exclamé yo valientemente.

—¡Millie! —dijo ella, y corrió hacia mí con sus zapatos de tacón—. ¡Siento llegar tarde! ¡Bueno, feliz cumpleaños! ¡Hola a todos!

El papel de hermana mayor cariñosa era nuevo para mí, pero decidí seguirle la corriente y aceptar el abrazo.

—Gracias por venir.

—Avery —dijo Trish en voz alta, y se volvió hacia el hombre que iba tras ella—, ésta es mi hermana pequeña, Millie, de la que tanto te he hablado.

«La única que tienes», pensé yo. Aún tenía que conocer al hombre por el que había dejado a Sam. Un hombre de aspecto genérico se acercó y me ofreció la mano.

—Avery Smith —anunció.

¿Aquél era el tipo por el que Trish había dejado a Sam? Era tan soso como el color beige. De estatura media, complexión media, mediana edad. Lo único destacable en él era la ropa; llevaba un polo verde lima y pantalones rosas de algodón.

—Hola —dije sin estrecharle la mano. No podía, no en casa de Sam—. Bonitos pantalones.

Él pareció confuso. Yo sonreí.

—¡Sam! —continuó Trish en su papel de ex mujer cordial—. ¡Todo está fantástico! ¿Cómo estás?

—Hola, Trish, me alegro de verte —respondió Sam. Recibió el beso que ella le plantó en la mejilla para demostrarle a Avery y a todos los demás que no había resentimientos por su parte.

—¿Y dónde está Danny? ¡Oh, hola, cariño! —en ese momento al menos Trish pareció sincera, porque los ojos se le humedecieron al ver a su hijo—. ¡Vaya, creo que has crecido dos centímetros más! Y qué guapo, igual que tu padre.

Sam me miró y yo puse los ojos en blanco. Me sonrió y negó suavemente con la cabeza.

A Avery, Sam le dirigió un simple movimiento de cabeza. Yo sentí un nudo en el estómago. ¿Sería la primera vez que se veían? Avery dijo algo y Sam respondió, después señaló hacia la cocina. Vio a Avery abandonar la sala. Su rostro era neutral, pero yo me sentí furiosa. ¿Cómo podía Trish llevar a su amante a la fiesta, al que había sido su hogar con Sam? ¿Acaso tenía idea de cómo le haría sentir? Debía de saber que Sam actuaría con clase, y parecía que se estaba aprovechando de ello.

Me recordé a mí misma que no debía juzgar. Sam y Trish eran un misterio que yo no comprendía y, como Sam ya me había señalado, yo no tenía experiencia de primera mano con el matrimonio o el divorcio. Trish estaba estrechándole la mano al doctor Whitaker, después le dio un beso a Jill y abrazó a nuestros padres mientras halagaba el atuendo de nuestra madre. Parecía feliz y relajada, en casa, a pesar del hecho de haber engañado al mejor hombre de todo Cabo Cod.

—Hola. Soy Carol.

Me di la vuelta, agradecida por la distracción, y vi a la rubia desconocida a la que había visto entre la multitud al entrar.

—Hola, encantada de conocerte –dije–. Yo soy Millie, y tengo treinta años.

—Eso me han dicho. Feliz cumpleaños.

Tenía ojos marrones y una belleza natural que se reflejaba en la sencillez de su atuendo compuesto por pantalones de lino y una camisa de seda rosa.

—¿Y nos conocemos? –pregunté por curiosidad.

—Bueno, de hecho soy más bien invitada de Sam. Pero eso no significa que no te haya traído un regalo.

—Sabía que seríamos amigas –dije con una sonrisa–. Invitada de Sam, ¿no es cierto? ¿Y eres de por aquí?

—No –respondió antes de dar un trago a su cerveza–. Soy de Connecticut. Pero mis padres tienen una casa aquí y la estoy usando este verano.

—Suena bien. ¿Cómo conociste a Sam?

—Me detuvo por conducir deprisa –dijo.

Yo arqueé las cejas.

—¿Y así es como te libras de la multa? Porque creo que eso es ilegal.

Carol se carcajeó.

—No, no. Tuve que pagar. Pero me llamó al día siguiente, hablamos durante un rato y me preguntó si querría venir a tu fiesta.

—Bueno, Carol, me alegro mucho de que hayas venido. Sobre todo porque me has traído un regalo.

¡Así que Sam le había pedido una cita a alguien! Supongo que no debería haberme sorprendido tanto. Simplemente resultaba extraño pensar en Sam con otra persona, sobre todo una desconocida. Imaginármelo con Katie era una cosa, pero con Carol...

En ese momento se me acercó Joe.

—¿Cómo está mi cumpleañera? —preguntó pasándome un brazo por los hombros.

—Muy bien —respondí—, ahora que se me ha pasado la sorpresa. Joe, ésta es Carol, una amiga de Sam.

—Joe Carpenter —dijo él estrechándole la mano—. Oye, Millie, no sabía que Trish Nickerson fuese tu hermana.

Yo me quedé mirándolo sorprendida.

—¿No lo sabías? —ser la hermana de Trish había condicionado mis primeros dieciocho años de vida, y el hecho de que Joe no lo supiera resultaba impactante. Claro que Joe no se había pasado la vida estudiándome, como había hecho yo con él.

—¿Entonces Sam es tu cuñado? —preguntó él.

—Bueno —dije mirando a Carol—, ya no.

—Ah, claro. Bueno, me muero de hambre. ¿Tienes hambre, Millie? —preguntó Joe alegremente.

—Claro —respondí yo.

—Entonces te traeré un plato. Encantado de conocerte, Carol.

—Qué tipo tan agradable —comentó Carol viendo cómo Joe se alejaba hacia la cocina.

—Tan agradable como el que más —convine yo.

—Y está muy bueno.

—Sí, señora —intercambiamos una sonrisa de apreciación femenina.

La fiesta progresó como casi todas las fiestas, con los invitados dando vueltas de un lado a otro, admirando la vista desde la terraza de Sam, comiendo y charlando entre sí. Yo tuve una larga conversación con Janette sobre su consulta y sobre la clínica para pobres en la que trabajaba como voluntaria, e hicimos planes para vernos en Boston. Danny me sermoneó por no asistir a uno de sus partidos de *softball*, un descuido que juré que enseguida subsanaría. Mi madre iba de un lado a otro, feliz, instando a la gente a comer más, y Sam y mi padre conversaban en la cocina. Pasé frente a Curtis y Mitch, que estaban agarrados de la mano susurrándose cosas el uno al otro.

—¿Habéis visto al señor Pantalones Rosas? —pregunté.

—Una desafortunada elección —respondió Mitch con una sonrisa.

—Qué modales tan exquisitos tienes, jovencito —dije yo—. Por favor, disculpadme, debo ir a...

—¿Empolvarte la nariz? —sugirió Mitch.

—¡Eso está bien! Suena mucho mejor que «evacuar la vejiga». Gracias —los dejé y me fui al piso de arriba, pues el baño de abajo estaba ocupado. Sin embargo, había alguien también en el baño del pasillo, así que me fui al del dormitorio principal.

Al atravesar el dormitorio aminoré la velocidad. Ya no estaban los joyeros y botes de perfume de Trish que en otra época habían adornado el tocador. No había pañuelos, ni pendientes sobre la mesilla de noche. La cama estaba hecha y, en la mesilla de Sam, había unas gafas de leer, una novela en rústica y una foto de Danny. Sentí un vuelco en el corazón al imaginarme la vida solitaria que llevaba.

¿Y cómo podía soportarlo Trish? Había perdido tantas cosas... un marido, el día a día con su hijo, un hogar precioso, la comodidad y la seguridad del matrimonio... y aun así estaba abajo, jugando a ser la estrella una vez más. Aunque nunca lo admitiría, debía de ser horrible haber vuelto allí y estar fuera del círculo que en otra época había girado a su alrededor.

Bueno, la naturaleza me llamaba, así que entré en el cuarto de baño. Cuando estaba subiéndome los pantalones, oí una voz.

—Ésta habitación tiene unas vistas increíbles —dijo una voz masculina—. ¡Dios mío!

Estaban en el dormitorio. Yo me detuve y esperé a tirar de la cadena con la esperanza de que se marcharan pronto, porque me sentía avergonzada de que me pillaran en el cuarto de baño.

–Toda la casa tiene unas vistas estupendas –respondió una voz femenina. Yo entorné los párpados. Trish.

–¿Cómo está el mercado? –preguntó el hombre, que debía de ser Pantalones Rosas.

–Fantástico. El valor de la casa se ha duplicado en los últimos cuatro años.

–Bueno, es ridículo que no quiera venderla –respondió Avery.

–Dice que nunca lo hará –dijo Trish.

–Una pena que no consiguieras que Danny se fuera a Larchmont. Si se hubiera mudado, habrías podido disponer de tu mitad en un mes.

–¡Bueno, lo intenté, Avery! –respondió Trish–. Pero Danny quería quedarse. Él conoce Eastham, le va bien en la escuela, y en realidad no hay razón para que se traslade. Además, creo que siente pena por su padre y no quería abandonarlo –yo apreté los dientes al sentir su desprecio.

–No puedo creer que tengas que esperar cinco años a tener tu parte, Trish. ¡Esta casa es una maldita mina de oro!

–Oh, por el amor de Dios, Avery. Yo quería divorciarme cuanto antes. Tú querías que me divorciara cuanto antes. Cuando Danny ya no viva aquí, conseguiré mi parte, ¿de acuerdo? ¿Y ahora puedes dejar el tema?

El corazón me latía con fuerza, sentía la cara roja. Así que ésa era la razón por la que Trish quería que Danny se trasladase de instituto. Para poder quedarse con el dinero de la casa. No hubo más palabras durante varios minutos y yo me arriesgué a asomarme. Se habían ido. Tiré de la cadena, me lavé las manos, salí al dormitorio y me senté en la cama. Me temblaban las manos. Me preguntaba si debía decírselo a Sam. ¿Debía decirle que su ex mujer había intentado utilizar a su hijo para conseguir algo de dinero?

Claro que no se lo diría. Una cosa sería que Danny estuviera planteándose mudarse, pero no era el caso. Fin de la historia. Aun así, me quedé con un mal sabor de boca.

Joe estaba buscándome cuando regresé a la fiesta.

—Ey, Millie —dijo—. Tu madre quiere que abras los regalos.

—Oh, bien —dije. Me sonrió y me dio un beso. Sentí un escalofrío por dentro... no sólo por el deseo, sino porque mi padre estaba mirándonos.

—Mi padre... —murmuré.

—Es verdad —sonrió y me dio un beso casto en la frente.

Casi todos los invitados estaban esperando en el salón, donde había una pila de regalos sobre la mesa del café. Me encantaba mi cumpleaños en general, y aquél era especialmente bueno... La fiesta, el final de mis veintitantos, que había centrado prácticamente en estudiar, la sensación de que la próxima década me traería cosas maravillosas... una consulta, la independencia económica, un marido, hijos... seguridad. Amor.

Mis padres me dieron el primer regalo. Mi padre salió de la habitación y regresó con... ¡una bicicleta! Yo me puse a dar saltos como si tuviera doce años otra vez.

—¡Oh, papá, gracias! ¡Me encanta! —el Cabo era famoso por su carril bici, anteriormente una línea ferroviaria que había sido pavimentada desde Harwich hasta Provincetown. Durante todo el año acudían ciclistas al cabo para disfrutar de las vistas y de la ausencia de coches. Y ahora yo también podría—. Papá, muchas gracias. ¡Mamá, esto es lo mejor!

Mis padres estaban radiantes.

—Tu madre pensaba que eras demasiado mayor para una bici —dijo mi padre con orgullo—. Pero yo sabía que a mi pequeña le gustaría.

Curtis y Mitch me dieron su regalo registrado; una enorme cesta de productos para el cuidado de la piel que olía maravillosamente... casi tan buen como las cosas que usaban ellos. Katie me regaló una foto enmarcada de las dos a los doce años, de pie en lo alto de la roca Doane. Sus hijos me habían hecho cofres del tesoro; pequeñas cajas de cartulina que habían reforzado con toneladas de cinta adhesiva y después pintado.

–Para tus cosas, tía Millie –dijo Mikey–. Ya sabes, arena, piedras, cosas así.

Después Sam me entregó el paquete de Ethel; una caja estrecha y rectangular.

–Es un cartón de Camel –susurró–. Sin filtro. Si tú no lo quieres, se lo quedará ella –yo disimulé una risita y le di una patada en la espinilla.

El regalo era en realidad un bonito pañuelo.

–Gracias, Ethel –dije, algo sorprendida por su bonita elección.

–Chorradas –dijo ella rascándose la cabeza vigorosamente–. No es nada.

Danny y Sam me regalaron unos pendientes en forma de estrella de mar. Yo recordé que me habían gustado al verlos en una feria de artesanía a la que habíamos ido el otoño anterior, cuando Trish acababa de marcharse, y la idea de que Sam se hubiese acordado… bueno. Les di un beso a cada uno con un nudo en la garganta.

Y entonces llegó el regalo de Joe.

Yo sonreí al ver sus ojos verdes y pensé que mis dudas anteriores con respecto a nuestra relación me parecían absurdas. Joe Carpenter estaba allí, me adoraba, llevábamos tres semanas saliendo e iba a darme un regalo de cumpleaños. El primer regalo. Con una mezcla de miedo y de alegría, intenté arrancar el papel.

–Lo he hecho yo –murmuró Joe con una sonrisa rápida. Se arrodilló a mi lado y quitó el papel para que yo pudiera abrir la caja. Me preguntaba qué podría ser. ¿Un joyero, quizá? Saqué un objeto grande y pesado y quité el papel de periódico que lo cubría.

Era una lámpara increíblemente fea. Grande, corpulenta, debía de pesar cinco kilos. Llevaba incrustadas rocas que Joe aparentemente había pegado y cubierto con poliuretano. En la base de madera había tallado las palabras *Cabo Cod* y un pez.

–Oooh –exclamé horrorizada mientras sostenía la lámpara. Curtis dio un chillido ahogado y salió corriendo de la habitación con la mano en la boca, mientras que Mitch se quedó mirando al techo.

–¿Te gusta? –preguntó Joe.

–Oh. Vaya –respondí yo con las mejillas sonrojadas, incapaz de apartar la mirada del objeto que tenía en las manos. No me atrevía a mirar a Joe, ni a Sam, ni a Katie, ni a mi madre. Pero al mismo tiempo sentía ganas de reírme como una loca. No podía negarse que era la lámpara más hortera que había visto en toda mi vida. Quería que me gustara, de verdad. Sus hermosas manos lo habían creado, y obviamente él pensaba que me gustaría. Aunque no sabía por qué.

Consciente de que se esperaba una respuesta por mi parte, dije:

–¿Lo has hecho tú, Joe?

–Sí –respondió–. Creí que te recordaría al cabo.

–No hace falta que se lo recuerden. Vive aquí –dijo Corey con la lógica de los jóvenes.

–Oh, sí, lo sé… quiero decir que… –dijo Joe.

–Me encanta –mentí. Me obligué a sonreír y le di un beso en la mejilla–. Gracias, Joe. Eres muy dulce.

–Es preciosa –dijo Ethel.

Trish puso los ojos en blanco.

–Esto es de Avery y mío –dijo lanzándome una caja sobre el regazo antes de quitarme la lámpara de las manos. Era un vestido de cóctel. Negro, brillante, caro, precioso, una talla demasiado pequeña, y con un escote que me llegaba casi hasta el ombligo. Algo que no saldría de mi armario en mucho tiempo.

–Vaya, Trish –dije–. Es… precioso.

–Es de Calvin Klein –dijo.

–¡Vaya! Gracias. Nunca había tenido nada así –dije, me puse en pie y lo sostuve frente a mí.

–Lo sé. Pensé que te vendría bien un poco de glamour en tu vida –respondió ella amablemente.

–Gracias, Avery –dije yo, aunque no soportaba tener que darle las gracias. Aun así, mi madre me había educado bien.

–Te quedará precioso –dijo mi madre–. Joe, asegúrate de llevarla a algún sitio bonito para que pueda ponérselo.

–Ni lo dude, señora Barnes –respondió Joe con una sonrisa devastadora.

Pocas horas después ya nos habíamos comido la tarta y en la fiesta sólo quedábamos unos pocos. Me despedí de mis amigos y familiares y me fui a limpiar un poco. Katie se marchó. Después Danny y Sarah se fueron a ver una película y finalmente sólo quedamos seis. De hecho éramos tres parejas: Joe y yo, Sam y Carol, y Trish y Pantalones Rosas. Estábamos sentados en la terraza viendo como el cielo se oscurecía y comenzaban a salir las estrellas.

–¿Te acuerdas de mi trigésimo cumpleaños, Sam? –preguntó Trish.

–Oh, claro –respondió Sam, y comenzó a arrancar la etiqueta de su botella de cerveza.

–Sam me llevó de viaje sorpresa al Caribe –nos informó Trish–. ¿Te acuerdas, Millie?

–Claro –dije yo–. Yo vine a quedarme con Danny.

–Oh, es verdad. Bueno, fue muy romántico. ¿Verdad, Sam?

Sam simplemente la miró.

–Supongo –respondió reticente. Avery no dijo nada, sólo se quedó mirando la puesta de sol, aparentemente aburrido.

Trish se volvió hacia Carol con una expresión complaciente en la cara. Oh, cuidado, Carol.

–¿Y cuánto tiempo lleváis saliendo? –preguntó mi hermana.

–De hecho ésta es nuestra primera cita –respondió Carol, y le dirigió a Sam una sonrisa.

–¿De verdad?

–Así es.

–¿Y cómo os conocisteis? –preguntó Trish.

–Yo iba a setenta en una zona de cincuenta por hora –respondió Carol.

–¡Oh, qué típico! –exclamó Trish–. ¿Te ha hecho ya un registro exhaustivo?

–¡Trish! –exclamé yo.

–Tal vez en la segunda cita –dijo Carol. Sam simplemente sonrió.

–No puedo creer que seáis hermanas –dijo Joe, a propósito de nada, pero por suerte era un cambio de tema.

–¿Por qué no, Joe? –preguntó Trish.

–Supongo que es porque no sabía que tenías una hermana, Millie –respondió Joe. Trish dejó de sonreír.

–Bueno, es mucho mayor que yo –murmuré, y me gané una mirada ponzoñosa de dicha hermana. Sonreí.

–¿Y cuánto hace que salís Joe y tú, Millie? –preguntó Trish.

–Sólo unas pocas semanas –dije con cautela.

–¿De verdad? ¿Y cómo habéis acabado juntos?

–Bueno, vamos a ver –dijo Joe estrechándome la mano–. ¿Cómo empezó exactamente, Millie? Parece que hayamos estado juntos desde siempre.

–Bueno, nos conocemos desde el instituto –respondí yo.

–¡Es cierto! –exclamó Joe–. Me pregunto cómo es que no habíamos salido antes.

Yo cerré los ojos con pánico.

–Bueno, por entonces Millie era muy diferente –dijo mi hermana con una sonrisa maliciosa.

–¿Ah, sí? No me acuerdo –respondió Joe–. Me pregunto cómo no me fijé en ti.

–Ésa es una buena pregunta –dijo Trish–. Era difícil no fijarse en la pobre Millie, ¿verdad, Millie? ¡Debías de pesar veinticinco kilos más por entonces! ¿Y te acuerdas de aquel aparato en los dientes? Y aquella permanente. Menudas pintas –se rió alegremente al recordar mi terrible adolescencia.

Yo me sonrojé con ira. Joe me miró, sorprendido, y también sentí ira hacia él. ¿Por qué había provocado a Trish? Carol miró educadamente hacia el agua y Pantalones Rosas se quedó mirando su bebida.

–Bueno –dijo Sam, poniéndose en pie con su botella de cerveza vacía–. A mí siempre me pareció que eras adorable.

Eres un hombre afortunado, Joe —me dirigió una sonrisa y yo se la devolví.

—Desde luego que lo soy —dijo Joe, y me besó en la mano. Trish entornó los párpados y yo noté su insatisfacción. No tenía que estar celosa de su éxito en el instituto cuando yo tenía a los dos mejores hombres del Cabo defendiendo mi honor.

—Avery, es hora de irnos —anunció, poniéndose en pie—. Sam, volveremos mañana para llevar a Danny a tomar el brunch. Y si quiere volver con nosotros a Nueva Jersey para una visita, por favor, no le quites la idea. Adiós, Millie. Feliz cumpleaños.

Capítulo 21

El verano fue estirándose como un gato perezoso. Día tras día el sol brillaba, el aire era limpio y seco. A finales de julio las hojas de los árboles tenían un tono verde grisáceo, el océano estaba a diecisiete grados y Joe y yo éramos una pareja. Una pareja oficial. Nos veíamos tres o cuatro veces a la semana, y cada vez que veía esa cara sonriéndome, me estremecía por dentro. Era real. Lo había conseguido.

Curtis y Mitch vinieron desde Provincetown y le dieron una puntuación de cuatro estrellas. Flirtearon sin piedad con él, pero a Joe no pareció importarle. Pero cuando llamé a Curtis y a Mitch más tarde para que me dieran el veredicto más profundo, no hicieron más que hablar poéticamente sobre la belleza de Joe, lo que me dejó con una ligera sensación de vacío en el estómago.

Otra noche fuimos a cenar a casa de mis padres. Ellos conocían a Joe, claro, y Joe y mi padre habían jugado al póquer algunas veces, así que no fue tan incómodo como casi todas esas situaciones en las que se conoce a los padres. Joe se sirvió tres rodajas de jamón con patatas, para deleite de mi madre. Mi padre y él hablaron sobre los baches y el tráfico.

—Ayer estuvo a punto de darme una maldita furgoneta en el aparcamiento del Ben & Jerry's —comentó mi padre mientras comía judías verdes.

—¿Qué estabas haciendo en el Ben & Jerry's? —preguntó mi madre.

–Dime, Joe –dijo mi padre, fingiendo no haber oído a mi madre–. Están aceptando ofertas para la renovación de la biblioteca. ¿Vas a hacerles una?

–Oh, gracias, señor Barnes, ya lo había oído –contestó Joe–. Pero no, no voy a hacerles una oferta.

–¿Por qué no? –preguntó mi padre.

–Bueno, ya estoy muy ocupado –dijo Joe–. Además estoy trabajando en mi propia casa.

–La cual nunca he visto –murmuré.

–La verás, la verás –contestó Joe–. Pero de todas formas el proyecto de la biblioteca es muy... Quiero decir que tienes que dar explicaciones a toda la junta, y hay toneladas de papeleo que rellenar, estimar los costes, los plazos y esas cosas, así que pensé en pasar. El jamón está delicioso, señora Barnes.

–Llámame Nancy –dijo mi madre.

–Aun así, Joe, te garantizaría un trabajo de interior durante el invierno –insistió mi padre–. Dinero garantizado, y además trabajarías para el pueblo. Me parece absurdo dejar pasar esa oportunidad.

–Supongo –dijo Joe, y le guiñó un ojo a mi madre, que suspiró entusiasmada.

Yo no quería confabularme contra Joe, pero mi padre tenía razón. La carpintería era un trabajo de temporada en el Cabo, y me parecía que Joe estaba siendo un poco negligente al no hacer una oferta para el trabajo de la biblioteca. Aun así, tal vez tuviera otros proyectos a la vista.

Mientras mi madre y yo recogíamos los platos, los chicos salieron al jardín para admirar la nueva pila de mantillo que mi padre había pedido.

–Bueno, mamá –dije mientras metíamos los platos en el lavavajillas–. ¿Qué te parece?

–¿Joe? Las copas de vino no, cariño. Ésas se lavan a mano. Millie, es encantador.

–¿Verdad?

–Desde luego. Y siempre fue un chico tan amable –sacó una cacerola con fondo de cobre que yo había metido en el lavavajillas y le metió un poco de jabón en polvo–. Perderás el brillo del cobre si dejas que el lavavajillas haga todo el trabajo –dijo.

–Entiendo.

–¿Millie, cariño, las cosas van en serio entre vosotros?

–Bueno… nos vemos mucho.

–Mmm.

–Y nos llevamos bien.

–¿De verdad, cielo? Maravilloso, porque eso es lo importante. Cuando se pasa la novedad, es importante tener cosas que decirse.

–¿Papá y tú sois así? –pregunté.

–Oh, sí –contestó con una sonrisa rápida–. Tenemos muchas cosas que decirnos. Y aún nos los pasamos bien juntos.

Me dispuse a meter una cuchara de madera en el lavavajillas, pero mi madre me chistó.

–Nada de madera, cielo. Y menos los cuchillos con el mango de madera.

–De acuerdo –yo me pregunté para qué diablos tendrían el electrodoméstico.

–Millie…

–¿Sí, mamá?

–Bueno, cariño. No me gusta decir nada, pero…

–¿Qué pasa, mamá?

–Es que… Joe es un chico muy dulce y tal… pero no puedo evitar preguntarme si… si es suficiente para ti.

Me sentí dividida entre el amor y el enfado.

–Oh, mamá. ¡Joe es fantástico! ¿No te parece que todos los padres se preguntan si un hombre es suficientemente bueno para su hija?

–No, no siempre. Siempre pensamos que Trish fue muy afortunada de tener a Sam.

La cacerola que estaba frotando se me resbaló de las manos y cayó al suelo. Miré fijamente a mi madre, pero ella estaba limpiando el fregadero, ajena a mi sorpresa.

–Bueno, estaba el pequeño asunto de Danny –dije mientras me agachaba a por la cacerola.

–Sí, por supuesto, pero aun así… ésa no es la cuestión. Estamos hablando de Joe y de ti.

–Es un buen hombre, mamá.

–Lo sé, cielo. ¿Pero es lo suficientemente bueno para ti?

Yo no sabía qué decir. Mi madre preguntándose si un hombre era lo suficientemente bueno para mí… y yo que había pensado que ya estaría planeando mi boda. Pero era dulce por su parte, más o menos.

Después llegó el turno de mi padre. Joe y mi madre retiraron las tazas del café y los platos del postre. Desde el jardín, mi padre y yo oímos a mi madre y a Joe riéndose en la cocina.

–¿Cariño, te trata bien? –preguntó mi padre. Estábamos sentados el uno junto al otro, y él me estrechó la mano.

–Claro, papá. Es fantástico.

–¿Hay algo que quieras contarle a tu viejo?

–¿Cómo qué, papá? –«¿que ya no soy virgen?», pensé. «¿Que todavía no es fantástico, pero va mejorando?».

–Oh, no sé, calabacita. ¿Eres feliz?

–Claro, papá –le apreté la mano con fuerza.

–¿Estás segura?

–Sí, papá. ¿Por qué?

–Oh, no sé. Si Joe es bueno contigo, entonces ya está. Puedo preguntar, ¿no?

¿Por qué se mostraban mis padres tan… poco entusiasmados? Joe era encantador, guapo, educado, de buen corazón, trabajador. ¿Qué más podrían desear?

Su falta de entusiasmo se me quedó en la cabeza. ¿Habría algo malo en Joe que yo no supiera? No, claro que no. Yo tenía matrícula de honor en la asignatura de Joe. Y tal vez fuese normal preguntarse esas cosas cuando pasaba la primera parte de la relación.

Un sábado, Joe y yo fuimos juntos de pesca. Fuimos hasta Provincetown al amanecer para tomar prestada la barca de su amigo Sal. Por supuesto, tuve que levantarme cuando aún era de noche para ponerme guapa antes de que Joe fuese a buscarme. Por el camino me quedé dormida contra la ventanilla mientras Joe silbaba suavemente, con su perro de tres patas acurrucado entre ambos. Aparcamos en el muelle Macmillan, compramos una taza de café en una tienda cercana y caminamos hacia la lancha motora de Sal. Subí a bordo intentando no derramar mi preciado café, pero no advertí la humedad de los asientos hasta que la sentí filtrándose por mis pantalones cortos. Trípode se sentó a mi lado, me acarició el brazo con el hocico y yo dejé caer un poco de café en el suelo de la barca.

—Perro malo —dije acariciándole la cabeza mientras Joe ponía en marcha el motor.

—¿Estás preparada? —preguntó con una sonrisa. Realmente era adorable. El consejo de turismo de Cabo Cod debería ponerlo en sus anuncios. Nos sacó del puerto de Provincetown hasta llegar a la bahía. Yo me volví y observé como los pintorescos edificios del pueblo se hacían más pequeños.

No hablamos mientras la barca bordeaba Race Point y se adentraba en aguas más profundas. La embarcación de Sal no tenía un gran equipo de navegación, o eso me parecía a mí. ¿Cómo encontraríamos el camino de vuelta? ¿Dando un giro de ciento ochenta grados sin más? Como muchos otros habitantes de Cabo Cod, yo apenas salía a navegar. Eso era para los pescadores y los turistas, no algo que se me hubiera ocurrido hacer.

Mientras la barca avanzaba por las aguas picadas, comencé a saber por qué. Si me caía por la borda, ¿podría nadar hasta la orilla? ¿Cómo de fría estaría el agua? ¿Habría tiburones bajo la superficie? ¿O un calamar gigante? Cuando pasamos por encima de la estela de un barco más grande, el estómago se me revolvió y me aferré al asiento.

—¿No te parece genial? —preguntó Joe.

—¡Desde luego! —grité yo, y apreté la mandíbula para contener la bilis. «Mira al horizonte», me ordené a mí misma. El estómago me dio otro vuelco y me sentí agradecida de no haber desayunado. Respiré por la boca y miré a mi alrededor en busca de elementos de flotación.

Transcurrida más o menos una hora, nos detuvimos y Joe empezó a revolverlo todo.

–¿Preparada para pescar? –preguntó.

–Oh –murmuré, imaginando el efecto que tendría el cebo en mi estómago revuelto–. Oye, ¿por qué no nos quedamos sentados un minuto observando la vista? –la barca se mecía vigorosamente. ¿Sería seguro? Trípode y Joe no parecían preocupados. Joe se acercó y me envolvió con sus brazos fuertes. Era sólido y cálido, y mi mareo pareció darme una tregua.

–Túmbate, Trípode –ordenó Joe, y el perro obedeció al instante–. ¿Estás bien? –me preguntó antes de darme un beso en la cabeza.

–Estoy genial.

Los únicos sonidos eran el viento y las olas golpeando contra la barca.

–¿Sabes qué? –preguntó Joe.

–¿Qué?

–Éste es el mayor tiempo que he salido con alguien.

–¿De verdad? –pregunté haciéndome la sorprendida.

–Es la verdad –me besó en el cuello y el corazón se me aceleró. No podía equivocarme con él. Pronto estaríamos perfectamente. Pronto aquel lado oculto y heroico de Joe saldría a la luz una vez más y yo sabría que todos esos años había estado en lo cierto. Pronto me diría que me quería, me compraría un anillo y seríamos felices juntos–. ¿Qué me dices de ti, Millie? ¿Alguna vez has salido en serio con alguien?

–Bueno… –fingí estar pensando. La verdad sobre mi historial de citas nunca saldría de mis labios, no delante de Joe Carpenter–. No. Supongo que no muy en serio. Estando en la escuela de medicina y después con la residencia…

–Claro –no dijo nada más sobre nuestra relación y yo decidí no presionarlo. Nos quedamos callados durante un minuto, Joe parecía haber saciado su curiosidad sobre mi vida amorosa. Y entonces hice una pregunta que mis años de acecho no habían logrado responder.

–¿Joe, cómo perdió Trípode la pata? –al oír su nombre, el perro agitó el rabo con fuerza.

–Ah, eso –Joe se incorporó y rebuscó en una de las neveras–. Bueno… yo lo atropellé.

–¿Qué?

–Sí, lo sé. Fue muy triste. Era un perro vagabundo e iba por ahí comiendo basura. Yo volvía a casa con la furgoneta y supongo que no presté atención. Había bebido un par de cervezas y… lo atropellé. Lo llevé al veterinario y me sentí tan culpable que lo adopté.

–¡Joe! ¡No puedes beber y después conducir! Podrías matar a alguien.

–Lo sé –dijo, y comenzó a clavar un pequeño pez al anzuelo. Yo saboreé la bilis y miré hacia otra parte.

–Así es como murieron los padres de Sam, ¿sabes? –el recuerdo de Sam, destrozado en el funeral de sus padres, me produjo un vuelco en el corazón. Aquel fin de semana yo había llorado sin parar, y apenas los conocía.

–¿De verdad? –preguntó Joe.

–¡Sí! ¿No te acuerdas? Estábamos en el instituto y Sam acababa de regresar de Notre Dame… Salió en las noticias y todo, Joe. Medio pueblo fue al funeral.

Obviamente no se acordaba. Aun así asintió.

–Eso es una mierda –dijo.

–¡Es más que eso, Joe!

–De acuerdo, de acuerdo, Millie. Relájate, ¿quieres? –sonrió y yo aparté la mirada–. Millie –continuó en tono más serio–, no te preocupes. Aprendí la lección, ¿de acuerdo? ¿Me perdonas?

«Déjalo correr, Millie», me dije. «No eches a perder el día. Fue hace mucho tiempo». Tomé aliento y miré hacia el mar.

–No vuelvas a hacerlo, ¿de acuerdo?

–Claro que no. Como ya he dicho, aprendí la lección –me estrechó la mano y mi ansiedad disminuyó un poco. Conseguí sonreír y él me dio un beso en la punta de la nariz–. Allá vamos –lanzó el sedal al agua y me entregó la caña.

No dijimos nada más durante largo rato, sólo observamos el agua.

–No se me ocurre una manera mejor de pasar el día –dijo

Joe–. Estar en el mar con mi chica –se giró y me miró con esa sonrisa devastadora y aquellos ojos increíblemente verdes. Su chica. Me había llamado su chica. Era la chica de Joe. Aunque hubiera hecho estupideces en el pasado, me llamaba su chica.

Durante una hora más o menos me obligué a mí misma a divertirme, a disfrutar de aquel día tan maravilloso con Joe. Por desgracia seguía mareada y, por supuesto, me había olvidado la crema solar. Aunque estaba nublado al empezar, en mitad del mar hacía sol. Joe no tenía crema solar, pero encontró una gorra apestosa de los Red Sox que yo me puse con reticencias.

Pasamos el rato sin pescar nada. Yo había ido a pescar algunas veces con mi padre y la verdad era que no me interesaba mucho. De vez en cuando, Joe comprobaba si el cebo seguía en su lugar, luego volvía a lanzar las cañas. Yo intentaba no levantarme porque, cada vez que lo hacía, me tambaleaba como si estuviera borracha.

–¿Joe, qué profundidad tiene el agua aquí?

–Oh, no lo sé.

–¿Y si nos cayéramos por la borda? –pregunté–. ¿Hay chalecos salvavidas?

–No vamos a caernos, tonta –dijo mientras me bajaba la visera de la gorra para taparme la cara–. Y aunque lo hicieras, yo saltaría al agua para salvarte.

–Gracias, amable caballero. ¿Pero dónde están los chalecos salvavidas?

–Por aquí, en alguna parte. Tal vez bajo los asientos –de pronto levantó la cabeza, miró hacia el horizonte y se apresuró a apagar el motor.

–¿Qué pasa? ¿Un maremoto? –pregunté yo. Me levanté junto a él y me agarré a la cintura de sus vaqueros para no caerme.

–Shhh.

Trípode comenzó a gimotear.

–Mierda, Joe –susurré–. ¿Qué pasa?

La respuesta se reveló cuando una columna de agua explotó en el agua. Yo grité y me aferré a Joe.

A menos de quince metros de nuestra barca emergió una ballena. Vimos su lomo rugoso y brillante y su enorme cola cuando volvió a sumergirse. A nuestra izquierda asomó otra ballena con otro chorro de agua y aire. Trípode ladraba sin parar con el lomo erizado.

–¡Larguémonos de aquí! –grité tirando de la camisa de Joe–. ¡Vamos!

–¡Millie, cálmate! ¡Mira! ¡Es genial! –una de las ballenas salpicó con la cola justo delante de nosotros. Estábamos tan cerca que las gotas de agua nos mojaron la cara.

–¡Joe, van a hacer que volquemos! ¡Por favor! –los ojos se me llenaron de lágrimas debido al miedo.

–No nos van a volcar. Tú observa –Joe se reía mientras las miraba, ignorando mi miedo. Trípode dio un salto y se subió a la proa de la barca.

–¡Joe, Trípode se va a caer! ¡Agárralo! ¡Trípode!

–Bájate, Trípode. Y, Millie, cálmate –Trípode obedeció. Yo no.

Estábamos rodeados de ballenas, muchas ballenas. Cada vez que veía u oía un chorro de agua, pensaba en Moby Dick embistiendo contra el *Pequod*. ¡Maldito mi profesor de Literatura por hacerme leer ese libro! Estábamos en mitad del Atlántico y yo ni siquiera tenía un chaleco salvavidas. Unos mamíferos enormes nos rodeaban, cualquiera de los cuales podría hacer volcar nuestra estúpida barca. Trípode se ahogaría. Yo me ahogaría. Joe sería rescatado por unas sirenas cautivadas por su belleza.

Cuando una de las ballenas dio un salto y cayó después al agua, lo que hizo que nuestra barca se tambalease con fuerza, comencé a llorar.

–Ey, vamos, Millie –dijo Joe–. Estamos a salvo. No llores.

–Joe –dije yo temblando–. Quiero irme a casa.

–De acuerdo. Muy bien. Nos iremos.

Finalmente puso en marcha el motor y, tras una última mirada hacia el grupo de ballenas, dio la vuelta.

–Una pena –no pudo evitar decir.

Temblando, yo me senté sin dejar de llorar. ¡Maldito Joe! ¿No se daba cuenta de que estaba aterrorizada? ¿Por qué tenía que esperar a que nos saltaran por encima para marcharnos?

—¿Estás bien? —preguntó mirando hacia atrás mientras gobernaba la barca.

«Vete a la mierda», pensé yo frotándome los ojos con el brazo. Hizo algo en el motor y después vino a sentarse junto a mí.

—Millie, no llores. Vamos. ¿No ha sido fantástico?

—¡No, Joe, no lo ha sido! ¡Ha sido terrorífico!

—No iban a hacernos daño.

—¿Cómo lo sabes? ¿Eres biólogo marino? ¿Un experto en cetáceos? Vamos en esta pequeña barca...

—De acuerdo, Millie, cálmate. No pasa nada. Las enormes ballenas malvadas ya han quedado atrás.

—Vete a la mierda —dije dándole un empujón. Él sonrió—. Eres idiota.

—Y tú estás muy mona cuando te enfadas.

—Además estoy mareada.

—Muy mona.

—No cuando vomite.

—Supongo que tendré que esperar a ver.

Oh, maldita sea. Esa sonrisa podía poner fin a una guerra.

—Lo siento —dijo mientras me colocaba el pelo detrás de las orejas.

—Mmm —murmuré yo.

—Te llevaré a mi casa cuando lleguemos —agregó—. Sé que quieres verla. Incluso te prepararé la cena. ¿De acuerdo? No te enfades, Millie.

¿Cómo podía resistirme? No podía.

De vuelta en tierra comencé a sentirme mejor. Tomamos la carretera 6 sin hablar mucho. Yo quería pasar por casa a ducharme, pero la curiosidad por ver la casa de Joe superó a mi necesidad de limpieza. Digger estaría bien, puesto que le había pedido a Danny que se pasase y lo sacase a pasear.

Recorrimos el camino de Joe, donde las ramas de las acacias y de los arrayanes golpeaban los laterales de la furgoneta. Finalmente aparcamos frente a su casa. En cuanto nos detuvimos, Trípode saltó por la ventanilla y desapareció en el jardín. Joe se volvió hacia mí jugueteando con sus llaves.

—Millie, sé que no has pasado un buen rato en el agua, pero yo me lo he pasado muy bien contigo hoy. Ha sido divertido.

Yo me derretí por dentro.

—Oh, Joe, yo también me lo he pasado bien. Estando contigo, quiero decir.

—Bien —se deslizó por el asiento y me besó lentamente. Sabía cómo besar.

Me bajé de la furgoneta con piernas temblorosas.

Por supuesto, yo había visto la casa de Joe desde fuera, pero tenía que fingir que no. Comenté la forma tan curiosa de la casa mientras lo seguía por el camino hacia la puerta de atrás.

—En realidad no esperaba que vinieras, así que puede que esté todo un poco desordenado —me advirtió—. Pero me alegro de que hayas venido.

Otro beso. Deslizó las manos por mi espalda y un calor intenso recorrió mi cuerpo. Tenía la sensación de que nuestra vida sexual iba a pasar de mediocre a increíble en unos treinta minutos, y ya era hora.

Abrió la puerta y me dejó entrar. Me quedé blanca.

«Puede que esté todo un poco desordenado. Un poco desordenado». Las palabras se repitieron en mi cabeza.

La habitación en la que me encontraba estaba en construcción. Estaba básicamente la estructura, como si alguien hubiera empezado a hacer la obra años atrás y la hubiera dejado así. Los tablones de madera eran de color marrón grisáceo, no de ese color cremoso que tenía la madera nueva. El aislante rosa se había combado entre ellos. El suelo, al menos la parte que se veía, consistía en láminas combadas de contrachapado. Un pedazo de moqueta manchada y gris, con los bordes levantados, cubría la zona del salón. Había un sofá con una raja en el respaldo del que salía un desagradable olor a humedad. Me obligué a no quedarme con la boca abierta.

–Aún me queda mucho trabajo por hacer –explicó Joe lanzando las llaves sobre una... ¿mesa? No, una especie de carrete gigante de madera, de ésos en los que se enrolla el cable o el alambre. Estaba cubierto por dos cajas de pizza, un par de botellas de cerveza y periódicos viejos. Ajeno a mi horror, Joe entró en la cocina, una zona rudimentaria con un frigorífico, unos fogones cubiertos de cazuelas sucias y un cubo de basura negro lleno hasta el borde. Había dos borriquetas que sujetaban otra lámina de contrachapado. La mesa de la cocina, imaginé. Estaba cubierta de cajas de cereales y algunas latas, dado que parecía que Joe no tenía armarios. Una bombilla desnuda colgaba de un cable en mitad de la sala. Colocado precariamente sobre una pila de placas de yeso había un enorme microondas antiguo.

–No tengo mucho tiempo para trabajar en ella, pero ahí voy. Poco a poco. ¿Quieres una cerveza o algo?

–Eh... no. Estoy bien –asombrada, intenté asimilarlo. A través de una puerta entreabierta divisé el dormitorio de Joe: un colchón en el suelo, sábanas revueltas y mantas a los pies, ropa tirada por el suelo. Ropa interior. Calcetines. Vaqueros manchados de pintura.

Se oyó un ruido metálico y yo sentí un intenso dolor en el pie; había golpeado sin darme cuenta una caja de herramientas que había tirada en mitad del suelo.

–¿Qué te apetece? –preguntó Joe–. Bueno, antes de contestar, deja que vea lo que tengo –abrió el frigorífico y yo hice lo posible por no gritar. Cajas de comida china cubiertas de moho. Una naranja, tan vieja que ya no era redonda, se había hundido con su propio peso. Había bolsas de papel manchadas de grasa que contenían quién sabe qué–. Algunas de estas cosas no tienen muy buen aspecto –murmuró mientras tiraba la comida china a la basura. Yo me quité de en medio. Me dolía la vejiga después de todo el día en la barca, pero me moriría antes de entrar a su baño.

–¿Vives solo, Joe? –me preguntaba si habría alguien más a quien culpar de aquel horror.

–Oh, claro. En realidad ésta es la casa de mi madre, pero se fue del Cabo cuando volvió a casarse hace un par de años, así que sólo estoy yo –cerró el frigorífico y me rodeó con los brazos–. Sí, es un poco desastroso, ¿pero qué te parece?

Asquerosa. Repelente. Insalubre.

–Oh, bueno. Creo que tiene potencial –tragué saliva y me obligué a sonreír.

–Eso es. ¡Tiene potencial! Algún día de éstos la terminaré. Pero ahora, ¿sabes lo que me gustaría hacer?

–¿Mudarte?

Echó la cabeza hacia atrás y se rió.

–No. Mudarme no. Estar con mi Millie –me besó, y yo estaba tan asombrada que no pude resistirme ni reaccionar. Me dio la mano y se dispuso a llevarme al dormitorio. Yo clavé los pies en el suelo y me detuve. De ninguna manera iba a tumbarme en su colchón.

–¿Sabes una cosa? –dije en busca de una distracción–. Me gustaría ver la parte de atrás. ¿Tienes terraza?

–Sí. Claro, vamos fuera.

«Muy bien, Millie», me dije a mí misma. Al menos el olor no era tan penetrante en la terraza. Aspiré el aroma de los pinos y miré a mi alrededor. El pequeño jardín de Joe estaba rodeado de arrayanes, cedros y robles enanos. Me quedé mirando ese jardín como si fuera un bote salvavidas y yo estuviera de pie en la cubierta del *Titanic*.

–Muy bien, Millie –susurró Joe antes de darme un beso en el cuello por detrás–. ¿Has visto suficiente? ¿Quieres entrar?

–¡No! –grité, y me di la vuelta entre sus brazos–. Me gustaría bajar al jardín. Es muy acogedor –Joe pareció confuso, pero me siguió escaleras abajo. «Dile que no te apetece tontear. Dile que quieres irte a casa a ducharte. Dile que su casa es asquerosa». Pero no logré decir ninguna de esas cosas.

En la relativa intimidad del jardín, podíamos oír los sonidos de los vecinos, pero en realidad no veíamos nada. Y nadie podía vernos.

–Vamos a la cama, cariño –dijo mientras me rodeaba con los brazos. Me dio otro beso; un beso que yo habría disfrutado enormemente de no haber estado concentrada en la manera de escapar de allí.

–Joe –murmuré contra sus labios.

–¿Mmm?

–Nunca he… ya sabes –estaba besándome el cuello.

–¿Nunca qué?

–Nunca he hecho el amor en el exterior.

Se apartó para mirarme y sonrió.

–Eso se puede arreglar.

«Pues arréglalo rápido», pensé. Quería estar en mi casa, en mi cuarto de baño limpio, duchándome para quitarme la sal de encima.

Joe deslizó las manos bajo mi camisa y me la quitó. Sorprendentemente, por mucho que sus manos supieran lo que hacían, por muy guapo que fuera, por mucho que lo hubiera deseado, no pude evitar fingir. Pocos minutos después, estábamos tirados sobre la hierba bajo un cedro, y lo único en lo que yo podía pensar era en que se diera prisa. Finalmente gimió contra mi cuello y se derrumbó encima de mí. Después se echó a un lado y me acurruqué junto a él. «Muy bien, vámonos a casa», pensé.

–Dios, Millie, ha sido fantástico –murmuró.

–Mmm –preguntándome cuánto tiempo tardaría en llevarme a casa, le acaricié el pelo durante un minuto, después giré la cabeza… y grité. Joe dio un brinco.

–¿Qué? ¿Qué?

–¡Dios, Joe! –grité mientras me ponía en pie y me tapaba con la camisa–. ¡Mierda!

Claramente visible en nuestro lecho postcoital había un enorme brote de hiedra venenosa.

Capítulo 22

Al día siguiente tenía sarpullidos picantes en la espalda, los brazos, el cuello y la mitad del trasero. Por suerte mis partes íntimas estaban intactas, igual que mis piernas. Mi cara, sin embargo, estaba roja y dolorida, víctima de las quemaduras solares en la barca. El resto era todo obra de la flor nacional de Cabo Cod; la hiedra venenosa.

Joe me había llevado a casa sin parar de disculparse. Ni siquiera con los picores yo había querido lavarme en su casa. Estaba furiosa; no sólo con él, sino con los dos. Pero sí, con él también. Al fin y al cabo era su jardín. Cierto que yo podía haber prestado más atención, pero había estado más centrada en escapar de aquella casa. Él debería haberlo visto. Era muy desconsiderado por su parte. Me dije a mí misma que estaba demasiado inmerso en el momento como para darse cuenta.

—Lo siento, Mil —había dicho al llegar a mi casa—. Yo soy inmune a la hiedra venenosa, así que supongo que simplemente no la he visto.

Claro que era inmune. Pronto descubrí que yo no lo era. A pesar de una larga ducha caliente, los ronchones llegaron el sábado por la noche. Por primera vez en mi vida había sido lo suficientemente estúpida como para tocar una hiedra venenosa.

No podía ir a trabajar. El domingo por la mañana llamé a Juanita, que organizó mi suplencia en el ambulatorio el lunes. Después me receté Prednisona, que mi madre fue a recoger por mí, pues yo no quería mostrar mi cara en público. Joe me llamó y le mentí diciendo que había tenido suerte y no me había salido nada. Él estaba encantado con nuestro día juntos y, aunque me alegraba verlo feliz, también me sentía un poco molesta. Al fin y al cabo me había mareado en la barca, había pasado miedo con las ballenas, asco en su casa y finalmente había sido víctima de la hiedra venenosa. No había sido el mejor de mis días.

Al menos era domingo y podía quedarme escondida en casa. Me miré al espejo. ¿Mi cara parecía más una enorme rodaja de salami o un Marlon Brando lleno de manchas? Más Brando. Tenía un look muy a lo *La isla del doctor Moreau*. No podía sentarme, porque la espalda me dolía y me picaba. Podía tumbarme boca abajo, pero si intentaba leer o ver la tele, empezaba a dolerme el cuello. Pasé la aspiradora a la casa y fregué los suelos. Tras visitar la casa de Joe el día anterior, deseaba más que nunca estar en un ambiente limpio y agradable.

En una especie de neblina provocada por el Benadryl, me di un baño de jabón de harina de avena, y fue tan asqueroso como suena. Ahora estaba viscosa y además seguía picándome el cuerpo. Los esteroides tardarían un día o dos en hacer efecto, y llegada la noche del domingo sólo me quedaban cuatro dosis. Me puse una vieja camiseta de Notre Dame que Sam me había enviado hacía mil años y unos pantalones de pijama. Digger se mostraba muy compasivo y agitaba el rabo mirándome con sus enormes ojos marrones. Era una de esas veces en las que los animales demuestran ser mucho mejores que las personas. Le acaricié la cabeza y le devolví la mirada.

—Buen perro —dije, agradecida por su presencia.

Los picores cobraron más fuerza. Eran punzadas de dolor que me subían por los brazos y por la espalda. Gracias a Dios mis partes íntimas estaban intactas, o me habrían entrado ganas de suicidarme. Me froté los brazos suavemente, luego un poco más fuerte. Cada vez me quemaba más.

–Distráete –me dije, caminando de un lado a otro por la casa –. No te rasques. Rascarte inflamará la zona y hará que empeore –eran las instrucciones que repetía yo en el ambulatorio al menos dos veces al día.

De pie entre el comedor y la cocina, me apoyé en el marco de la puerta y comencé a frotarme suavemente, arriba y abajo. Resultaba agradable. Me detuve y disfruté del placer durante dos segundos enteros hasta que comenzó a picarme con más fuerza.

Entré en la cocina y abrí un cajón. ¿Un cuchillo? No, demasiado afilado. No quería hacerme sangre. ¿Una espátula? No. ¿Unas varillas? No servirían de nada. ¡Un tenedor para la pasta! ¡Sí! Un tenedor de plástico para la pasta, con esos maravillosos dientecitos para agarrar los espaguetis. ¡Bendito utensilio! Lo agarré, cerré el cajón con fuerza, estiré el brazo hacia atrás y me dispuse a seguir. Me rasqué como una maníaca, sintiendo el placer y el dolor al mismo tiempo. Apoyé la cara hinchada y ardiente en el frío del frigorífico mientras me rascaba la espalda en un delirio de Benadryl que resultaba casi orgásmico.

Tan satisfactorio resultaba que no advertí el sonido de la furgoneta frente a mi casa. Por suerte mi perro sí lo advirtió y comenzó a ladrar como un loco. Me aparté del frigorífico y corrí hacia la ventana para mirar.

¡Maldita sea! ¡Era Joe! Salió de la furgoneta con un ramo de flores y se dirigió hacia mi puerta.

Fuera había suficiente luz aún y no había encendido las luces. «¡Finge que no estás en casa!». Antes de que mi cabeza hubiera terminado de formular aquella idea, ya me había agachado en el suelo del salón frente al sillón. Joe llamó a la puerta. Los ladridos de Digger se volvieron alegres mientras saltaba contra la puerta trasera.

–¿Millie? –me llegó la voz de Joe a través de las ventanas abiertas.

«Por favor, que la puerta esté cerrada», pensé. Mi coche estaba en la entrada, así que obviamente dio por hecho que estaba en casa.

—¿Mil? —volvió a llamar—. ¿Digger, dónde está Millie?

Digger no respondió, pero empezó a lloriquear y a temblar. Mis piernas también comenzaron a temblar, pues llevaba ya varios segundos en cuclillas, así que me arrodillé. La espalda me dolía y me picaba al mismo tiempo, y no pude evitar soltar un pequeño gritito.

—¿Millie? ¿Estás en casa?

«¡Vete!». Pero no. Oí las botas de Joe mientras caminaba por la terraza para asomarse a la ventana de la cocina. Yo bordeé el sillón para que siguiera entre nosotros. Si Joe me veía así…

Se marchó. Esperé a oír la puerta de su furgoneta abrirse y cerrarse, pero no tuve tanta suerte. ¿Es que no sabía captar una indirecta? Gateé hasta el comedor y me asomé a la ventana. Estaba caminando hacia la puerta delantera, lo que hizo que a Digger le diese otro ataque. Regresé a la seguridad del comedor y apoyé la espalda contra la pared.

—¿Millie?

«¡Vete a casa!». Mis brazos, celosos por la atención que había recibido la espalda, comenzaron a pedir a gritos un poco de tenedor para la pasta. Me los froté generosamente. Oí de nuevo las botas de Joe. ¡Volvía hacia la puerta de la cocina! ¡Maldita sea! Regresé de nuevo al salón y me acuclillé otra vez delante del sillón. Digger, cansado ya de ladrarle a Joe, pensó que yo estaba jugando, corrió hacia mí meneando el rabo y me lamió la cara.

—No —susurré. La alfombra del pasillo me llamaba seductoramente, invitándome a quitarme la camisa y revolcarme sobre su superficie suave. Digger dio un ladrido.

—Supongo que no está en casa, ¿verdad, Digger? —dijo Joe. Se oyó un crujido y finalmente sus pisadas se alejaron. Un minuto después se oyó la furgoneta y se marchó.

—¡Gracias a Dios! —exclamé mientras me levantaba del suelo. ¿Qué había hecho con el tenedor de la pasta?

Menos de un minuto más tarde oí la furgoneta aparcar frente a mi puerta.

—¡Jesús! ¿Pero qué diablos le pasa? —susurré entre dientes

mientras Digger ladraba. Me lancé hacia el cuarto de baño antes de que Joe llegara a la puerta de atrás. La ventana allí era esmerilada, así que estaría a salvo. Además estaba oscureciendo, así que eso jugaba a mi favor también.

—¿Millie?

¡No era Joe! No tenía que esconderme de Sam. Caminé hacia la cocina. Sam estaba en la puerta con una bolsa.

—Hola, Millie. Me he pasado por el ambulatorio y me han dicho que estabas enferma.

—¡Mírame! —encendí la luz y Sam se quedó con la boca abierta.

—Oh, Millie… Oh, Mil.

—Hiedra venenosa.

Intentó no reírse, al menos durante un minuto. Pero después ya no pudo evitarlo. Se apoyó en la puerta, llorando de la risa. Yo me quedé allí, mirándolo, hasta que fui consciente de lo cómico de mi situación y empecé a reírme también.

—Espero que hayas venido a rascarme —le dije al fin.

—Eh, no —respondió—. Pero te he traído helado. Y una película.

Helado de café de Ben & Jerry's, mi favorito. Y una comedia romántica. El bueno de Sam.

—¿Sabes que hay un ramo de flores en tu porche? —me dijo mientras metía el helado en el congelador.

—¿Quieres traérmelas? —pregunté, saqué el helado y le quité la tapa. Sam recogió las flores. Yo lo observé, deleitándome cucharada tras cucharada de deliciosa frialdad mientras las ponía en un jarrón—. ¿Quieres helado?

—No, es todo para ti. Lo que quiero saber es cómo tú, de todas las personas, has sido víctima de la hiedra venenosa.

—Los dioses me están castigando por reírme de los turistas durante todo el verano —respondí sentándome en la encimera—. Mmm. Este helado está tan bueno que podría bañarme en él.

—¿Entonces cómo te ha pasado lo de la hiedra? —preguntó mientras sacaba una cerveza y se sentaba a mi lado.

—Oh, no podría decírtelo.

—Vamos, niña.

—No.

—Por favor.

—Jamás.

—Bueno —dijo con una sonrisa—. Tendré que usar mis tácticas policiales para averiguarlo. Alguien te ha traído flores, e imagino que habrá sido Joe. ¿Una disculpa, quizá? Tú. Joe. Hiedra venenosa. Me da que estabais tonteando al aire libre. Millie, Millie —dijo negando con la cabeza.

—Te equivocas —dije yo sin dejar de comer helado—. Las flores son de los padres agradecidos de un niño perdido al que rescaté ayer, el cual por desgracia estaba caminando entre hiedra venenosa. La policía estaba ocupada en la tienda de donuts, así que tuve que encargarme de su trabajo.

—Ya te gustaría, niña. La próxima vez, vigila dónde te revuelcas.

Capítulo 23

Debido a la promesa que le había hecho a Danny, asistí a un partido de béisbol.

Los efectos de la hiedra venenosa casi habían desaparecido y sólo quedaban un par de manchas pálidas invisibles al ojo inexperto. Una bonita tarde soleada, Katie, sus hijos y yo fuimos al instituto a ver jugar a los chicos. Nos sentamos en las gradas, mientras Corey y Mike jugaban en la arena de debajo, donde Trípode descansaba por orden de Joe. Era un perro increíblemente bien educado, agitaba el rabo si se le acercaban y esperaba pacientemente a su dueño. Tal vez Joe pudiera darme algún consejo para hacer que Digger dejase de montar piernas.

A pesar de tener un padre que se sabía de memoria todos los jugadores de todos los deportes y un cuñado que había estado a punto de convertirse en deportista de élite, a mí no me entusiasmaban los deportes. Algo relativamente bueno, supongo, dado que todos mis recuerdos de fines de semana durante la infancia implicaban algún evento deportivo, ya fuera en la televisión o en directo. Pero con Danny implicado, estaba entusiasmada. Y por supuesto, también estaba mi novio, que estaba magnífico con el uniforme del equipo de la tienda de pesca.

Joe y Danny estaban en el mismo equipo. Joe era pitcher y Danny era parador en corto. Posiciones muy prestigiosas, según me informó Katie. Su hermano mellizo, Trevor, estaba en el mismo equipo, así que quedaba claro con quiénes íbamos nosotras. Pobre Sam. Jugaba de primera base en el equipo contrario, el de la ferretería de Sleet. Pero mis padres estaban allí, así que podrían animarlo. Aunque no lo harían, pues su único nieto jugaba en el otro equipo.

Katie y yo charlábamos sin prestar mucha atención y aplaudíamos cuando la gente aplaudía. Era una tarde preciosa, con una brisa lo suficientemente fuerte para mantener alejados a los bichos (eso y la loción repelente en la que nos habíamos bañado). Sin embargo, ver lanzar a Joe resultaba maravilloso. Aparentemente no era la única que se sentía así, pues se levantaba un murmullo de apreciación cada vez que le tocaba jugar. Había muchas chicas del instituto también, algunas para ver a Danny, que recientemente había pasado de extrañamente mono a condenadamente guapo. Casi toda la gente que pasaba allí el verano se acercaba al campo a disfrutar del pasatiempo más americano de todos.

El partido fue bastante aburrido, y no sólo según mi criterio. Sólo uno o dos jugadores llegaron a la base. Sam bateó una bola alta la primera vez, pero fue interceptado por el hermano de Katie. Danny hizo un *strike* y Joe llegó a la primera base, pero no más lejos. Lo divertido era ver la gracilidad de los hombres, lanzando, corriendo, agachándose. Danny parecía muy... adulto allí. Interceptaba las bolas que le lanzaban y era recompensado con aplausos y silbidos por parte de mi padre.

Con dos hombres en la cuarta entrada, Sam se acercó al plato.

—¡Viva! —gritó una mujer en la primera fila. Era Carol, la cita que Sam había llevado a mi fiesta de cumpleaños. Sam la oyó y se volvió hacia ella con una sonrisa. Se tocó las zapatillas con el bate e hizo un movimiento de práctica. En el montículo del pitcher, Joe entornó los ojos.

—¡Carol! —grité yo—. ¡Ven a sentarte con nosotras!

Se dio la vuelta y se protegió los ojos con la mano.

—¡Oh, hola, Millie! Estoy con mis vecinos, pero gracias —respondió.

–De acuerdo –dije yo–. Luego iremos al Barnacle. ¿Puedes venir?

–Claro. Será estupendo.

–¡Ey, bateador! –gritó alguien–. Tres lanzamientos, Joe –era mi padre.

Joe sonrió. Sam se rió y subió al plato. Joe lanzó la pelota. *Strike* uno.

–Dos más, Joe –gritó Carol riéndose. Sam sonrió de nuevo.

–¡Tienes lo que hay que tener, Joe! –gritó una mujer. Podría haber sido mi madre.

Otro lanzamiento. Sam bateó y falló. La multitud aplaudió y algunas voces femeninas dieron más apoyo a mi novio. Pobre Sam. Me puse en pie.

–¡Vamos, Sam! –grité–. ¡Lánzala lejos!

Katie y algunos más se rieron y Joe me miró sorprendido. Bueno, una pena. Su club de fans ya era lo suficientemente grande. Le dirigí una sonrisa descarada, él me la devolvió y se preparó para el siguiente lanzamiento. Bola uno.

–¡Adiós, Sam! –grité mientras aplaudía.

Katie se puso en pie también.

–¡Tómate tu tiempo, Sam!

Sam se tocó el casco a modo de saludo.

–Gracias, señoritas –dijo.

Joe se preparó de nuevo y lanzó, alto y fuera. Bola dos.

–¡Lo tienes contra las cuerdas, amigo! –grité.

En el montículo, Joe pidió tiempo muerto. Salió del campo, se dirigió hacia nosotras y se subió a las gradas donde estábamos.

–Tú eres mi novia –me dijo antes de darme un beso en la boca–. Se supone que tienes que animarme a mí –sin más se dio la vuelta y regresó a su posición mientras la gente se reía.

–¡Vamos, Sam! –grité de nuevo. Joe negó con la cabeza, pero sonrió.

En el último lanzamiento, Sam golpeó la bola con fuerza y ésta salió volando por encima del receptor izquierdo, que salió corriendo tras ella. Mientras Sam corría hacia la primera base, se le voló el casco. Los otros corredores en la base marcaron y Sam llegó a segunda. Joe me miró y arqueó una ceja con las manos en las caderas. Yo le lancé un beso.

Al final de la novena entrada, la puntuación seguía 2-0, para el equipo de Sam. Joe salió a batear y llegó a primera base. Yo aplaudí con entusiasmo, aunque un poco automáticamente. Al fin y al cabo no me importaba quién ganase, siempre y cuando Danny hiciese una buena jugada. Además, Corey y Mike empezaban a estar cansados. Sal DiStefano también llegó a la base, igual que el hermano de Katie. Danny salió a batear al fin y yo sentí el corazón en la garganta.

Era la carrera definitiva. Joe estaba en tercera. Dos fueras. Mi sobrino de diecisiete años tenía que batear.

La multitud se quedó en silencio. No más silbidos, no más bromas. El corazón me latía con fuerza. Katie les señaló a sus hijos a Danny, e incluso ellos parecieron notar la gravedad de la situación.

Danny hizo un movimiento de práctica y subió al plato. El pitcher del equipo de la ferretería entornó los ojos, asintió, después se agachó y lanzó la bola. Danny movió el bate con tanta fuerza que casi se dio la vuelta.

–¡*Strike*! –gritó el árbitro. La multitud comenzó a murmurar. Un par de chicas del instituto se dieron la mano con fuerza.

Mi padre se puso en pie.

–¡Tómate tu tiempo, hijo! –gritó.

Segundo lanzamiento. Otro fallo. *Strike* dos. Yo tragué saliva.

–Vamos, pequeño –susurré. Katie me apretó la pierna.

Danny salió del plato, se dio en las zapatillas con el bate, estiró los brazos por detrás de la espalda y volvió a entrar. Sus hombros estaban tensos, su cara sin expresión alguna. El *pitcher* movió la cabeza a la primera señal del *catcher*, después asintió. El corazón me latía con tanta fuerza que me sentía mareada.

Tercer lanzamiento. Danny golpeó la bola con fuerza. Ésta salió volando por el cielo y, para cuando aterrizó, Danny ya estaba en segunda y el hermano de Katie estaba a punto de completar la carrera, y el receptor ni siquiera se había acercado a la bola todavía. La multitud gritaba, mis padres daban saltos, las chicas del instituto chillaban. Yo me quedé muy quieta, sin hablar, mientras veía a Danny correr hacia el plato y hacia sus compañeros de equipo. Un *grand slam*. Mi sobrino acababa de hacer un *grand slam*.

Miré a Sam, que estaba aplaudiendo con su guante. Miró hacia las gradas y nuestras miradas se encontraron. Después Danny salió de entre la multitud de sus compañeros y corrió hacia su padre. Sam le estrechó la mano y después lo abrazó. Los ojos se me llenaron de lágrimas.

Joe apareció junto a mí mientras yo veía a padre e hijo tener su momento *Campo de sueños*.

—Buen partido, ¿verdad, Millie? —me dijo.

—Oh, claro que sí —respondí yo.

—¿Vas a venir al Barnacle? —me preguntó metiéndome un mechón de pelo detrás de las orejas. Era tradición que el equipo vencedor invitara a bebidas a los perdedores.

—Creo que primero ayudaré a Katie a meter a los niños en la cama —respondí. Katie estaba ocupada guardando los juguetes de sus hijos en su bolsa—. Me pasaré más tarde, ¿de acuerdo?

—Muy bien —respondió Joe, y me dio un beso en la mejilla—. Te veré allí —señaló hacia Trípode, que se puso en pie de un brinco y lo siguió hacia el aparcamiento.

Yo me bajé de las gradas y fui hacia mi sobrino, que estaba hablando animadamente con mis padres.

—¡Tía Millie! ¿A que ha sido alucinante?

—¡Oh, cielo, ha sido fantástico! Estaba tan orgullosa de ti que casi me hago pis encima.

Danny me abrazó y me hizo sentir muy pequeña. Debía de medir al menos un metro ochenta. Sam se unió a nosotros.

—¿Vas a venir al Barnacle, papá? —le preguntó su hijo.

–Desde luego –respondió él–. Me debes una Coca Cola.

–¡Hal! –le gritó mi padre a nuestro vecino–. ¿Has visto batear a mi nieto?

–¡Te has parecido a Ortiz, Danny! –respondió Hal. Mis padres se despidieron y Danny se fue con sus compañeros de equipo.

–No puedo creerlo –dijo Sam–. Mi hijo ha hecho un *grand slam* y ha ganado el partido.

–Debe de haber sido el mejor momento de tu vida –dije yo.

–Creo que tienes razón –respondió–. Y gracias por animarme.

–¡Oh, de nada, grandullón! Siempre he sido tu mayor fan.

Sam se rió y me pasó un brazo por los hombros.

–¿Recuerdas que solías venir a mis partidos de fútbol? Te sentabas allí y leías un libro durante todo el partido. Después me decías el buen trabajo que había hecho.

–¡Pero sí que miraba! –protesté–. Cuando tenías la pelota, yo levantaba la vista –era cierto. Solía ir a los partidos (la asistencia era casi obligatoria, pues mi hermana salía con él y además ostentaba el tan deseado cargo de jefa de animadoras), pero siempre había sentido un cierto nerviosismo cada vez que Sam corría por el campo o interceptaba un pase.

Sam mató un mosquito de una palmada.

–Una pena que Trish… –dijo.

–¿Te gustaría que Trish estuviera aquí?

–Sí, supongo que sí. Para ver el gran momento de su hijo.

–Bueno, puedes decirle a Danny que la llame más tarde. O ahora mismo, antes de iros al Barnacle.

–Buena idea, niña. Gracias.

–¿Sabes que Carol te está esperando?

–¡Oh, es verdad! Casi lo olvido. Muy bien, te veré más tarde.

–Allí estaré.

Ayudé a Katie a recoger los últimos juguetes de los niños y tomé a Mikey en brazos. Él hundió la cara en mi cuello y le di un beso en la cabeza.

–¿Listo para irte a la cama, dormilón? –pregunté.

–No estoy cansado –contestó con un bostezo y los ojos cerrados.

Mientras caminábamos por el campo, miré hacia Sam, que seguía hablando con Carol. Su risa nos llegó a través del aire. Después Sam se inclinó y la besó. No fue un gran beso, pero tampoco era un beso de amigos. Yo estuve a punto de tropezar.

Resultaba extraño ver a Sam con alguien que no fuese Trish. Carol era simpática y todo eso, pero no me parecía... normal. Natural. Comenzaron a caminar hacia el aparcamiento. Sam me miró y levantó la mano. Carol se volvió y saludó también.

Yo tragué saliva y seguí caminando.

Capítulo 24

En el ambulatorio, algunos días más tarde, Jill me informó que teníamos a una joven que decía no encontrarse bien. Llevaba un rato esperando y quería verme a mí en concreto.

Miré el informe mientras entraba en la consulta. Allí, sentada en la camilla, había una atractiva joven de cabello rojizo y tez bronceada. Volví a mirar el informe. Jennifer Bianco, veintitrés años.

—Hola, soy Millie Barnes —dije extendiendo la mano.

—Ya sé quién eres —respondió con frialdad.

—¿Nos conocemos?

—De hecho sí. Y tenemos a alguien en común —dijo—. Joe Carpenter.

—Ah. ¿De qué conoces a Joe? —pregunté con un presentimiento.

—Solía acostarme con él.

—Ah —sentí que me sonrojaba.

—Y ahora eres tú la que lo hace, ¿verdad? Te vi en el partido de béisbol el otro día.

—Bueno, señorita Bianco, no pretendo ser descortés, pero está usted en el ambulatorio y tengo otros pacientes a los que atender. ¿Tiene algún problema médico con el que pueda ayudarla?

—¿Y si te dijera que tengo alguna enfermedad, como gonorrea o algo así? ¿Y si dijera que estoy embarazada?

–¿Crees que lo estás? –pregunté, intentando que no me temblara la voz.

–No. No lo estoy, pero podría estarlo. Tu novio es un cerdo, ¿lo sabes? Y un imbécil –se bajó de la camilla–. Creí que deberías saberlo –se quedó de pie, frente a mí, con las manos en las caderas y un brillo desafiante en la mirada.

–Escucha, Jennifer, ¿estás segura de que no puedo ayudarte en nada?

Ella suspiró y miró hacia otro lado.

–No. Estoy bien. No tengo nada, doctora Barnes –por alguna razón, el hecho de que me llamara doctora Barnes me hizo sentir triste, como si fuera mucho mayor, pero aun así una negada–. Sólo quería decirte que Joe se acuesta con otras. Me dejó sin ninguna razón aparente. Un día estábamos haciéndolo en el desván de mi abuela y al día siguiente no me devolvía las llamadas. Cuando finalmente lo localicé, actuó como si no tuviéramos nada serio, que era sólo por diversión –se le quebró la voz y se secó los ojos con la mano–. Pero sí era serio, al menos para mí. Así que ten cuidado.

Abrió la puerta y se volvió para mirarme de nuevo.

–Una vez fuiste mi canguro. Cuando estaba durmiendo en casa de mis abuelos. Estuvimos coloreando y me dejaste tomar helado antes de irme a la cama. Me pareció que eras muy simpática –y sin más, se marchó.

Me senté sobre la camilla con las piernas temblorosas.

Jennifer Bianco. Su abuela vivía en el vecindario de mis padres. Yo tenía un vago recuerdo de la noche a la que se refería, y me acordé de algo más. Joe había arreglado el porche de la señora Bianco hacía unos meses. Al parecer, mientras hacía su obra de caridad, también le hacía otros favores a Jennifer.

Sabía que, si lo intentaba, podría racionalizar aquello. Podría encontrar la manera de justificar el comportamiento de Joe. Podía decirme a mí misma lo diferente que era conmigo, porque sí que era diferente. Pero por alguna razón no podía reunir la energía necesaria. Ver a Jennifer en persona no era igual que pensar en las anteriores novias de Joe.

Cuando llegué a casa aquella noche, llamé a Joe y le pedí que viniera. Accedió. Preparé la cena, un plato de pasta con verdura, y cenamos en la terraza. No hablamos mucho. ¿Era mi imaginación o nunca hablábamos realmente? Nos dábamos la mano, flirteábamos, salíamos, nos acostábamos, ¿pero hablar? ¿No se suponía que las almas gemelas hablaban? Me parecía que hablaba más con Digger que con Joe.

—Joe —dije—, ¿por qué crees que nos va tan bien juntos?

Joe me miró, sorprendido.

—No lo sé. Me gustas. Mucho.

—Tú también me gustas, obviamente. Pero bueno, ya sabes, tú has salido con muchas chicas, ¿verdad? Y me dijiste que ésta era la relación más larga que habías tenido. ¿Por qué crees que es?

Joe dio un trago a su cerveza y miró hacia el cielo oscuro. Digger se acercó y puso el hocico en su pierna. Joe le acarició la cabeza.

—No lo sé, Millie. Supongo que siento que tú eres diferente.

—¿En qué sentido?

—Maldita sea, Millie, no se me da bien hablar de estas cosas. ¿Estás enfadada conmigo o algo?

Le di la mano por encima de la mesa.

—No, Joe. No estoy enfadada. Simplemente he estado pensando en nosotros, nada más. Y la verdad es que no hablamos de estas cosas…

—Hablar está sobrevalorado —me dirigió una sonrisa torcida.

—A veces sí —respondí yo. Sonreí también, pero no aparté la mirada.

Joe suspiró y me besó en la mano.

—Muy bien, lo intentaré. Supongo que me gusta el hecho de que no me persigas, Millie. Quiero decir que nos conocemos desde siempre, pero para mí siempre fuiste amable y normal. Muchas chicas se me lanzan encima. Y tú no lo hiciste. No intentaste conseguirme, ni te volviste loca eligiendo vestidos de boda cuando empezamos a salir. Tienes un gran trabajo, amigos, una casa, un perro. Simplemente pareces… no sé, feliz contigo misma. ¿Qué te parece?

–Fantástico –respondí yo, aunque sentía un nudo en la garganta. Porque claro, todo lo anterior era justo lo que yo quería que pensara. Aunque ése había sido el objetivo, me sentía una mentirosa. Para disimular mi angustia, llamé a Digger, que abandonó inmediatamente a Joe para olisquearme la entrepierna–. No, no, Digger. Siéntate. Buen chico.

–¿Por qué estás conmigo? –preguntó Joe.

–¿Eh? Oh, bueno, por muchas razones –le acaricié la tripa a mi perro.

–Adelante.

–Bueno, eres mono, eso no se puede negar. Pero también eres trabajador y agradable. Ya sabes, de buen corazón. Y eres alegre. Quiero decir, feliz. Lo cual es bueno –aquello pareció poco convincente, pero Joe se rió un poco.

–Sí, bueno, no puedes tomarte la vida demasiado en serio –se recostó en su silla y dio otro trago a la cerveza.

Digger se tumbó junto a mi silla y apoyó la cabeza en mi pie. Se prolongó el silencio, roto sólo por el sonido del viento entre las hojas de los árboles. Debería haber sido un momento romántico.

–Joe –dije–. ¿Te acuerdas de la vez que nuestra clase fue de excursión al asentamiento Plymouth?

Joe frunció el ceño.

–Eh… la verdad es que no.

–Claro que sí. La gente iba vestida con ropa de época. El herrero, el tipo ése que hacía de Miles Standish.

–¡Ah, sí! Estuvo muy bien. ¿Quieres volver ahí?

–No –dije, un poco exasperada–. ¿Recuerdas que vomité cuando volvíamos a casa en el autobús?

–Qué asco –dijo.

Yo tomé aliento y sonreí para no parecer una gruñona.

–¿Te acuerdas, Joe?

–La verdad es que no.

Mi sonrisa desapareció.

–¿No te acuerdas?

–No. ¿Por qué?

–Fuiste muy dulce conmigo. Los demás estaban riéndose de mí y tú les dijiste que se callaran.

–Ah. Bueno, eso está bien.

Yo me obligué a cerrar la boca. «No significa nada, Millie», me dije a mí misma. «Joe hace ese tipo de cosas automáticamente. No importa que no se acuerde».

Pero sí importaba. Aquel momento era sin lugar a dudas el más importante de mi adolescencia. Representaba todas las cualidades buenas que creía que tenía Joe Carpenter. Ese momento me había ayudado a sobrellevar los momentos difíciles, me recordaba por qué otros hombres no estaban a la altura de Joe. Y él ni siquiera se acordaba.

Comencé a analizar cada palabra, cada acción y cada movimiento de Joe. Llevábamos juntos más de un mes y todo era genial. Salvo para mi cerebro. Estaba volviéndome loca con el análisis, pero no podía evitarlo.

Amaba a Joe. De verdad. Pero aparte de su encanto y de su belleza, ¿qué más amaba? Sí que era trabajador. Y tenía buen corazón. Más o menos. Salvo que algunos de los ejemplos que me habían entusiasmado previamente no eran exactamente lo que yo pensaba.

–¿Katie, qué piensas de Joe? –le pregunté a mi amiga un día que llevamos a los niños al parque Wiley. Estaban chapoteando alegremente en la orilla de la laguna.

–Oh, oh –dijo Katie–. ¿Qué ha ocurrido?

–Nada, nada. Es sólo que… bueno, ¿por qué crees que ha ocurrido algo?

–Porque nunca antes te habías preguntado nada sobre Joe. Jamás.

–Bueno, no puedo entrar en detalles, pero me encontré con alguien que salía con él, y eso me hizo pensar.

–Bueno, Millie, si lanzas una piedra por aquí, seguro que golpeas a alguien que se ha acostado con Joe. Ya lo sabes, ¿verdad? –rebuscó en la nevera y me dio un refresco.

–Gracias. Sí, claro que lo sé. Es sólo que… –cambié de postura en mi silla de playa.

–¿Qué te preocupa exactamente?

–No lo sé. ¿Crees que estamos bien juntos?

Katie miró a sus hijos.

–Michael, cariño, no le eches arena a tu hermano en la cabeza. Gracias. Escucha, Millie –dijo–, creo que sabes suficiente sobre Joe como para decidirte sola.

–¿Ya está? ¿Eso es todo lo que tienes que decirme?

–Sí. Lo siento.

–Muy bien, entonces respóndeme a esto, oh, esfinge todopoderosa. ¿Cómo se sabe realmente si amas a alguien?

–Buena pregunta. No tengo ni idea.

–¡Katie! Vamos. Juega conmigo.

Ella se rió.

–De acuerdo, de acuerdo. Aunque te recuerdo que yo no he experimentado el amor verdadero. Simplemente tuve a Elliott –pensó durante un minuto–. Bien. El amor verdadero sería cuando, sin importar lo feliz que fuiste en cualquier momento dado, ese momento habría sido mejor con la persona a la que amas. Habría sido perfecto con ella.

–Eso ha estado bien –dije–. Todo ese rollo de «tú me completas».

–Claro –sonrió y se recogió el pelo bajo su gorra de los Red Sox–. Y cuando estás con esa persona, muestras tu mejor cara. No finges, simplemente eres la mejor.

Dejé de sonreír. ¿Estaba fingiendo con Joe? No, imposible. Yo lo amaba. Mostraba mi mejor cara. Pero deseaba que no me costara tanto esfuerzo…

–¿Tú no quieres experimentar eso? –pregunté para cambiar de tema–. Me refiero a un futuro lejano.

–Yo me siento así todo el tiempo –respondió Katie, y señaló a sus hijos–. Los mejores momentos de mi vida están justo ahí.

–Me refiero a otro adulto, Katie. Ya me entiendes.

–Bueno, si intentas emparejarme con alguien otra vez, Millie, te mataré –dijo con una sonrisa–. La respuesta es quizá. Pero no con Sam, ¿de acuerdo? Él no es para mí. Pero últimamente las cosas no han sido tan agotadoras, ¿sabes? Así que supongo que sí, estaría abierta a esa posibilidad, algún día. Pero no ahora.

—Sam y tú… —comencé.

—¿Millie, es que no me escuchas? ¡Sam no! Corey, Mike, necesitáis más crema para el sol —los niños se levantaron y corrieron hacia nosotras.

—Sólo iba a decir, mi querida amiga, que Sam y tú os parecéis. Los dos anteponéis a vuestros hijos —dije antes de echarle crema en la espalda a Corey.

—Claro que lo hacemos. Tú también lo harás, cuando tengas uno con Joe —Katie les dio un beso a sus hijos y éstos salieron corriendo de nuevo al agua.

—¿Entonces piensas que Joe y yo estamos bien juntos? —pregunté para volver al tema original.

—Cariño, ¿lo crees?

—¿Es que no puedes contestar sin más, doctora Freud?

—Sólo tú puedes hacer eso, amiga. Mike, no te metas eso en la boca. ¡No!

Capítulo 25

Una de nuestras adorables tradiciones en agosto era hacer una fiesta de finales de verano para los alumnos de primero y de último curso en el instituto, así como para los graduados de la pasada primavera. El Día del Faro era una feria que duraba todo el día celebrada en los terrenos de la escuela, seguida de un baile semi formal aquella misma noche. Era una manera de decir adiós a los chicos que se habían graduado en junio y de dar comienzo al nuevo año académico. El baile rivalizaba en importancia con el baile de fin de curso, y Danny y su novia, Sarah, llevaban semanas hablando de él.

Yo fui en bicicleta a casa de Sam el domingo antes del Día del Faro para ver cómo estaban mis chicos. Había pasado la mañana en el centro de mayores, viendo a los pacientes del doctor Whitaker, y me apetecía un poco de aire fresco tras estar en un espacio cerrado durante tres horas. Circulaba tranquilamente por el carril bici, saboreando el azul de las lagunas de agua caliente y aspirando la fragancia de los pinos y el salitre. Me sentía feliz y llena de energía. No había ido a casa de Sam desde mi fiesta de cumpleaños, y su jardín, como siempre, estaba magníficamente cuidado, lleno de color y de fragancias. Sam estaba fuera, sudando mientras reforzaba un muro de contención bajo una cascada de clemátides rosas.

—¡Ahora que Trish ya no vive aquí, puedes dejar que todo eso se pudra! —sugerí mientras me sentaba en los escalones junto a él.

–Nada de Trish. Esto es cosa mía. ¿Cómo estás, Millie?

–Bien. ¿Y tú?

–También bien –se secó la frente y sonrió.

–¿Sigues viéndote con Carol? –pregunté.

–La verdad es que no. Digamos que lo dejamos.

–¡Oh, no! –exclamé yo, dividida entre la compasión y el placer culpable–. ¿Qué ocurrió?

–En realidad nada. Simplemente nos dimos contra un muro de cordialidad y ninguno pareció querer ir más lejos.

–«Amor de verano, me hizo saltar» –comencé a cantar. Sam había estado en el coro de *Grease* en el instituto. Mi hermana, por supuesto, había hecho el papel de Sandy.

–«Amor de verano, ocurrió tan deprisa» –me siguió él.

Observé con admiración como Sam colocaba otra piedra en su lugar. Su camiseta estaba oscurecida por el sudor, el pelo se le pegaba a la frente, estaba bronceado y sonriente… En general no parecía muy triste por su ruptura con Carol. Aunque yo tampoco lo estaba.

–Tal vez a Carol no le gustaras –sugerí.

–Cuidado con lo que dices, doctora.

–De hecho, me dijo algo más o menos así. «Millie», me dijo. «No me gusta Sam. Es muy estirado».

Sam se rió y me golpeó en la pierna.

–Bueno, a mí Joe también me dijo algo. «Sam», me dijo. «Esa Millie es un auténtico grano en el trasero».

–Además, Carol me dijo, «Sam no sabe jugar al béisbol».

–Bueno, Joe me preguntó si alguna vez te había visto correr y, de ser así, qué diablos te pasaba.

–Carol también dijo que «Sam suda demasiado».

–Joe me dijo que… bah, olvídalo. Tú ganas, niña –sonrió y agarró otra piedra.

–¡Ey, chicos! –dijo mi sobrino. Bajó saltando los escalones y se tiró al césped–. ¿Qué pasa?

–Un burro por tu casa –respondí yo.

–Vaya, qué graciosa, tía Mil. Oye, quería preguntarte una cosa. Necesitamos carabinas para el baile del Día del Faro y pensaba que sería genial que vinieras con Joe.

–¿De verdad? –pregunté yo.

–Claro.

–Es un honor, cariño. Claro que iremos. Será divertido.

Sam abandonó su actividad y se frotó la frente con el brazo.

–No sabía que necesitarais carabinas, Dan. Yo también podría hacerlo.

–Bueno, papá, ocurre una cosa.

–Que tú no eres lo suficientemente genial –bromeé yo.

–Cállate, Millie, o te daré un abrazo sudoroso. ¿Qué es lo que ocurre, Danny?

–Que no eres lo suficientemente genial –respondió Danny con una sonrisa.

Yo me eché a reír y Sam me miró con el ceño fruncido.

–No, en serio, papá. Eres policía –explicó Danny–. Ya sabes, harás que todo el mundo se comporte.

–Será mejor que te comportes igualmente.

–Por supuesto que lo haré. Por favor. Sabes que yo no hago esas cosas. Siempre me mantengo firme. No te preocupes por mí.

–Lo haré de todas formas –durante un segundo, Sam pareció algo triste, pero arrancó una mala hierba de su jardín y la tiró a la carretilla.

–La tía Mil me vigilará, ¿verdad, Millie?

–Sí, claro que lo haré, Daniel –respondí–. Y, Sam, el hecho de que Joe y yo seamos geniales y tú no lo seas no significa que…

–Danos un abrazo, cariño –dijo Sam abriendo los brazos. Yo di un salto y salí corriendo por el jardín, gritando y riéndome como si tuviera nueve años otra vez.

Joe estuvo encantado de asistir al baile conmigo.

–¡Fantástico! –exclamó cuando le llamé–. Esas cosas eran divertidísimas cuando éramos pequeños, ¿verdad, Mil?

–De hecho no creo que haya asistido nunca al baile del Día del Faro –le dije.

–¿De verdad? ¿Cómo pudiste perdértelo?

«Porque estaba gorda, tenía acné y aparato y habría saltado desde el puente de Sagamore antes que ir al baile», pensé. Por suerte, o por desgracia, Joe no parecía acordarse de mí en esa época.

—Oh, por entonces era muy tímida —respondí.

—Bueno, pues nos lo pasaremos muy bien, Millie. Ya lo verás.

Yo también estaba nerviosa. Según las guías que me había enviado el comité del faro, las carabinas también podían vestirse de gala. Jill Doyle también iba a ser carabina y nos había invitado a Joe y a mí a cenar con otras parejas antes del baile. Todo sonaba muy adulto y divertido.

Me corté y teñí el pelo de nuevo y comí con Curtis y con Mitch en Provincetown después. Cuando llegué a casa, llamé a mi madre y le lancé el hueso que había estado esperando toda su vida.

—Mamá, necesito un vestido.

—¡Millicent Evelyn Barnes! —exclamó en el vestidor de Nordstrom más tarde aquella semana—. ¡Mírate! ¡Qué tipo tienes, cariño!

—Bueno, por fin he conseguido perder algo de peso —respondí modestamente.

—Pero has mantenido tus curvas. Qué afortunada —me dijo—. Trish y yo somos todo piel y huesos.

—Creo que «esbeltas» es la palabra que estás buscando —dije yo, y me sonrojé con placer.

Mi madre hizo que me probara miles de vestidos. El que elegimos al final era fantástico, tenía que admitirlo. De satén blanco roto, hasta la rodilla, con tirantes a los lados de los hombros y un precioso escote curvo. El vestido realzaba mi bronceado y mis curvas.

—Tienes una belleza natural —dijo mi madre—. Vamos con los zapatos. Y vamos a necesitar un buen sujetador para ese vestido. Date prisa, cariño.

Yo no tenía que trabajar el día del baile, así que pasé el día acicalándome, como debería haber hecho cuando era adolescente. Primero fui a correr para tener brillo en la piel, después tomé un desayuno aburrido, pero saludable. Aspiré la arena de mi coche y lavé las ventanillas. Después me depilé las piernas con mucho cuidado. Baño de burbujas con unos productos que olían de maravilla. Más tarde una manicura con esmalte de uñas, dos capas. Una larga conversación con Katie, luego otra con Curtis y Mitch, que me aconsejaron rodajas de pepino para los ojos y mucha agua.

–Esto es divertido –les dije–. ¿Sabéis que yo no fui a mi baile de graduación?

–¿De verdad? –preguntó Mitch educadamente, fingiendo sorpresa.

–Serás la más guapa esta noche –respondió Curtis.

A las cinco en punto ya estaba preparada. Joe llegó a la hora y se acercó a mi puerta con una rosa en la mano. Estaba guapísimo. Se había cortado el pelo y parecía más maduro, más de confianza que con el pelo revuelto que llevaba habitualmente. Además se había afeitado y sus hoyuelos se veían perfectamente. Llevaba un traje azul marino con una camisa blanca y corbata a rayas azules y rojas.

–Dios mío –dije al abrir la puerta–. Estás guapísimo, Joe –le di un beso con cuidado de no echar a perder las tres capas de pintalabios que me había echado.

–Tú también estás muy guapa –me dijo al entregarme la rosa–. ¿Lista?

Fuimos a casa de Jill en mi coche; al fin y al cabo no quería tener que entrar y salir de la furgoneta de Joe llevando el vestido entre los vestidos. Jill nos saludó y nos presentó a las otras carabinas como «los más guapos del lugar». Yo estaba pletórica. En quince años había pasado de ser la chica gorda a la reina del baile.

La cena de Jill fue maravillosa. Nadie podía estar triste y tímido cerca de esa mujer, y sus invitados se mostraron alegres y cercanos. Salvo uno.

–Hola, soy Millie Barnes –le dije a una mujer atractiva de cuarenta y pocos años.

–Lorraine McNulty –contestó ella estrechándome la mano–. Un vestido fantástico.

–¡Gracias! Éste es Joe Carpenter –dije mientras me volvía para presentar a mi chico.

–Joe –el rostro de Lorraine se volvió de piedra.

–Hola, ¿cómo estás? –preguntó Joe. Después se fijó en mi copa llena–. ¿Millie, quieres otra copa? –sin más se marchó. Y yo adiviné la razón.

–Encantada de conocerte –le dije a Lorraine, y seguí a Joe a la cocina. Estaba bebiendo vino–. Supongo que la conoces.

–Oh, sí.

–¿Una antigua novia?

–Algo así –respondió. Se terminó el vino y después me sonrió–. No me dejes a solas con ella, ¿de acuerdo?

–¿Hay algo que debas decirme?

–Mierda, no.

Intenté no pensar en ello. Había demasiadas mujeres como para ofenderme. Me recordé a mí misma que siempre lo había sabido. Además, era mi primer baile importante y quería disfrutarlo. Comí con cuidado, sabiendo que el efecto de mi vestido sería menor con una mancha de salsa de cóctel en el corpiño. Sólo tomé unos sorbos de vino; al fin y al cabo era carabina.

Nos sentamos a cenar, charlando y riéndonos, ajenos a la cara de granito de Lorraine. Joe parecía sometido, hablando en voz baja, sin mirarla nunca.

–Bueno, queridos, creo que ha llegado el momento –anunció Jill tras el café y la tarta. Le dimos las gracias profusamente y nos dirigimos hacia nuestros coches.

–¿Joe, estás bien? –le pregunté mientras conducíamos hacia el instituto.

–Claro. ¿Por qué lo preguntas?

–Bueno, parecías algo inquieto de ver a esa mujer… Lorraine.

Suspiró y me miró.

–Era una de esas mujeres de las que te hablé, Millie. Estaba haciendo un trabajo en su casa y se me tiró encima. Después empezó a hablar de dejar a su marido y…

–¿Está casada?

–Sí. Bueno, lo estaba entonces. Creo que se divorció.

–¡Joe! ¿Te acostaste con una mujer casada?

–Bueno, sí, supongo. Pero fue ella la que engañó a su marido, no yo.

«Sam nunca haría una cosa así». La idea apareció en mi cabeza y me pilló por sorpresa. Pero era cierto. Aunque quería creer que había un Joe Carpenter heroico y secreto, no había nada de secreto en la bondad de Sam.

–Así no funciona el adulterio, Joe –dije con voz tensa. Pero me rendí al ver su mirada confusa. Estábamos ya en el instituto y no podía hacerme cargo de esa conversación en aquel momento. Aparcamos y, al salir del coche, vimos que los chicos empezaban a llegar; las chicas radiantes como aves exóticas con sus vestidos, los chicos adorablemente extraños con sus trajes.

Joe me tomó del brazo y me condujo hacia el edificio, silbando en voz baja. Una vez más, era ajeno a lo que yo sentía. Apreté los dientes e intenté no pensar negativamente. «No puede evitar que las mujeres reaccionen así a su alrededor, Millie». Pero no era sólo cómo reaccionaran las mujeres. También era Joe.

–¿Preparada, guapa? –me preguntó mientras abría la puerta.

Yo me obligué a sonreír y le di la mano. «No es perfecto», me dije a mí misma. «Nadie lo es».

El gimnasio estaba decorado con globos y banderines, así como infinidad de luces de Navidad multicolores. En mitad de la sala había una maqueta del faro de Nauset, de unos cinco metros de alto, con una luz de verdad dando vueltas en el interior.

–¡Oh, mira, Joe! ¡Un faro! –era tan bonito que me olvidé de mi angustia interior.

–Sí, bueno, odio decirte esto, Millie, pero han tenido esto desde que nosotros estudiábamos aquí.

–Ah –respondí yo, y se me borró la sonrisa de la cara.

Dimos una vuelta, saludando a los demás carabinas y a

los chicos que conocíamos. Nuestra labor era bastante difusa; vigilar que no hubiese alcohol ni drogas, que no hubiera toqueteos exagerados… cosas así. Ser adultos, en otras palabras.

Mi sobrino y Sarah se acercaron a nosotros.

–¡Hola, chicos! –dije–. ¡Sarah, estás guapísima!

–Tú también, Millie –dijo tímidamente–. Hola, señor Carpenter.

–Hola, Danny –dije antes de darle un abrazo–. Estás muy guapo, mi angelito –le susurré al oído.

–Gracias por susurrar eso –me dijo con una sonrisa–. Hola, Joe.

–Hola, Dan –respondió Joe amablemente–. ¿Ya os estáis divirtiendo?

–Claro –respondieron al unísono.

–Bueno, que lo paséis bien. No tenéis que quedaros aquí hablando con nosotros –les dije, y sentí un nudo en la garganta al ver alejarse a mi sobrino. Esperaba que Sam hubiera podido ver a Danny y a Sarah tan guapos. Esperaba que les hubiera sacado una foto para mí.

–Me ha llamado señor Carpenter –dijo Joe señalando hacia Sarah.

–Bueno, Joe, casi le doblas la edad. Los dos estamos igual.

–Sí, supongo. Pero hace que me sienta viejo.

–Treinta años no es viejo, Joe.

–Supongo que no. ¿Oye, vas a bailar conmigo o qué?

Yo vacilé un instante.

–Mejor más tarde, cuando haya más gente bailando. Aún no veo a los demás carabinas en la pista.

–De acuerdo, de acuerdo –murmuró Joe algo irritado–. Volveré en unos minutos, ¿de acuerdo?

–Claro –lo vi alejarse hacia la salida. Tal vez le doblase la edad a algunas de las chicas allí presentes, pero eso no impedía que le dirigiesen miradas de soslayo. Sí, yo estaba con el rey del baile. Un rey del baile algo mayor, pero un rey igualmente.

Sin embargo, por alguna razón, el torrente de sorpresa y placer que sentía cuando estaba con él se encontraba ausente esa noche. La voz que normalmente defendía a Joe estaba un poco callada últimamente, y cada vez me costaba más reconciliar lo que pensaba de Joe con... con lo que realmente era.

Miré a mi alrededor y de pronto me sentí un poco extraña, sola y rodeada de tantos adolescentes. Tal vez pudiera ir al baño a recolocarme el sujetador. Caminé en esa dirección, con cuidado de no torcerme un tobillo con los zapatos de tacón. Mientras avanzaba con cautela, divisé una figura familiar... alta y con canas en su pelo castaño. ¡Sam!

Estaba de espaldas a mí, hablando con otra carabina cuyo nombre no recordaba, aunque había estado en la fiesta de Jill. Me quedé al margen durante un minuto, esperando a que me vieran. Justo cuando empezaba a sentirme incómoda, la mujer se despidió de Sam y me saludó con la mano.

—¡Hola, Sam! —dije. Se dio la vuelta.

—Ey, Millie —fue lo único que dijo. Se quedó mirándome como si no me hubiera visto nunca, con la boca ligeramente abierta y expresión de asombro. Recorrió mi cuerpo con la mirada y no pude evitar reírme. Me di la vuelta para que pudiera ver todo el vestido—. Vaya.

—¿Mi padre te ha pagado para que dijeras eso? —pregunté, y me puse de puntillas para darle un beso en la mejilla.

—Millie, Dios mío.

—Gracias. Eres demasiado amable —aunque sólo era Sam, me sentí entusiasmada porque alguien me admirase de esa forma—. Bueno, puedes cerrar la boca. ¿Qué estás haciendo aquí? Creí que no eras lo suficientemente genial.

Sam negó con la cabeza.

—Lo siento. ¿Qué has dicho?

—Que por qué estás aquí, Sam —repetí, pronunciando las palabras exageradamente como si fuera duro de oído.

—Oh. Randy Lynch tenía apendicitis. Danny me preguntó si podía sustituirlo en el último minuto.

—¡Oh, genial! Me refiero para ti, no para Randy. Acabo de ver a Danny y a Sarah. ¿Les has hecho muchas fotos?

—Desde luego.

Nos quedamos allí de pie durante un minuto. A medida que la música sonaba, más parejas se aventuraban a la pista de baile. Era divertido mirar; era evidente que todas las chicas habían practicado durante horas delante del espejo, pues se movían con elegancia y precisión. Los chicos, por otra parte, bailaban como si estuvieran dándoles descargas eléctricas con un palo para dirigir el ganado, con movimientos espasmódicos y agitando las cabezas.

—¿Tú te lo pasaste bien en el baile del Día del Faro? —le pregunté a Sam al recordar lo mucho que se había acicalado Trish aquel día.

—Oh, claro. ¿Y tú?

—Yo no fui.

—¿De verdad? ¿Por qué? —preguntó con curiosidad.

—Tonto, porque era gorda y horrenda, y ningún chico sobre la faz de la tierra quería estar cerca de mí. ¿No te acuerdas? —solté una carcajada aguda, molesta por tener que revivir mi adolescencia por segunda vez.

—No, Millie —respondió Sam lentamente—. No es así como yo te recuerdo.

Sus palabras hicieron que me temblaran las rodillas, y aparté la mirada abruptamente. Sentía las mejillas ardiendo mientras contemplaba a la multitud. Una pareja de carabinas se acercó a la pista de baile.

—¿Has venido con alguien? —pregunté.

—No. Sólo yo.

—Una pena que Carol te dejara.

—La dejé yo, niña.

—Claro que sí, cariño. Me he equivocado —Sam se rió y negó con la cabeza—. Dime, Sam, ¿qué harás el próximo año cuando Danny esté en la universidad? —pregunté, con la esperanza de que no fuera un tema doloroso.

—De hecho yo estaba pensando lo mismo. Pensaba quizá en terminar la carrera. Me quedan un par de asignaturas. Después pensaba hacer un máster en criminología.

—¡Sam, eso sería fantástico! ¡Bien por ti!

–Bueno, ya sabes, por fin tendría tiempo. Además estaría bien terminar.

–Es fantástico.

Joe apareció a mi lado.

–¡Hola, Sam! –dijo.

–Hola, Joe. Que mujer tan hermosa tienes aquí –respondió Sam.

–Desde luego que sí. La más hermosa. Y oye, mujer hermosa, ¿quieres bailar?

Yo miré a Sam, que me guiñó un ojo.

–Luego me compadeceré de ti –le dije mientras Joe me arrastraba hacia la pista de baile. El DJ estaba pinchando una canción lenta de Norah Jones, y Joe me estrechó contra su cuerpo caliente.

–Bailar me pone cachondo –me susurró.

–¡Joe! ¡Shh! ¡Somos carabinas!

–Mmm. ¿Quieres que nos metamos en la sala de audiovisuales?

–No, idiota –me reí, pero con cierto nerviosismo–. Compórtate.

Bailamos durante un minuto o dos más y yo observaba a los chicos moviéndose a nuestro alrededor. Danny y Sarah estaban cerca. Sarah tenía los ojos cerrados y la mejilla apoyada sobre el hombro de Danny. Qué bonito. Miré hacia Sam, que estaba de pie con su clásica postura policial, pies ligeramente separados, manos entrelazadas detrás de la espalda. Me miró y sonrió.

En ese momento, Joe decidió besarme; fue un beso muy intenso además. Yo me aparté lo mejor que pude con su brazo alrededor de mi cintura.

–¡Joe! ¡Vamos! ¡Somos carabinas! No podemos meternos mano en la pista de baile.

Y entonces lo noté. El inconfundible sabor a alcohol. No era vino. Era otra cosa.

–¿Joe, has estado bebiendo? –susurré horrorizada.

–Bueno, he echado un traguito en el aparcamiento –contestó con una sonrisa.

—¿Un traguito de qué? ¿Y por qué?

—Oye, Millie, cálmate. Sólo era licor de arándanos, nada más. Por el amor de Dios.

Como si yo tuviera poderes mentales, miré hacia un rincón de la sala, donde había tres chicos arremolinados juntos. Uno de ellos señaló a Joe y los tres desaparecieron por la puerta.

—Joe —dejé de bailar—. ¿Le has dado licor a alguien? —aunque el corazón había empezado a palpitarme con fuerza, me obligué a mantener la calma.

—¿Qué? Ah, sí. Se lo di a un par de chicos que estaban por ahí. ¿Cuál es el problema, Millie? No es para tanto.

—Joe, eres idiota —susurré—. ¡Va contra la ley dar alcohol a menores! ¿Y si alguno de ellos va a conducir esta noche? ¿Y si atropellan a alguien? ¡Dios, Sam te metería en la cárcel por esto!

La gente comenzaba a mirarnos, discutiendo como estábamos. Yo me alejé de la pista y salí por la misma puerta por la que se habían marchado los chicos. Joe me siguió.

—¿Dónde están? —pregunté al llegar a la calle.

—¿Quiénes?

—¡Los chicos a los que les diste el alcohol, Joe! ¿Dónde están? —tuve que hacer un esfuerzo por no abofetearlo.

—Allí —señaló, y caminé hacia un enorme arce situado al borde del aparcamiento. Los chicos parecían asustados. Uno de ellos, Kyle, iba a la clase de Danny.

—Dádmelo —les dije.

—¿De qué está hablando? —preguntó uno de ellos.

—¡Ya! —grité.

Kyle sacó la botella de debajo del pantalón.

—Lo siento, doctora Barnes.

Yo abrí la botella y tiré el contenido al suelo.

—¿Sabéis que el padre de Danny Nickerson está en la fiesta? ¿Sabéis lo que os haría si os pillara bebiendo? ¿Alguno de vosotros pensaba conducir esta noche?

—Eh, bueno, íbamos a volver juntos a casa.

—¡Dios mío! —los observé durante un minuto—. ¿Alguno de vosotros sabe cómo murieron los abuelos de Danny?

–Oh, no, doctora Barnes.

–Por culpa de un conductor borracho. Un adolescente borracho. Estoy hablando de los padres del agente Nickerson.

Parecieron avergonzados.

–Voy a llamaros un taxi –dije–. Os vais a casa. ¿Con quién habéis venido? Se lo diré.

–¿Doctora Barnes, se lo va a decir al padre de Danny? –preguntó Kyle, preocupado.

–No. Esta vez no. Pero el lunes vendréis al ambulatorio de Cabo Cod y echaremos un vistazo en Internet a accidentes de tráfico provocados por el alcohol. Y trabajaréis como voluntarios en el centro de ancianos dos veces por semana durante todo el año escolar. Y si volvéis a fastidiarla, se lo diré a vuestros padres, a vuestro director y al agente Nickerson. Y personalmente me encargaré de que os arrepintáis. ¿Entendido?

Los tres asintieron avergonzados.

–Genial –tomé aliento–. ¿Alguien tiene un teléfono móvil?

Diez minutos más tarde, los chicos iban de camino a casa en un taxi.

Mi ira hacia ellos disminuyó cuando se marcharon. Al fin y al cabo eran unos adolescentes, y casi todos los adolescentes cometen estupideces en un momento u otro. Por desgracia, esas estupideces a veces acababan en muerte. Si los había asustado, bien. Tomé aliento varias veces.

En esa ocasión por el adulto estúpido al que tenía que enfrentarme.

Joe estaba sentado en el capó de mi coche, con las manos entrelazadas entre las rodillas y expresión arrepentida.

–Lo siento, Millie –dijo.

–Joe, no sé cómo has podido hacer una cosa tan estúpida y horrible –dije con voz temblorosa. Se bajó del coche y me rodeó con su brazo.

–Millie, lo siento –dijo–. Sólo quería que se lo pasaran bien. Esto del baile ha sido como volver al instituto. Quiero decir que en el instituto bebía un poco y no me hizo daño.

–Joe, cállate –contesté yo, y me zafé de su brazo–. No

puedes justificar el hecho de darles alcohol a esos niños. Por favor, simplemente cállate –sentía las lágrimas deslizándose por mis mejillas.

–Oh, Millie, no llores. Vamos, volvamos dentro y pasémoslo bien.

Lo miré confusa, con la luz de la farola iluminándolo como a un ángel. Un ángel estúpido.

Y entonces lo supe. No amaba a Joe. No era la persona que yo creía. Era muy guapo y encantador. No tenía malicia. Simplemente era ajeno a todo. Todas las cualidades que creía haber visto en él durante los años no eran ciertas. El Joe Carpenter al que amaba existía sólo en mi imaginación. El hombre que tenía delante era un tipo normal que resultaba ser demasiado guapo para su propio bien.

Empecé a llorar con más fuerza.

–Mierda, Millie. Vamos. No llores. Lo siento. No ha ocurrido nada malo. Has asustado mucho a esos chicos. Pasarán años antes de que vuelvan a beber. Vamos, cariño.

–Joe… –dije entre hipidos–. ¿Estás borracho?

–No, no. Sólo me tomé una copa de vino donde Jill y un poco de licor. Estoy bien.

–Bien. Porque quiero que te vayas. Lleva el coche de vuelta a mi casa, súbete en tu furgoneta y vete a casa. Yo buscaré a alguien que me lleve.

–Millie, vamos. No te pongas así.

–Lo siento, Joe. Te llamaré mañana.

Y mañana rompería con él.

Me miró durante unos segundos y finalmente asintió. Yo saqué las llaves del bolso, se las entregué y, al entrar de nuevo en el instituto, fui directa al baño. Al mirarme en el espejo pareció que hubiera envejecido diez años. Se me había corrido el maquillaje. El vestido… ¿a quién le importaba? Y encima tenía que volver al gimnasio y actuar de carabina en el baile de mi sobrino con total normalidad. Los ojos se me llenaron de lágrimas otra vez.

«No pienses en ello», me ordené a mí misma. «Espera a llegar a casa y enfréntate a ello entonces».

Me sequé la cara como pude con el papel del baño, me soné la nariz y me arreglé el pelo. Danny se lo estaba pasando muy bien y no quería montar una escena. Y por Danny haría cualquier cosa. Suspiré, me sequé los ojos de nuevo y regresé al gimnasio. Me dirigí hacia la mesa del ponche y me tomé un vaso de aquel líquido rosa azucarado. Después pedí otro.

Me di la vuelta y contemplé a los bailarines de nuevo. Estaban Danny y Sarah, bailando lentamente, sin apenas mover los pies. Jill y su marido bailaban con una energía y una simetría que dejaban claro que habían dado clases de bailes de salón. Me saludó enérgicamente con la mano y yo sonreí. Estaba también Sam, que bailaba con una mujer a la que no conocía. Parecía feliz. Y yo volví a sentir el nudo en la garganta. Aparté la mirada durante un minuto, me abaniqué la cara inútilmente con la mano y respiré profundamente. Con suerte la luz tenue disimularía mis ojos llorosos.

Alguien me dio en el hombro. Sam.

–¿Qué sucede, cariño? –me preguntó.

Yo apreté los labios para no empezar a llorar de nuevo y negué con la cabeza.

–¿Se trata de Joe? –preguntó, y me dio la mano como si supiera que un abrazo haría que empezara a llorar. Asentí. Sam miró al suelo–. ¿Qué puedo hacer?

–¿Puedes llevarme a casa luego?

–Claro que sí.

Miré a mi alrededor durante un minuto, esperando a sentirme mejor. Acabó la canción lenta y comenzó una más animada.

–Vamos, niña –dijo Sam tirando de mi mano–. Dijiste que te compadecerías de mí y que bailarías.

–No, ahora no, Sam –tragué saliva y sonreí.

–Pero ésta es nuestra canción.

–Nosotros no tenemos canción.

–Pues deberíamos, y debería ser ésta –sin esperar una respuesta, me arrastró hacia la pista y me dio un pisotón en el pie.

–¡Oh!

–Perdón.

–¿Lo has hecho a propósito?

–¡Claro que no! Vamos, niña. No te quedes ahí. Puede que vuelva a pisarte.

–¿Estás intentando hacerme reír?

–No. No te rías. Es una orden. Vamos, mueve los pies.

Me rendí y comencé a bailar tímidamente. Sam me dio un abrazo rápido.

–Todo se solucionará –me susurró, y me dio la vuelta antes de que empezara a llorar de nuevo.

–Eres un bailarín penoso –dije con una sonrisa a pesar de las lágrimas en mis ojos.

–Le dijo la sartén al cazo –respondió él, se agachó y estuvo a punto de tirarme.

–Por Dios, Sam, ten cuidado. Soy una mercancía muy valiosa, ya lo sabes.

–Desde luego. ¿Te gusta nuestra canción? –preguntó. Era una canción chillona y horrible que a los chicos al parecer les encantaba.

–Me encanta. Es tan de nuestro estilo. ¿Cómo se llama?

–No tengo ni idea. ¡Ey, Bobby! –le gritó al chico que había a nuestro lado–. ¿Cómo se llama esta canción?

Bobby nos miró confuso.

–*Los impuros* –respondió.

Conseguí no llorar durante el resto de la noche, gracias principalmente a la protección de Sam. Al fin terminó el baile y Sam y yo nos metimos en su furgoneta. Apoyé la cabeza en el cristal de la ventanilla mientras conducíamos en silencio. Cuando llegamos a mi casa, la furgoneta de Joe no estaba. Sam me abrió la puerta y me ayudó a bajar. Después me acompañó hasta la puerta.

–¿Quieres pasar?

–No, gracias –los ojos se me llenaron de lágrimas.

–¿Qué te parece si me quedo cinco minutos?

Yo asentí, abrumada por su amabilidad y por el consuelo de su presencia. Me arrodillé para que Digger pudiera darme un beso, después me fui directa al dormitorio y me quité el vestido. Oí que Sam dejaba salir a Digger, después el agua correr. Me puse un pijama viejo y fui al baño a lavarme la cara.

Joe y yo habíamos terminado. Me incliné sobre el lavabo, me lavé la cara con jabón y regresé a la cocina. Sam había hecho café.

—Es descafeinado —dijo ofreciéndome una taza.

—Gracias —alcancé un pañuelo y me soné la nariz. Nos sentamos los dos a la mesa de la cocina.

—¿Quieres hablar de ello? —preguntó Sam.

—Bueno —dije yo—. Es sólo que… mañana romperé con Joe —tomé aliento, aunque pareció más un sollozo, y me llevé el pañuelo a los ojos.

—Lo siento, Millie.

—Supongo que… a veces la gente no es exactamente como crees, ¿sabes?

—Sí.

Sí, claro que lo sabía. Nos quedamos mirándonos y él me estrechó la mano.

—Lo siento, Millie —repitió suavemente.

—Bueno, Sam —dije yo de pronto. Sentía como si tuviera piedras atadas a las piernas y a los brazos—. Creo que ya puedes irte.

—¿Estás segura? Puedo quedarme si quieres.

—No, creo que lloraré un rato sola.

—Muy bien, niña. Te llamaré mañana —se puso en pie y me dio un beso en la coronilla.

—Te has portado muy bien esta noche, Sam —susurré.

—Cuídate, cariño.

Lo miré con mis ojos vidriosos.

—Gracias.

Volvió a meter al perro en casa y se marchó.

Capítulo 26

Había inventado al Joe Carpenter de mis sueños. Durante dieciséis años, más de la mitad de mi vida, había estado enamorada de un hombre imaginario. Todo el esfuerzo, todo el tiempo, todo el amor que había invertido en Joe no había servido de nada. No había final feliz. No había nada. Sólo un tipo dulce, aunque no muy brillante, cuya apariencia yo había empleado para construir al hombre imposiblemente perfecto.

Dios, qué estúpida había sido.

Me odiaba a mí misma, y no paraba de dar vueltas en la cama. Estúpida, estúpida, estúpida. ¿A quién habría podido conocer si no hubiera estado tan obsesionada con mi Joe imaginario? ¿Estaría casada con alguien imperfecto, pero real? Durante los últimos seis meses me había transformado para conseguir a Joe… ¿y para qué? Para nada, porque Joe no existía, o al menos no como lo había imaginado. Era como una pobre adolescente que estaba enamorada de una estrella de cine, o de un cantante, al que le asignaba todo tipo de cualidades.

—Y algún día nuestras miradas se cruzarán en un concierto y sabremos que estamos hechos el uno para el otro…

¿Pero qué pasaba con el Joe de verdad? ¿Qué le diría?

—Oh, lo siento, pero te inventé. En realidad no estamos rompiendo, porque la persona que creía que eres no existe más allá de mi cabeza. ¡Que tengas un buen día!

Cuando finalmente llegó la mañana a Cabo Cod, me levanté. Seguía doliéndome la cabeza y tenía los ojos hinchados y escocidos. Me dolía todo el cuerpo como si tuviera la gripe. Los zapatos de tacón de la noche anterior habían hecho que me dolieran las pantorrillas, y tenía el pelo pegajoso por toda la porquería que le había echado para mantenerlo en su lugar.

Bebí un poco de zumo de naranja y salí a correr. Necesitaba purgar mi mente de recriminaciones. Encendí mi iPod y corrí con Digger a mi lado, pero su alegría por estar en la calle quedaba mermada por mi humor. Llevaba los hombros caídos, me dolía la tripa y me ardían las piernas. No me importaba. De hecho la incomodidad era agradable. Así no pensaba en el dolor de mi corazón.

Cuando llegué a casa, me duché, me lavé los dientes y me senté en el porche durante un rato. Me sentía vacía y anestesiada. Digger me lamió la cara, pero apenas lo noté. Pasado un rato sonó el teléfono. Pensé que sería Sam y contesté.

—Millie, soy Joe.

El estómago me dio un vuelco.

—Ah, hola, Joe.

—¿Estás bien?

—Sí, claro.

—¿Sigues enfadada conmigo?

—Tal vez deberías venir, Joe.

—¿Ahora?

—Sería un buen momento.

Cuando Joe llegó a mi casa, vi que había traído a su perro. Trípode saltó de la furgoneta y Digger y él comenzaron a perseguirse por el jardín, como siempre había imaginado que harían. Todos mis planes me parecían estúpidos y vacíos.

Joe se quedó mirando la mesa de la cocina y declinó el vaso de agua y el café que le ofrecí. Cuando me senté frente a él, me miró directamente.

—¿Puedo decir algo primero? —preguntó.

—Claro —dije yo.

–Bien, Millie. Sé que anoche la fastidié, y entiendo que estés enfadada conmigo. Fue algo absurdo. Sólo pensaba en cuando estaba en el instituto y recordaba que beber a escondidas era divertido. Supongo que quería parecer genial, ¿sabes? Porque debo decirte que estar de vuelta en el instituto y que me llamaran señor Carpenter me asustó un poco. De pronto me sentía viejo. ¿Sabes lo que quiero decir?

Yo negué con la cabeza.

–Oh. Bueno, fue una estupidez y lo siento. Por favor no te enfades, Millie.

Tragué saliva.

–Joe, de hecho es algo más que lo de anoche.

–¿De verdad? –preguntó confuso.

–Bueno, el caso es que… –tuve que susurrar porque tenía un nudo en la garganta–. El caso es que supongo que he estado pensando… y creo que no somos el uno para el otro.

–Pero, Millie… –dijo él agarrándome las manos por encima de la mesa.

–No, Joe, lo siento –aparté las manos–. Esto es principalmente por mí, no por ti. Lo de anoche sólo… sólo fue un ejemplo de lo que pasa.

–¿De qué estás hablando?

Haciendo un gran esfuerzo levanté la cabeza y lo miré a los ojos.

–No he sido sincera contigo, Joe –dije–. La verdad es que soy una de esas mujeres que te perseguían simplemente porque… estás bueno.

–Tú no me perseguías –respondió él–. Eso es lo que me gustaba de ti. No parecías tan… desesperada.

–Bueno, pues lo estaba. He estado enamorada de ti desde el primer año de instituto, Joe. Siempre he querido salir contigo. Incluso… –tragué saliva.

–¿Qué?

–Digamos que te aceché. Durante mucho tiempo. Para descubrir lo que te gustaba. Sabía dónde ibas y con quién. Esas cosas. Y después, cuando me mudé aquí, intenté convertirme en una persona a la que pudieras desear.

Joe se pasó las manos por el pelo.

–¿Millie, de qué estás hablando?

–Quería que te fijaras en mí. Perdí peso. Me aseguré de encontrarme contigo cuando estaba en el centro de mayores. Averigüé cuándo ibas a la oficina de correos e iba al mismo tiempo. Comencé a correr por carreteras por las que sabía que pasarías. Adopté un perro porque tú tenías un perro. Ya está. Ya lo sabes.

Joe se quedó mirándome, después se inclinó hacia delante y sonrió.

–Bueno, supongo que te gustaba de verdad. ¿Y qué? No importa.

–Pero…

–Me gustan muchas cosas de ti. Como lo divertida y lista que eres. Siempre pareces estar divirtiéndote. Y el modo en que eres conmigo… no parece importarte el exterior. Te gusto por lo que soy.

Yo miré hacia abajo. Jamás me había avergonzado tanto de mí en toda mi vida.

–Bueno –dije lentamente–. Me temo que te equivocas. Quiero decir, no, no te equivocas, Joe. Te tengo mucho afecto. Pero también es cierto que di por hecho una serie de cosas sobre ti y no me molesté en conocer al verdadero Joe.

En ese momento, Joe se estiró en su silla.

–Y ahora que nos hemos conocido un poco más, creo que no estamos hechos el uno para el otro –lo último me salió con un hilillo de voz.

–Así que lo que estás diciendo es que, ahora que me conoces de verdad, quieres romper.

El viento soplaba en el jardín y hacía que las persianas de la cocina vibraran, y los perros ladraban mientras jugaban.

–Eso es –susurré.

–Y esto no tiene nada que ver con que anoche la fastidiara.

–No.

Nos quedamos sentados durante un minuto más, después Joe cerró los ojos y se pellizcó el puente de la nariz.

–Muy bien. Supongo que entonces debería marcharme –echó la silla hacia atrás y se levantó para irse.

Yo miré a aquel hombre tan guapo levantarse por última vez en mi casa.

–Joe, lo siento muchísimo.

–Sólo quiero decirte una última cosa, Millie. Te quiero.

Y sin más se marchó. Llamó a su perro con más brusquedad de la necesaria. Trípode se subió a la furgoneta y Joe se alejó.

¿Cómo podía haber sido tan tonta y tan estúpida?

Aquello se convirtió en la cantinela de mi cabeza. Me repetía una y otra vez esa pregunta. ¿Cómo podía haber hecho eso? ¿Cómo no me había dado cuenta? ¿Cómo había permitido que llegara tan lejos?

Sufría por Joe, porque sabía que le había hecho daño. Había ido tras él con todas mis fuerzas, lo había manipulado para hacerle pensar que amaba la fachada que yo había construido. Joe Carpenter no era una mala persona. Había hecho una estupidez, sí, pero nadie se merecía que le dijeran que no era lo suficientemente bueno, y aun así eso era justo lo que yo había hecho.

Me sentía avergonzada. Estaba ahogándome en mi propia vergüenza. Temía salir a correr por si acaso Joe pasaba por delante con la furgoneta. No quería ir al Barnacle. No quería hablar por teléfono. No quería ocuparme del jardín, ni montar en bicicleta, ni ver a mis amigos ni a mis padres. Se lo conté, claro, pero ninguno pareció especialmente sorprendido.

–Lo siento, Millie –dijo Katie una semana después de la ruptura–. Pero estoy segura de que es para bien.

–¿Tú lo sabías? –pregunté mientras alcanzaba un pañuelo de papel–. ¿Sabías que iba inventándomelo sobre la marcha?

Ella suspiró.

–Bueno, más o menos. Quiero decir que esperaba que tuvieras razón, claro, pero nunca llegué a ver todas esas maravillas que tú sí veías. Quiero decir que Joe no es un mal tipo ni nada de eso, y sí, es muy guapo, pero a mí siempre me pareció un niño grande.

Curtis y Mitch me sacaron a cenar a un restaurante muy caro y me ordenaron que ahogara mis penas.

–Sólo era una cara bonita –me consoló Curtis–. Encontrarás a otro. Alguien con algo más en la cabeza.

–Desde luego –dijo Mitch mientras se terminaba el martini.

Ni siquiera mis padres parecieron muy disgustados.

–Bueno, cariño, aparecerá alguien que realmente sea para ti –me dijo mi padre–. Joe es un buen tipo y todo eso, pero…

–¿Pero qué? –pregunté. Necesitaba validación y me odiaba por ello.

–Pero no era el cuchillo más afilado del cajón, calabacita.

Eso no me ayudó.

Y para colmo, además de odiarme a mí misma, echaba de menos a Joe. Echaba de menos la emoción de verlo, la cercanía física. Y más que eso, echaba de menos los días previos a estar saliendo con él, cuando pensar en Joe me mantenía. Tenía que afrontarlo. Había perdido un pasatiempo que había durado toda una vida.

Antes estaba segura de que Joe formaría parte de mi futuro. La verdad era que nunca me había imaginado con nadie más. De pronto la década de mis treinta años aparecía ante mí como una sombra, y me imaginaba sola con Digger y su intestino irritable recibiéndome cada noche, sin nadie que interrumpiera la quietud de la casa.

Sólo cuando veía a mis pacientes me mostraba relativamente normal, pero no había mucha afluencia en el ambulatorio y tenía demasiado tiempo entre las manos. La nueva ala en el centro de mayores estaba casi terminada, y solía ir dos veces por semana para visitar a los pacientes. A veces simplemente a visitarlos. Si la furgoneta de Joe no estaba aparcada allí, claro está. Todos allí ya me conocían, y era reconfortante comportarme como la doctora Barnes y no como alguien que se fustigaba por dentro. Pasaba el mayor tiempo posible en las habitaciones de mis pacientes, leyéndoles, preguntándoles sobre sus vidas antes que arriesgarme a caminar por los pasillos y encontrarme con Joe.

Septiembre trajo consigo los días más cortos y fríos. El océano parecía menos verde y más gris, y el viento era tan frío que tenía que ponerme un gorro cuando iba a la playa por la noche. Las hojas de la hiedra venenosa ya tenían el borde rojo, los turistas se habían marchado, los niños habían vuelto al colegio y, en la soledad de mi hogar, no podía ignorar el pensamiento que había empezado a sonar con fuerza en mi cabeza.

Durante años había pensado que Joe era una amalgama maravillosa de amabilidad, decencia y confianza. Pero yo sólo conocía a un hombre que fuera así de fantástico, y ése hombre no era Joe.

Joe Carpenter no era Sam.

Durante los últimos fines de semana, Sam y Danny habían estado visitando universidades por el noreste (Williams, Wesleyan, Colby y Penn...), y no los había visto mucho. No importaba. Mi mente ya estaba suficientemente confusa sin pensar en el hecho de que el ex marido de mi hermana personificaba todas las cualidades que yo había deseado en Joe.

Capítulo 27

El doctor Whitaker me dio la oportunidad de dejar a un lado el desánimo.

–Millie –me dijo por teléfono un día hacia finales de septiembre–, me gustaría hablar contigo de nuestra asociación, ahora que el ambulatorio va a cerrar. ¿Cuándo será eso?

Me quedé sin aliento.

–Cerramos la semana después del Día de la Hispanidad –respondí.

–Bien. En cualquier caso, has hecho un buen trabajo en el centro de ancianos y estoy muy satisfecho contigo en el ambulatorio. Si sigues interesada en colaborar conmigo, deberíamos hablar de los detalles, ¿no te parece?

Yo di un respingo. Por fin. ¡Por fin!

–Claro que sigo interesada, doctor… George. Gracias.

–Excelente. ¿Por qué no nos reunimos el próximo jueves para cenar en mi casa?

–Eso sería fantástico –respondí.

–Hay otra cosa que me gustaría que hicieras. Es más bien un favor –continuó el doctor.

–¡Por supuesto! ¿De qué se trata?

–El instituto tiene un día de las profesiones para los de último curso. Los profesionales de la comunidad van y hablan de lo que hacen, de cómo se interesaron por su trabajo y esas cosas. Llevo haciéndolo años, pensé que sería beneficioso para ti acompañarme.

—Claro —dije—. Me encantaría asistir. Este año mi sobrino está en último curso.

—Eso es —respondió el doctor Whitaker—. Es un buen chico, el joven Daniel. Iremos al día de las profesiones, yo haré mi pequeña presentación y más adelante aclararemos los detalles de nuestra asociación. ¿Qué te parece?

—Me parece fantástico.

La noche antes del día de las profesiones, extendí mi traje sobre la cama y abrillanté los zapatos. Después pasé una hora tomando notas en tarjetas, por si acaso el doctor Whitaker me pedía que añadiese algo a su pequeño discurso. Era un hombre preciso y formal, y no quería que me pillara por sorpresa. Katie también hablaría, representando al mundo de la hostelería, y otras personas que conocía. Tal vez acabase siendo un evento divertido.

A la mañana siguiente aparqué en el instituto y el corazón me dio un vuelco. La furgoneta de Joe estaba allí. Aparentemente a él también le habían pedido que hablase. No habíamos vuelto a hablar desde nuestra ruptura.

—Ve a la sala de profesores. Recuerdas dónde está, ¿verdad, Millie? —me dijo la secretaria, que llevaba décadas en el instituto.

Mientras caminaba por el pasillo oí una voz furiosa saliendo del cuarto del conserje. La puerta estaba cerrada, pero reconocí la voz fácilmente. Era Katie. Aminoré la marcha.

—¡… en primer lugar! —estaba diciendo mi amiga. Yo había sido receptora de aquel tono de hierro y sentí pena por su interlocutor—. Por el amor de Dios —continuó Katie—. Te sientas ahí noche tras noche, llorando con tu cerveza, ¿y para qué? Tienes un buen trabajo, mucha gente a la que le gustas, Joe…

¡Joe!

—… pero estás malgastando tu vida. Te tiras a cualquier cosa que se mueva, rompes corazones por todas partes, vas por la vida sin pensar en nadie salvo en ti. No me sorprende que Millie te dejara. Está fuera de tu alcance.

Oh, Dios mío.

–Así que ahí lo tienes, ¿de acuerdo? Me has preguntado y te he respondido. Ahora deja de lloriquear y compórtate como un adulto.

Al darme cuenta de que la conversación había llegado a su fin, corrí por el pasillo hacia la sala de profesores y abrí la puerta. Había varias personas allí reunidas: el doctor Whitaker; Maeve McFarland, abogado; Bobby y Sue Schultz, que llevaban el motel Atlantic Winds; y mi padre, sultán de las aguas residuales. Yo me acerqué a la cafetera y sonreí.

–¡Millie! Buenos días –dijo el doctor Whitaker.

–Hola –respondí–. Hola, papá.

–¡Hola, calabacita! El doctor y yo estábamos hablando de ti –mi padre me pasó un brazo por encima de los hombros y me abrazó.

La puerta se abrió y entró Katie, que parecía un anuncio de turismo de Noruega, con su cara adorable y serena y su melena rubia sobre los hombros.

–Hola, Millie –dijo–. Hola a todos.

Me acerqué a ella inmediatamente.

–¿Por qué estabas gritándole a Joe? –susurré.

–¿Lo has oído? –preguntó ella.

–¡Sí! Claro que lo he oído. ¿Por qué, Katie?

–Me lo ha pedido.

–¿En serio? –¿existía alguien tan tonto como para pedir voluntariamente la ira de Katie?

–Bueno, quería saber si sabía por qué habías roto con él. Así que se lo he dicho.

Parecía tan satisfecha como si acabara de pasar una increíble noche de sexo, con las mejillas ligeramente sonrojadas y los ojos brillantes.

–¿Y tenías que disfrutar tanto haciéndolo? –pregunté.

–Ese numerito de Peter Pan es patético –murmuró mi amiga–. Ya es hora de que alguien se lo dijera –suspiró satisfecha y se alejó. Yo me volví y me di de bruces con Joe.

–Hola, Joe –dije–. ¿Cómo estás?

No parecía tan saludable como Katie.

–Bien –respondió.

–Eh… supongo que has venido para el día de las profesiones –dije con un nudo en el estómago.

–Sí –siguió mirándome seriamente, sin sonreír; una imagen que distaba mucho de su expresión habitual.

–¡Muy bien! Bueno, supongo que nos veremos luego –me escabullí como una cucaracha. Al parecer,, Joe aún no había llegado al punto de «sin rencores». O aún seguía afectado por el rapapolvo de Katie.

En ese momento se abrió la puerta y entró la señora Deveau, que había sido directora cuando yo estudiaba allí.

–Estamos todos. Si no os importa seguirme… –dijo, y todos nos dirigimos en masa hacia el auditorio. Varios de mis antiguos profesores aún daban clase allí, y alguno me saludó al pasar por los pasillos.

–Hola, Millie –dijo Sam, que apareció junto a mí–. Hoy representas al mundo de la medicina, ¿verdad? –estaba guapo con su uniforme, más musculoso con la radio y la pistola en el cinturón. Estaba muy….

–Eso es. Y tú vas a hablar de… ¿a qué era a lo que te dedicabas tú? ¿Perro guardián? –la broma me salió automática como consecuencia de aquella sensación extraña y cálida…

Sam se rió y yo sentí un escalofrío en todo el cuerpo.

–Eso no suena mal. De hecho, casi todos los chicos me preguntan sobre el fútbol en la universidad –me sonrió con aquellos ojos brillantes y de nuevo tuve esa sensación.

Muy bien. El punto fuerte de Sam eran las miradas, yo lo sabía. Claro que lo sabía. Pero de pronto parecía estar sintiendo… cosas. Por el ex marido de mi hermana. El padre de mi sobrino. «Claro que quieres a Sam», dijo una voz en mi cabeza. «Pero sólo de una manera platónica». Cierto. ¿Por qué entonces sentía aquel torrente de adrenalina en las venas? ¿Y por qué me parecía de pronto tan… irresistible? Me estremecí al pensarlo. ¿Sam, irresistible? ¡Lo era!

–Muy bien –dijo la señora Deveau.

–¿Por qué no empezamos con usted, señor Barnes, dado que ya ha hecho esto antes? Todo el mundo tiene diez minutos, y después los chicos y las chicas pueden hacer preguntas. ¿Estamos preparados? –no esperó a que respondiéramos y nos condujo al escenario. Los estudiantes ya estaban en el auditorio, armando jaleo y charlando, pero se calmaron cuando ocupamos nuestros asientos.

Yo no me sentía bien. ¿Estaba enferma? ¡Ojalá lo estuviera! «No te sientas así, Millie. ¿Acaso no es la vida suficientemente complicada?». El doctor Whitaker estaba sentado a un lado. Sam estaba sentado al otro y su pierna se rozaba con la mía, lo que me producía escalofríos.

Oh, no. No. No. Sam estaba fuera de mi alcance. No podía entrar ahí.

Empezaron a sudarme las manos e intenté secármelas disimuladamente en la falda. La señora Deveau estaba haciendo la presentación. Sentí un pinchazo en el abdomen. El doctor Whitaker se inclinó para susurrarme algo, pero apenas lo oí con el zumbido de mis oídos.

–Sí, claro –respondí yo cuando me pareció que esperaba una respuesta.

Sentía que me temblaban las rodillas por el pánico y el pulso me iba a mil por hora. «Respira profundamente, Millie». Me obedecí a mí misma y Sam me miró.

–¿Estás nerviosa? –me susurró con una sonrisa.

Oh, mierda. Aquello era lo último que necesitaba. Era horrible.

–No es tan malo –continuó. Yo podía captar su olor; a jabón, almidón del uniforme y crema de afeitar.

–… Howard Barnes –dijo la señora Deveau. Los chicos comenzaron a aplaudir.

–¡Hola, chicos! –gritó mi padre–. Soy el abuelo de Danny Nickerson, y soy el dueño de una empresa de limpieza de fosas sépticas… o, como me gusta decir, el rey de la mierda –se lanzó entonces a relatar la historia de una cañería que explotó durante una tormenta hacía varios años, que hizo que las aguas residuales inundaran nuestras calles. Los chicos estaban encantados.

«Concéntrate en papá», me dije. Mi arteria carótida palpitaba con fuerza en el cuello mientras miraba al frente. ¡Dios, los focos daban mucho calor! ¿Alguien más tendría calor? Mis compañeros de escenario parecían relajados. Entre el público divisé a Danny, sentado junto a Bobby Canton. Estaba también Kyle y otro chico de la noche del baile.

—Tu padre es genial —susurró Sam. Yo no giré la cabeza, simplemente asentí y seguí mirando hacia mi padre. El estómago me ardía y la frente empezó a sudarme. Junto a mí, el doctor Whitaker se rió por algo que había dicho mi padre. Los chicos aplaudieron.

Joe fue el siguiente. Mientras hablaba algo tímidamente sobre su aprendizaje, yo me quedé mirando su espalda. Mi mente se negaba a dar forma a las palabras que zumbaban en mi cabeza como un enjambre de mosquitos. «No. Absolutamente no. Para». Sam se giró hacia mí de nuevo y yo me volví para mirar al doctor Whitaker.

—¿Hablas… hablas sobre algo en particular? —le pregunté mientras los estudiantes aplaudían a Joe.

—La verdad es que no. Estarás bien —me dijo el doctor con una sonrisa tranquilizadora.

¿Estaría bien? ¿Qué quería decir con eso?

Llegó el turno de Sam. El ritmo cardíaco se me aceleró más aún, el pulso me palpitaba en los oídos, y cerré los ojos por un momento, mareada. Aquello era una pesadilla. De hecho toda la escena parecía una pesadilla de libro… sentada en un escenario, con los miembros paralizados, el corazón martilleándome en el pecho. Por desgracia estaba completamente despierta, y en más de un sentido. Sam dijo algo que hizo reír al auditorio… Se volvió hacia nosotros con una sonrisa, pues fuera lo que fuera lo que había dicho, nos implicaba a nosotros. Sus ojos se detuvieron en mí durante un segundo.

Maldita sea.

Los sacos de arena de mi cabeza se disolvieron y el río se desbordó.

Estaba enamorada de Sam Nickerson.

Sam. ¡Mi cuñado!

«¡No!», gritó mi cerebro. «¡Es prácticamente un incesto! ¡Está mal! ¿Qué pasa con Trish? ¡Y Danny! ¡No puedes!».

Pero así era.

Sentía la boca seca y un nudo en la garganta. Las tripas me daban vueltas, la cara prácticamente me brillaba del sudor. Abrí la boca y tomé aire. El doctor Whitaker me miró extrañado. Yo sonreí y parpadeé estúpidamente.

–… el momento de escuchar a la doctora Barnes.

La doctora Barnes. Ésa era yo. Sam regresó hasta mí. ¿Se daría cuenta? ¿Lo sabría? ¿Por qué me miraría así? Dios, lo sabía…

–Es tu turno, niña –susurró–. Déjalos de piedra.

¿Mi turno?

–¿Seguro que quieres que haga esto? –le pregunté al doctor Whitaker.

–¿Estás bien? –me preguntó él.

–¡Claro!

Apreté la mandíbula para no vomitar, sonreí y caminé hacia el atril. Miré a Joe, que estaba mirando al suelo. Pobre Joe. «No mires a Sam», me ordené a mí misma cuando mis ojos lo encontraron. Me guiñó un ojo y sentí un escalofrío que me recorría el cuerpo.

–Hola –dije con voz ahogada. Miré a los alumnos y entorné los párpados para no quedarme ciega con los focos–. Yo… eh… soy Millie. Millie Barnes. Doctora –«doctora con piernas temblorosas a punto de vomitaros encima». Me reí, pero la risa se transformó en una especie de arcada–. Lo siento. Creo que tengo un poco de miedo escénico –me agarré al atril con las palmas sudorosas y tragué saliva. Miedo escénico. Era mejor que mirar a Danny y decirle que estaba enamorada de su padre. Finalmente solté una carcajada histérica.

«El doctor Whitaker está sentado detrás de ti, Millie», dijo una voz racional en mi cerebro. Volví a tragar saliva.

–Muy bien. Vamos al grano –me aclaré la garganta–. Soy doctora, lo cual acabo de deciros. Trabajo en el ambulatorio de Wellfleet, pero pronto trabajaré para el doctor Whitaker.

¿Qué más iba a decir? ¡Todos sabían a qué se dedicaban los médicos! ¿Cuál era el gran misterio? ¿Por qué querían a una doctora en el día de las profesiones? ¿Y dónde diablos estaban esas tarjetas con notas? En mi estúpida cartera, bajo mi estúpido asiento, junto a Sam...

–Bueno, en la medicina hay muchos campos... Eh... está la ortopedia, que trata... eh... viene del griego. *Ortho*, que significa... –¿qué significaba? Ortho, ortho... Me había quedado en blanco–. Bueno, también está la ginecología... no, no hablemos de eso. ¿Qué os parece la patología? La patología es divertida. Es en la que se trabaja con muertos. Autopsias. Causas de la muerte. Cosas así. Es divertido. Bueno, divertido no... quería decir interesante. Es... interesante.

Aquello no iba bien.

–Bueno, hay muchos campos. En la escuela de medicina eliges cuál es el que quieres. ¿Alguna pregunta?

Se suponía que los alumnos debían guardar sus preguntas para el final, pero yo no podía seguir así. Por suerte una chica levantó la mano.

–¿Qué tipo de doctora es usted?

–Yo. Oh. Soy doctora de cabecera. Trato a todo el mundo. Niños, adultos, ya sabes. Pero si tienes un problema de verdad, como una enfermedad cardiaca o algo realmente malo, te enviamos a otra persona –bien, eso hacía que pareciéramos unos completos incompetentes–. Nosotros somos los médicos de la familia –di marcha atrás–. Si tienes amigdalitis, vienes a vernos. Si necesitas perder peso, nosotros te lo diremos –miré al público en busca de inspiración–. ¿Acné? Podemos ayudarte.

«Dios, sácame del escenario».

–¿Siguiente pregunta?

Danny se apiadó de mí.

–¿Millie, por qué te hiciste doctora de cabecera?

Al mirar a mi sobrino sentí que mi pánico disminuía un poco. Tomé aliento.

–Bueno, ya sabes, Danny. Es porque... porque quería conocer realmente a mis pacientes. A veces, cuando la gente va al médico, es sólo una cuestión rutinaria, como el dolor de oído o los sarpullidos o la fiebre. Pero los pacientes dejan que el médico de cabecera entre en sus vidas, ¿sabes? Confían en nosotros para ayudarlos. Hay una medicina que probablemente sea más excitante, pero en esta especialidad puedo ayudarte en tu vida diaria. Y eso es lo que siempre he deseado hacer.

La sonrisa de Danny confirmó que había construido una frase sensata. «Danny, eres una bellísima persona», pensé. «Igual que tu padre».

A pesar de lo mal que me sentía, el día de las profesiones terminó bien. Me fui lo antes posible, agradecida por tener que estar en el trabajo para hacer el turno de tarde. Dejé a un lado mis pensamientos sobre Sam y me concentré en los diversos pacientes que acudieron al ambulatorio. Cundo finalmente llegué a casa, sobre las diez, agarré la correa de Digger y caminé con él hasta la playa del faro. Allí, escuchando el murmullo de las olas, me rendí.

Estaba enamorada de Sam. No sabía cómo había ocurrido, pero había ocurrido. Al recordar los meses anteriores tuve que cerrar los ojos. La evidencia estaba allí, pero nunca había juntado las piezas para hacer el diagnóstico. Hasta aquel día. Amaba a Sam Nickerson. Era tan cierto que no podía creer que jamás me hubiera dado cuenta.

Todo aquello que había deseado que fuera Joe lo era Sam. Y siempre lo había sido.

Una brisa ligera me trajo el olor de un fuego lejano y el aroma a sal del océano. Digger me olisqueó la mano y yo me agaché para acariciarle la cabeza y soltarle la correa. Vi como corría alegremente por la playa. Después me senté en la arena húmeda y me quedé mirando las olas, contando los segundos que tardaba la luz del faro en barrer el océano.

Si pensaba que había estado triste por Joe, me estaba engañando a mí misma. Aquello no había sido más que una marejadilla. Esto, sin embargo, era un auténtico maremoto. Estaba enamorada del único hombre, aparte de mi padre, que me estaba prohibido.

Digger regresó jadeando y oliendo a mar. Se tumbó a mi lado, yo le acaricié las orejas y vi como el cielo pasaba de negro a azul marino. En pocas horas amanecería. Cuando se me insensibilizaron las piernas por estar tanto tiempo sentada, Digger y yo volvimos a casa. Había un mensaje en el contestador. De Sam, claro.

—Oye, niña, sólo quería ver si estabas bien. Estuviste muy graciosa hoy en el instituto. Ven a cenar alguna noche de esta semana, ¿de acuerdo? Adiós.

Sí. Lo amaba.

Mierda.

Capítulo 28

Lo primero que hice fue nada. Además de ir a trabajar y cuidar de Digger, no hice absolutamente nada. Pasó una semana entera y lo único que podía hacer era estirar la mano y tocar el nuevo punto débil de mi corazón. Pero entonces, tras superar la sorpresa inicial de mi revelación, recurrí a mis amigos más cercanos.

Katie y yo fuimos a El pavo real rosa una noche a cenar. Curtis y Mitch habían convertido la tercera planta del edificio en un elegante y espacioso apartamento con unas vistas maravillosas del rompeolas de piedra y del pequeño faro que se erguía al final de Provincetown. Mientras cenábamos di la noticia, aunque dije las palabras con cautela.

—Parece que… eh… estoy enamorada de Sam —esperé a que se sorprendieran, o a que me compadecieran, o a que me dieran consejo.

Curtis y Mitch se miraron. Katie se quedó callada durante un momento y después asintió.

—Lo sé —dijo.

—¿Lo sabes?

—Sí, Mil. Siento decirlo, pero era evidente.

—¿Lo era? —me quedé con la boca abierta y me giré hacia Curtis y Mitch—. ¿Vosotros también lo sabíais?

—Bueno, no exactamente —respondió Curtis—. Pero tiene sentido. Sam es incondicional. Es más tu tipo que Joe.

—¡Curtis, es mi cuñado! —exclamé.

—Bueno, técnicamente ya no lo es –murmuró Mitchell.

—¿Y qué se supone que debo hacer?

—¿Decírselo? –sugirió Katie.

—Claro, Katie. Me ve como la hermana que nunca tuvo. No pienso decírselo –me recosté en mi silla. No me dieron ningún consejo más.

La afluencia de pacientes en el ambulatorio era cada vez menor. Después de que cerráramos, el doctor Whitaker me daría dos semanas libres antes de empezar a trabajar con él. Habíamos hablado ya los detalles de nuestro acuerdo… Él cubriría la mitad de mi seguro por negligencia durante el primer año, y cualquier nuevo paciente sería para mí. Aunque inicialmente ganaría menos que en el ambulatorio, era una oferta sólida, que era lo que siempre había deseado. Profesionalmente, estaba en lo alto. Personalmente, estaba ahogándome.

Aunque ahora me resultaba fácil darme cuenta de que nunca había estado realmente enamorada de Joe Carpenter, seguía echando de menos su antigua imagen. Mi obsesión me había motivado sin saberlo a hacer muchas cosas que no habría hecho de otra forma; vergonzoso, ligeramente humillante, pero cierto. Durante muchos años había soñado con una vida con Joe.

En cuanto a soñar con Sam, ni hablar. Mi amistad con él era una de las mejores cosas que tenía en la vida y no iba a echarla a perder con una declaración que él nunca podría olvidar.

El tema era que, además de ser aparentemente el amor de mi vida, Sam formaba parte de mi familia. No podría evitarlo. Y aparte de la incomodidad que yo sentiría, lo echaba de menos. Así que cuando mi madre me llamó y me dijo que fuera a cenar con Sam y con Danny, dije que sí.

El corazón me latía con fuerza cuando aparqué en casa de mis padres. La furgoneta de Sam ya estaba allí. Me sequé las palmas de las manos en los vaqueros y entré.

—Hola, cariño –dijo mi madre mientras comprobaba cómo iba el asado.

–Hola a todos –dije. Sam estaba apoyado contra el frigorífico con una cerveza.

–Hola, niña –dijo antes de darme un abrazo con un brazo–. ¿Qué tal vas?

–Bien, bien –contesté, y me aparté inmediatamente.

¿Cuántas veces me había abrazado Sam en mi vida? ¿Cien? ¿Doscientas? ¿Más? Y de pronto se me secaba la boca, el estómago me daba un vuelco y las mejillas se me sonrojaban. Atravesé la cocina y abracé a mi sobrino.

–¿Cómo estás, grandullón? –pregunté, agradecida de estar con alguien hacia quien mis emociones aún eran puras.

–Bien, tía Mil. Oye, siento lo de tu ruptura con Joe. Era simpático –dijo Danny con una sonrisa compasiva.

–Gracias, cariño.

–Oye, Mil, ¿te acuerdas de ese proyecto con el que dijiste que me ayudarías? –preguntó Danny en voz baja.

–¿El proyecto del Medio Oeste? –pregunté yo.

–Sí. ¿Tienes tiempo esta semana?

–Claro. ¿Quieres venir un día a casa después del instituto? ¿Qué te parece el jueves sobre las cuatro? Puedes quedarte a cenar.

–Genial. Gracias.

Sam estaba mirándonos con una sonrisa. Yo sentí un nudo en el corazón. «Acostúmbrate», me dije a mí misma.

La cena estuvo bien. Yo estaba bien. Les conté a todos lo de mi acuerdo con el doctor Whitaker y se mostraron encantados. Hablamos del próximo año académico de Danny. Mi padre habló del trabajo. Mi madre habló sobre las próximas elecciones locales. Yo actué con normalidad todo el tiempo, y en realidad no fue demasiado duro. Simplemente no podía mirar a Sam durante más de un segundo sin sentir dolor y sin que empezaran a temblarme las manos. Pero si no lo hacía, no había problema.

–Bueno, tengo que irme –dije en cuanto pude excusarme.

–Deja que te prepare un *tupper*, Millie –dijo mi madre poniéndose en pie.

–Oh, no hace falta, mamá. Ha estado muy bien, pero no,

gracias. Dáselo a Danny y a Sam —les di un beso a mis padres, y me despedí de Danny con la mano—. Adiós, Sam —dije mientras agarraba el bolso.

—Te acompañaré fuera —dijo él.

—No, no hace falta —sentí el calor en las mejillas mientras me ponía el abrigo.

—No seas tonta —Sam me alcanzó en el recibidor, me pasó el brazo por encima de los hombros y estuve a punto de echarme a llorar. Dejé que me acompañara hasta mi coche sin decir nada. El corazón me palpitaba con fuerza y parecía que se me había olvidado cómo respirar.

Sam se apoyó en la puerta de mi coche y me bloqueó el acceso.

—¿Va todo bien, Millie? —preguntó.

—¡Sí! ¡Todo va genial! —exclamé mirando hacia el cielo.

—Actúas de forma extraña.

—¿De verdad?

—¿Es por tu ruptura con Joe? —preguntó—. Porque sé que estuvisteis muy unidos este verano. Debe de ser duro.

—No tienes ni idea —contesté—. Literalmente ni idea.

—Bueno, ¿por qué no salimos alguna noche a picar algo y me lo cuentas?

—Oh, claro, Sam. Sería fantástico. Escucha, ahora tengo que irme, porque… tengo que llamar a un paciente a las nueve en punto y…

—¡Oh! Perdona, Millie. Te dejo marchar —caballeroso como siempre, me abrió la puerta del coche—. Te llamaré esta semana, ¿de acuerdo?

—¡Adiós! —me obligué a sonreír y estuve a punto de aplastarle el pie al dar marcha atrás.

Capítulo 29

Se estaba abriendo un nuevo capítulo en mi vida. Por desgracia, no era mejor que los anteriores. Más mentiras. Más fingimiento. Y el hecho de tener que evitar a Sam, que siempre había sido tan bueno conmigo, me estaba destrozando. Rechacé su invitación cuando me llamó más tarde aquella semana. ¿Cenar juntos? ¿Y si mejor me ahogaba?

Lo único positivo fue que Danny vino a verme con su instancia para Notre Dame y la revisamos como si se tratara de un libro perdido del Nuevo Testamento, o el último libro de Harry Potter.

—¿Cuál es el mejor libro que has leído y por qué? —pregunté—. Supongo que no podemos decir *Buenas noches, luna*.

—¿Por qué no? —preguntó Danny riéndose—. Hace como seis meses que no me lo lees.

—No hagas que empiece. Mi sobrino pequeño se va a la universidad. Voy a llorar mucho. Ahora, ¿cuál es de verdad el mejor libro que has leído? —pregunté, y me levanté para darle más pastel de carne.

—Mmm. Supongo que *La Iliada*.

—¡Dios! El mío es *El diario de Bridget Jones*. Pero me parece que tu elección es mejor respuesta.

Hicimos un esbozo de sus ensayos, y yo murmuraba alentadoramente mientras él hablaba.

—¿Qué vas a pedir como asignatura principal preliminar? —pregunté.

—Pre-medicina.

—¿De verdad?

—Sí. Una de mis personas favoritas es doctora, y quiero ser como ella cuando crezca —me sonrió y comenzó a recoger sus papeles.

—Danny... —dije con los ojos humedecidos—, ya eres diez veces mejor que la persona que yo nunca seré.

—Bueno —dijo él modestamente, y se pareció tanto a Sam que casi se me rompió el corazón—, eso ya lo veremos.

Me dio unos segundos para sonarme la nariz y secarme los ojos, antes de dejar que le diera un beso y ponerse la chaqueta.

—¿Sabes algo de tu madre? —le pregunté.

—Oh, sí. Todas las noches a las diez. Voy a bajar a Nueva Jersey a pasar el fin de semana con ella. Iremos a museos y a lo mejor a algún espectáculo.

—Suena divertido. Dale saludos —yo me había relajado un poco con respecto a Trish últimamente. Incluso la había llamado un par de veces y había escuchado sin censura mientras ella describía el último coche de Avery, o el restaurante que acababan de abrir en el SoHo.

Danny me dio un abrazo.

—Gracias por la ayuda, tía Mil. Espero que me acepten.

—Danny, tienes un 4.0 de media. Sacaste un 2380 en la prueba de aptitud, eres voluntario de Hábitat para la Humanidad, juegas al béisbol en el instituto y tienes unos dientes perfectos. Te aceptarán.

Comencé a correr de nuevo. Si Joe me pasaba por delante, yo saludaría, pero nunca lo hizo. Había terminado su trabajo en el centro de mayores, así que yo estaba a salvo cuando hacía mis rondas allí. Katie insistía en que saliera y me arrastraba al cine. Curtis y Mitch me llamaban casi a diario. Iba a trabajar, pero en realidad no tenía mucho que hacer. Me pasé para ver a Danny una o dos veces, sólo cuando estaba segura de que Sam estaba trabajando. Él me llamó algunas veces para que saliéramos por ahí, pero tras mi tercera excusa, pareció rendirse.

Me dije a mí misma que me llevaría tiempo acostumbrarme a aquello. Un día las cosas volverían a la normalidad y Sam y yo seríamos amigos de nuevo. Hablaríamos por teléfono y tal vez iríamos juntos a correr. Conocería a alguien y los tres podríamos cenar juntos, y yo me alegraría por él. Algún día. Hasta entonces, tenía pensada una campaña de maniobras evasivas.

Con lo que no había contado era con que Sam me detuviera una noche por exceso de velocidad. Cuando vi las luces parpadeando en el espejo retrovisor, maldije en voz baja. Me eché a un lado de la carretera 6, junto al centro de visitantes, y vi como Sam salía del coche patrulla. La agente Ethel salió también, pero se quedó apoyada en el vehículo, encendió un cigarrillo y le dio una calada. Me saludó con la mano.

–Hola, Millie. Parece que ésta es la única manera en la que puedo verte –me dijo Sam con una sonrisa.

–Oh, agente, por favor, no me ponga una multa. Soy doctora y tengo una emergencia médica –intenté utilizar el tono cómico que siempre usaba con Sam, pero no me salió natural.

–¿Ah, sí? ¿Y de qué se trata?

Yo suspiré.

–No lo sé, Sam. ¿Realmente vas a ponerme una multa?

–No. Sólo ibas a setenta. Pero he visto tu coche y quería saludarte. Parece que has estado muy ocupada últimamente.

–Sí. Muy, muy ocupada –dije yo mirando al frente, con la esperanza de disimular las lágrimas que se me acumulaban en los ojos–. Tengo muchas cosas que hacer.

Me miró durante unos segundos más y su sonrisa desapareció.

–Muy bien, Millie. Ya nos veremos.

Le dirigí una mirada rápida y tomé aliento.

–Muy bien, Sam. Gracias. Me alegro de verte.

Me alejé apresuradamente, a salvo otro día más.

El clima frío de octubre pareció llegar de la noche a la mañana. Las hojas de la hiedra venenosa ya estaban de un rojo brillante, los arces y las acacias se habían vuelto amarillos, los robles marrones. De pronto el verano había acabado. Era un momento agridulce. Jamás me había sentido tan acorde con las estaciones... Mi brillo de verano se había esfumado, y sentía el invierno de mi alma acercándose.

Pero estaba decidida a seguir con mi vida. Seguiría corriendo e intentaría comer bien, pues no quería perder mi buena salud. Aunque era curioso. Todo ese tiempo intentando perder peso, y ahora encontraba que comer era como una tarea más. Pero seguí haciéndolo con resignación, masticando la comida sin saborearla, mirando todo el rato hacia la mesa de la cocina.

Gracias a Dios tenía a Digger. Apreciaba su compañía más que nunca. Por las noches le enseñaba trucos tontos, como tirarse al suelo si lo señalaba con un dedo y decía «bang». Aprendió a arrastrarse, a lanzar una galleta con el hocico y atraparla en el aire, a olisquear si se lo ordenaba.

—Lo siento, Digger —dije la noche que no logró aprender a bailar sobre sus patas traseras. Aun así, agradecía el entretenimiento que me proporcionaba, aunque fuese a costa de su dignidad personal. Como recompensa, empecé a dejarle dormir en mi cama.

Intentaba leer. Los diarios médicos eran lo único que podía digerir, lo cual era una suerte, pues quería estar al corriente de todo cuando comenzara a trabajar con el doctor Whitaker en unas semanas. Pensé en tomarme unas vacaciones rápidas, salir del Cabo durante algún tiempo, pero no creía que pudiera permitirme nada que mereciese la pena y, francamente, tampoco tenía energía.

Intentaba no pensar en Sam.

El Día de la Hispanidad hicimos una fiesta para despedirnos. El doctor Bala vino con su familia, y Jill trajo a su marido. También estaba Juanita, del hospital. Sienna vino con un novio, un hombre de aspecto siniestro vestido con cuero y metal que en realidad era bastante dulce y simpático, dejando a un lado todo el tema de la adoración de Satán. Jeff, nuestro estudiante universitario, no pudo asistir, pues había vuelto a Tufos, pero nosotros lo perdonamos. Tomamos pizza y soda, y todos nos sentimos un poco nostálgicos.

–¿Os acordáis del hombre que se atravesó la mano con un clavo? Qué horror. Me recordó a la crucifixión –recordó el doctor Bala.

–¿Y la mujer que se quedó dormida desnuda en su terraza? ¡Pobre! ¡Nunca había visto unas quemaduras solares así! –exclamó Jill.

–¿Y los recién casados que habían tocado la hiedra venenosa? –preguntó Sienna. Con ésa tuve que fingir la risa.

–¿Cuáles son sus planes, doctor Balamassarhinarhajhi? –pregunté. Las sílabas ya me salían sin esfuerzo.

–Puedes llamarme por mi nombre, Millie –dijo él con su precioso acento lírico.

–Bueno, de hecho, doctor Balamassarhinarhajhi, no sé su nombre de pila –el doctor Bala. siempre firmaba con su típica letra de médico y no teníamos placas con los nombres en nuestro ambulatorio. Sólo había visto que empezaba por J.

–¿No lo sabes? Bueno, es John.

Me quedé mirándolo.

–Está de broma. ¿De verdad es John?

–Vosotros los americanos sois muy divertidos. Culturalmente reprimidos –su hermosa esposa se echó a reír.

–¿Cuáles son tus planes, John? –repetí.

–Me iré a otro ambulatorio en New Hampshire. Un puesto permanente junto a la universidad de mi hijo, así que no regresaré a Cabo Cod salvo en vacaciones –respondió.

–Espero que me llames cuando vengas –dije.

–Lo haré, Millie. Ha sido un placer trabajar con una doctora joven de tu competencia y buen humor.

–Bueno, muchas gracias. He aprendido mucho de ti.

Dado que el doctor Bala se marchaba al norte, me ofrecí a hacerme cargo de sus últimos turnos. Con Jeff de vuelta en la universidad, también respondía las llamadas de teléfono después de las cuatro y me ocupaba del papeleo. Significaba trabajar hasta las diez de la noche, pero no me importaba. Jill acudía unas cuantas horas a mediodía, pero prácticamente habíamos acabado. Sólo vi a unos pocos pacientes durante la última semana, y pasé el tiempo leyendo o enviando correos electrónicos de falsa felicidad a Danny y a mis amigos de fuera del Cabo. Casi todos los días llevaba a Digger conmigo para que ninguno de los dos tuviéramos que pasar el día solos.

Estaba esperando. Esperando a empezar a trabajar con el doctor Whitaker, esperando el próximo capítulo de mi vida, esperando a que se me pasase el dolor que sentía por Sam.

Capítulo 30

La última noche que el ambulatorio estuvo abierto, yo estaba sentada en mi despacho, recogiendo unos pocos papeles y borrando algunos archivos del ordenador. Hacía tiempo que Jill se había marchado y el silencio en el lugar provocaba eco. Digger y yo repasamos su repertorio, pero parecía estar rogando un indulto, así que le di una galleta y le acaricié el lomo con el pie mientras yo me dejaba invadir por la melancolía.

Echaría de menos el ambulatorio. Había sido un lugar muy agradable en el que trabajar, y había sido seguro, con la fuerza del hospital de Cabo Cod como apoyo. Aunque la consulta privada sería más gratificante, también daba mucho más miedo. Echaría de menos trabajar con Jill y con Sienna, nuestras charlas de chicas en los descansos.

Al día siguiente el personal del hospital iría a llevarse el monitor cardiaco, el equipo de rayos X, las muestras de medicinas, el material médico, los ordenadores y los archivos. El ambulatorio permanecería vacío hasta el próximo abril, cuando algún otro doctor lo ocupase. Ya no era mi sitio.

A las nueve de la noche estaba en el despacho, intentando terminar un artículo sobre una nueva prótesis de válvula cardiaca. Sobre la mesa había un yogurt a medio comer, y Digger estaba tumbado en el suelo. Oí a lo lejos una sirena, pero al principio no le di importancia, hasta que se hizo más fuerte. Digger se puso en pie de un brinco. Yo también. Cuando vi la luz azul parpadeante delante del ambulatorio, corrí a la calle.

Un coche de policía entró en el aparcamiento con la sirena encendida. Ethel salió del asiento del conductor.

—¡Es Sam! ¡Está herido! —gritó, y se deslizó sobre el capó del coche al más puro estilo Starsky o Hutch. El corazón me dio un vuelco mientras corría hacia el coche. Sam estaba sentado en el asiento del copiloto.

Ethel abrió la puerta y él salió. Tenía el brazo derecho sobre el vientre y parecía que no podía mantenerse erguido.

—Cálmate, Ethel —dijo—. Estoy bien, Millie.

—Estoy calmada. ¡Es sólo que mi maldito compañero está jodidamente herido!

—¿Qué ha ocurrido? —pregunté yo.

—Estoy bien, ¿de acuerdo? No entres en pánico —obviamente le dolía.

—Un imbécil le ha golpeado con una barreta —explicó Ethel mientras corría a abrir la puerta del ambulatorio—. ¡Dios, casi le da en la maldita cabeza!

Nunca había visto a Ethel tan preocupada. Le temblaban las manos.

—Muy bien, vamos a llevarte dentro —le dije a Sam agarrándolo del brazo. Ethel agarró a Digger, que había empezado a saltar al ver a Sam, y lo metió en el despacho mientras yo llevaba a Sam a una de las consultas—. ¿Puedes subirte ahí, Sam? —le pregunté. Se subió a la camilla, aparentemente incapaz de usar el brazo, y a mí se me humedecieron los ojos.

—Por el amor de Dios, Millie, no llores.

—Estábamos haciendo un control de tráfico rutinario —dijo Ethel—. Uno de esos estúpidos chicos iba colocado y Sam le pidió que abriese el maletero. Y antes de darnos cuenta, el chico tenía en la mano una maldita barreta. ¡Joder! ¡Iba a darle a Sam en la cabeza, pero se dio la vuelta a tiempo y bam! ¡El muy imbécil le dio justo en el hombro!

—Ethel, por el amor de Dios, cálmate —dijo Sam—. Millie,

estoy bien. ¿Puedes hacerme una placa y ya? ¿Ethel, por qué no vas al coche patrulla e informas por radio?

Ethel se quedó mirándolo.

–Muy bien, Sam. Cuida de él, Millie.

–Lo haré –cerré la puerta tras ella y miré a Sam. Estaba pálido y se apoyaba sobre el lado derecho. Su expresión era sombría–. ¿Ethel dice la verdad? –pregunté mientras escribía algo, no sé el qué, en un papel. A mí también me temblaban las manos.

–Sí, sí. Así es. No es gran cosa. Un gamberro.

–¿Te dio con la barreta?

–Sí.

Yo tragué saliva.

–Millie, si empiezas a llorar, te ahogo. Simplemente hazme una radiografía. El sindicato dice que un médico tiene que darme el visto bueno antes de irme a casa. ¿Puedes hacerlo por mí?

–¿Por qué está tan malhumorado, agente? –pregunté con la esperanza de arrancarle una sonrisa.

–¡Porque el hombro me está matando, maldita sea! –gritó.

–Está bien, está bien. Cálmate. Suenas como mi padre.

–¿Ésta es tu manera de tratar a los clientes, Millie? Porque apesta –intuí lo que parecía ser una sonrisa.

–Muy bien, agente –dije–. Primero quítate la camisa para que te eche un vistazo –aquello sonó como a película porno.

–Parece que estés en una película porno –dijo Sam mientras se desabrochaba los botones del uniforme.

–Trae, idiota, deja que te ayude.

–Ésa es mi Millie.

Aquellas palabras hicieron que se me cerrara la garganta y los ojos se me llenaran de lágrimas mientras le desabrochaba los botones.

–Por favor, deja de llorar –dijo mi paciente.

–Lo siento –le quité la camisa por el lado del hombro lastimado y me estremecí. Tenía cicatrices blancas sobre la piel, debido a la cirugía de la universidad–. Se me había olvidado que ése es tu hombro malo —susurré con voz temblo-rosa.

—¡Millie! Espabila y sácame de aquí.

—Bien. Es sólo que… ya sabes, Sam. Eres tú. No me gus-ta verte herido.

—Bueno, pues arréglame y mándame a casa, por el amor de Dios.

Yo agradecí su enfado, pues de lo contrario probablemen-te le habría confesado mi amor. Le examiné el hombro y lo moví con cuidado para ver el rango de movimiento.

—¿Te has hecho daño en alguna otra parte? —pregunté mientras le tomaba la presión sanguínea en el brazo bueno.

—No —contestó mirándome fijamente. Estábamos a dos centímetros de distancia y de pronto el aire pareció cargado de electricidad.

Me aparté rápidamente.

—Muy bien. No creo que esté roto, pero hagamos una pla-ca para estar seguros.

Lo ayudé a bajarse de la camilla, lo llevé a la zona de ra-yos y lo tumbé en la mesa. Normalmente no me encargaba de esa parte, pero sabía cómo hacerlo. Seguí los pasos y di a algunas teclas en el ordenador. Sam se incorporó sobre la mesa y esperó el veredicto mientras las imágenes aparecían en el monitor.

—No hay nada roto. Aunque tienes una contusión en el hueso. Y tus viejas fracturas están estables. ¿Ves los tornillos ahí? Has tenido suerte.

—¿Y qué se hace para una contusión en el hueso? —pre-guntó él.

—Motrin, un cabestrillo y nada de trabajo en una semana. Voy a hacerte una receta de Vicodin por si acaso el Motrin no es suficiente —rebusqué por el escritorio las recetas.

—Muy bien —dijo él, agarró la camisa e intentó ponérsela por el lado derecho.

—Espera, deja que te ayude con eso —estiré la mano y le metí la manga por el brazo herido. Después se la abroché con cuidado. A mis dedos parecía costarles trabajo. Le puse el cabestrillo en el brazo y apreté la hebilla para que fuera cómodo. Sam se había quedado muy quieto. Yo lo miré a la cara.

Estaba mirándome. No por encima de mi hombro, ni a su camisa. Estaba mirándome a mí. Entonces sus ojos se deslizaron hasta mi boca. Y de pronto, muy lentamente, se inclinó hacia delante y me dio un beso suave en los labios, como si yo fuera la cosa más preciada del mundo. Y al ver que no me apartaba, me besó de verdad.

Me rodeó la cintura con el brazo sano, por debajo de la bata de médico. Su boca era tan cálida y suave que las rodillas empezaron a temblarme. Mi cerebro dejó de pensar en nada que no fuera Sam, su beso, el calor de su cuerpo, el brazo rodeándome.

–¡Santa madre de Dios!

Di un respingo como si me hubieran electrocutado, y le di un empujón a Sam en el hombro magullado. Se estremeció, yo me estremecí, Ethel se estremeció.

–¡Oh, mierda! ¡Lo siento! Ya me marcho. Sam, no te preocupes por nada, aunque no me parece que estés preocupado. Todo está solucionado. La policía de Wellfleet ha pillado a los chicos cerca de Moby's. El teniente dice que te vayas a casa y que te llamará mañana. Bueno, supongo que no necesitas que te lleve. Lo siento –Ethel tosió un par de veces y se fue. A los pocos segundos oímos el motor del coche patrulla en el aparcamiento.

Sam y yo nos habíamos quedado solos. Su cara lo decía todo. Me miraba con ojos de cordero degollado.

–Millie…

Yo tomé aliento y me llevé la mano a la boca. Intenté decir algo, pero no podía.

–Oh, Millie, lo siento mucho. Di algo, por favor.

¿Qué podía decir? Me había quedado sin habla, tal vez por primera vez en mi vida.

–No lo había planeado, Millie. Lo siento. No debería haber… Lo siento mucho –se levantó de la mesa y se me acercó.

—Deberíamos… deberíamos irnos, ¿de acuerdo? Vamos —balbuceé—. Quédate aquí sentado y déjame acabar. Porque es la última noche del ambulatorio y tengo que asegurarme de que todo está terminado.

—Millie, lo siento. No pretendía… Lo siento. Por favor, di algo.

—Eh, vamos a dejarlo estar, ¿de acuerdo? Bien. Genial.

Corrí, literalmente corrí, hacia mi despacho y cerré la puerta. Digger me olfateó las manos, pero yo apenas me di cuenta.

Me había besado.

Y lo sentía. Lo sentía mucho. Muchísimo.

Las piernas me temblaban incontroladamente. Tomé aliento varias veces y miré a mi alrededor. «Has lo que tengas que hacer para marcharte de aquí», me ordené. Como un robot apagué el ordenador, garabateé las palabras *Agente de policía asaltado, contusión en el hueso, hombro derecho, rango de movimiento completo, sin fractura* en el informe y agarré mi bolso. Salí a la zona de rayos, pasé frente a Sam y me aseguré de que su informe estuviera en la lista para que lo leyera el radiólogo de guardia en el hospital de Cabo Cod. Después arranqué la receta y se la entregué a Sam, que se la guardó como si su perro acabase de morir.

—Aquí tienes. Tienes un ortopedista, ¿verdad? ¿Reardon? Llámalo mañana y pide cita con él. Le diré que necesitas que te vea. Danny puede llevar la receta a la farmacia de Orleans si lo necesitas, pero prueba primero el Motriz. De seiscientos a ochocientos miligramos cada seis horas. No utilices el brazo. Ponte hielo durante las primeras cuarenta y ocho horas, después calor. ¿Alguna pregunta?

—No.

Salimos a la calle y yo empecé a cerrar la puerta.

—Se te olvida el perro, Millie —dijo Sam.

—Es verdad —entré de nuevo, saqué a Digger, me disculpé y metí al animal en el asiento trasero—. ¿Necesitas ayuda? —le pregunté a Sam cuando abrió la puerta del coche con la mano izquierda.

–No, gracias.

Me monté y puse el coche en marcha sin mirar a Sam. Al cabo de un minuto lo intentó de nuevo.

–¿Millie, podemos hablar de lo que ha ocurrido ahí dentro? Por favor.

Tomé aliento, pero en vez de calmarme, el aire me salió casi como un sollozo.

–Ahora mismo no, ¿de acuerdo? –respondí.

Sam me miró durante otro minuto entero.

–Muy bien. Pero lo si…

–¡No te disculpes! Olvídalo.

–Creo que tenemos que hablar de ello, Millie.

–¡Ahora no! ¡Ahora no! ¿De acuerdo, Sam? Ahora no –Digger, al notar mi incomodidad, asomó la cabeza entre los dos asientos y me lamió la oreja.

Sam no dijo nada más hasta que llegamos a su casa. Danny, al que obviamente había llamado Ethel, salió corriendo de casa.

–Mira –dije–. Es Danny. Tu hijo. Mi sobrino.

–Oh, Millie –dijo Sam.

–¡Papá! ¡Papá! ¿Estás bien? –Danny abrió la puerta del copiloto y Sam salió del coche.

–Estoy bien, Dan. Sólo una contusión.

–Oh, papá… –Danny abrazó a su padre con cuidado e intentó no llorar. Yo apoyé la frente en el volante y las lágrimas me inundaron los ojos–. Tía Mil, ¿se pondrá bien?

Yo me sequé las lágrimas, abrí mi puerta y salí, pero no me alejé del coche.

–Se pondrá bien, cariño –dije, y mi voz sonó normal por primera vez en toda la noche–. Le dieron en el hombro con una barreta. Él te lo contará. Llámame si necesitáis algo, ¿de acuerdo? Pero de momento que entre en casa. Dale cuatro pastillas de Motriz y ponle hielo en el hombro.

–Vamos, papá –dijo Danny. Sam me miró, pero dejó que su hijo lo metiera en casa.

Capítulo 31

–Millie, lo siento. No sé lo que me pasó. No pretendía besarte y no volveré a hacerlo. Millie, obviamente fue un gran error. ¿Podemos olvidarnos de lo sucedido? Millie, lo siento. Lo siento, lo siento, lo siento.

Me repetí esas frases en el espejo del baño al día siguiente, intentando prepararme para lo que tuviera que decirme.

¿Cómo podía mi vida pasar de ser ridícula a idiota y después a horrible en tan poco tiempo? El hombre al que amaba me había besado, pero obviamente eso no era algo bueno, no cuando lo sentía tantísimo. Ahora tendría que fingir que no importaba, que lo había olvidado todo, y que Sam era simplemente el padre de mi sobrino. No seríamos amigos. Estaríamos incómodos y yo lo echaría de menos durante el resto de mi vida.

–Mierda –susurré mientras me golpeaba la cabeza contra el espejo. Deambulé por mi casa, murmurando para mis adentros–. Estúpida, estúpida, estúpida –era lo único que repetía. Recordaba la mirada arrepentida de Sam. ¿Cuántas veces se había disculpado? Al menos seis, que yo recordase. Lo lamentaba. Y yo también.

El beso había sido increíble. Ése era el problema. El mejor beso de mi vida, del hombre al que amaba con toda mi alma, y él lamentaba que hubiese ocurrido.

A las nueve sonó el teléfono. Me quedé de pie junto al aparato, con los ojos ardiendo, los puños apretados y el corazón palpitándome en los oídos.

–Hola, soy Millie. Deja tu mensaje y te llamaré en cuanto pueda.

Mi voz alegre sonaba idiota. No era de extrañar que Sam se arrepintiera.

–Millie, soy Sam. Descuelga el teléfono.

–No –le dije a la máquina. Sam suspiró como si pudiera oírme.

–Por favor, Millie, llámame. Estaré en casa todo el día, salvo a las dos, que tengo que ir a ver al doctor Reardon. A las tres debería estar de vuelta. ¿De acuerdo? Llámame.

Diez minutos más tarde volvió a sonar el teléfono.

–Hola, soy Millie. Deja tu mensaje y te llamaré en cuanto pueda.

–Tía Millie, soy Danny…

Descolgué el teléfono.

–Hola, cariño. ¿Cómo está tu padre?

–Está bien. Creo que anoche no durmió mucho.

–Ya –no era de extrañar–. ¿Cómo está su hombro?

–Dice que bien, aunque dolorido. ¿Quieres hablar con él?

–¡No! –grité–. Quiero decir, no –continué más calmada–. Voy a salir a correr. Hazme saber lo que le diga el doctor Reardon, ¿de acuerdo?

–De acuerdo, tía Mil. Adiós.

Sam volvió a llamar en torno a las cuatro.

–Hola, Millie. Soy Sam –hizo una pausa durante un segundo–. Millie, no podemos… Escucha, realmente quiero hablar contigo. Por favor, llámame. Gracias.

No llamé. Simplemente no podía oírle decir el error tan grande que había cometido, lo mucho que lo sentía, que debería olvidarlo, dejarlo atrás y bla, bla, bla. Tampoco quería hablar con nadie, ni con Katie, ni con Curtis ni Mitch. Una cosa era sentir amor por alguien y otra muy distinta contarle a la gente que te habían rechazado.

Danny volvió a llamar más tarde y me explicó los detalles de la visita al médico, que había confirmado mi diagnóstico. Sam se había tomado un Vicodin y se había ido a la cama. Me sentí triste al pensar en Sam durmiendo incómodo en su cama. Danny me dijo que podría quitarse el cabestrillo en un día o dos, y yo le dije que me parecía bien también.

–¿Va todo bien, tía Millie? –me preguntó mi sobrino.

–Claro, Danny. Todo va bien. Es sólo que estoy distraída. Ayer cerramos la clínica y empezaré mi nuevo trabajo en un par de semanas… –me quedé callada. No quería mentirle a Danny.

Sam me llamó al día siguiente, pero sólo una vez.

–Soy Sam –dijo. Se quedó al teléfono durante un minuto, esperando–. Muy bien, Millie –dijo antes de colgar.

Yo limpié la casa, hice galletas y las llevé al centro de mayores. Después fui a correr. Me duché, mandé correos, organicé el armario, abrillanté mis zapatos, pero el día se negaba a terminar. Me sentía tensa intentando guardar el secreto. Al final agarré las llaves del coche y me fui a Orleans, directa al Barnacle. Con suerte no habría mucha gente y Katie podría tomarse un descanso. Necesitaba a mi mejor amiga.

Entré en el restaurante y me detuve. Por primera vez en mi vida, no había visto la furgoneta de Joe Carpenter en el aparcamiento. Estaba sentado junto a Katie en la barra, con algunos papeles frente a él y las cabezas muy juntas. El bar estaba tranquilo, con tan sólo unas pocas mesas ocupadas ahora que había terminado la temporada turística.

Me acerqué a la barra y me aclaré la garganta.

–Hola, chicos –dije.

Katie levantó la mirada.

–¡Hola, Millie! –dijo con una sonrisa–. ¿Sabes qué? Joe va a certificar a Trípode como perro de terapia.

Joe me miró.

–Hola, Millie –me dijo con tono neutral.

–Hola, Joe –respondí. Hubo una pausa incómoda–. Eso es genial.

–Sí, bueno –dijo él mirando hacia abajo–. Es un buen perro, ya sabes.

–Y si a Trípode le va bien, entonces Joe podrá adoptar un cachorro y entrenarlo para que sea también perro de terapia –anunció Katie, radiante como una madre orgullosa.

–Eso es genial, Joe –repetí.

–Katie me está ayudando con el formulario.

–Genial –miré a Katie.

–Pregúntaselo –le susurró Katie a Joe.

Joe tomó aliento.

–¿Quieres darme una referencia, Millie?

Me quedé con la boca abierta.

–¡Claro! Por supuesto, Joe. Eres genial con los perros. Trípode está muy bien educado.

–Gracias –por fin sonrió, aunque tímidamente–. He oído que Sam fue agredido por un chico –dijo antes de dar un trago a su cerveza–. ¿Cómo está?

–Está bien –empezaron a arderme las orejas al oír el nombre de Sam–. Gracias por preguntar. Le dieron con fuerza, pero está bien –volví a mirar a Katie.

–Escucha, Joe, termina de rellenar eso, ¿de acuerdo? –dijo ella–. Tengo que hablar con Millie un segundo –Katie y yo nos fuimos a una mesa situada en un rincón y nos sentamos–. ¿Qué sucede?

De pronto me sentí muy incómoda.

–¿Qué estás haciendo con Joe?

Ella se rió.

–Oh, sólo necesita un poco de orientación. No sé. ¿Recuerdas que le eché la bronca aquel día en el instituto?

–Claro –la ira de Katie era difícil de olvidar.

–Bueno, vino la semana pasada a pedirme consejo, ¿puedes creerlo? Quería saber qué debía hacer para ir por el buen camino. Le dije que se hiciera voluntario de alguna causa que mereciese la pena, y esta noche ha aparecido aquí con todos los papeles –Katie sonrió satisfecha–. Pero bueno, ¿qué pasa contigo? Pareces angustiada.

Tomé aliento y le conté toda la historia. Terminé con las disculpas infinitas de Sam.

–Ya –dijo mi mejor amiga–. Entiendo.

–¿Puedes decirme algo mejor que eso? –pregunté, más sarcásticamente de lo que pretendía. Miré a Joe, que seguía inmerso en sus papeles.

–Millie, esto es duro. Supongo que tendrás que hablar con él y abordar el tema. Pero aun así, te besó, así que debe de sentir algo.

–¡Algo que lamenta! ¡Deberías haber visto su cara!

–Oh, cariño, no sé –me apretó el hombro–. Y tú tampoco lo sabrás hasta que no hables con él –Chris llamó a Katie y ésta levantó la mirada–. Lo siento, Millie, tengo que volver a trabajar. Habla con Sam. Siento no poder ayudarte más. Llámame mañana. Estaré en casa todo el día.

Confusa, me levanté para marcharme. Joe se puso en pie de un brinco.

–¡Millie! –me detuve–. Ey, Millie –se acercó–. Escucha, me ha alegrado verte, Mil –me dirigió una sonrisa y yo sentí lágrimas en los ojos.

Me había perdonado.

–Yo también me he alegrado de verte, Joe –susurré.

Capítulo 32

Al día siguiente anunciaron por televisión que se acercaba una tormenta tropical por la costa. Podría convertirse en un huracán. Bueno, eso sería divertido. Las tormentas en el Cabo eran fantásticas. Mucho drama, mucho viento. Yo no tenía dónde ir.

En algún punto de la noche anterior, había decidido llamar a Sam. No podía seguir alargándolo. Se merecía saber algo de mí, y había estado comportándome como una idiota. Le dejaría decir lo que quisiera, le aseguraría que no pasaba nada y fingiría no sentir nada hacia él durante el resto de mi vida.

Habiendo decidido eso, decidí pronosticar un poco más. Llevé los muebles del porche al sótano por si acaso el viento cobraba fuerza, puse cinta adhesiva en el ventanal del salón y preparé una olla de sopa. Observé las nubes grises del exterior y decidí aprovecharme del hecho de que aún no llovía para salir a correr. Digger se puso en pie al ver que me estaba poniendo las deportivas.

—Vamos, amigo —le dije, y corrió feliz hacia la puerta.

El viento empezaba a cobrar fuerza y se notaba el olor a lluvia en el aire. De vez en cuando nos golpeaba una ráfaga, o tenía que esquivar alguna rama tirada en la carretera. El viento era frío, y a veces oía el rumor de un trueno lejano. El cielo estaba cada vez más oscuro. Tal vez aquello hubiese sido un error.

Lo había sido. En cuanto llegué a la mitad del recorrido empezó a caer la lluvia. No tuve más remedio que correr más deprisa. Tomé la salida hacia Ocean View Drive y oí las olas mucho antes de verlas. La arena volaba sobre la carretera y se me clavaba en la piel. Yo corría todo lo deprisa que podía.

Para cuando terminé, estaba agotada. Me dolían las piernas, me ardían las orejas y estaba completamente empapada de lluvia y agua de mar. Incluso Digger estaba desanimado.

Mientras recorría el camino hacia mi casa, vi a Sam sentado en su furgoneta. Salió del vehículo, se agachó para acariciar a mi perro y después se incorporó para mirarme.

—Hola.

—Hola, Sam —conseguí sonreír un poco—. Lo creas o no, iba a llamarte en cuanto llegara a casa.

—Ya —no me devolvió la sonrisa.

—¿Cómo tienes el hombro?

—Bien —esperó hasta que suspiré. Era el momento.

—Entra —le dije, y abrí la puerta de atrás. Encendí las luces y agarré una toalla. Secar a Digger significaba que no tenía que mirar a Sam. Digger gimió de placer mientras le frotaba con la toalla. Cuando lo solté, se fue directamente hacia la pierna de Sam.

—No, Digger —se agachó para quitar las piernas delanteras de mi perro de su espinilla—. Millie…

—¿Te importa que me dé una ducha rápida? No quiero andarme con rodeos, pero es que temo que se vaya la electricidad.

—Claro —respondió él quitándose la chaqueta—. Yo iré a preparar café.

Me duché y me lavé el pelo lo más rápido posible. El cielo ya estaba completamente negro y la casa temblaba de vez en cuando con la fuerza del viento. Me puse unos vaqueros y una sudadera y fui a enfrentarme a Sam. En cuanto entré en la cocina se fueron las luces.

—Bueno, esto es como una premonición, ¿no te parece? —pregunté alegremente, aunque tenía un nudo en el estómago.

—Al menos el café está listo —Sam había encontrado varias velas mientras yo estaba en la ducha. Las encendió y las colocó por la cocina. Me entregó después una taza de café, con leche, sin azúcar, como a mí me gustaba—. He llenado algunas cacerolas con agua por si dura un día o dos —añadió, y yo advertí el nerviosismo en su voz.

—Gracias.

Sam se aclaró la garganta y se apoyó en la encimera.

—¿Quieres sentarte? —pregunté, de pronto me moría por retrasar aquel fatídico momento.

—No, será mejor que haga esto estando de pie —respondió. Sentí un vuelco en el estómago que me produjo un escalofrío por todo el cuerpo. Una cosa era imaginarse la conversación, pero otra era tenerla de verdad.

—Muy bien, Millie —comenzó Sam—. Sólo quiero decir esto y acabar con ello. Después será tu turno, ¿de acuerdo?

—Muy bien —dije yo con voz temblorosa. Digger, al sentir mi angustia, se acercó y colocó su cabeza en mi regazo. Yo le acaricié las orejas durante unos segundos—. Ve a tumbarte, chico —dije entonces. El perro obedeció y se fue hacia el salón.

—Sabes que creo que eres genial, ¿verdad, Millie? —su voz era tan tierna y suave que me produjo un dolor físico en la garganta y en el pecho. Las lágrimas, mis compañeras fieles, empezaron a agolpárseme en los ojos. Asentí, incapaz de mirarlo. Una ráfaga de viento golpeó las ventanas—. Durante el último año has sido una buena amiga para mí, y no puedo decirte lo mucho que te lo agradezco. Eres importante para mí, Mil. Quiero que lo sepas.

Yo tragué saliva y miré por la ventana.

Sam tomó aliento y se frotó las palmas de las manos en los vaqueros.

—En el ambulatorio, la otra noche, no había planeado aquello. No quiero que pienses que soy un guarro lascivo que ha estado deseando a la hermana de su esposa durante todo este tiempo. ¿De acuerdo?

—De acuerdo —respondí con un susurro, y una lágrima solitaria resbaló por mi mejilla, pero con suerte estaría demasiado oscuro para que Sam la viera.

–Millie, lo siento. Siento haberte pillado por sorpresa. Yo también me sorprendí. Y lamento que te sintieras tan incómoda como para no poder llamarme. Quiero decir que lo comprendo, créeme. Pero lo último que quería hacer es arruinar nuestra amistad. Probablemente seas la mejor amiga que tengo y, si no quisieras volver a verme, Millie, te echaría terriblemente de menos.

Yo asentí y me llevé los dedos a los labios para disimular el hecho de que estaba llorando. Me temblaban las manos y las piernas, y me sentía como si estuvieran aplastándome el pecho con una barra de acero. Así que eso se sentía cuando se te rompía el corazón.

Sam dejó su café sobre la encimera y yo le dirigí una mirada rápida antes de volver a mirar a la mesa.

–No pasa nada, Sam –comencé en voz baja.

–No he acabado. Millie, necesito decirte esto porque no puedo mentirte –sacudió la cabeza y luego respiró profundamente–. Mira, Millie, aunque siento haberte sorprendido, no siento haberte besado.

Las palabras tardaron casi un minuto en llegar a mi corazón. Cuando lo hicieron, me volví hacia Sam, confusa. Estaba mirándome fijamente, con las manos en los bolsillos del pantalón, claramente asustado.

–Algo cambió, Millie –dijo con voz temblorosa–. No sé exactamente cuándo ocurrió, pero en algún momento… me enamoré de ti.

El zumbido de mis oídos no tenía nada que ver con la tormenta del exterior, y sentía el corazón como una gaviota gritando sobre la brisa del océano. Sam seguía hablando.

–No quería admitirlo, por Trish y todo eso. Quiero decir que siempre me habías importado mucho, claro. Pero en el baile del Día del Faro, estabas tan guapa, y después en el ambulatorio simplemente… no pude fingir que no siento… que no… mierda. Por favor, Millie, di algo.

Intenté responder, pero no me salía ningún sonido. Obviamente Sam malinterpretó mi silencio, porque miró al suelo y agachó los hombros. Yo me sequé los ojos con una servilleta, me acerqué a él y le puse las manos en los hombros.

–Sam –dije–. Creo que te he amado toda mi vida.

Él me miró sorprendido y abrió la boca. Durante unos segundos nos quedamos mirándonos con el único sonido de la tormenta.

–Repite eso –me dijo.

–Oh, Sam, te quiero. Estoy enamorada de ti. Estoy loca por ti.

–Me quieres.

–Sí.

Y de pronto Sam estaba besándome, con las manos en mi pelo mojado, con su boca cálida y dulce sobre mis labios. Y jamás me había sentido tan bien en toda mi vida. Me acercó más a él y pude sentir su corazón. Era una agradable combinación de novedad y tradición. Su pelo era sorprendentemente suave, y sus costillas sólidas bajo mi mano.

Entonces se apartó.

–Millie Barnes –susurró con una sonrisa–. Vamos a sentarnos, ¿de acuerdo? Creo que deberíamos hablar –agarró una vela y me relajó ver que a él le temblaban las manos. Entramos en el salón y nos sentamos en el sofá con la única luz de la vela. Sam estiró el brazo y me acarició la mejilla, y el modo en el que me miró, con tanta intensidad y suavidad, hizo que se me encogiera el corazón.

–Bueno –dije sonrojada.

–Bueno –repitió él con una sonrisa–. ¿Cuándo te diste cuenta de que sentías esto?

Yo me aclaré la garganta.

–El día de las profesiones –admití.

Él echó la cabeza hacia atrás y se carcajeó.

–Así que eso era lo que te pasaba.

–No fue divertido.

–Claro que sí –me tomó la mano–. ¿Qué vamos a hacer, Millie? ¿Cómo quieres llevar esto?

Tomé aliento.

–No lo sé, Sam. Supongo que es un poco extraño salir con tu ex cuñado.

–Sí. Supongo que deberíamos ser discretos. Tomarnos las cosas con calma. Tal vez no debamos decírselo a Danny, ni a Trish, ni a nadie… hasta que no hayamos… ya sabes. Hasta que no estemos seguros.

–Claro –contesté–. Al menos mi padre se alegrará.

–Yo me alegro –dijo Sam con una sonrisa, y un torrente de deseo se desató en mi estómago. Deslizó la mano por mi brazo hasta el cuello y me acercó a él. Sus labios eran cálidos y firmes, y encajábamos como si nuestro único cometido en la vida fuera besarnos. Deslizó las manos por mi espalda, yo le besé el cuello, su piel era dulce como el chocolate.

Sam Nickerson. Estaba besando a Sam, y él me quería. La vida era increíblemente amable.

–Millie –susurró con la voz rasgada–. Quiero que sepas que esto no es algo pasajero. Te miro y veo el resto de mi vida.

¿Cómo no sentir que iba a desvanecerme? Las rodillas se me volvieron de mantequilla y, cuando volvió a besarme, me agarré a su camisa con fuerza. Sentía su corazón latiendo con fuerza contra mi pecho, y el calor de su piel. Le saqué la camisa del pantalón y deslicé las manos por la cálida piel de su espalda, increíblemente feliz y asombrada por las ganas que tenía de llorar y reír al mismo tiempo.

–Sobre lo de ser discretos y tomarnos las cosas con calma –le dije, y sentí que los miembros me temblaban con esa extraña combinación de debilidad y deseo. Me eché hacia atrás para mirarlo a los ojos y pasé los dedos por su pelo.

–¿Qué pasa? –preguntó.

–Estoy a favor de ser discretos, pero tal vez podamos replantearnos lo de la calma.

Porque conocía a Sam desde siempre. Porque sabía que era bueno y amable y sabía que lo amaba con todo mi corazón. ¿Por qué deberíamos esperar?

–Te quiero, Millie –susurró poniéndome un mechón de pelo detrás de la oreja.

–Yo también te quiero.

Me aparté de sus brazos, me puse en pie y lo guié por el pasillo. Hacia la cama.

La tarde se oscureció, la tormenta amainó a medida que se alejaba hacia el mar, y Sam y yo seguíamos en la cama. Las ocasionales ráfagas de viento y la lluvia que caía sobre el tejado reforzaban la sensación de que éramos las dos únicas personas por allí cerca, y lo único que importaba éramos nosotros, juntos, solos, por fin. Salvo por Digger, cuya cabeza asomó junto a la cama.

–Hola, amigo –dije. Saltó a los pies de la cama y se acurrucó allí.

–Si quiere mi pierna, la tiene –murmuró Sam mientras nos tapaba con la manta–. Estoy demasiado cansado para moverme.

–Es justo –convine yo. Sam se rió, pero Digger, ajeno a todo, se quedó dormido.

Nos quedamos allí tumbados largo rato, envueltos el uno en el otro, con mi cabeza sobre su hombro lesionado y con sus dedos en mi pelo.

–Te quiero de verdad, Millie –susurró Sam.

Yo miré su cara. Tenía los ojos cerrados y una sonrisa en aquellos labios tan generosos. Jamás me había dado cuenta de lo largas que tenía las pestañas, ni de la cicatriz que tenía en la barbilla–. Yo también te quiero, Sam –dije, y el corazón se me hinchó al poder decir esas palabras.

–Más te vale. Esto va a ser un poco complicado cuando se lo digamos a tu familia. Sobre todo a Trish.

–Tal vez podamos huir –sugerí.

–Y casarnos lejos de aquí. No es mala idea –dijo Sam sin dejar de sonreír. Yo me acurruqué a su lado y le di un beso en el hombro. Fue el momento más feliz de mi vida hasta la fecha. Allí estaba, en casa con el hombre al que amaba, y él me amaba a mí. Con Sam no tenía que fingir, no tenía que intentar lograr que se fijara en mí, ni hacer que me amase, porque ya lo hacía. La sensación de seguridad y de satisfacción hizo que el corazón me doliese de alegría.

Se oyó un crujido cuando una rama o algo cayó en el jardín. Digger se bajó de la cama y empezó a ladrar hacia la ventana.

—No pasa nada, Digger —dije. Pero el perro corrió hacia la cocina y siguió ladrando.

—Perro loco. No conoce la diferencia entre una rama y un ladrón —dijo Sam.

Pero resultó que debería haberle prestado más atención a Digger porque, de haberlo hecho, mi hermana no habría entrado ni me habría pillado desnuda en la cama con su ex marido.

Capítulo 33

Allí estaba, calada hasta los huesos, con la cara blanca en aquella tarde oscura, y los ojos como dos agujeros negros.

–Oh, Dios –dijo Trish–. Oh, Dios mío.

Sam y yo nos quedamos de piedra. Creo que yo ni siquiera respiré. Mi hermana retrocedió, se dio la vuelta y huyó. La puerta de la cocina rebotó repetidas veces tras ella.

–¡Trish! –gritó Sam mientras se levantaba de la cama. Me miró–. Esto no está bien –se puso los pantalones y la camisa, miró por la ventana y alcanzó mi bata–. No debería salir con este tiempo. Las carreteras serán peligrosas –fue a la cocina y yo lo seguí. Trish ya se alejaba de mi casa conduciendo a toda velocidad.

–Esto no está nada bien –convine yo innecesariamente.

–Millie, será mejor que vaya tras ella. La tormenta aún no ha parado y ella está disgustada. No debería conducir.

–Cierto. Sí, corre –estaba demasiado nerviosa para decir otra cosa.

–Te veré más tarde –se dispuso a marcharse, pero entonces regresó y me dio un beso en la boca–. Te veré más tarde –repitió.

–Bien –dije con una sonrisa. La lluvia entró en la cocina cuando abrió la puerta trasera y salió corriendo hacia su furgoneta.

Las velas ya se habían consumido hacía tiempo. Fuera estaba oscuro casi por completo. Me fui al salón y me senté en la oscuridad. Digger me siguió meneando el rabo y se acurrucó a mis pies. El viento rugía y la casa temblaba.

Si pudiera borrar los últimos cinco minutos, no quedaría duda de que esa tarde había sido la mejor de mi vida. Estar con Sam, amar a Sam y saber que él me amaba, sentir esa felicidad tan absoluta... Era algo abrumador que no podía ignorar.

Pero tampoco podía ignorar la expresión en la cara de Trish. Ni siquiera sabía que estuviese en el Cabo, y apostaría a que Sam tampoco.

Encontré los faroles para los huracanes en el sótano y los encendí. Me sentía como en *La casa de la pradera*. Fui al frigorífico y saqué una cerveza; no era lo que Laura Ingalls habría hecho, pero un poco de alcohol no me vendría mal. Bebiendo con la bata puesta, sola. No era el comienzo más prometedor para una relación.

Me preguntaba dónde habría ido Trish, y si Sam la habría encontrado.

No tuve que preguntármelo durante mucho tiempo. El teléfono sonó antes de que hubiera dado dos tragos a la cerveza.

—¿Qué sucede, Millie? —era mi madre, con esa voz que no había oído desde la adolescencia. Una voz llena de rabia y de ganas de castigar. Oí a alguien llorando al fondo y no me costó adivinar quién era.

—¿Qué te ha contado Trish? —pregunté.

—Que os encontró a Sam y a ti juntos, Millie. ¡En la cama! ¿Cómo has podido?

—Bueno, mamá, creo recordar que Trish dejó a Sam hace ya bastante tiempo.

—Eso no viene al caso. Oh, aquí está Sam. ¿Sam, qué sucede?

Sam le quitó el teléfono a mi madre.

—¿Millie? Voy a colgar. Te llamaré más tarde.

—Adiós —dije yo, agradecida.

Mi rabia hacia Trish eclipsó mi pena. No había tardado nada de tiempo en irle llorando a mamá. ¡Y mi madre! Trish había engañado a Sam, lo había abandonado, a él y a Danny, para irse con ese imbécil de Nueva Jersey. Llevaba fuera más de un año, pero mi madre se ponía de su parte al instante.

De pronto se me ocurrió que Danny pudiera estar con mis padres. El corazón me dio un vuelco.

El teléfono volvió a sonar.

—¡Hola, princesa! —dijo Curtis—. ¿Quieres venir a Provincetown a pasar el resto de la tormenta? Hemos improvisado una fiestecita. Sólo cócteles y algo de picar. Tal vez un poco de baile más tarde…

—Curtis, no te creerás lo que está pasando aquí.

—Al grano, cielo. Tengo invitados.

—Sam se hizo daño y vino a verme al ambulatorio. Me besó, y resulta que está enamorado de mí también. Y entonces Trish nos ha encontrado en la cama.

—¡Mitchell! ¡Deja eso y ven aquí! ¡Millie se ha tirado al poli!

Benditos amigos. Tal vez mi familia estuviese hecha un caos, pero mis amigos estaban de mi parte. Después llamé a Katie y le conté la versión reducida, porque quería dejar la línea libre por si llamaba Sam.

Me vestí e hice la cama. Obviamente las cosas se habían complicado mucho, pero tenía fe en Sam. Él los calmaría a todos. Todo saldría bien. Me senté al borde de la cama, en el lado donde había estado Sam, y sonreí mientras tocaba la almohada. Había sido perfecto. El modo en que estábamos juntos, el modo en que me hacía sentir. Era perfecto. Todo saldría bien.

Más tarde aquella noche, mi padre aparcó frente a mi casa. Entró con el impermeable en una mano y una linterna en la otra.

—Hola, calabacita —dijo.

—Hola, papá.

Se sentó a la mesa de la cocina y se secó la cara con una servilleta.

—¿Qué pasa con Sam?

—¿Quieres beber algo, papá?

–No, gracias, cariño. Sólo quiero saber qué pasa.

Yo me senté también.

–A decir verdad, papá, es algo entre Sam y yo.

–Tu hermana estaba llorando sin parar, prácticamente histérica. Dijo que siempre la has odiado y que ahora te has acostado con su marido.

–¡Vaya!

–¿Algo de eso es cierto?

–Acabo de decirte que es un asunto privado, papá. No me siento cómoda hablando de ello con mi padre.

–¿Entonces eso es un sí?

–Mira, papá –me detuve y suspiré–. No quiero ser grosera ni nada, pero Sam ya no está casado con Trish. Ella se aseguró de ello cuando lo abandonó por otro hombre el año pasado. No sé por qué yo soy la mala aquí. No es como si me hubiera metido en un lecho conyugal o algo así.

–Ahórrate los detalles, cariño. Pero dime una cosa. ¿Vas detrás de Sam para hacerle daño a tu hermana?

–¡No! ¡Papá! Vamos. Deberías saber que no. Y Trish tendrá que aceptar que no todo gira siempre a su alrededor.

–Tienes razón, tienes razón. Lo siento, calabacita. Tú no eres así. Y a tu hermana sí que le gusta montar una escena. Pero aun así, Millie. Hay muchos hombres ahí fuera. ¿Por qué elegir a Sam?

Le estreché la mano a mi padre.

–En realidad no lo elegí, papá. Ni siquiera iba a decirle lo que sentía. Pero es el mejor hombre del mundo. Ya lo sabes.

Mi padre se rió y me apretó la mano.

–Supongo que hay algo de verdad en eso. Muy bien, cariño. Vuelvo a la guerra.

–¿Sam sigue allí?

–No. Se llevó a Trish a su casa. Danny estaba bastante alterado al ver a su madre.

–Mierda. ¿Danny estaba allí? ¿Tenía que hacerlo delante de Danny?

–Vigila esa lengua, jovencita. Y sí, al parecer sí. Ha sido una gran sorpresa, cariño.

Nos quedamos en silencio durante un minuto.

–Bueno, gracias por venir, papá –dije.

–De nada, cariño. ¿Necesitas algo? ¿Tienes suficiente aceite para esos faroles? ¿Suficiente comida?

–Sí, estoy bien. Gracias, papá. Muchas gracias.

–Muy bien. Llámame si necesitas algo.

Me dio un beso en la mejilla y regresó a la tormenta.

Digger y yo cenamos algo frío y jugué al solitario durante un rato. Finalmente me llevé el teléfono a la habitación para oírlo. Quería llamar a Sam, pero había dicho que me llamaría él, y estaba segura de que en ese momento no podría. Digger saltó a mi lado, perro malcriado, y yo le acaricié la cabeza. Pocos minutos después, para mi sorpresa, me quedé profundamente dormida.

Capítulo 34

La electricidad regresó al día siguiente y el cielo volvió a estar despejado. Yo apenas lo noté.

Me moría por saber de Sam. También quería llamar a Danny, pero, a decir verdad, estaba un poco nerviosa. En realidad no había pensado en cómo reaccionaría Danny ante el hecho de que Sam y yo estuviéramos juntos. ¡Ni siquiera había habido tiempo! Si sólo había pasado un día desde que Sam me había dicho que me quería. Me parecía una eternidad. Las horas pasaban muy lentamente.

Cuando por fin sonó el teléfono, me apresuré a contestar.

–Soy Sam –dijo él en voz baja.

–¡Hola! ¿Cómo va? ¿Todo bien?

–Escucha, Millie, no puedo hablar ahora mismo. Sólo quería hacerte una llamada rápida para decirte que ahora mismo las cosas están un poco… alteradas.

–¿Danny está allí? –pregunté.

–Sí.

–¿Está disgustado?

–Sí.

–Oh, Sam. Lo siento.

–Yo también, Millie. Tengo que ocuparme de algunos asuntos, pero te llamaré en cuanto pueda, ¿de acuerdo?

–¿Hay algo que yo pueda hacer?

–No creo. Tengo que colgar.

Esperaba que su llamada me tranquilizase, pero no lo hizo. Me negaba a quedarme sentada y alterarme más, así que me fui al sótano y volví a sacar la mesa y las sillas de la terraza. Después comencé a recoger las ramas que se habían caído durante la tormenta. El aire olía a cedro y a sal. Los pájaros celebraban que habían sobrevivido, cantando en las ramas de los árboles. Mientras arrastraba una rama particularmente grande por el jardín, se disparó la alarma de Digger. El BMW de Trish estaba aparcando frente a mi casa. El pulso se me aceleró.

¿Qué le dice una a su hermana en una situación así? ¿Dónde estaba Mitch cuando lo necesitaba? Llamé a mi perro cuando Trish salió de su coche y se quedó allí parada. Llevaba unos vaqueros y una camiseta amarilla, y parecía más joven y más natural que nunca.

—Hola —dijo en un tono neutral—. ¿Tienes un minuto?

—Claro —dije yo dejando caer la rama al suelo. Se me quedó un poco de salvia en la palma y, al mirarla, me di cuenta de que me temblaba la mano—. ¿Quieres entrar?

—No, quedémonos fuera —Trish sacó una silla de debajo de la mesa y se sentó con las manos cruzadas como si estuviera rezando. Yo me senté frente a ella con reticencia. Digger se quedó a mi lado como un guardaespaldas, con las orejas de punta y mirando fijamente a Trish. Yo le acaricié la cabeza—. No quiero malgastar tu tiempo, Millie —comenzó mi hermana—. He roto con Avery y he vuelto aquí para volver con Sam.

—Ah —dije yo.

—Mira, Millie, sé que te gusta Sam. Me dijo que los vuestro es algo nuevo. Quiero que des marcha atrás. Sería lo mejor para todos si lo dejaras estar.

—Bueno, claro, Trish, lo que tú digas —mi tono casual ocultaba el miedo que me provocaban sus palabras.

—No seas sarcástica, Millie —respondió Trish recostándose en la silla y mirándome con frialdad—. Piensa en las cosas. Sam y yo hemos estado juntos durante dieciocho años.

—Pero te divorciaste de él.

—Y tenemos un hijo en común. Un hogar. Una vida entera. Hay mucha historia aquí. No puedes ignorar eso.

—No, tienes razón, Trish, no puedo. Y no lo intentaré. Pero, Trish, lo abandonaste hace más de un año. ¡Lo engañaste, te divorciaste de él, te fuiste a vivir con otro! Le rompiste el corazón.

—Sí, así es. Fue un error.

No me había imaginado a Trish diciendo eso. Fue difícil de asimilar.

—Millie, Sam es un hombre maravilloso —continuó—. Sé que habéis pasado mucho tiempo juntos y no te culpo por enamorarte de él. ¿Pero no te das cuenta de que no es real? No es comparable a lo que tenemos él y yo.

Yo apreté los dientes.

—Trish, arrastraste su corazón por el fango. Odio ser yo quien te lo diga, pero ya ha superado lo vuestro.

—¿Estás segura de eso, Millie? —preguntó. Yo no respondí—. Bueno. Sea cual sea el caso, déjame decirte una cosa. Nunca te he pedido nada, Millie. Pero ahora te lo pido. Quiero recuperar a mi marido. Quiero recuperar a mi hijo. Quiero que te olvides de Sam. Es todo tan nuevo que no lo echarás de menos, y las cosas volverán a la normalidad.

Su desprecio era tan cáustico como el ácido.

—Tú no sabes nada sobre mí ni sobre mis sentimientos hacia Sam, Trish —respondí—. Nunca te ha importado nadie que no fueras tú misma. No pienso olvidarme de Sam sólo porque tú quieras. Lo quiero.

—Millie, siempre has estado celosa de mí —dijo Trish—. Siempre has querido lo que yo tenía.

—¿Sabes una cosa? —me puse en pie y apoyé las manos en la mesa—. ¡Tienes toda la razón! Tú, Trish, eres la única que nunca ha querido lo que tenías. Y lo tenías todo. Un tipo maravilloso que se casó contigo cuando lo engañaste y te quedaste embarazada. Te quería e hizo todo lo posible por que fueras feliz. Tuviste un bebé perfecto que se ha convertido en un chico fantástico. Un hogar precioso. Pero lo tiraste todo a la basura y te fuiste con ese imbécil de Nueva Jersey.

—Bueno, como ya he dicho, me equivoqué –dijo con frialdad, se puso también de pie y me miró–. Estás cometiendo un error, Millie. Siento pena por ti –se dirigió hacia su coche y se marchó. Yo fui al cuarto de baño y vomité.

Hubo más. Claro que sí. El destino no había acabado conmigo aún.

Llamé a Digger y me metí en el coche. No estaba segura de dónde iba, pero quería salir de casa. Me pasé por casa de Katie, pero los chicos y ella habían salido a comprar, según me dijo su madre. Yo seguía enfadada con mi madre por ponerse automáticamente del lado de Trish, así que no quería ir allí. Miré el reloj del coche. Eran las dos y media. El instituto acababa de terminar.

Conocía el horario de Danny bastante bien. Aquel día tenía prácticas de baloncesto, si no me equivocaba.

No me equivocaba. Fui al gimnasio y observé a los chicos hasta que uno de ellos llamó la atención de Danny sobre mí. Mi sobrino vaciló, le dijo algo al entrenador y se acercó con el balón debajo del brazo.

—Hola –dijo.

Por primera vez en su vida, Danny no se alegraba de verme, y aquello fue como un cuchillo en mi pecho. Se quedó mirando al suelo y botó la pelota varias veces.

—¿Qué quieres, Millie?

Yo intenté no llorar, apreté los labios y sonreí.

—Sólo quería verte, saber cómo estás.

—Creo que no quiero hablar contigo ahora mismo.

—Oh –respondí yo.

—¿Qué esperabas?

—No lo sé, Dan –se me quebró la voz y Danny se volvió borroso cuando los ojos se me llenaron de lágrimas. Se dio la vuelta para regresar con sus compañeros y yo me giré hacia la puerta.

—Tía Mil, espera. Entrenador, tengo que tomarme un descanso –la voz de Danny sonó derrotada mientras se acercaba a mí. Sin decir una palabra, salimos del gimnasio y caminamos hasta la verja que rodeaba el aparcamiento.

–Mil, ¿qué quieres que diga? ¿Cómo voy a sentirme bien con esto?

–Oh, Danny, no lo sé. Todo está yendo demasiado deprisa.

Se sentó en la verja y agachó la cabeza.

–Mamá quiere volver con papá –dijo.

–Lo sé. Ella me lo ha dicho.

–¿Vas a estropearlo?

Yo miré al suelo.

–Creo que… creo que el matrimonio de tus padres debería hundirse o nadar por sí solo, sin depender de lo que yo haga.

–Mamá dice que ha aprendido mucho, que papá y ella podrían ser felices juntos ahora que sabe lo que tenía.

Ahí estaba otra vez. La nueva y mejorada Trish. La Trish madura.

–¿Y tú qué piensas, Danny?

Danny suspiró y se frotó los ojos con la mano en un gesto idéntico al de Sam.

–No lo sé, tía Mil. Pero esto que hay entre papá y tú… no sé. Es… no sé.

Yo tragué saliva.

–Yo quiero mucho a tu padre, Danny. Sé que es incómodo para ti oírlo, pero es la verdad.

Él arrancó un pedazo de madera de la verja y empezó a astillarlo meticulosamente.

–Danny, ¿quieres que tus padres vuelvan a estar juntos?

Lanzó la madera al suelo y me miró.

–Mierda, Millie, claro que sí. ¿Acaso no desean eso todos los chicos con padres divorciados? Que mamá y papá se besaran y vivieran felices para siempre. Quiero decir que, si lograran salir de eso, sería genial. Claro que desearía eso.

–Me dijiste que hacía mucho tiempo que no eran felices.

–Bueno, ¿y si ésta es su gran oportunidad? ¿Y si tú estás en medio?

–No lo sé… –sentí un nudo en la garganta al ver la tristeza en su cara.

Nos quedamos callados durante un minuto; el único ruido era el de los cuervos en los árboles.

–Tía Millie –dijo Danny lentamente mientras arrancaba otro pedazo de madera de la verja–, ¿y si te lo pidiera, como un favor para mí? –me miró confuso y fue como si tuviera seis años otra vez.

–¿Pedirme qué, exactamente, Danny? –quería apartarle el pelo de los ojos, pero tenía la sensación de que esos días ya habían quedado atrás.

–Pedirte que te echaras a un lado y dejaras en paz a mi padre. Por mí. Para darme la oportunidad de tener unos padres que sean felices juntos. ¿Lo harías por mí?

Sentí una piedra en el corazón mientras miraba a mi sobrino.

–Supongo que sí.

–¿De verdad?

–Sí.

–¿Por qué?

–Porque te quiero más que a nada en este mundo, Danny. Y no te mereces estar implicado en este lío. Así que sí, si me lo pidieras, me apartaría. Por tu madre no lo haría, pero sí por ti.

Danny me miró durante largo rato y yo le devolví la mirada, incluso con los ojos húmedos.

–Bueno, al diablo –dijo al fin–. Entonces no te lo pediré.

Entonces respiré, sin haberme dado cuenta siquiera de que estaba aguantando la respiración.

–Gracias.

–Vosotros sois como un culebrón –murmuró él.

–Lo sé –susurré yo–. Lo siento, Danny. Te quiero, y lo siento.

–Sí –se bajó de la verja–. Tengo que irme.

–Muy bien.

–Ya nos veremos.

–Claro, Dan.

Las lágrimas me resbalaban por las mejillas mientras veía a mi sobrino regresar lentamente hacia el gimnasio. Parecía un adulto, con los hombros agachados y arrastrando los pies. Ya no era un niño. Nosotros los adultos nos habíamos encargado de eso.

Cuando llegué a casa, había un mensaje en el contestador.

–Millie, soy Sam… –pausa–. Tenemos que hablar. Yo… –pausa. Suspiro–. Estuve allí hace como media hora, pero no estabas en casa. Te llamaré más tarde.

Me senté en una silla como si mis piernas fueran de mantequilla. Aquello no sonaba muy prometedor. En absoluto. «Tenemos que hablar» nunca es una buena frase.

Durante una tarde me hice una idea de lo que podía ser realmente el amor. Lo que podía ser amar a Sam, y durante esa tarde había sido verdaderamente feliz hasta el fondo de mi alma. Había estado con el hombre al que amaba, y él me amaba, y estábamos a punto de empezar el resto de nuestras vidas.

Las lágrimas inundaron mis ojos y resbalaron por mis mejillas, pero mi cara parecía tallada en piedra. Estaba tan cansada de llorar. De esperar. Llevaba años esperando a que comenzara mi vida, mi vida de verdad. Había esperado a que pasaran las cosas, a que la gente se fijara en mí, a que me llamara, a que me invitara.

«Tenemos que hablar».

Si Trish volvía con Sam, no había justicia en el mundo. Pero yo conocía a Sam y, como decía Curtis, era incondicional. Fiel, leal. Si su ex mujer, que lo había abandonado hacía más de un año, le rogaba que la perdonase y que la aceptase para poder ser una familia de nuevo, ¿qué haría él? Si Danny le pedía que le diese otra oportunidad a Trish, ¿acaso no era eso lo que haría? ¿No sería más fácil olvidar una tarde conmigo y pasar el resto de su vida con Trish?

No me moví de la silla durante horas. Apenas parpadeé.

Se me durmió el trasero, el estómago me rugía, pero yo me quedé allí. Digger me puso la cabeza en el regazo y yo se la acaricié por inercia. El sol comenzó a ponerse, la habitación quedó en penumbra, pero no me molesté en encender la luz.

Sonó el teléfono. El corazón comenzó a palpitarme con fuerza de inmediato. Contesté casi sin ser consciente.

—Soy Curtis —su voz sonaba baja, y oía el murmullo de voces al fondo, y también música.

—Hola.

—Mitchell y yo estamos en La Forja —dijo él, refiriéndose a un bonito restaurante en Wellfleet—. Es el décimo aniversario de nuestra primera cita y…

—Curtis, es genial, pero tengo muchas cosas que hacer. No puedo hablar.

—Princesa, no quiero ser yo quien te diga esto… —la compasión y reticencia en su voz me provocaron un torrente de pánico y las manos se me agarrotaron.

—¿Qué sucede, Curtis?

—Están aquí —susurró—. Tu hermana y Sam. Están en una mesa junto a la ventana. Parece que están hablando.

—Oh —dije yo con una losa en el estómago.

—Puedo ver su mesa. Nuestro amigo Bart es camarero aquí. Lo conociste el año pasado en Halloween. Iba vestido como Barbra Streisand, ¿recuerdas? Bueno, el caso es que nos está ayudando. Yo estoy sentado en la barra con él. Mitch está sentado a dos mesas de distancia de Sam y de Trish, de espaldas a ellos, y ha llamado a Bart a su móvil, y Bart está justo aquí… ¿qué? ¿Qué ha dicho ella?

—No. Curtis, no. No quiero saberlo. No voy a espiar a nadie. Por favor, no.

—¡Shh!

—¡Curtis, no! Por favor, para —la idea de que fuesen a retransmitirme la conversación de Sam y de Trish me daba náuseas.

—¿No quieres saber lo que están diciendo?

—¡No! Es privado. Por favor, no.

Curtis hizo una pausa.

—Oh. Oh, bien. Gracias, Bart, pero no quiere que lo hagamos —mi amigo suspiró, molesto con mi falta de cooperación—. Bueno, Millie, ¿al menos quieres saber lo que están haciendo? Es un lugar público. No es que necesitemos prismáticos ni nada.

Vacilé un momento y me llevé una mano a la frente. Sam estaba con Trish en un restaurante bonito, caro y romántico. «Ayer estabas en la cama conmigo, Sam. Ayer me amabas. ¿Cómo puedes estar con Trish ahora?».

—Muy bien —dije—. Adelante.

—Genial. Déjame echar un vistazo. Bueno, no han comido mucho. Trish está hablando… Lleva un vestido amarillo, y joyas de topacio y unos zapatos muy bonitos. Creo que son de Jimmy Choo… Está inclinada hacia delante. Habla sin sonreír… Hola, Mitch, cariño. No. Millie ha dicho que no, pero gracias. Eres un espía genial… Bien, ahora Sam está hablando. Le ha dado la mano. Ahora… bueno, ahora ella está llorando, ¿puede qué también se esté riendo un poco?

—Curtis, ya es suficiente.

—Sam está besándole la mano. Ahora ella está llorando de verdad. Él se acerca a su lado de la mano y le pasa un brazo por encima. Oh. Oh —Curtis tomó aliento—. La ha besado, Millie.

—Creo que ya es suficiente —susurré.

—Sí. Bien.

Sentía un peso en el pecho y la cabeza me palpitaba con cada latido del corazón. Mantuve el teléfono pegado a la oreja, escuchando el restaurante donde Sam y Trish habían hecho las paces.

Trish volvería a vivir en el Cabo. Los vería todo el tiempo. Y ahora, al contrario que hacía treinta y seis horas, todo el mundo lo sabía. Amaba a Sam y todos lo sabían, Trish, mis padres, todos. Las cosas con mi sobrino nunca serían iguales. Tendría que sonreír a Sam en Acción de Gracias y comprarle un jersey por Navidad. Tal vez tendrían otro bebé.

—¿Millie? ¿Sigues ahí, cariño? —preguntó Curtis.

–¿Crees que puedo ir a quedarme con vosotros durante un par de días antes de empezar a trabajar?

–¡Claro! Por supuesto. Quédate todo el tiempo que quieras. Puedes incluso traer a tu perro.

–Iré a meter unas cuantas cosas en una bolsa…

–Fantástico. Y, Millie… lo siento mucho.

Capítulo 35

Curtis y Mitch me recibieron como si fuera una delicada paciente de cáncer, entre abrazos y susurros.

–Puedes quedarte con nosotros el tiempo que quieras –dijo Curtis.

–Gracias, pero creo que sólo serán un par de días. Sólo quería… estar en otra parte.

–¡Por supuesto! ¿Y qué me dices de la cena, Millie? ¿Te apetece comer algo? –preguntó Mitch amablemente. Intenté recordar lo último que había comido y no pude, pero mi estómago parecía tener una bola de cemento en su interior.

–Creo que me iré a la cama. Siento haber arruinado vuestro aniversario.

–¡No seas tonta! ¡Es sólo el aniversario de nuestra primera cita! Celebraremos nuestro verdadero aniversario el mes que viene. No te preocupes.

Llevaron mi bolsa arriba y, como los posaderos que eran, me mostraron las instalaciones de Muelle seco, mi suite. Era difícil prestar atención. Sam y Trish. Trish y Sam. Sus nombres habían estado unidos durante tanto tiempo que aún sonaban bien. Sin embargo, Sam y Millie… eso sonaba un poco tonto.

Mi suite tenía sábanas con olor a lavanda, un enorme jarrón de flores de colores sobre el escritorio y vistas al mar. Llamé a Katie, pues no había querido hablar con mis padres, y le conté brevemente lo ocurrido y dónde estaba. Luego, agotada, me metí en la cama sin ni siquiera lavarme. Digger se acercó y yo lo acaricié débilmente hasta que se rindió y fue a tumbarse frente a la chimenea. El único sonido era el viento y las olas de la bahía. Sola en la oscuridad, mi tristeza se apoderó de mí y un fuerte peso pareció aprisionarme contra el colchón.

–Oh, Sam –susurré, y de nuevo brotaron las lágrimas interminables. ¿Cómo iba a lograrlo? ¿Cómo superaría aquella increíble sensación de pérdida? Aquella vez con Sam era como un truco cruel. Ya era suficientemente horrible amarlo, pero sentir que me arrebataban lo que habíamos compartido era sencillamente insoportable.

Por la mañana, Curtis y Mitch me prepararon un enorme desayuno. Me comí la comida, pero masticar resultó un gran esfuerzo. Los chicos intentaron distraerme hablando de su posada. Estaban preparándose para cerrar durante el invierno y tenían que hacer la limpieza final de todas las habitaciones, pintar algunas, hacer reparaciones y cosas así. Pasarían el invierno refugiados en el tercer piso, felices y juntos. No era que yo les guardara rencor... pero resultaba duro ver el contraste entre su vida en pareja y mi soledad.

Digger y yo dimos un largo paseo hasta el final de Provincetown, donde las enormes rocas del rompeolas se extendían hacia el agua. Digger correteaba feliz, olisqueando los moluscos entre las grietas. Yo me sentía muerta por dentro y apenas advertía las preciosas casas de la calle comercial, ni los gritos de las gaviotas que volaban por encima de mi cabeza.

Los chicos prepararon la comida, sacaron un Trivial Pursuit antiguo e incluso llevaron a Digger al spa para perros. Y aunque yo sabía que no podía esconderme allí para siempre, agradecía aquel pequeño descanso. En vez de esperar a que los demás decidieran cómo iba a ser mi vida, al menos había actuado.

Aquella noche, tumbada en la cama escuchando los sonidos del océano, intenté reconciliarme con mi situación. Digger se subió a la cama y me lamió las lágrimas mientras lloraba por el amor que había estado a punto de tener, por la humillación que sentía, por los días vacíos que me esperaban al llegar a casa.

En algún momento de la noche decidí volver a Eastham y enfrentarme a las cosas. Probablemente Sam fuese a casa a darme la noticia y yo tendría que actuar con fuerza y dignidad y decirle que me parecía bien. Comenzaría a trabajar y me refugiaría en eso. Y algún día encontraría a alguien.

Pero por el momento, me permití llorar una vez más en la oscuridad por Sam Nickerson.

Al día siguiente, los chicos me pusieron a trabajar. Por la mañana tapamos el salón, que era una sala enorme con un gran piano Steinway y una pared de ventanas francesas que daban a la playa. Los chicos habían decidido pasar del verde al azul real, así que nos pusimos la ropa de pintar y empezamos a trabajar. De hecho su ropa de pintar era comparable a mis mejores prendas, pero ellos eran así.

Era agradable estar centrada en algo tan mundano como la pintura. No requería un gran esfuerzo mental, pero tenía que prestar atención. Los chicos cotilleaban sobre amigos a los que yo no conocía, pero se molestaban en contarme toda la historia para que no me sintiera fuera de lugar. Al mojar la brocha en la pintura blanca que estaba usando para pintar los ribetes, deseé poder pintar toda mi vida de ese color para empezar de nuevo.

—Ya sabes, princesa, que a veces las cosas ocurren para mejor —me dijo Curtis abruptamente, interrumpiendo el diálogo de Mitch sobre el terrible gusto para los hombres de un amigo suyo.

—Sí, tienes razón —contestó Mitch—. ¿Millie, no estás de acuerdo?

—¿De qué estáis hablando exactamente? —pregunté yo.

—Tal vez Sam y tú no estuvierais destinados a estar juntos —dijo Curtis.

—Supongo —contesté con un dolor en el pecho.

–En cualquier caso, no era suficientemente bueno para ti, cariño –murmuró Mitch.

Yo me reí amargamente.

–¿Suficientemente bueno? Sam…

–Al fin y al cabo te ha roto el corazón –dijo Curtis.

–Es un buen hombre –dije con un nudo en la garganta–. Muy, muy bueno –volví a sumergir la brocha en el cubo y tragué saliva.

–Oh, no sé. Siempre pensé que era un poco aburrido –dijo Curtis.

–No, es… –comencé a desmoronarme.

–Sí, bastante común en una conversación. Tienes razón, cariño –convino Mitch–. Puede que esté bueno con el uniforme, pero aparte de eso, es bastante ordinario.

–Sí, sí –dijo Curtis–. No como ese bomboncito al que estuviste viendo este verano, Millie.

–Sam no es…

–Y claro, Millie, si te ha dejado, entonces es que es estúpido –concluyó Curtis alegremente.

–Y probablemente no supiera besar. Los agentes de la ley nunca saben –añadió Mitch.

–Parad ya –ordené–. ¡Sam es el mejor hombre que conozco! Es amable, listo, divertido y considerado, y si me ha dejado por mi hermana, entonces sólo está haciendo lo que cree que es mejor para su familia, lo que significa que también es generoso y decente. Y besa muy bien, por no hablar de lo fantástico que es en la cama. Así que callaos –tiré la brocha sobre un trapo sucio que había junto a mí y los miré con odio.

–Pero hay algo más que no sabes de él –dijo Curtis.

–¿El qué?

–Que está aquí.

Me quedé helada mirando a mis amigos. El corazón me dio un vuelco. Tragué saliva. Volví a tragar saliva. Miré rápidamente detrás de mí. Sí. Sam. De pie en la puerta.

–Ha traído flores –susurró Curtis–. Y está sonriendo.

Le lancé a Sam otra mirada rápida. Era cierto. Pero aun

así me quedé de espaldas a él, con las rodillas temblando. Me crucé de brazos para disimular el temblor de mis manos.

–Hola, Millie.

Al oír su voz, los ojos se me llenaron de lágrimas y me llevé la mano a la boca. Curtis le dio la mano a Mitch.

–Fantástico en la cama. Me alegra oír eso –dijo Sam, y por su voz se notaba que estaba sonriendo. Oí sus pisadas acercándose.

Frente a mí apareció un ramo de rosas amarillas. Sam estaba tan pegado a mi espalda que podía sentir su calor.

–Date la vuelta, Millie –susurró.

–¿Qué pasa con Trish? –pregunté yo con voz temblorosa.

–Date la vuelta y te lo explicaré.

Miré a Curtis y a Mitch en busca de coraje. Ellos también tenían los ojos llenos de lágrimas, agarrados de la mano como si estuvieran a punto de conocer a Russell Crowe en el plató de *Gladiator*. Curtis asintió con la cabeza.

Yo me di la vuelta.

Sam me rodeó con sus brazos y me besó. Dejó caer las flores al suelo para abrazarme con más fuerza y mi corazón voló tan alto que de hecho podía sentirlo moviéndose en mi pecho. Oí un tremendo suspiro al otro lado de la sala. Aparentemente Sam también, porque levantó la mirada.

–Vamos, chicos –dijo–. Un poco de intimidad.

–¡Oh, por supuesto! Lo sentimos mucho –dijo Mitch con una sonrisa mientras sacaba a un Curtis lloroso de la habitación.

Sam me dio un beso en la frente y me miró fijamente.

–He estado buscándote –dijo.

–Debes de ser un policía horrible –contesté yo casi sin aliento–. No soy tan difícil de encontrar.

–Primero tenía que encargarme de algunos asuntos –respondió–. Vamos a sentarnos.

Me condujo a un sofá cubierto por una sábana, se sentó y me sentó a su lado.

–Ha sido una semana horrible –dijo pasándose una mano por el pelo. Después suspiró y me dirigió una sonrisa medio triste y medio aliviada. Me estrechó la mano y se puso serio–. En respuesta a tu pregunta, Trish está ahora mismo atravesando el Atlántico de camino a París.

En la cocina se oyó un gritito. Sam sonrió y negó con la cabeza. Yo sonreí también, aún asombrada por su presencia. Estaba allí con Sam. Era incapaz de razonar más allá de eso.

–Millie, siento que hayas estado escondida aquí, pensando lo que debes de haber estado pensando. Pero primero tenía que arreglar las cosas con Trish antes de poder ocuparme de ti. Quiero decir que ella se llevó una gran sorpresa al encontrarnos así. Y es la madre de Danny...

–Lo sé.

–Ese imbécil de Avery la dejó y ella entró en pánico. Creía que no tenía más opción que regresar al Cabo. Así que se convenció a sí misma de que debíamos darle otra oportunidad a nuestro matrimonio.

En ese momento, Curtis entró con una bandeja con queso Brie, panecillos, uvas, una botella de vino y dos copas.

–Fingid que no estoy aquí –susurró mientras servía el vino. Nos dirigió una sonrisa radiante y volvió a salir.

–Tienes muy buenos amigos –dijo Sam. Yo agarré una copa y bebí.

–Curtis y Mitch te vieron en La Forja...

–Sí, fuimos ahí a cenar. Era demasiado difícil hablar en casa, con Danny, y queríamos ir a un sitio donde nadie nos conociera. Tus amigos son unos pésimos espías, por cierto. Es una pena que no estuvieran escuchando. Nos habrían ahorrado mucho tiempo –me sonrió y yo me estremecí al recordar que les había ordenado a mis amigos que no escucharan–. Katie me dijo que habías venido aquí, y lo que estabas pensando.

–Bueno –dije yo mirando al suelo–. Una saca conclusiones cuando se entera de que su novio está besando a su ex mujer, que resulta que es la hermana de una.

–Eh, sí. Sí que la besé. Pero era un beso de despedida –Sam se recostó sobre el sofá y se pasó una mano por la cara–. Trish dijo que quería volver conmigo y yo le dije dos cosas. La primera, que no me lo creía. Nunca antes había logrado que fuese feliz, y no había razón para pensar que ahora sí podría lograrlo. Y después de que se calmara, creo que ella también lo entendió –Sam se incorporó y me agarró las manos–. Pero no sabía dónde ir. Nunca antes ha estado sola.

Era cierto. Mi hermana, a sus treinta y seis años, nunca había vivido sola. De pronto sentí pena por ella.

–Y luego le dije otra cosa más –añadió Sam.

–¿Qué?

–Le dije que te amaba –no dejó de mirarme ni un segundo. Aunque mi corazón dio un vuelco de alegría, también había cierta tristeza.

–Eso debió de ser duro para ella –susurré mirando al suelo. Pobre Trish. Era la primera vez en mi vida que pensaba eso de ella. Sola. Confusa. Rechazada. Tomé aliento–. ¿Y qué va a hacer ahora? ¿De verdad se va a Francia?

–Sí. Siempre ha querido ir allí, siempre ha querido ver el mundo más allá del Cabo.

Asentí, y recordé los discursos de Trish diciendo que en la vida había algo más que arena y sal.

–He vendido la casa, Millie –dijo Sam.

–¡Sam, no! ¡Tu casa no!

–Ya está hecho –respondió–. Se la he vendido al banco, no por el valor del mercado, con la promesa de que Dan y yo podemos quedarnos hasta que él se vaya a la universidad el año que viene.

–Sam –susurré yo con los ojos llenos de lágrimas.

–No. Ha sido lo mejor –dijo él–. Millie, no llores.

–Te encanta esa casa –dije–. Era de tus padres…

Sam sonrió, me abrazó y me dio un beso en la cabeza.

–Claro que me encanta. Pero era la casa de Trish también. En cierto modo era más suya que mía. Y se merecía la mitad, sin importar lo que dijeran los papeles del divorcio. Así que ahora tiene mucho dinero, con suerte le durará mucho tiempo, y podrá encontrar algo que le haga feliz. Y yo podré agregar algo al fondo para la universidad de Danny.

–Eres demasiado bueno –susurré.

—Millie, lo que hay entre nosotros… —se volvió para mirarme y me rodeó la cara con las manos—. Empezamos deprisa, pero creo que tal vez deberíamos ir más despacio. Estar con tu ex cuñada no es algo muy normal. Pero te quiero, Millie, y deseo estar contigo. Sé paciente conmigo, ¿de acuerdo?

—De acuerdo —susurré con el corazón lleno de amor y de alegría—. Oh, Sam, te quiero.

Me dio un beso lento y dulce, familiar y nuevo al mismo tiempo. Cuando abrí los ojos, Sam estaba sonriendo a Curtis y a Mitch, que se habían asomado a la puerta de la cocina.

—Podremos ser damas de honor, ¿verdad? —preguntó Curtis.

Sam se rió.

—Vamos, Millie —dijo—. Volvamos a casa.

Epílogo

Un año y medio más tarde, estaba de nuevo alojada en El pavo real rosa, escondiéndome del hombre al que amaba. Pero en esa ocasión era diferente. Aquel día, en unos cuarenta y cinco minutos, me casaría con Sam Nickerson.

Había habido baches por el camino. Las cosas no habían sido perfectas. A Danny le había costado aceptar que su padre y yo estuviéramos juntos. Ni Sam ni yo habíamos querido causarle más incomodidad de la necesaria, así que habíamos actuado con discreción y habíamos salido como si estuviéramos en los años cincuenta; me recogía en mi casa y se despedía con un beso de buenas noches en el porche.

Pero a cada semana que pasaba, Sam y yo estábamos cada vez mejor. La extrañeza de salir con el ex marido de mi hermana fue disminuyendo, para nosotros y para el resto de la gente. Mi padre fue el único al que no le costó acostumbrarse y, en cierto modo, nos facilitó las cosas. En primavera se llevó a Danny un fin de semana a pescar y, cuando regresaron, Dan se llevó a Sam a un lado y le dijo que no le importaba si quería casarse con tía Mil. Mi padre nunca me dijo lo que le había dicho, sólo que algunas cosas en la vida estaban bien, aunque resultaran un poco extrañas.

Después llegó la venta de la casa de Sam y, a pesar de sus palabras valientes, se había quedado un poco destrozado. Tres semanas después de que Danny se marchara a Notre Dame, Sam abandonó su casa y se mudó a una casita cerca de las salinas. Quería un lugar para él solo, al menos durante el primer año de universidad de Danny.

Fue un paso inteligente. Era bueno para él vivir solo, y también había sido bueno para mí. Nos veíamos varias veces a la semana y hablábamos todos los días. Entonces, una noche hacía varios meses, tras cenar en mi casa, dimos un paseo hasta el faro y allí, mientras el foco atravesaba el océano, el viento soplaba y Digger hacía travesuras, Sam me puso el anillo de compromiso en el dedo.

Así que allí estaba, sentada frente al tocador, mirándome en el espejo y fantaseando. Curtis asomó la cabeza.

–¿Princesa, estás preparada? –Katie había abdicado temporalmente de sus responsabilidades como dama de honor y había dicho que Curtis haría un trabajo mucho mejor con el pelo y el maquillaje. Mi amigo contempló mi rostro sin acabar y chasqueó la lengua–. ¡Los invitados ya están aquí, todos están abajo, y mírate! Te dejo sola dos minutos y… –se acercó a mí y se arrodilló a mi lado–. ¿Estás nerviosa?

–No –contesté con una sonrisa–. ¿Os he dado las gracias a Mitch y a ti por la boda?

–Cariño, si de vosotros dependiera, probablemente os habríais fugado para casaros y no habríamos tenido nada de esto. Toma. No te olvides esto.

Dejé que Curtis me pusiera un brazalete en la muñeca.

–Vamos –susurré–. Vamos a espiar –fuimos de puntillas hasta el pasillo y nos asomamos por las escaleras.

Había guirnaldas de rosas enredadas alrededor de la barandilla de las escaleras, y las velas iluminaban con su luz el elegante salón. Todo el mundo estaba allí. Mitch, deslumbrante con un esmoquin de Armani, estaba con Katie, que estaba despampanante con su sencillo vestido rosa. Se reían y hablaban con Jill Doyle y con su marido. Mi madre estaba elegante y guapa, nerviosa de un lado a otro como cualquier madre de la novia. Mi padre tenía acorralado al doctor Whitaker, sin duda fascinando al buen hombre con historias del mundo séptico. Corey y Mikey corrían por ahí, adorables con sus trajecitos. Ethel, la compañera de Sam, parecía muy diferente sin su uniforme, incluso femenina, aunque tenía un aspecto un tanto peligroso, tal vez porque en El pavo real rosa no se podía fumar.

En torno a la barra había varios compañeros del departamento de policía de Sam. Janette, ahora embarazada, estaba hablando con Zach. Varios pacientes con los que estaba unida también habían ido. No demasiada gente, pero sí todos los que nos importaban. Estaba mi querido sobrino, que le dio un beso a mi tía y se rió por algo que dijo. Con esmoquin, Danny parecía todo un príncipe americano. Era el padrino de Sam.

Había un invitado más, el único que se dio la vuelta y me pilló cotilleando desde la escalera. Joe Carpenter. Sonrió y levantó su botella de cerveza en un brindis silencioso y cariñoso. Yo lo saludé con la mano.

Cuando Katie me había preguntado si podía llevarlo, debo admitir que me había quedado un poco sorprendida.

—¿Como tu pareja? —le había preguntado.

—No —había dicho ella, pero se le habían sonrojado las mejillas ligeramente—. En realidad no. Bueno, sólo somos amigos, ¿de acuerdo? ¿Puede venir?

Joe había cambiado en el último año. Se había convertido en el carpintero jefe de Hábitat para la Humanidad en el Cabo y había empezado a enseñar carpintería en el programa de educación para adultos. De vez en cuando nuestros caminos se cruzaban en el centro de mayores, donde Trípode ejercía como perro de terapia. Cuando yo lo veía en el Barnacle, Katie siempre parecía estar arremetiendo contra él de una manera casi cariñosa. Entonces, un día que me había pasado por su casa, Joe estaba allí arreglando algo, enseñándole con paciencia a Corey cómo encontrar las vigas en la pared del salón. ¿Quién sabe? Tal vez algún día Katie dejase que un hombre entrase en su vida. De ser así, parecía que Joe estaría esperando, porque era evidente que estaba cautivado. Sin duda tendrían unos hijos preciosos.

Eché otro vistazo al lugar, intentando grabar en mi memoria para siempre la belleza de aquella tarde. Me volví hacia Curtis con los ojos húmedos.

—Está todo precioso.

—Gracias. Y hablando de precioso, esperemos que el rímel sea *waterproof*. No queremos que parezcas un mapache el día de tu boda.

—¿Cómo estaba Sam? —pregunté, poniéndome en pie para regresar al tocador de mi habitación. Me miré una última vez en el espejo y comprobé que el rímel seguía en su sitio.

—Con náuseas y aterrorizado. ¿Tú qué crees? Probablemente esté mirando el reloj cada cinco segundos. ¿Estás preparada, cariño? El fotógrafo está aquí.

Curtis me dio la vuelta y me miró de arriba abajo.

—Oh, Millie —suspiró y los ojos se le llenaron de lágrimas—. Estás...

—No empieces —dije con un nudo en la garganta. Los dos nos reímos temblorosos.

—Iré a buscar a Katie y a tu padre —dijo Curtis secándose los ojos con un pañuelo. Se marchó y, unos segundos más tarde, entró Katie.

—¡Hola! —dije—. Casi estoy lista.

—Sí, genial. Eh, escucha, Millie... —Katie parecía preocupada, y no era la expresión relajada que una esperaba ver en su dama de honor—. Hay alguien que quiere verte —susurró Katie mientras me colocaba un mechón de pelo detrás de la oreja—. Grita si me necesitas —me dio un abrazo rápido y se marchó. Antes de que pudiera preguntarme quién sería mi visitante, llamaron suavemente y la puerta se abrió.

Trish.

No la había visto desde que me ordenara que me olvidara de Sam.

Un mes después de aterrizar en Francia, se había inscrito en Le Cordon Bleu, donde había estado desde entonces, estudiando para convertirse en chef. En Navidad, mis padres y Danny habían ido a París a verla. Trish y Sam habían estado dos veces juntos en Notre Dame para el comienzo de curso y el fin de semana de los padres, pero Trish no había pisado el Cabo en un año y medio. Había hablado con ella por teléfono varias veces y nos habíamos mostrado cautelosas y cordiales la una con la otra. Por supuesto, había sido invitada a la boda… era mi hermana, al fin y al cabo, pero se había mostrado reticente a asistir.

Estaba, como siempre, increíblemente bella. Llevaba el pelo corto, muy al estilo francés, y llevaba un vestido azul marino, muy Coco Chanel, muy Juliette Binoche. Parecía más cercana a los veinticinco que a los cuarenta.

—Hola —dije, sin saber bien cuál sería su objetivo. Le di un abrazo rígido, que ella devolvió con la misma inseguridad.

—Hola. Siento no haberte dicho seguro que venía… ¿Tienes un minuto?

—Bueno, de hecho estamos a punto de… claro —respondí. «Por favor, no dejes que arruine tu día», pensé.

—Seré breve —dijo Trish. Se acercó al borde de la cama, se sentó, cruzó las piernas y me hizo sentir, como siempre, un poco desarreglada, incluso el día de mi boda—. Eh, Millie —comenzó mirándose las perfectas uñas —. Siento no haberte dicho que venía. Fue una decisión de última hora. De hecho, prácticamente me he colado por la puerta de atrás. Nadie más sabe que estoy aquí, salvo Katie.

—Ah —dije yo.

—En fin, bueno, ya sabes. No ocurre todos los días que tu ex marido se case con tu hermana. No estaba segura de si querrías que viniera.

—Te invitamos por esa razón, Trish —dije yo.

—Bueno, supongo que tenías que invitar a tu hermana —dijo ella. Yo no dije nada, sólo la vi juguetear con el anillo que llevaba en el dedo. Era impropio de ella.

—Bien, escucha, Millie. Diré mi parte y luego me iré, porque tienes otras cosas que hacer, ¿de acuerdo? Deseaba verte hoy. Eres mi hermana, es el día de tu boda y quería verte y desearte lo mejor. Espero que Sam y tú seáis muy felices. ¿De acuerdo?

Yo me quedé mirando a mi hermana. Siempre había sido tan guapa, tan segura de sí misma, y sin embargo allí estaba, balbuceando y nerviosa. Y de pronto sentí algo en mi interior. Se puso en pie como para marcharse.

–¿Hay algo más que quieras? –pregunté.

Trish se dio la vuelta rápidamente, tomó aliento como para decir algo y suspiró.

–Sí. Siento haber sido una hermana tan mala.

–Tú no has… –comencé a decir automáticamente, pero me detuve al ser consciente de sus palabras.

–Sí lo he sido –se sentó de nuevo–. Millie, he estado pensando mucho últimamente. Desde que me marché del Cabo, quiero decir. He pensado mucho en nosotras dos. No sólo porque estuvieras con Sam, sino… bueno, nunca hemos estado muy unidas. Y dado que yo era la mayor, la culpa era mía.

–Trish…

–No. Lo era. Cuando éramos pequeñas era una cosa, porque las hermanas se pelean todo el tiempo. Pero cuando éramos adultas… debería haber sido más amable contigo, Millie, pero para ser sincera, estaba celosa de ti.

Yo resoplé con incredulidad.

–Es cierto –protestó Trish–. Tú siempre fuiste la lista. Mamá y papá siempre estaban orgullosos de tus notas y de tu carrera y todo. Y yo sólo era la guapa –se detuvo y se sonrojó–. Vaya.

–Bueno, es cierto. Sigues siendo la guapa, Trish.

–No, Millie. Mírate en ese espejo. Estás preciosa –sus palabras hicieron que se me llenaran los ojos de lágrimas. Era la primera vez que yo recordara que Trish me decía algo amable–. He cometido muchos errores, Millie –dijo lentamente–. No debería haber puesto todas mis expectativas y sueños en Sam. Entonces era una cría y tenía miedo de que él tuviera una vida maravillosa y glamurosa sin mí, así que me quedé embarazada. Estaba demasiado asustada para ver si se habría quedado conmigo de otro modo. Y después, cuando lo abandoné por Avery, eso fue aún peor. El mismo error, pensar que un hombre podía hacerme feliz, y en esa ocasión ya era lo suficientemente mayor como para saber que no era así.

Se detuvo, miró hacia sus zapatos y, cuando habló de nuevo, su voz sonaba rasgada.

—Pero creo que el mayor error de todos ha sido mantenerte alejada de mí, Millie. Al finalizar el día, si tu propia hermana no te quiere, ¿entonces qué tipo de persona debes de ser?

—Pero yo sí te quiero, Trish.

Al decir esas palabras, me di cuenta de que eran ciertas. Cierto, había algunas ocasiones en las que no me había gustado mi hermana, pero bajo ese enfado y esos celos, allí estaba; el amor sólido como una roca que sólo puede sentirse hacia una persona que comparte tu misma sangre.

—Y yo siempre he sentido celos de ti —continué, y estiré el brazo para darle la mano—. No porque fueras guapa, aunque he de decir que no fue fácil ser la hermana regordeta de la princesa cisne. Pero también porque siempre estabas tan compuesta, tan segura de ti misma. Justo lo que yo nunca fui. Y tenías… tenías a Sam.

—Bueno, ahora es tu turno —dijo Trish con una sonrisa.

—Supongo —respondí yo. Agarré un pañuelo de papel y me sequé los ojos, lo cual hizo que se corriera el rímel supuestamente *waterproof*.

Llamaron a la puerta y Curtis asomó la cabeza.

—¡Millie, Mitch ha visto a la princesa del mal! Está… oh, perdón —dijo, asombrado, y volvió a desaparecer—. ¡Lo siento! —repitió desde detrás de la puerta. Trish puso los ojos en blanco.

—Debería dejar que termines de arreglarte —dijo mi hermana—. Me alegro de que hayamos hablado, Millie.

—Yo también, Trish —dije—. Me gustaría que estuviéramos más unidas.

Sus ojos marrones se llenaron de lágrimas.

—Eso sería fantástico —susurró. Se secó los ojos (su rímel no se corrió) y se puso en pie.

—Ven, deja que te arregle el maquillaje —dijo. Agarró la cajita del maquillaje y frunció el ceño al ver la etiqueta—. Debería enviarte productos mejores. Oh, mierda, lo siento —sonrió tímidamente y me aplicó el maquillaje bajo los ojos—. Vamos a tener mucho en común —continuó—. Sam te pondrá de los nervios, ya lo sabes. Siempre lleva razón, y eso es irritante. Y se enfurruña cuando se enfada. Bueno, ya lo averiguarás, si no lo has hecho ya. Llámame si quieres quejarte. Sabré exactamente de lo que estás hablando.

Yo me reí mientras ella terminaba de maquillarme. Dio un paso atrás para verme mejor.

—Ya está. Perfecta. Y Millie…

—¿Sí?

—Sam es el mejor hombre del mundo —me dirigió una de sus brillantes sonrisas y se acercó para darme un fuerte abrazo. Después de todos esos años, mi hermana había entrado en razón.

—Tienes que quedarte, Trish —dije.

—Oh, no sé —murmuró—. No quiero…

—¿Quitarme el protagonismo? —sugerí. Ella se carcajeó—. De verdad, Trish. Si a ti te parece bien, me gustaría que estuvieras aquí.

—De acuerdo. Me encantaría.

Me acerqué a la puerta, hablé con Katie y regresé junto a Trish.

—¿Nadie sabe que estás aquí? —preguntó.

—Sólo Katie y tu amigo.

Justo entonces entró Danny.

—¿Qué pasa, Millie? —preguntó. Entonces vio a su madre.

—¡Mamá! —corrió hacia ella y le dio un abrazo—. Bien por ti, mamá. Sabía que vendrías —le murmuró algo al oído sin dejar de abrazarla y ella le dio un beso en la mejilla con lágrimas en los ojos una vez más—. Vamos, mamá. Sin duda ganaremos el premio a «Familia mejor avenida». Y al menos podremos bailar. ¿Has visto a Millie y a Sam? No tienen ni idea.

—Es una pena —dije yo riéndome.

Trish me miró esperanzada.

—¿Estás segura, Millie?

—Segurísima. ¿Danny, quieres acompañar abajo a tu madre y enviar aquí al abuelo para que podamos empezar ya?

—Desde luego —respondió mi sobrino—. Y, Mil, estás guapísima, por cierto. Tía madrastra. Es muy raro –fingió estremecerse, se volvió hacia Trish y la agarró del brazo–. Mamá, me alegra que hayas venido. Vamos a sorprender a papá.

–Gracias, Millie –susurró Trish.

–No hay problema –dije yo justo cuando Curtis volvió a entrar.

–Siento lo de antes, Trish –murmuró.

–¿Cuál eras tú? –preguntó Trish. Me dirigió una sonrisa y sentí un torrente de afecto hacia ella mientras se marchaba con su hijo.

Curtis y yo los seguimos hasta el rellano y nos agachamos.

–¿Qué sucede? –preguntó Katie, arrodillándose junto a nosotros–. Shh. Mira –estuvimos allí agachados el tiempo suficiente para ver a Danny y a Trish entrar en el salón. Vimos el momento en el que Sam vio a Trish. Tras la sorpresa inicial, sonrió y se dirigió hacia ella para abrazarla y darle un beso en la mejilla. No pudimos oír lo que decían, pero no hacía falta. Era el mejor hombre del mundo, sin duda. De pronto levantó la cabeza y nuestras miradas se encontraron. Y por un segundo sólo existimos nosotros dos, preparados para el resto de nuestras vidas.

Mi padre subió por las escaleras.

–Voy a por las flores –dijo Katie, y entró en el dormitorio.

–¿Estás preparada, calabacita? –me preguntó mi padre mientras me levantaba y me alisaba el vestido.

–Puedes apostar a que sí.

–Entonces vamos. Es hora de que Sam Nickerson me robe a otra de mis hijas.

Katie reapareció con los ramos. Curtis asintió y le dio la señal al cuarteto de cuerda. La música comenzó a sonar y yo bajé por las escaleras para casarme con el amor de mi vida.